닐라칸타

Nilakantha

널라칸타
Nilakantha

장량 장편 소설

닐라칸

Nila

초판발행 2020년 5월 4일
지은이 장량
발행인 정닮비
편집 정닮비. 정미근
디자인 정닮비
발행처 도서출판 제니오

주소 서울시 용산구 한강로 2가 18-1 도서출판 제니오
출판등록 제25100-2010-000018호
전화 02)905-4041
팩스 02)6021-4141
이메일 j_dalm@naver.com

ISBN 978-89-965432-7-5
‖ 값은 뒤표지에 있습니다.
‖ 잘못된 책은 구입하신 곳에서 교환해 드립니다.

타

xantha

1

1961년부터 미국 국방성은 제주도의 해녀를 의학 및 생태학적으로 연구했다.

미군의 수중 특수전 능력 향상에 도움이 될 수 있는 인체의 비밀을 찾으려 한 것이다.

당시 대한민국 심장외과의 선구자였던 Y 대학 H 교수팀과의 공조로 시작된 연구 조사의 표면적 과제는 잠수 중에 해녀들에게서 나타나는, 심장이 보통 사람보다 느리게 뛰는 서맥 현상이었다.

마라톤 선수나, 장거리 사이클링, 수영 선수들의 심장처럼 해녀들도 오랜 물질로 서맥 현상을 보이는 이른바 '스포츠 심장'으로 발달한 경우가 많았고, 그런 강한 심장을 지닌 해녀들은 작업능력이 뛰어난 상군이 되곤 했다.

수십 년에 걸쳐 이루어진 연구 성과는 공식적으로는 모두 공개 된 것으로 알려졌고, 그 연구 결과는 미국 육군환경의학 연구소의 생체 실험 규정을 비롯하여 미국 특수전술 학교의 훈련 지침 등에 반영되었다.

공개된 이상의 다른 결과가 있었는지, 그리고 그 결과가 어떻게 미군의 전투력 향상에 보탬이 되었는지는 연구 참여자들조차 알 수 없었다.

그 후로 60 년.

미 대통령 특명전권 대사 로버트 테일러가 빛바랜 흑백 사진 한 장을 들고 제주도로 날아왔다.

2

해녀박물관은 제주 공항에서 40km 정도 떨어진 동쪽 해안에 있다.

바닷가 언덕 위에 자리 잡은 박물관은 제주도의 오름과 방사탑의 모습을 형상화 시킨, 개성 있는 건축물이다.

간간이 눈발이 날리는 차가운 초겨울 날씨 때문인지 박물관에는 관람객이 거의 없었다.

박물관의 로비에서 은발에 푸른 눈동자의 백인이 누군가를 기다리는 듯 출입문을 똑바로 바라보며 서 있었다.

회갑은 넘어 보이는 학자풍 인상의 남자였다. 몸에 잘 맞는 고급스러운 양복을 입고 넥타이까지 매고 있는 것으로 보아 일반 관광객은 아니었다.

오래지 않아 날씬한 젊은 한국인 여성이 들어왔다.

썩 예쁜 얼굴이라고 할 수는 없어도 나름 이목구비가 구성지게 어우러져 밉지 않은 생김이었다.

서른쯤의 젊은 여자였으나, 파리한 안색과 번득이는 눈빛, 지나치게 마른 몸매가 어딘지 건강해 보이지 않았다.

그녀의 선병질적인 느낌은 남자들의 보호본능을 자극하기에 부족함이 없어서 그런 풍의 여자를 좋아하는 남자에게는 매력적일 법했다.

하지만, 약간 치켜든 눈초리와 한 올도 흐트러짐 없이 야무지게 쓸어 모아 뒤통수에 단단히 묶은 머리카락, 지나치게 깨끗해 결벽증으로 보이는 옷차림으로 미루어 절대 만만해 보이는 사람은 아니었다.

더구나 고개를 돌리지 않고 눈동자를 좌우로 돌려 주위를 흘깃흘깃 살피는 눈짓에서 왠지 모를 섬뜩함이 느껴지고, 걸음걸이나 몸짓도 고양이처럼 지나치게 유연해서 약간은 동물적인 느낌도 풍겼다.

여인은 소리 없이 그림자처럼 외국인에게 곧바로 다가가 제법 굴러가는 발음으로 말을 건넸다.

"Are you Dr. Taylor? I am Seoyoung. Park."

(테일러 박사님. 제가 박서영입니다.)

테일러 박사가 싱긋 웃으며 손을 내밀었다.

"반갑습니다. 로버트 테일러입니다."

어눌하지 않은, 제대로 된 한국말이었다. 어설픈 영어를 내뱉은 것이 부끄러울 지경이었다.

눈을 감고 들으면 한국인으로 착각할 만큼 유창한 한국어로 테일러가 곧바로 들이댔다.

"해녀에 대해서는 박 선생만큼 아는 사람이 없다고 해서 만나자고 했습니다."

"어려서부터 해녀를 보고 자랐고, 지금 해녀 무속 연구로 박사과정 중이니까 좀 안다고 할 수 있죠. 무엇을 도와드릴까요?"

테일러가 사진 한 장을 내밀었다. 명암대비가 아주 훌륭한 흑백사진이었다.

기록 사진처럼 보였지만, 예술 사진이라 해도 손색이 없을 만큼 잘 찍어진 사진이었다.

물질할 때 입는 검은 무명 소중기를 입고 태왁 망시리를 짊어지고 있는 해녀 두 명이 나란히 서 있었다. 이마에 올려진 두 알 물안경 아래의 눈빛에서 예사롭지 않은 당당함을 풍기고 있는 중년 해녀와 눈매가 쏙 닮아 한눈에도 딸로 보이는 젊은 해녀였다.

사진을 받아 든 서영의 눈에 빛이 더해졌다. 그녀는 사진을 창문에 비추어 보기도 하고 뒤집어 보기도 한 다음 다시 한참 동안 들여다보고 나서 물었다.

"원본이 아닌가 봐요. 인화지 재질도 그렇고, 잘 보니 사진 아래쪽에 뭔가 적혀 있었던 것을 지운 흔적도 있고."

"그렇습니다만, 최신 디지털 기술을 이용해 원본의 이미지를 거의 100% 살린 겁니다."

"대상군을 찍은 사진이네요."

"대상군이라니요?"

테일러가 반문했다.

"해녀는 능력에 따라 대상군, 상군, 중군, 하군으로 등급이 나뉘는데 그중에 대상군은 최상급이죠."

"아하. 최상급!"

"최상급 중에서도 최고인 예술가 등급이라 할 수 있어요. 몇 천 명 중 하나? 몇 십 년에 한 명?"

"그걸 어떻게 알 수 있습니까?"

서영은 대답 대신 테일러를 해녀 박물관 안의 전시실로 안내했다. 전시실은 해녀의 삶이 디오라마로 재현되어 있었다.

서영은 테일러를 해녀 유물 전시 칸으로 데려갔다.

"해녀들이 등에 지고 있는 것을 테왁 망시리라고 해요. 테왁은 예전에는 박의 속을 파내어 만들었고, 지금은 스티로폼 등을 이용해 만드는 부력 도구죠. 망시리는 테왁에 연결되어 있는, 수확물을 담아 두는 그물망이에요. 여기 전시된 평균적인 테왁 망시리와 이쪽에 전시된 걸 비교해 서 봐봐요."

서영이 가리키는 테왁 망시리는 곁에 있는 것과는 비교가 안 될 만큼 커다란 것이었다.

전시물 곁에는 설명서가 붙어 있었는데 한국어 아래에 영어와 일본어, 중국어가 차례로 번역되어 있었다.

테일러가 고개를 들이밀고 설명문을 읽다가 깜짝 놀란 표정으로 서영을 돌아보았다.

"2백 kg을 담을 수 있다고!"

"네. 보통 해녀들보다 훨씬 뛰어난 능력을 지닌 분이 기증한 거예요. 한번 물질을 나가면 2백 kg을 건져 올리는 분의 기적적인 증거죠. 가지고 오신 사진을 보세요. 사진 속 해녀의 등에 있는 테왁 망시리도 이것에 뒤지지 않잖아요?"

테일러는 사진과 전시물을 비교해 보았다.

"그렇다면, 이 사진이!"

"이분의 사진은 아니에요. 저도 이분의 자료를 수집했거든요. 저는 사진 속 테왁 망시리로 보아 두 사람이 엄청난 능력을 지닌 상군 중의 대상군이라는 걸 짐작한 거죠."

테일러가 망설이는 듯, 생각에 잠긴 듯, 해녀 유물들을 지켜보다가 서영에게 짐짓 가벼운 말투로 물었다.

"이 사진에 찍힌 사람들을 찾을 수 있겠습니까?"

서영이 의미심장한 미소를 지었다.

"찾아 드리면, 보너스가 있나요?"

"물론입니다. 벌써 뭔가 찾아냈습니까?"

"고무 잠수복을 입지 않고 소중기를 입고 있네요. 소중기 위에 물 적삼도 입지 않구요. 그리고 외눈이 아닌 두 알 물안경을 쓰고 있어요. 그렇다면 1950년대 후반, 아무리 빨리 잡아도 60년대 초에 찍은 사진이 분명하네요."

서영은 테일러가 쉽게 이해할 수 있도록 유물 칸에 걸려 있는, 옛날 해녀들이 물질 할 때 입던 소중기와 물적삼, 두 알 물안경 등을 손가락으로 가리켰다.

테일러의 얼굴에 감탄의 빛이 떠올랐다.
"추천한 친구가 박 선생이라면 알 것이라더니! 육십 년 대 초 사진이 맞습니다."
"사진이 찍힌 지 육십 년이 넘었으니까 어머니는 백 살이 넘겨서 생존 가능성이 없고요, 딸은 살아 있을지도 모르죠."
"어떻게 찾을 길이 없을까요?"
"해녀들은 작업 구역에 따라 어촌계라는 조직이 구성되어 있어요. 그러니까 이 사람들이 속했던 어촌계를 추적하면 그냥 찾아낼 겁니다. 해녀들의 작업은 불턱을 중심으로 이루어지니까요."
"불턱이라니요?"
"저기를 보세요."

서영이 전시실 한쪽을 가리켰다. 해녀들의 바다가 작업현장이 모형으로 정교하게 재현되어 있었다.

"바다 가에 바람막이로 돌담을 동그랗게 쌓아 가운데에 불을 피워 놓은 해녀들의 셸터랍니다. 바다에서 나오는 즉시로 몸을 덥혀야 하는 해녀들에게 절대적으로 필요한 곳이죠. 옛날에는 그 불턱을 중심으로 물질을 했어요. 휴식, 수확물 정리는 물론이요, 아이들도 그곳에서 키웠죠."

과연, 불턱을 재현해 놓은 디오라마 속에는 아이를 안고 젖을 먹이는 해녀도 있었다.

서영의 설명이 이어졌다.

"심지어는 물질을 하다가 불턱에서 아이를 낳은 일도 없지 않았다고 해요. 그 불턱 안의 자리는 서열에 따라 엄격하게 정해져 있는데, 연기가 가지 않고 제일 따뜻한 자리가 대상군의 자리랍니다. 지금 생존해 있거나, 현역에서 물질하는 해녀중 칠, 팔십 대 분들이 아직도 많아요. 그렇다면 이 사진이 찍혀질 당시 그분들이 이 십 대였겠는데, 같은 어촌계였다면 사진 속 해녀들과 한 불턱에서 작업을 했지 않았겠어요? 그럼 그 사람들은 이 사진 속 해녀를 분명히 기억하고 있을 테죠. 대상군은 해녀 사회에서는 신과 같은 존재이니까. 신과 함께 있었다면 당연히 기억할 거에요."

"그럼, 지금 내가 신을 찾고 있나 봅니다."

"그렇다고 볼 수도 있죠. 왜냐면 대상군이야 말로 진짜 해녀라고 할 수 있는데, 지금은 자타 공인할 수 있는 대상군은 존재하지 않으니까요."

"그럼 이 사진 속의 해녀들을 찾을 수 없다는 말입니까?"

"포기하기에는 아직 이르네요. 불턱은 휴게소로 바뀌었지만, 어촌계는 남아 있을 거예요."

"그 해녀들이 소속했던 어촌계를 찾을 수 있을까요?"

서영이 딴청을 피웠다.

"단순한 관광 안내 정도로 알고 가벼운 생각으로 나왔는데, 임무가 있네요. 이런 일은 서로 솔직해야 좋은 결과가 나오지 않겠어요?"

"김 교수가 나를 만나보라 하면서 다른 부탁은 하지 않았습니까?"

"미국 사람을 만나서 해녀에 대해 가이드 하라. 오랜 친구니까 친절하게 아는 것은 다 가르쳐 드려라. 뭐 그 정도였죠."

서영이 테일러를 계속해서 자극했다.

"해녀에 관련된 사진 자료는 다 보고 모았는데, 이 사진 만큼 선명하고 명암이 제대로 살아있는 자료는 처음 봅니다. 인물은 물론 배경까지 팬 포커스로 선명하게 찍혀서 자료로서 가치도 상당할 것 같은데 한 장 복사해 가질 수 있을까요?"

"카피는 절대 안 됩니다."

딱 잘라 거절하는 테일러의 반응을 예상한 듯 서영이 의미심장한 미소를 지으며 펀치를 한 방 더 먹였다.

"그 사진의 배경이 어딘지 알 것 같네요."

"정말입니까?"

"그럼요. 그 해변을 관리하는 어촌계를 찾아 가서 탐문하면 뭔가 단서가 나오지 않겠어요?"

"함께 가서 가르쳐 주세요."

테일러가 부탁했다.

서영은 테일러에게 빳빳한 표정의 얼굴을 들이대며 계속해서 딴청을 피웠다.

"아르바이트 나갈 시간이 넘었어요. 알바 잘리면, 굶는다고요. 박사님! 만나서 반가웠고요. 제게 볼일이 있으시면 교수님께 연락하세요."

서영은 자못 냉정하게 말을 맺고는 몸을 돌려 박물관 밖으로 나갔다.

테일러가 잰 걸음으로 서영의 뒤를 따랐다.

서영은 핸드백을 흔들며 뒤도 돌아보지 않고 주차장으로 내려갔다.

텅 빈 주차장에 테일러의 차와 서영의 차 두 대만이 나란히 주차되어 있었다.

대형 벤츠와 찌그러진 국산 구형 경차와의 대비가 사뭇 극적이었다.

서영은 경차의 문을 열고 핸드백을 조수석에 던져 넣은 다음 운전석에 오르려 했다.

뒤 따라 온 테일러가 차 문을 잡고 말했다.

"미국 사람은 공짜로 일을 시키지 않습니다. 대가를 지불하고 고용하는 편이 더 효율적이거든요. 아르바이트 시급 몇 배를 드리지요."

서영이 테일러를 빤히 쳐다봤다.

테일러가 애써 미소를 지으며 말을 이었다.

"춥지 않아요? 내 차에서 이야기합시다."

테일러가 벤츠의 조수석 문을 정중하게 열어주자. 서영이 달랑 올라탔다. 박물관에서 나오면서 원격으로 미리 히터를 켜둔 모양, 차 안이 따뜻했다.

운전석에 탄 테일러가 재차 사진을 보여주며 다짐했다.

"정말로 어딘지 알 수 있겠어요?"

"박사님. 보통 관광객들은 육지에서 바다 쪽으로 사진을 찍으니까 배경이 모두 텅 빈 바다라서 어딘지 알 수 없지만, 이 사진은 바다에서 육지 쪽으로 찍혔잖아요? 그래서 배경이 된 산의 능선을 보고 짐작한 거죠."

"그래서, 그쪽 바닷가 사람들에게 탐문하면 된다는 겁니까?"

"아뇨. 그 바닷가는 제주시가 팽창하면서 아주 오래전에 방파제를 쌓아 원형이 망가졌어요. 지금은 아무도 찾지 못할 거예요."

"그런데 박 선생은 어떻게?"

"제가 해녀에 관련된 사진은 전부 다 있다고 했죠? 그래서 대충 짐작한 겁니다. 사진이 특별하게 선명하고 또 미국인이 가지고 온 것 까지 종합해서요."

'허어' 테일러가 헛웃음을 치며 잠깐 눈을 감았다.

뭔가 마음속으로 계산할 시간이 필요한 모양이었다.

잠시 뒤 눈을 뜬 테일러가 대시 보드에서 오만 원짜리 지폐 뭉치를 꺼냈다. 돈뭉치를 한 손에 든 테일러는 싸늘한 눈빛으로 서영을 쏘아 보았다.

서영은 테일러의 얼굴은 쳐다보지도 않고 돈뭉치로 쏠린 시선을 떼지 않았다.

테일러는 서영의 눈앞에 대고 지폐 뭉치를 반으로 꺾어 낱낱이 '휘리릭' 넘겼다.

서영은 사양하지 않고 손을 내밀었다.

테일러는 바로 돈 다발을 넘겨주지 않았다.

"이걸로 우리 둘 사이에 계약을 하는 겁니다."

"조건을 말씀하세요."

"첫째. 비밀 준수! 우리는 만나지도 않는 것이오. 둘째. 이 사람들을 찾을 때까지 안내하는 겁니다. 이건 계약금에 불과하오. 비밀을 준수하고 이 사람들을 찾아 주면 플러스알파가 있을 것입니다. 배보다 배꼽이 더 크다는 한국 속담 속의 큰 배꼽 말이오."

서영은 뜸도 들이지 않고 곧바로 돈을 채어가듯 가져가고 테일러의 손에 입을 맞추었다.

"You are my master."

(당신이 나의 주인입니다.)

돈을 넘겨 준 테일러의 말투가 단박에 바뀌었다.

"박 선생이 운전해서 안내해."

"오, 꼭 한 번쯤 몰아보고 싶은 차였는데. 쌩큐!"

운전석으로 자리를 바꾸어 앉은 서영은 흥분을 감추지 않았다. 그녀는 주차장을 한 바퀴 돌며 운전 응답성과 핸들링의 감을 잡은 다음 해안도로로 나가자마자 겁도 없이 마구 몰았다.

파도가 검은 바위에 부서져 하얀 물거품을 도로 위로 날리고 있었다.

가로수로 심어진 담팔수의 짙푸른 잎이 흩날리는 눈발 사이로 반짝이는, 석양의 해안도로는 절경이었다.

서영은 바닷가를 휘돌아 제주시로 들어가 항구를 따라 시가지를 우회해 용두암으로 가는 해안도로로 들어섰다.

도로에 바닷물이 올라와 경찰이 붉은 경광봉을 흔들며 차들을 우회시키고 있었다.

"사리 물이 들어 또 도로가 잠겼나 보네요."

서영은 차를 돌리지 않고 경찰 곁에 세우고 창을 열었다. 경찰이 친절하게 안내했다.

"해안도로가 침수되어 통행을 통제하고 있습니다. 우회하시든지, 아니면 썰물이니까 잠시 기다리십시오."

서영이 테일러에게 말했다.

"물이 거의 빠져나가고 있으니까 돌아가는 것 보다는 기다리는 것이 더 빠르겠네요."

테일러가 물었다.

"이 도로, 자주 물에 잠기나?"

"지구 온난화로 해수면이 상승해서 해마다 잠기는 횟수가 늘어나네요."

"해수면 상승. 큰 문제야, 큰 문제. 조만간 투발루나 몰디브는 국토가 없어져 나라 자체가 사라질 거고, 플로리다, 베트남, 방글라데시, 아랍 에미레이트도 상당 부분 잠기겠지."

"그러게요. 해수면이 1m만 높아져도 육지 4%가 물에 잠긴다죠?"

"문제는 그 4% 속에 식량 작물을 재배하는 경작지 삼분의 일과 십억 인구의 거주지가 들어있다는 것이야. 십억 명이 집을 잃고, 삼십억 명 이상이 먹을 식량이 사라진다는 거지. 단 1m만 높아져도 그런데 더 높아지면? 그것도 몇 십 년에 걸치지 않고 갑작스럽게 높아진다면 인류는 방어할 길이 없어."

"네덜란드도 한계 높이가 12m라죠? 해수면이 12m 상승하면 네덜란드 자체가 사라진다더라고요."

"네덜란드뿐 이겠어. 전 세계 인구 40%가 해안선에서 100km 이내에 거주하는데 그 사람들 살 곳도 없어지겠지. 더구나, 현대 인류 문명의 기반이 되는 발전 설비는 거의 대부분 해안에 자리 잡고 있지 않아? 화력 발전소는 연료 공급 때문에, 원자력 발전소는 냉각수 때문에 해안가에 있을 수밖에 없지. 전력 생산이 중단되면 현대문명도 끝이야."

"하긴… 인류의 문명이 강어귀에서 발생했고, 대도시도 대부분 강가에 있잖아요? 특히 런던 같은 경우는 지금도 템즈

강이 자꾸만 범람해서 거대한 가동 댐으로 겨우 버티고 있는 판인데 런던도, 베니스도 결국은 수몰되겠죠."

"바다가 높아진다고 해도 제주 해녀들은 걱정이 없겠어. 바다에 적응했기 때문에 바다 천지가 된다 해도 해녀는 살아남지 않겠어? 더구나 제주도는 산지가 많으니까."

"글쎄요. 지금 현역에서 일하시는 분들이 삼천 명도 안 되는데다가 80% 이상이 칠십을 넘긴 할머니들이거든요. 심지어는 구십 세에도 물질을 하시는 분도 계시는데, 해마다 돌아가시거나 은퇴하는 분들이 백 명을 넘어요. 그렇지만, 이, 삼십 대 해녀는 한, 두 명뿐인 현실이니 머지않아 해녀 자체가 사라지고 말 거예요. 특히, 진짜 해녀라고 할 수 있는 대상군 해녀의 대는 이미 끊겼다고 봐야겠죠."

경찰이 가도 좋다는 신호를 보냈다.

침수지역을 벗어나 해안 길모퉁이를 돌자 바닷가에 횟집이 줄줄이 늘어서 있었다. 주차장에 차를 멈춘 서영이 재빨리 조수석으로 돌아와 차 문을 열어주었다.

"돈이 아깝지 않도록 제 능력을 곧바로 확인시켜 드리죠."

횟집마다 문 앞에 '해녀 횟집', '해녀 직영', '오늘 물질' 등등의 작은 입간판을 세워 놓고 더러는 유리창에 물질하는 해녀 사진이 붙어 있었다.

"해녀들이 직접 잡아 온 것이라고 해야 관광객들에게 인기가 있어요. 실제로 해녀가 운영하는 곳도 있고요. 생선회를 드실 수 있으세요?"

"한국에 오기 전에 일본에도 오래 있었어. 스시 먹을 수 있어."

"한국에 오신지는 얼마나 되셨어요?"

"대학 때부터 김 교수 따라 여러 번 왔었지. 교환교수로 한국에서 몇 년 살기도 했어."

"한국어 발음은 둘째 치고 독해력이 참 좋으세요. 전문용어도 잘 알아들으시는 걸 보니 어휘력이 대단하시고요."

"서울 대학에서 정식으로 한국어 연수를 받기도 했고, 날마다 신문을 보며 모르는 단어를 외우지. 어학이 내 자산이고 직업이야."

서영은 테일러와 이야기를 나누며, 차 소리를 듣고 문을 열고 나와 호객을 하는 사람들을 거들떠보지도 않고 한집을 겨냥해 곧바로 테일러를 데리고 갔다.

'해녀식당' 문을 열고 들어가자, 젊은 아주머니가 어눌한 연변 사투리로 '어서 오십시오'하고 반겼다. 서영은 아주머니가 권하는 자리에 앉지 않고 출입문을 등지고 앉아 TV를 보고 있는, 머리카락이 온통 하얀 노파에게로 가며 소리쳤다.

"할망. 저 와수다예."

노파가 고개를 돌려 서영을 봤다. 주름살이 얼굴 가득해 나이를 짐작하기 어려웠다.

"전화도 어시 어떵 헌 일이고?"

"할망 보고정해 그내 와쑤마씸."

하며 서영이 넉살 좋게 노파를 껴안았다.

노파가 테일러를 턱짓으로 가리켰다. 서영이 서로 소개했다.

"내 칭구 미국 박사님이우다예~."

"박사님! 현역 최고참 해녀 중 한 분이세요."

테일러가 정중하게 허리를 숙여 인사를 했다.

해녀가 서영에게 슬쩍 말을 흘렸다.

"오널 볕이 과랑과랑허는디 혼참만에 큰큰헌 생복을 촛아
신디 아직 임제가…"

무슨 말인지 알아들은 서영이 해녀에게 고개를 슬쩍 끄덕
여 준 다음 테일러에게 말했다.

"박사님! 할머니가 오늘 낮에 오랜만에 아주 큰 전복을 따
셨대요. 비싸기는 해도 박사님이 팔아 주셔야겠어요."

"박 선생 뜻대로 해."

해녀 얼굴의 주름살이 쫙 펴지고 대번에 자리가 만들어졌다.

주방으로 가려는 해녀를 서영이 붙들어 앉혔다.

"바이탈로 썰기만 허문 되시난 할망까지 가사 되쿠광? 혼
저 우리영 애기나 허게마씀."

해녀가 앉자마자 서영이 곧바로 사진을 꺼내 들이 밀었다.

"할망, 이 사진 호끔 봐줍써. 누구 사진인지 알아지쿠광?"

사진을 받아 든 해녀가 눈을 가늘게 떠서 보더니 즉각 답을

내놓았다.

"나 친구 순이허고, 순희 어멍인게."

서영은 반사적으로 되물었다.

"촘말로 마지께여?"

"응. 혼동네에서 나서 커신디 모르카?"

서영이 손뼉을 치며 테일러에게 소리쳤다.

"빙고! 빙고!"

테일러가 어안이 벙벙한 얼굴로 서영을 보았다.

"무슨 말이야?"

"제주말은 제주 토박이들도 나이 드신 분들 외에는 못 알아들어요. 제주언어는 사라질 위기에 있는 언어로 유네스코 레드북에 올라 있을 정도거든요. 제가 통역을 할게요. 이 사진 속 사람들은 이분 친구 순희와 순희 어머님이랍니다."

테일러가 물었다.

"그 사람들 지금도 살아있습니까?"

"순희 어멍은 외지 물질 가버리난. 순희도 십년 쯤 전에 죽었주마씸."

그 정도는 테일러도 알아들은 모양이었다. 예상했던 대답인 듯, 질문을 계속했다.

"두 사람 다 대상군이었습니까?"

"맞주게, 시상에 그추룩 물질 잘 ᄒ연 줌녀는 다시 읍을 것이여."

"순희 씨는 자녀가 있었습니까?"

"똘 ᄒ나 있었주게."

서영이 다시 통역에 나섰다.

"어디 사는지 아십니까?"

"서귀포 살암쩌."

(서귀포에 살고 있어)

"그분도 해녀입니까?"

"아니주게, 순희가 죽어도 물질 못ᄒ게 막앗지. 이추룩 좋은 시상에 저승질 물질을 무사 시키느니, 나도게 우리 똘덜 인칙 육지로 쫓아네 부렷주게. 경ᄒ디 순희 똘은 ᄒ고 싶은 물질을 못ᄒ영 경ᄒ엿는지 뉘울다가 육지 큰 빙원ᄁᆞ지 갓는디도 무신 빙인지 몰란 죽기전에 심방불던 굿이나 ᄒ여보켕 ᄒ연 굿을 ᄒ여신디 굿만ᄒ민 굿 나사부는거라. 경ᄒ디 메칠 지나민 또시 아프곡 또시 굿ᄒ곡 경ᄒ다가 ᄒ는 수 엇이 심방 뜨라뎅기멍 소미가 뒈여신디 멩두를 봉간 심방이 뒈엇어. 원래 순희 똘이 글을 베완 ᄋᆞ망져서 예펜심방은 뒈기 어려운 수심방이 뒈엇지."

(아니야. 순희가 죽어도 물질 못하게 막았어. 이렇게 좋은 세상에 저승질 물질을 왜시켜. 나도 우리 딸들 일찍 육지로 내 보냈지. 그런데 순희 딸은 하고 싶은 물질을 못해서 그런가 뉘울었어. 육지 큰 병원까지 갔는데도 무슨 병인지 몰라서 죽기 전에 굿이나 해보자고심방 불러 굿을 했는데 굿판에서 바로 살아나는 거야. 그런데 며칠 지나면 또 아프고 또 굿하고 그러다가 하는 수 없이 심방 따라다니며 소미가 되었는

데 명도를 주워서 심방이 되었어. 원래 순희 딸이 글을 배우고 똑똑해서 여자 심방은 되기 어려운 수심방이 되었지.)

테일러는 비상한 호기심을 내비치며 수첩을 꺼내 서영이 통역하는 제주 말을 적다가 물었다.

"뉘울다? 한국말에 그런 단어가 있어?"

"뉘울다는 원인과 이유를 알 수 없이 오래도록 시름시름 앓는다는 제주 말이랍니다. 무병에 걸리면 대부분 뉘울지요."

"무병이라니?"

"무당이 될 팔자로 타고나서 무당이 되지 않으면 몸이 아프고 사업도, 가정도 다 잃게 되는 병을 수반한 심령학적 현상이지요."

"수심방은?"

"수심방은 심방의 우두머리라는 말입니다. 심방은 무당의 제주 말이지요. 제주에는 육지와 달리 박수무당인 남자 심방이 많고 큰굿은 남자 심방 중의 대가인 수심방이 대부분 맡아요. 여자 무당이 수심방이 되기는 참 어려운데 순희씨 딸은 글을 배우고 똑똑해서 수심방이 되었답니다."

두 사람의 이야기가 끝나기를 기다리던 해녀가 이야기를 이었다.

"경혼디, 순희네 집안내력이 경ㅎ여신가. 순희 웨 똘손지가 트멍에 우리영 ᄀ찌 물질을 ᄒ는디 완전 등차고 ᄋ망젓져, 공비는 잘 ᄒ여그네 흑교 선성이 뒈여신디도 바당이 하도 좋앙 물질이 좋뎅ᄒ멍 노는 날이민 바당에서만 강 살앗져. 줌녀로 치민 대장군이주게.”

(그런데 순희네 집안 내력이 그런가, 순희 외손녀가 가끔 우리와 물질을 하는데 보통내기가 아니야. 공부를 잘해서 학교 선생이 되었는데도, 바다가 너무너무 좋고, 물질이 좋다고 쉬는 날이면 물에서 살아. 해녀로 치면 대상군이야.)

말을 듣는 도중에 서영이 눈을 크게 뜨더니 해녀에게 물었다.

“현해린 선생이 그 외손녀입니까?”

“맞주게.”

“현 선생 물질이 대상군 급이라고요?”

“대장군도 하영 큰 대장군이제.”

서영은 물음표를 얼굴에 써들고 있는 테일러에게, 믿기지 않은 표정으로 말을 옮겼다.

“신이 아직 제주를 떠나지 않았네요. 대상군이 있다네요.”

“정말이야? 그 사람과 사진 속의 사람이 연관이 있어?”

“어쩐지. 사진이 낯설지 않더라니! 박사님. 돈 아깝지 않게 해드린다고 했죠? 그분들의 모계 유전자라네요.”

테일러의 얼굴에 폭죽이 터진 듯했다.

하지만, 서영의 얼굴은 그렇게 밝지 않았다.

서영의 침통한 표정에 아랑곳하지 않고 테일러가 재촉했다.

“대상군, 살아 있는 신이 누구야? 찾을 수 있겠어?”

서영이 짜증이 약간 스민 목소리로 대답했다.

“걱정하지 마세요. 제가 아는 사람입니다.”

"누구야?"

"대상군이라는 건 아직 믿지 못하겠는데, 현해린이란 젊은 아가씨입니다."

"친한 사람이야?"

"작년에 현해린의 애인이라는 양지우 선장에게 스쿠버 다이빙 교습을 받았는데 그때 자주 봤는데, 물질하는 것은 못 봐서 대상군인 줄은 몰랐네요."

"잠깐만."

테일러가 서영의 말을 막고 수첩에 한글로 현해린, 양지우라고 적었다. 한국인 컴퓨터 세대의 학생들은 따라오지 못할 네모반듯한 한글이었다. 이름을 적고 나서 테일러는 볼펜을 든 채로 계속 물었다.

"두 사람에 대해서 아는 대로 말해줘."

"현해린은 해양학을 전공하여 석사학위를 받은 나름 똑순이 인데, 지금 서귀포 귀퉁이 남녀공학 종합고등학교에서 과학 선생하고 있고요, 양 선장은 해군 특전사에서 수중 폭파대로 복무하다 작년에 전역해 폐선 직전인 고물 배를 사 가지고 낚시 안내도 하고, 스쿠버 다이빙 장비도 대여하고 가르치기도 하는 멋진 남자예요."

테일러는 현해린과 양지우 한글 이름 뒤에 서영의 말을 속기하듯 영어로 적어 내리며 물었다.

"양 선장, 수중 폭파대라면 Underwater Demolition Team UDT?"

"네. 아주 뛰어났다고 들었어요. 의지와 인내심이 대단한 사람이죠. 십 년 가까이 군 복무해 배 한 척 마련 할 돈을 모아 나왔다 하네요. 군대에서 전역을 엄청나게 말렸나 본데 현 선생 놓칠까 나왔나 봐요. 지금도 바다에서 큰 사고가 나면 불려 가더라고요."

"양 선장, 엄청난 터프가이겠어. 대한민국 UDT는 미군보다 더 뛰어나다는데. 장비가 뒤져서 그렇지 체력이나 작전 능력이 미군 네이비 씰을 뛰어넘는다지? 양 선장. 인간의 한계를 뛰어넘는 무서운 사람이겠어."

"다부지게 생기기는 했지만 무서운 인상도 아니고, 직업 군인이었던 티가 나지 않을 만큼 참 부드럽고 싹싹해요."

테일러가 빙그레 웃으며 서영을 슬쩍 찔렀다.

"양 선장 이야기를 하면 박 선생 목소리에 열정이 스미는데 좋아하나 봐."

서영은 테일러의 말을 부정하지 않았다.

"남자를 볼 줄 아는 여자라면 빠질 수밖에 없는 사나이 중 사나이죠. 그래 봤자, 건강하고 예쁜 현 선생 몫이니까 뭐 그림의 떡이고요."

"현 선생은 어떤 사람이야? 학교 선생이면서도 물질에도 대상군이라니 아주 건강한 사람인가 봐."

"건강하다 뿐입니까? 외국여행도 많이 하고 외국어도 잘하는데 뭐 영어 회화는 원어민 교사 뺨쳐서 방과 후 교실에서 영어 회화도 가르친다고 하더라고요. 나름대로 제주도에 인물 났죠. 인물. 현 선생 블로그 한번 들어가 보세요. 대학 때부터 여름이면 해외에 나가 찍은 사진이 가득해요. 동남아는 아무것도 아녜요. 카보산 루카스, 카리브해, 지중해, 발틱해, 심지어는 바이칼 호도 들어가 사진을 찍었더라고요."

테일러에게서 해녀로 눈길을 돌린 서영이 다시금 물었다.

"할머니. 현 선생 어머니가 수심방이라고요?"

"응, 족집게로 유멩흔 서귀포 고영신이가 순희 뚤이여, 수심방이 뒈연 돈 하영 벌지. 서방은 인칙 죽엇서도 웨동뚤 해린이가 요망지니까 늙으막에 좋은 펜이지."

(응. 족집게로 유명한 서귀포 고영신이가 순희 딸이여. 수심방이 되어 돈 잘 벌지. 서방은 일찍 죽었어도 외동 딸 해린이가 똑똑하니까 늘그막이 좋은 편이지.)

"고영신 수심방이요?"

"응. 고영신이 해린이 어멍이여."

해녀의 말끝을 따라 얼굴이 환해지는 서영의 얼굴을 유심히 지켜보던 테일러가 말을 넣었다.

"박 선생은 현해린이 대상군이라는 사실보다는 수심방의 딸이라는 것이 더 기쁜 것처럼 보이는데?"

"오늘 처음으로 현해린이 고영신 수심방 딸이라는 걸 알았거든요."

"그게 뭐 특별한 일이야?"

"양 선장과 현 선생이 결혼하지 못하는 이유를 알 것 같아서요."

"수심방 딸은 결혼 못해?"

"아니요. 현 선생이 수심방 딸이라서가 아니라, 양 선장 아버지가 경찰이었다는 거지요."

"그게 왜 문제야?"

"제주도의 역사에서 경찰은 좀 특별한 존재거든요."

"어떻게 특별한데?"

"한국의 역사에 대해서 좀 아세요?"

"대충 연표 정도?"

"그럼 일본 식민시대도 아시겠네요?"

"한국의 일반인 수준정도는 알고 있고, 대체로 한국인의 입장을 이해하고 있어."

"어느 나라 식민지나 침략자들에게 부역하고 충성하는 매국 부역자들이 없지 않은데, 한반도, 특히 제주도에서는 일본인 순사들의 앞잡이가 되어 온갖 악행을 저지르던 세력들이 해방 후 고스란히 미군정에 의해 경찰로 편입되었어요."

테일러의 얼굴이 잠시 굳어졌다.

"김 교수에게서 제주도 역사를 좀 들었어. 4.3 사태를 이야기하는 거야?"

"4.3 뿐 아니죠. 매국 부역자들이 해방된 한반도에서 재산과 권력을 그대로 승계하도록 미군정이 방치 내지는 조장해서 지금까지도 대한민국이 요 모양, 요 꼴 인거죠."

"거기까지 미국이 어떻게 책임지었겠어? 어렵사리 원자폭탄을 만들어 겨우 전쟁에 이겨 한국을 해방 시킨 것만 해도 어딘데."

"일제 순사들의 앞잡이들이 해방 후 경찰이 되어 저지른 악행은 일본 강점기에 못지않았다고 해요. 박사님. 일본은 제주도가 동남아의 전략적 요충지인줄 잘 알고 제주도에 육만 명의 일본군을 주둔시켰어요. 당시 제주도 인구가 이십만 정도였을 때요. 그러니까 제주도 전체가 일본의 군사도시와 다름없었지 않겠어요? 그러다가 일본이 패망하고 육만 명의 일본군이 귀국한 그 자리에 외지에 나갔던 제주도민 육만 여 명이 돌아왔어요. 문제는, 돌아온 육만 명은커녕 살아남은 본토박이들을 먹여 살릴 능력도 제주도에 없었다는 거죠. 많은 사람들이 굶주림과 질병으로 죽었는데, 그 지옥 속에서 경찰이라는 조직이 민중을 위한 게 아니라 일제보다 더 악랄한 짓을 자행하고 있었으니, 제주도민의 경찰에 대한 감정이 어떠했는지는 보지 않아도 빤하지 않겠어요?"

"그래서, 4.3 사태의 도화선이 경찰서 습격이 된 거야?"

"여러 가지 요인 중에 그 점도 크게 작용한 거죠. 박사님, 생각해보세요. 변변한 일자리가 없어서 굶어 죽는 세상에서 꼬박꼬박 봉급을 받는 경찰의 위세를요. 해방이 된 이후의 수십 년 후까지도 대한민국의 경찰은 부정부패 비리의 덩어리 자체였어요. 양 선장이 태어날 때쯤까지도 경찰들은 예사로 공공연히 도로에서 과속차량을 붙잡아 현금을 받아 챙기고, 범죄자들과 결탁해 매춘 업소의 실질적 경영자가 되는 일도 많았다죠. 특히, 당시의 경찰 둘 중 하나는 전부 첩 아니면, 정부를 데리고 있었다더라고요."

이야기하는 사이에 전복을 중심으로 해산물 안주가 한 상 가득히 차려졌다. 테일러는 젓가락을 들기는 했지만, 전복과 해삼 등은 건들지 않고 곁들임 반찬 몇 가지만 깨작거렸다. 하지만, 서영은 웬 떡이냐는 듯 눈을 반짝이며 전복을 오독오독 깨물어 먹었다.

테일러가 해녀에게 직접 물었다.
"친구였던 순희와 순희 어머니에 대해 기억나는 대로 말씀해 주십시오."
해녀는 회상이 어린 목소리로 최대한 제주 사투리를 걸러내어 말하고 서영이 동시 통역했다.
"그때, 오일육 나던 해에 세브란스 홍박사가 미국사람들과 와서 해녀들 심장을 연구한다고 대상군인 순희 엄마에게 허락을 해달라고 했어. 물론 순희 엄마 위로도 고참 어른 해녀들이 많이 있었지만, 어른들도 대상군을 무시하지 못했고, 순희 엄마가 요망져서 대표로 내세운 거야. 불턱 회의에서 허락하지 않으면 총칼을 들이대도 해녀의 몸에 손을 댈 수는 없거든. 홍 박사는 제주 출신인데다 그전에도 해녀에게 닦아 놓은 공이 많아서 이야기는 쉽게 풀어졌어. 잠수병으로 골병이 들지 않은 해녀들이 없어서 심장 연구 말고도 건강 검진을 해주기로 하고 허락을 해주었지. 그때 미국에서 온 의사 중에 한 사람이 할아버지가 하와이에 노동 간 한국 사람이라나? 그래서 한국사람 피가 사분지 일쯤 들어 있다며 제법 한국말을 하며 해녀들에게 아주 살갑게 대해서 재미있었어. 그런데 연구가 끝나고 돌아갈 때 그 미국 의사가 순희 엄마를 데리고 간 거야."

테일러가 눈을 크게 뜨고 큰소리로 되물었다.

"엄마를 데리고 갔다고요?"

"그래. 미국에 가서 연구를 계속하도록 협조해 달라고 큰돈을 선금으로 주었어. 참 어려운 세상이었지. 정말로 굶어 죽는 판에 그 돈이면 온 식구가 삼 년은 먹고살 돈이었어. 그래서 앞뒤 잴 것도 없이 순희 엄마는 바로 따라나섰어."

"남편과 자식은 어떡하고요?"

"남편은 순희가 뱃속에 있을 때 이승만이 보낸 경찰이 죽였어."

"4.3 사태 때 말이죠?"

"그래. 그때 악귀같은 놈들이 사람을 파리처럼 죽이고, 아들에게 애비를, 애비에게 아들을, 서방에게 각시를 죽이도록 시키고 결국은 모두 죽였어. 젊은 여자들은 다 겁탈하고. 내가 순희 엄마라고 해도 제주도를 떠날 수 있었으면 떠나서 다시는 돌아오지 않았을 거야. 남편을 죽인 놈들에게 겁탈 당했는데, 그 살인 색마들이 버젓이 잘 살고 그 새끼들까지 떵떵거리고 사는 이 제주 땅. 죽기 살기로 물질을 해도 입에 풀칠하기도 힘든 이 제주 바다에 무슨 미련이 있었겠어. 오죽하면

소로 태어나고 말지 제주 해녀로는 태어나지 말라 했겠어. 어디 간들 죽도록 일만하고 사람대접도 못 받는 여기보다 못한 곳이 있겠어?"

"그래도 딸인 순희씨를 두고 가기가 쉽지 않았을 건데요?"

"순희도 막 결혼해서 신접살림 차려 나갔을 때였어. 제주도에서는 결혼하면 굶어 죽어도 부모에게 손을 내밀지 않아. 특히 해녀들은 더욱. 그래서 순희 엄마도 미련 없이 떠났을 거야. 순희 엄마는 어렸을 때부터 대마도로, 연해주로, 함흥으로, 독도로 물질을 다녔으니까 미국인들, 대수였겠어?"

귀를 세우고 해녀의 말을 듣던 테일러가 주머니에서 스마트폰을 꺼내 사진을 주르르 넘기다가 멈추고 해녀에게 내밀었다.

"순희 엄마를 데리고 간 사람이 이 사람이었나요?"

해녀는 사진을 유심히 보았다.

"하도나 오래된 일이라서 모르겠네. 다른 건 생각이 안 나고 성씨가 리씨라고 했던 건 기억나. 그래서 우리도 리 선생이라고 했어."

"제이슨 리! 닥터 리가 틀림없어!"

테일러는 전화를 걸어 다급하게 영어로 쏘았다.

"Let's go back to square one. Investigate Jason Lee's case all over again. Let's go back to square one. Especially focus on the Haenyeo who has been brought into the States after Jeju Haenyeo Project."

(제이슨 리를 다시 조사해. 모든 것을! 특히 제주 해녀 프로젝트 후 미국으로 데리고 간 해녀에 대해서 집중적으로 알아봐!)

서영이 해녀에게 물었다.

"미국으로 가서 소식이 끊어진 겁니까?"

"그랬어."

"그런데도 순희 씨는 가만있었어요?"

"전에도 외지 물질 나가면 몇 달씩, 길면 해를 넘기도록 소식이 없다가도 돈과 육지 물건 들고 돌아오곤 했으니까 주변 사람들도 무심히 생각했는데, 엄마가 몇 년이 지나도록 오지 않아도 순희가 찾을 기미를 보이지 않자, 사람들이 물어보니, 순희가 엄마에게 돌아오지 마라 했다더라고. 그뿐 아니라, 순희 엄마도, 순희도 글을 몰랐어. 그래서 서로 편지 한 장도 주고받지 못해 소식이 영영 끊어지고 말았지. 글 못 배운 게 한이 된 순희는 고영신이를 낳자 물질을 못하게 하고 모질게 공부를 시켰어. 그래서 고영신이 고등학교까지 나온 거야."

해녀가 말을 마치자 서영이 테일러에게 물었다.

"제이슨 리라는 의사에 대해서 좀 아시나 봐요?"

"잠수병에 대한 세계적인 권위자였어. 노동자로 하와이에 이민 온 한국인 아버지와 원주민 여자 사이에 태어났는데, 뛰어난 잠수사에, 한국어가 가능해 제주 해녀 연구 프로젝트에 미국 국방성이 불러들인 거야. 리 박사는 제주 해녀 연구 용역이 끝난 다음 해에 자크 쿠스토가 설립한 프랑스 해양 연구소에 초빙되어 프랑스로 간 다음 미국으로 돌아오지 않았어. 바로 이 사진도 리 박사가 찍은 거야."

"쿠스토라면, 바로 우리가 사용하는 수중 호흡기인 아퀄렁을 발명한 캡틴 쿠스토 그 사람이에요?"

"그래. 리 박사는 미국 국방성과 쿠스토가 모셔갈 정도의 실력자였는데, 뭔가 숨기는 구석이 많은 사람이었어. 우리도 이 사진을 찾기 전까지는 리 박사의 연구에 대해 아무것도 모르고 있었어. 프랑스에서의 행적까지 조사하면 뭔가 나오겠지."

서영이 해녀에게 공손히 막걸리를 한 잔 따라 올리며 물었다.

"할머니. 현해린 선생이랑 사귀는 양지우도 아시죠?"

"알다 마다. 이 동네에서 나서 자랐는데."

"그럼 양지우 아버지 양길동 씨와 어머니에 대해서도 잘 아시겠네요."

서영의 말끝에 해녀가 막걸리 사발을 탁 소리 나게 탁자에 내려놓았다.

"그 인간 말종 집안은 말도 꺼내지 마. 길동이 애비 놈, 일본 놈 앞잡이로 동네 남자 다 징용 보내고 여자들 다 겁탈하다가 해방되어 경찰이 되더니, 4.3 때 아주 살인귀가 되어 눈

에 보이는 사람 다 죽였어. 길동이도 지 애비 못지않아. 애비
가 경찰 만들어 주니까 대를 이어 온갖 못된 짓 다했지. 나쁜
놈들 돈 받아 쳐 먹고, 억울한 사람 잡아넣는 게 길동이 일이
었어. 첩도 여럿 데리고 산 놈인데, 그놈이 해린이 엄마를 어
릴 적부터 눈에 담아서 어떻게 데리고 놀아보려고 갖은 짓 다
했지. 그런 놈이 부자에 의원이라니! 그놈 집안을 보면, 정말
이지 부처님도 하느님도 없다니까. 착하게 산 게 후회될 지경
이라니까!"

"그래도 양 선장은 착하잖아요?"

"그 피는 못 믿어. 지우, 그 자식, 코 흘릴 때부터 해린이 졸
졸 따라다니더니 지금까지도 고쟁이 끈처럼 따라다니는데…
뭔 악연이 그렇게 질긴지. 지우, 지깟게 넘볼 사람을 넘봐야
지. 해린이를 넘봐! 쯧, 쯧, 쯧."

잠자코 듣고 있던 테일러가 수첩에 양길동이라 한글로 적
었다.

서영은 양 선장에 관한 이야기라서 재미가 난 모양으로 할
머니 해녀에게 연신 물어댔다.

"고영신 심방이 양 의원을 거절하기 어려웠을 건데요? 지
금이야 무형 문화재니, 전통 무속 전승이니 하면서 심방을 문
화예술인 대접 해주지만, 예전에는 천민과 다름없어 사람 취
급도 하지 않았었고, 미풍양속을 해치는 미신이라면서 굿판
을 벌리면 뒤집어엎고 경찰서로 잡아가는 일도 있었다죠? 그
래서 경찰이 심방 첩 삼기는 쉬웠을 것 같은데요."

"고영신이도 제 엄마 순희를 닮아서 보통은 넘는 사람이지. 길동이가 굿판마다 찾아와 훼방을 놓아도 콧방귀도 뀌지 않고 해린이 아버지랑 결혼했어. 아마도 길동이 그놈이 찍어서 못 건드린 여자는 고영신뿐일 거야."

테일러가 메모하던 손길을 멈추고 서영에게 말했다.

"현해린은 자라면서 정신적으로 큰 트라우마를 입었겠어."

서영의 얼굴에 반짝, 화색이 돌아왔다.

"그러게요. 어쩌면! 현 선생과 양 선장이 좋아하게 된 것이 사랑이 아니라 로미오와 줄리엣 효과일지도! 양 선장, 어렸을 적부터 숱하게 무당 딸과 놀지 말라는 소리 들었을 테고, 양 선장 부모는 아들 앞에서 대놓고 현해린을 모독했을 겁니다. 그래서 둘 사이에 로미오와 줄리엣 효과가 생겼을지도 모르지요."

"로미오 앤 줄리엣 이펙트Romeo and Juliet Effect? 부모가 말리면 말릴수록 더 끌리는…."

"그렇죠. 더구나 지금 양 선장 부모님이 생존해 있고, 고 수심방도 건재하니까 두 집안 간의 갈등을 현 선생과 양 선장이 무시할 수 없을 거예요."

"그렇다면 박 선생에게도 아직은 뒤집지 않은 카드가 있구먼."

"글쎄요. 세상일, 특히 남녀 간의 일을 그 누가 알겠어요? 박사님. 어떻게 하실 겁니까? 서귀포에 가면 양 선장과 현 선생이야 어디 있든 금방 찾아낼 것이지만, 날이 저물어 서요."

"박 선생, 양 선장 배 이름이 뭐야?"

"뭐겠어요? 해린호죠. 처음 양 선장 배에 탔을 때 저도 배 이름을 보고 무슨 뜻이냐고 물어봤더니, 한자로 바다 해 海, 맑을 潾 린. 맑고 투명한 바다라는 뜻이라나요. 그래서 배 이름 참 멋있다고 양 선장이 지었냐고 했더니 빙그레 웃으며 애인 이름이라 하더라고요. 그래서 현해린 선생이 양 선장 애인인 줄 알았지요. 현 선생 아버지가 딸 이름을 그렇게 짓고 자기의 어선 이름도 해린호로 붙였는데 현 선생 초등학교 때 고기잡이 나가서 돌아오지 못했다고 해요. 그 배 이름을 양 선장이 이어받은 거죠."

"흐흠, 해린호라… 박 선생, 내가 부르면 언제든지 달려올 수 있겠지?"

"박사 학위 논문 마무리했는데… 통과할지 걱정 이예요. 그일 만 아니면 24시간 수행할 수도 있어요."

"지도 교수의 힘이 절대적이겠지?"

"그렇죠. 그래서 교수님이 박사님 도와주라니까 바로 달려온 거니까요."

"김 교수는 우리가 키워서 심은 미국 장학생이오, 학위 걱정 말고 내 일에 전념해."

며칠 후, 서귀포 항이 훤히 내려다보이는 관광호텔 스카이 라운지에서 테일러와 서영이 다시 만났다.

좀 늦겠다고 전화를 한 서영이 30분쯤 뒤에 도착했다.

테일러는 불편해진 심기를 숨기지 않았다.

"오늘 딱 한 번 만 용서하겠어. 다시는 기다리게 하지 마."

"죄송해요. 사실은 아침 일찍 여기에 와서 현 선생 어머니, 고영신 수심방을 찾아갔는데, 손님이 밀려서 차례를 대어 겨우 만나 뵙고 왔네요."

"무슨 일로?"

"저 언제 시집가나 물어봤어요."

서영이 장난스럽게 대답했다.

"정말?"

"아뇨. 사실은 진작부터 뛰어난 수심방을 찾고 있었어요."

"무슨 답답한 일이 있어? 미국 사람들도 심령술사 믿는 사람 아주 많아. 내 마누라와 딸도 답답하면 내 말 안 듣고 수정 구슬 말 듣거든."

서영이 목소리를 침중하게 바꾸고 얼굴에 그늘을 드리우며 말을 이었다.

"사실은 제가 고등학교 때부터 뉘울어서요."

"뉘울다니? 아! 저번에 가르쳐 줬었지. 원인도 이유도 없이 시름시름 앓는다고."

"병원에 가도 딱히 꼬집어 나오는 병도 없으면서 몸이 좋지를 않아 십 여 년 동안 갖은 짓을 다 했는데도 요 모양 요 꼴이네요. 그래서 우리 엄마부터 내가 무병이 들어 뉘운다고 하는데…. 정말로 무병으로 뉘우는지 그 방면 최고의 권위자인 고영신 수심방에게 물어봤어요."

"그랬더니?"

"무당이 되지 않으면 처녀 귀신이 되든지, 미치광이가 된다더라고요."

"그런 말을 믿어?"

"십 여 년을 이유 없이 앓는 것도 모자라서, 하는 일마다 엎어져 경제적으로 힘이 드니까 마음이 약해질 수밖에요."

"그럼 수심방 말대로 신 내림 받아 무당 해. 박 선생이 무당하면 아주 잘할 거 같은데? 잘 맞추면 큰 돈 벌수도 있잖아?"

"어려서부터 예지몽을 자주 꾸어 주변에 일어날 일을 곧잘 맞추기도 했고, 소미 수업도 다 받아서 못할 것도 없지만…."

"소미?"

"소미는 인턴 무당이에요. 무당을 따라다니며 무속을 배우는 거죠. 석사 논문 쓰려고 진짜로 수심방 따라다니며 소미 수업을 받았는데 참 재미있더라고요. 하지만, 심방은 되고 싶다고 아무나 될 수 없죠."

"하긴…. 박 선생! 선물 하나 가져왔으니까 받고 힘내. 내가 엊그제 파리 샹젤리제 본사 로드 샵에서 직접 산거야."

테일러가 제법 큰 쇼핑 봉투를 내밀었다.

"우와! 그 사이에 파리를 갔다 오셨어요? 나는 파리 한 번 가보는 게 평생소원인데. 박사님은 이웃집 다녀오듯 하시네요."

서영이 얼굴의 그늘을 걷어내며 봉투를 받았다.

쇼핑 봉투 속에는 명품 로고가 멋지게 새겨진 상자가 들어 있었다. 포장 상자조차도 명품이었다.

그 상자 속에 서영이 가지고 다니는 짝퉁 핸드백과 똑같은 디자인의 진품이 들어 있었다.

서영은 한참 동안 말없이 가방을 보고만 있다가 조심조심 손을 내밀어 앞으로 끌어당겨 어루만지며 감격한 목소리로 말했다.

"정말 정말 고마워요. 정말 가지고 싶었던 건데. 이, 이건 정말 진짜네요. 포장 상자만 따로 팔아도 몇 십만 원 받는다는…. 제게 짝퉁인지 어떻게 아셨어요? 전문가도 구별하기 어려운 물건이라고 제법 비싸게 산 건데."

테일러가 장난스럽게 슬쩍 웃었다.

"소나기 올 때 보면 알 수 있다지 않아? 짝퉁은 머리에 올려 비를 가리고 진품은 가슴에 꼭 안고 뛴다고……. 박 선생이 백을 차 안에 던져 넣고 내 차에 타는 걸 보고 알았지. 진짜라면 차 값보다 더 비싼 걸 놓아두겠어?"

서영은 백을 가슴에 꼭 안으며 대답했다.

"대단한 눈썰미시네요. 정말 감사합니다. 뭐든 명령만 내리세요."

테이블 위에 있던 아이패드에서 '팅' 소리가 나더니 화면이 켜졌다. 화면을 들여다보던 테일러가 아이패드를 서영 앞으로 밀어주며 말했다.

"이 사람들이 현해린과 양지우인가?"

배의 갑판에 서 있는 현해린과 양지우의 모습이 화면에 떠

올라 있었다.

"네. 현 선생과 양 선장이네요."

테일러가 태블릿의 화면을 확대했다.

현해린의 몸매는 아주 아름다웠다.

가슴과 엉덩이는 풍만했으나 허리는 잘록했고 다리는 길어 몸의 전체적인 균형이 완벽했다. 육감적으로 보이는 몸 전체에서 풍기는 활력이 눈에 보이는 듯한, 건강미 넘치는 여인이었다.

얼굴의 생김 또한 몸매 못지않았다. 검고 짙은 눈썹 밑의 커다란 눈과 오뚝한 코, 도톰한 붉은 입술이 손바닥만큼 작은 얼굴에 오목조목 앙증맞게 모여 있어 상당한 미인이었다. 남자라면 한번 쯤 품에 안아 보고 싶은 여인이었으나, 행동이 당당하고 선명해서 그녀의 한 걸음 앞에 더는 다가설 수 없는, 범접치 못할 선이 그어진 것 같은 위엄이 있었다.

양 선장도 떡 벌어진 가슴팍과 큰 키, 굵직한 이목구비가 미남이기보다는 거칠고 강한 바다 사내다운, 헌걸찬 모습이어서 해린과 잘 어울려 보였다.

테일러가 감탄했다.

"아주 멋진 사람들이로구먼. 박 선생. 강적들이야. 쉽지 않겠는걸."

태블릿을 함께 들여다보던 서영이 눈을 동그랗게 뜨고 테일러를 보았다.

"어, 여기는 해린호의 갑판인데! 어, 어떻게 이 화면이…."

테일러는 아이패드를 터치해 화면을 바꾸었다.

용왕신을 그린 만다라 앞에서 점을 치고 있는 고영신의 신당이 나왔다.

"이 사람이 고영신이고?"

서영은 눈 가득히 경계의 빛을 떠올리며 테일러를 새삼스럽게 보았다.

"그렇다면 박사님은 벌써 내가 고영신을 찾아가고 또 무슨 말을 했는지 다 알고 계셨네요!"

"그래서 30분이나 늦은 것을 용서한거야."

테일러가 화면을 또 바꾸었다. 텅 빈 교실이었다. 현해린 학교의 과학실인 모양이었다.

그뿐이 아니었다. 해린호의 조타실에서도, 양지우의 차에서도, 심지어는 서영의 경차 안에도 몰래 카메라가 붙어 있었다.

"도, 도대체 박사님은 뭐 하시는 분이세요?"

테일러가 얼굴의 웃음기를 싹 거두고 냉정한 눈으로 서영을 쏘아 보았다. 푸른 눈이 칼날처럼 싸늘하게 빛났다.

소름이 오싹 끼친 서영은 몸을 부르르 떨었다.

테일러가 눈빛만큼이나 차가운 목소리로 말했다.

"뭘. 이 정도를 가지고. 제주도 내의 모든 교통 카메라와 방범용 카메라도 다 접속되어 있어. 박 선생!"

테일러의 부름에 서영은 화들짝 놀라 반사적으로 대답했다.

"네!"

"비밀 서약을 지키면 행복의 문이 열리고, 어기면 지옥의
문이 열린다. 무슨 뜻인지 알겠지?"

대번에 주눅이 든 서영은 기어들어가는 목소리로 겨우 대
답했다.

"네."

"차에서 카메라를 떼려고 하지도 말고, 차에서 내리면 어디
를 가든 꼭 핸드백을 들고 다녀야 해!"

"그, 그럼, 핸드백에도…"

테일러는 백지장이 된 서영의 얼굴에서 눈길을 거두어 아
이패드를 보았다.

"배에 시동을 걸었는데, 항해를 하려나봐."

깊은 숨을 쉬어 가슴을 진정시킨 서영이 말했다.

"용왕여 암초로 나갈 거예요."

"이런 날씨에 무얼 하려고 바다에 나가지?"

"뭐하기는요. 다이빙하러 가죠."

"뭐라고? 다이빙? 겨울 바다에서?"

"보나 마나 암초 주변 불가사리 청소를 하러 갈걸요. 나도
거기서 다이빙 수업을 받았거든요"

"용왕여. 암초라. 해변에서 얼마나 떨어져 있어?"

"글세요. 거리는 모르겠고요. 양 선장 배가 좀 낡아서 한 시

간 쯤 걸리더라고요."

"위험할 만큼 낡은 배야?"

"오래되어 물이 조금씩 새기는 하지만 당장 가라앉을 정도
는 아니예요. 십 톤쯤 되는 나무배인데요. 오래된 중고 선을
사서 양 선장이 직접 페인트칠하고 수리했나 봐요."

해린호의 갑판이 출렁거렸다. 간간이 내리는 눈발을 헤치
며 먼 바다를 향해 항해하는 모습이 실시간대로 중계되었다.
화면의 한쪽 구석에 작은 창이 열려 해린호의 현재 위치가 보
였다.

"십 이 노트면 배 모양으로 봐서 그런대로 잘 가는구면."

"해린 호에 위성 추적 장치도 붙였나 봐요. 참 바쁘셨겠네
요. 프랑스까지 갔다 오시고, 여기저기 몰래 카메라 붙이시고.
프랑스에는 제이슨 리인가 그 사람 조사하러 가신 거예요?"

테일러는 대답 대신 다시금 싸늘한 눈빛으로 서영을 쏘아
보았다.

서영은 그 눈빛의 의미를 깨닫고는 입을 손으로 틀어막
았다.

테일러가 금방 눈빛을 따뜻하게 바꾸어 서영을 다독였다.

"조금만 참아. 오래 걸리지 않을 테니까. 그때 가서 하고 싶
은 말 마음대로 해. 지금은 입을 닫고 있을 때야. 쓸데없는 호
기심으로 신세 망치지 마."

서영은 짝퉁 핸드백 속의 물건을 모조리 꺼내 진품으로 옮

겨 담고 짝퉁을 진품 상자에 담았다.

테일러가 아이패드 화면을 보다가 깜짝 놀란 표정을 지으며 아이패드를 서영에게 돌려 화면을 보여주었다. 비키니 수영복 차림의 현해린이 갑판에 서 있었다.

"세, 세상에 이런 날씨에 비키니라니!"

테일러가 입을 쩍 벌리며 토끼 눈을 떴다.

서영은 테일러의 표정을 보고는,

"정말 멋진 몸매죠? 여자인 제가 봐도 반할 정도라니까요."

하고, 딴전을 피웠다. 하지만 테일러는 진지했다.

"그게, 중요한 게 아니라, 한겨울 눈발이 날리는 바다 한가운데에서 비키니 차림이라니! 세상에!"

서영은 여전히 장난기를 섞어 대답했다.

"양 선장, 꼬이려고 그러나 보죠. 저러니 양 선장이 미치지 않고 견디겠어요? 좀 있으면 현 선생. 저대로 물질 할 걸요."

"뭐라고? 저대로 겨울 바다에 뛰어든다고? 네오프렌 잠수복을 입지도 않고?"

"그럼요. 지금 여기 바다 겨울 평균 수온이 섭씨 십사도 정도니까 체감 온도가 영하인 물 밖보다는 바다 속이 훨씬 더 따뜻하겠죠. 박사님. 현 선생은 지금은 사라져 버린 제주도 해녀의 전통적인 알몸 물질인 나잠을 보존하려고 스스로를 단련한다더라고요. 그래서 겨울에도 둘이서만 바다에 나가나 봐요. 네오프렌 잠수복이 나와서 해녀들의 작업능력은 몇 배가 되었지만, 추위를 견디는 능력은 점차 사라져 버려서, 어떻게 생각하면 진짜 해녀는 현해린 한 사람일지도 몰라요. 더구나 대상군이라니! 지금 해녀의 대를 잇겠다고 물질에 나서는 젊은이들이 없지는 않지만, 결코 대상군에 이르지는 못할 거예요. 그래서 현해린이야말로 이 지구상 마지막 진짜 해녀일지도 모르죠. 현 선생은 타고났나 봐요. 어떻게 된 사람인지, 여름에는 땀을 잘 흘리지 않고, 겨울에는 추위도 타지 않아서 패션 감각이 아주 엉망이랍니다. 여름옷, 겨울옷 구분이 없거든요. 아마도 인류가 현 선생처럼 진화한다면, 냉난방비가 거의 들지 않을 겁니다. 현 선생 자체가 에너지 절약형 그린 라이프죠. 어떤 때는 비정상적인 괴물 같은 생각도 들어요."

이윽고 배가 멈추고 현해린이 비키니 차림 그대로 겨울 바다로 뛰어들었지만, 테일러는 텅 빈 태블릿 화면에서 눈을 떼지 못했다.

3

　시골 소읍의 작은 남녀 공학 종합고등학교는 대학 진학이 목표가 아닌 학생들이 많아 겨울 방학을 앞 둔 교실의 분위기는 산만했다.

해린도 수업을 진행할 생각은 없었다.

　"기말고사도 끝났으니까 교과서는 덮어두고 오늘은 바다에 대해 이야기해보자."

　즉각, 학생들이 항의했다.

　"바다는 지겹다고요!"

　"눈만 뜨면 보이는 것이 바다인데 또 무슨 바다 이야기에요!"

　"선생님. 혹시 공기가 아니라 바닷물로 숨 쉬시는 건 아니죠?"

웅성거림을 잠재우기 위해 교탁을 손바닥으로 탕탕 치며 해린이 말했다.

"다들 조용-! 오늘은 재미있는 걸 보도록 하자. 엊그제 도교육청에서 새로운 빔 프로젝트를 설치해 주었거든. 작년부터 그렇게 바꿔달라고 해도 예산이 없다고 하더니 엊그제 갑자기 최신형으로 가져왔더라. 전동 스크린까지 함께 말이야. 거의 극장 수준이야. 그래서 선생님이 영상자료를 좀 준비했어."

해린이 리모컨을 누르자 칠판 앞 천정에서 스크린이 내려왔다. 창문 곁에 있던 학생들이 암막 커튼을 쳤다. 빔 프로젝터가 켜졌다.

화면에 태양계 전체를 그린 컴퓨터 그래픽이 비춰졌다.

태양을 중심으로 수성, 금성, 지구, 화성, 목성, 토성, 천왕성, 해왕성. 그리고 명왕성의 자리에 134340이란 왜소행성 번호가 붙어 있었다.

해왕성의 외곽에 카이퍼 벨트Kuiper Belt가, 그리고 그 너머에 공간에 오르트 구름Oort Cloud까지 그려져 있었다. 카이퍼 벨트와 오르트 구름 대 사이에 <TNO : Trans-Neptunian Object. 해왕성 바깥 궤도의 소행성>이라 적혀 있었다.

"너희들도 알다시피, 선생님은 어려서부터 바다에 관심이 많았어. 특히 태양계의 다른 행성에는 없는 바다가 왜 우리 지구에만 있을까? 어떻게 바다가 될 정도의 엄청난 양의 물이 지구에 생겨났을까? 정말 궁금했지. 그래서 해양학을 전공했지만, 지금도 그 해답을 찾지 못했어. 그래서 오늘 너희에게 묻는 거야. 혹시 너희가 알지도 모르잖아?"

교탁 바로 앞에 앉은 학습부장이 대답했다.

"지구가 태어날 때부터 수증기를 품고 있었는데, 땅이 식으면서 비가 되어 내렸다고 선생님께서 가르쳐 주셨잖아요."

해린은 대답을 예상했다는 듯 미소 지으며 말했다.

"실은 그것도 가장 그럴듯한 이론 일 뿐, 결론은 아니야."

얼굴이 새카만 여학생이 손을 들며 말했다.

"저도 그렇게 생각합니다."

은혜는 해녀의 손녀였다.

육지에서 살다가 부모의 이혼으로 할머니에게 맡겨진 아이였지만 밝고 건강하게 잘 자라고 있었다.

물론 현 선생의 보이지 않는 보살핌이 한 몫이었다.

"만약 시험에 나오면 그렇게 써야겠지만, 수백 년 동안 비가 내려서 바다가 생겼다는 말은 좀 비현실적인 거 같아요. 수증기는 물이 증발한 것이잖아요? 그렇다면 처음부터 지구 내부에 물이 존재했다가, 수증기가 되었다가, 다시 물이 되었다는 말인데 좀 억지 같습니다. 그리고 그 이론으로는 지금처럼 엄청난 양의 바다를 다 채우기에는 좀 부족할 것 같은데요?"

"그러면 은혜는 바다가 어떻게 생겨났다고 생각하니?"

"저희 할머니 말씀으로는, 바다는 용왕님이 살기 위해 만들었다고 했어요. 그래서 용은 바다 속에 살면서 하늘의 구름을 타고 다니잖아요? 우리 영등굿 풍어제 할 때도 바다에서 용을 모셔 오구요. 용은 비를 내리니까 용이 바닷물을 만들어 살고 있지 않을까요?"

해녀의 손녀다운 발상이었지만, 말 속에 장난기가 섞여 있었다.

영등굿은 해녀들이 풍어와 무사고를 빌며 해마다 지내는 제주 전통 민속 굿이다.

유네스코 세계 문화유산으로 지정될 정도로 유서 깊은 풍어제로 매년 음력 2월 1일부터 15일 사이에 제주도 곳곳에서 지내고 있다.

전통적으로 굿을 주관하는 우두머리는 수심방이 맡는다. 심방은 육지의 무당을 일컫는 제주 말이다. 영등굿의 압권은 심방이 바다 가에 나아가 바다의 신인 용을 불러내어 굿 당으로 모시는 용왕 맞이다. 바다에서 용 신을 불러올리면 용신의 가면을 쓴 무당에게 빙의 돼 용의 행동을 하며 당으로 올라오는 것이다.

해린은 장난스러운 은혜의 말에 미간을 살짝 찡그렸다.
"정말로 그렇게 생각하니?"
"아니요. 용이 세상에 어디 있겠어요. 저는 다양한 전설만큼이나 바다가 어떻게 생겼는지는 아무도 모른다는 말을 하고 싶었습니다. 어쨌든, 바다가 있으니까 인간도 생겨났고,

우리 제주도도 생겨났고, 우리 할머니가 물질해서 내가 살고 있으니까 전 그냥 바다가 있어 좋아요."

"재밌기는 한데, 좀 더 논리적으로 접근해보자. 너희가 생각해도 바다가 지구 자체에서 생겨났다는 말은 어딘지 부족하게 느껴질 꺼야. 그래서 생겨난 것이 바다의 외계 유입설이지. 즉, 바다가 지구 바깥의 외계에서 쏟아진 물로 이루어졌다는 가설이야. 이것에 관해 누가 얘기 해 볼 사람 없니?"

목사의 아들인 성남이 손을 들며 발언권을 얻었다.

"저는 바다는 태초에 하나님께서 만드셨다고 믿습니다. 하나님께서 물이 있으라 하시니 있게 된 것이고, 그 후로 하나님은 노아의 홍수처럼 가끔 지구에 물을 퍼부으셨습니다."

확신에 찬 얼굴로 성남이 말을 이어 나갔다.

"선생님. 저는 창조론을 믿습니다. 대입 때문에 어쩔 수 없이 말도 안되는 진화론이 옳다고 답을 달고 있지만, 지구의 나이는 사십육 억년이 아니에요. 하나님께서 창조하신지 육천 년 밖에 되지 않았어요. 성서를 분석해보면 진리의 정답이 나옵니다."

성남의 말이 끝나기도 전에 우등생인 호철이 반론했다.

"넌 말도 안 되는 소리 좀 그만해라. 하나님은 우주인이야. 성남이 네가 믿는 성경 에스겔서에 보면 우주선을 타고 온 우주인이라고 쓰여 있어."

나름 책 좀 읽었다는 애들이 너도나도 말을 보탰다.

"인간의 존재는 진화론과 창조론으로는 다 설명하기 어렵

고, 우주인이 일만 오천 년 전에 지구로 데려온 생명체라는
설도 본 적 있어."

"그럼 현생 인류 문명 이전의 고대 선진 문명이 지구 곳곳
에 여러 차례 존재했다는 고고학적 증거는 어떻게 설명할 수
있는데?"

"인간도 마찬가지고, 태양계 자체가 우주적 우연으로 생겨
난 것일 뿐이지."

해린이 원하던 대로 애들이 열을 올려 자신들의 의견을 내
놓았다. 난상토론을 이끌어낸 해린은 아이들이 떠들도록 놔
두었다가 대화가 옆길로 너무 멀리 가지 않도록 말을 넣었다.

"바다의 생성에 대한 이론은 결국 두 가지로 압축된단다.
첫 번째는 처음부터 지구에 수분이 있었다는 내재설이고, 두
번째는 수분이 많은 혜성이나 소행성이 지구에 부딪혀 생겨
났다는 외계 유입설이야. 해왕성 바깥의 우주에 있는 소행성
을 Trans-Neptune Objects, 즉, TNO티엔오라고 하는데,
해왕성 안쪽의 소행성이나 혜성의 물 성분은 지구의 바다와
전혀 다르지만, 티엔오에 함유된 물의 성분은 지구의 바다와
거의 흡사하기 때문에 지구의 바다는 티엔오에 의해서 생겨
났을 수도 있어. 특히, 지난 1977년 9월 5일 발사되어 오십
년 가까이 250억 km를 항행해 태양계를 벗어난 미국의 외
계 탐사위성 보이저가 보내온 자료와 명왕성이었던 왜소행성
134340 플루토를 근접 통과한 뉴 호라이즌스 호가 보내온

자료에 의해 요즘은 바다의 외계 유입설이 정설로 부상하고 있는 분위기야. 크게 눈에 띄어 이름이 붙여진 세드나sedna, 플루티노plutinos, 얼음 난쟁이ice duarfs, 큐브워노cubewanos라고 이름 붙여진 행성 외에도 무수한 얼음 행성이 태양계 외곽에서 발견되었거든. 즉, 태양에서 130억 km 이상 떨어진 곳에서 우리의 태양을 1만 년에 한 번씩 도는 얼음행성들이 수도 없이 존재한다는 것이지. 따라서 그 얼음행성들이 지구의 바다뿐 아니라 은하계 생명의 씨앗이 아닐까 연구하는 학자들이 많이 있어. 그 얼음행성들이 가끔 궤도에서 벗어나 지구로 떨어져 바다가 생긴 것은 아닐까?"

몇몇 학생들이 반론을 내놓았다.

"선생님! 그럼 왜 지금은 얼음행성이 지구에 떨어지지 않나요? 허블 우주 망원경이 우주 구석구석을 삼십 년이나 살피고 있고 그보다 더 우수한 성능의 거대 망원경과 지구 궤도 망원경이 완성되어 속속 관측에 들어가고 있는데, 그 어느 망원경도 지구로 접근하는 얼음행성을 발견하지 못하잖습니까?"

"수억 년 동안 물이 계속 불어났다면 지금쯤 육지가 전부 잠겼지 않았을까요?"

"큰 행성이 아니라, 관측되지 않는 아주 작은 얼음조각들이 지구로 계속 떨어져 지구의 물이 조금씩 불어난다는 다큐멘터리를 본 적은 있어요."

해린은 학생들의 말을 무찔러 반박하지 않았다.

"그래, 너희들의 생각대로 티엔오 이론도 바다의 기원을 확실하게 설명하지 못하는 가설일 뿐이란다. 너희들도 바다가 어떻게 생겨났는지에 대해 관심을 가져봐. 누가 알겠어? 너희들 중 한 사람이 인류의 숙제를 풀어낼지."

"저는 바다가 왜 생겼는지에 대해서는 관심이 없습니다."

좀처럼 발표를 하지 않는 만철이 말을 해서 모두들 쳐다보았다.

"저는 바다에서 어떻게 하면 돈을 많이 벌 수 있는가에 관심이 있습니다. 바다를 잘 이용하면 인류의 식량문제를 해결할 수 있다고 선생님께서 말씀 하시지 않으셨습니까? 저는 바다에서 식량자원을 양식해서 큰 부자가 될 겁니다. 선생님! 울 아버지께서 돈 많으면 공부 못한 거 아무것도 아니래요. 제가 부자가 되면 선생님께 청혼할 겁니다. 그때까지 양 선장님과 결혼하지 마세요!"

만철이는 전복과 넙치 양식으로 돈을 벌어 지방 유지가 된 부유한 집 아들이었다.

만철의 아버지 김길수와 해린은 사이가 좋지 못했다. 양식장의 사료 찌꺼기와 폐수 방류가 바다를 크게 오염시키고 있기 때문이었다.

해린의 고발과 시위로 엄청난 손해를 입었다며 김길수가 해린을 고발했고 그 소송은 아직도 진행 중이었다.

제주 특산이라는 흑돼지를 대규모로 사육하면서 큰 비가 내리는 밤이면 돼지 분뇨를 바다로 무단 방출하고 시치미를 떼는 양지우의 아버지 양길동과 김길수는 한통속이 되어 해린을 괴롭히고 있었다.

만철 또한 아버지를 닮아 건달기가 있어서 친구들을 괴롭히고 학교 규칙을 어기는 문제아였다.

더 큰 문제는 고삼이 된 만철의 눈빛에 드러나는 이성에 대한 음흉함이었다. 만철은 친구들에게 야한 동영상을 뿌리다가 걸렸지만 학교 운영위원인 아버지의 입김으로 정학이나 퇴학을 모면하기도 했다.

해린은 고등학교에 재직하는 처녀 선생들 모두가 그러하듯 학생들이 자신을 이성으로 인식하지 않도록 각별하게 주의하고 있었다.

"만철아. 네가 부자가 될 때쯤이면 선생님은 할머니가 될 거야. 그땐 만철이는 젊고 예쁜 아가씨들 만나느라 선생님은 거들떠보지도 않을걸. 만철아. 바다에서 어떤 일을 하던 바다를 오염시키지 않아야 한다는 절대 조건을 지켜야 한다."

만철이 즉각 되받았다.

"그건 필요악이라고 생각합니다. 화장실 냄새난다고 화장실을 없앨 수 있나요? 가능한 화장실을 깨끗이 쓰는 수밖에요. 선생님! 바다가 정화 시킬 수준으로 오염을 줄이자고 아빠한테 자꾸 말씀드리다가 선생님 편 든다고 혼나고 용돈도 못 받았습니다. 선생님께서 간식 좀 사주십쇼."

학생들이 한꺼번에 '우하하' 웃음을 터트렸다.

4.

 수업을 끝내고 교무실로 돌아온 해린의 책상 위에 공문이 한 장 놓여 있었다. '과학교사 해외 연수 대상자 선정 통보' 였다.

- 미국 교육성과 대한민국 교육부가 공동으로 진행하는 과학 교사 미국 연수 대상자로 선정되었음을 통보합니다.
- 연수의 모든 경비는 미국 교육성이 지원하며, 연수기간 동안 급여와 수당은 대한민국 교육부가 지급합니다.
- 금년도에는 미국 항공우주국NASA이 진행합니다. 지정된 사이트에 접속하여 승인하시기 바랍니다.

 해린이 몇 년 동안이나 계속해서 응모하였으나, 번번이 떨어졌던 꿈이 이루어진 것이다.

그 자리에서 컴퓨터를 켜 공문에 적힌 사이트를 열었다.

본인 인증을 하고 전화번호와 주소 등, 쇼핑몰 회원 가입 수준의 기재 사항을 적어 넣고 엔터키를 눌렀다.

화면이 열렸다. 해린의 첫눈을 사로잡은 것은 트레이닝 training이 아닌 익스페리언스experience라는 단어였다. 연수가 아닌 체험이었다.

망설일 것도 없이 OK 버튼을 클릭했더니 메시지가 떴다.

- 미항공우주국 아시아 협력관 로버트 테일러 박사가 귀하의 일정을 안내합니다. 테일러 박사가 귀하가 입력한 휴대폰 번호로 전화를 하면, 수신하시기 바랍니다. -

해린이 메시지를 다 읽기도 전에 휴대폰이 울렸다.

"현 해린 선생님 본인이십니까? 저는 나사의 아시아 협력관 로버트 테일러입니다. 저희 스페이스 익스페리언스에 참여하게 된 것을 축하드립니다."

듣는 이를 즐겁게 해주는 유쾌한 한국어였다.

"감사합니다. 정말 꿈이 아닌가 싶습니다."

"제가 나사까지 동행할 것이니 아무 걱정하지 마시고 일정에 따라 주십시오. 하지만, 먼저 건강 검진을 통과해야 합니다."

"저는 건강합니다. 두 달 전에 교육 공무원 정기 검진을 받았는데 아무런 이상도 없었습니다."

"관광성 스페이스 캠프가 아닌 정식 우주인 훈련과정을 체험하기 때문에 나사에서 직접 체크해야 할 부분이 몇 가지 있습니다. 십 일 후에 미 해군 병원선을 서귀포 앞바다에 정선시키겠습니다. 전날 저녁 열 시 이후 생수 이외에는 아무것도 먹지 말고 대기하세요."

"미군 병원선이라고요?"

"네. 마침 머시MERCY호가 베트남으로 가는 길에 괌에서 보급을 받고 있습니다. 항로를 약간 수정해서 서귀포 앞바다에 잠깐 멈추었다가 가도록 조치하겠습니다."

미 해군의 병원선 머시. 7만 톤에 달하는 세계 최대의 병원선.

떠다니는 호화 종합병원이라는, 의무 요원만 천 명에 이르고, 수용 가능한 환자도 천명을 넘는다는, 미국의 힘과 인도주의를 과시하는 상징적인 배를 오직, 해린 만을 위해서 서귀포로 보낸다고?

해린은 얼떨떨한 기분을 잠시 진정시킨 다음 대답했다.

"건강검진보다도 꼭 한번 견학하고 싶었던 배라서 좋습니다."

"최첨단 정밀 의료기기로 아주 정확한 건강검진을 받게 될 좋은 기회로 생각하시면 될 겁니다. 그리고 의무 조항은 아니지만, 이번 기회에 현 선생 어머님의 건강 검진도 함께 받으실 수도 있습니다. 어쩌면 모계의 유전적 질병에 대한 데이터를 얻을 수도 있을 겁니다. 재벌들도 얻기 힘든 기회를 놓치지 마시기 바랍니다."

두 손을 번쩍 들어 만세를 부르며 환영할 일이었다.

지금까지 고영신은 건강검진을 받아 본 적이 없었다. 아니, 해린의 기억 속에 병원에 간 어머니의 모습은 없었다. 해린이 매년 거의 공갈 협박 수준으로 건강 검진을 하자고 다그쳐도 고영신은 병원 자체를 싫어했다.

"어머님께서 허락하신다면 얼마나 좋을까요?"

"잘 설득해 보십시오."

"최대한 노력해 보겠습니다."

집에 간 해린은 조심스럽게 어머니에게 말을 꺼냈다.

"엄마. 이런 기회가 어디 있겠어? 돈 주고도 못 받을 검진이에요."

고영신은 예상과는 다른 대답을 해서 해린을 놀라게 했다.

"그 건강검진 결과, 우리나라에서도 통한 다더냐?"

"그럼요! 여기 병원 검진에 비하겠어요? 세계 최고 수준인데!"

"인간문화재 전수받으려면 건강 검진 받아야 한다고 오늘 연락이 왔더라."

고영신의 꿈이 인간문화재라는 것은 누구나 다 알고 있는 사실이었고, 해린이 두 손으로 등을 떠미는 일이기도 했다.

"당연하죠! 병이 있는 사람이 어떻게 인간문화재가 되겠어요! 엄마. 겁내지 마세요. 요즘은 무슨 병이든 빨리만 발견하면 다 치료할 수 있어요. 내가 우리나라에서도 통하는 공식 진단서에 의사 도장 찍어 달라고 할게요."

십 일 후. 해린의 학교 운동장에 적십자와 미국기가 그려진 대형 헬리콥터가 착륙했다.
학생들과 교직원들의 동그랗게 뜬 눈을 뒤로 하고 현해린과 고영신은 헬리콥터를 탔다. 먼 바다 한가운데 엄청난 크기의 병원선이 떠 있었다.
착륙장에서 테일러가 기다리고 있었다.
"현 선생! 반갑습니다. 로버트 테일러입니다."
테일러가 은근한 웃음을 지으며 명함을 꺼내 해린에게 건넸다.

언어학 박사
로버트 테일러
Ph.D. in linguistics
Robert Taylor
그리고 휴대폰 번호만 적혀 있었다.

명함을 받아 든 해린이 의아한 표정으로 물었다.

"공식 직함이 없네요. 박사님."

"현 선생님과의 일에서는 제 직함이 필요 없습니다. 그래서 현 선생이 부담 갖지 않도록 제 이름과 전화번호만 적었습니다."

테일러는 해린과 고영신을 정중하게 모시고 검진 단계마다 사전 설명을 해주었다. 테일러의 한국어만으로도 충분했지만, 해린의 영어도 상당한 수준이어서 서로 간 의사소통은 아주 원활했다.

고영신도 아무 말 없이 검진 복으로 갈아입고 각종 검진에 당당하게 응해서 해린을 기쁘게 해주었다.

해린을 압도한 것은 각종 첨단 의료 설비와 의료진들의 숫자였다.

천 명에 이르는 의료진 중 의사가 이 백 오십여 명이었다. 그중에 자원 봉사 중인 한국인 의사도 몇 명 된다는데 해린은 만날 수 없었다. 정해진 동선에 따라 대기 중인 의료진만 만날 수 있도록 통제되어 된 듯, 해린 모녀의 건강검진은 일사천리로 진행되었다.

맨 나중에 들어선 방에는 각종 영상 촬영 장비가 가득 차 있었다.

"다중채널 스캐너로 전신을 입체 촬영할 것입니다. 혈관 조영제를 주사하는데 동의해 주십시오."

해린은 멈칫했다.

"혈관 조영제는 부작용이 있지 않습니까? 구토 유발, 피부 황변, 황색 소변 등이요."

"와우! 의료 상식이 대단하십니다."

"명색이 과학 선생 아닙니까?"

테일러가 만족스런 미소를 지으며 설명했다.

"이 약은 요오드 계열이 아니고, 부작용을 최소화한 구리 계열 나노 조영제입니다. 미국식품의약국 FDA의 승인이 난 지 얼마 되지 않아 현 선생이 정보를 입수하지 못하였나 봅니다. 현 선생도 아시다시피 모세혈관까지 모두 합하면 인체의 혈관 총 길이는 9만 6천 km를 넘지 않습니까? 그 혈관의 분포와 건강 정도를 체크하면 거의 모든 병증을 알아낼 수 있지요."

해린과 고영신이 사인을 하자 조영제가 주사되고, 해린 모녀의 몸속 모든 혈관이 낱낱이 찍혔다.

"검진 데이터는 곧바로 인공위성을 통해 휴스턴으로 전송되어 나사의 의학 팀이 분석해 최종 결과를 알려 줄 것입니다."

"시간이 얼마나 걸립니까?"

"휴스턴에 의학 팀을 대기 시켰고, 데이터가 실시간으로 위성 중계되었으니까 삼십 분은 넘지 않을 것입니다."

테일러가 해린 모녀를 휴게실로 안내해 손수 커피를 뽑아다 주었다. 테이블에 마주 앉자 해린은 궁금한 것을 곧바로 물었다.

"어떻게 저를 선발하셨나요?"

"현 선생은 매년 미국 연수 상위 대상자에 올라 있었지만, 언제나 외적인 요인으로 우선 순위에서 밀려났었어요. 그래서 제가 직접 현 선생을 보러 온 것입니다. 미국의 예산을 한국의 비상식적인 대상자 선정으로 매년 낭비할 수는 없잖습니까? 실력보다는 인맥으로 선정되어, 공부하러 오는 게 아니라 관광과 쇼핑을 하러 오는 사람들에게 말입니다. 특히 올해에는 연수의 효과를 극대화하기 위해 대상자를 축소하고 질을 높이기로 했습니다. 그래서 대상자를 직접 고르고 면담하여 선정하고 있는 겁니다."

이런저런 이야기를 하는 중에 테일러의 휴대폰이 울렸다. 폰을 받아 든 테일러의 얼굴이 환하게 밝아졌다.

"축하합니다! 현 해린 선생! 저와 함께 휴스턴으로 갑시다!"

테일러가 내민 손을 잡으면서도 해린의 표정은 담담했다. 건강만큼은 자신이 있었기 때문에 불합격은 상상도 하지 않은 것이다.

"어머니의 검진 결과도 알 수 있을까요?"

"그럼요. 지금 들어오고 있습니다. 일단 혈액 성분 검사와 혈관 조영 검사에서 특별한 지병이 발견되지 않았으니까 두

분 모두 치료를 요할 만큼의 병증은 없는 셈입니다만, 두 분 모두 혹시 일상생활에서 불편하게 느끼셨던 건강 이상 증세가 있으면 전문의가 따로 정밀 검진해서 치료할 수 있도록 하겠습니다."

해린은 고개를 흔들며 어머니를 돌아봤다. 고영신도 손을 내 저었다.

"결과를 공인 진단서로 발급해 주실 수 있죠?"

"당연하죠."

"이제, 연수 프로그램을 설명해 주세요."

"물론입니다."

테일러가 가지고 다니던 가방에서 서류를 꺼냈다.

"두 가지 체험 프로그램이 기본적으로 진행됩니다."

"무슨 체험입니까?"

"첫 번째, 나사의 우주인 훈련 체험입니다. 스페이스 캠프 같은 시뮬레이션 관광이 아니라, 실제 우주인 훈련과정 중 몇몇 과정에 직접 참여합니다."

"좋습니다. 소원하던 겁니다. 두 번째 체험은 뭡니까?"

"미국의 남극 기지인 맥머도 기지 견학 및 남극해 빙해저 다이빙입니다."

여기서 해린은 순간적으로 자제력을 잃어버렸다.

"와우! 맥머도 기지! 남극해 다이빙!"

"그렇습니다. 남극권에 위치한 미국의 맥머도 기지는 일반인들은 접근하기가 쉽지 않습니다. 그리고 남극의 두꺼운 얼음층을 뚫고 들어가 얼음이 하늘인 바다 속을 헤엄친다는 것은 매우 신비로운 체험으로 종교적 경외감까지 느낀다고 들었습니다."

"온 세계의 바다를 모두 들어가 보고 싶었는데! 우주인 체험보다 더 마음에 듭니다."

"그럼 이 서류를 읽어 보시고 사인을 하세요."

테일러가 내민 서류는 본인 스스로 자발적 의지로 체험에 참여한다는 지원서와 부상이나 사고에 대한 보험 가입 신청서였다.

사인하는 해린을 흐뭇한 미소가 가득 담긴 얼굴로 지켜보던 테일러가 서류를 챙겨 담은 다음 말을 꺼냈다.

"일정과 날씨가 잘 조화를 이루면 우주인 체험과 남극 방문이 빨리 끝나 며칠 동안 시간이 생길 수도 있습니다. 만약에 시간이 나면, 스미소니언박물관 견학과 그랜드캐니언 탐사두 가지 옵션이 준비되어 있습니다. "

"스미소니언 박물관의 바다의 기원관은 석사 학위 참고자료 수집 차 오래 전에 둘러보았습니다. 미국은 몇 번 갔지만 다이빙하러 바닷가로 돌아다니느라 그랜드캐니언을 못 가봤네요. 가능하면 그랜드캐니언을 관광이 아닌 과학적 접근으로 보고 싶어요."

"과학적 접근이라… 오~! 아주 아주 좋습니다. 그렇게 준비하겠습니다."

출국일이 정해지자 해린은 해가 지기를 기다려 어머니에게 갔다. 해린의 어머니 고영신 수심방은 해가 지면 예언을 접었기 때문에 점을 보러 온 손님들이 돌아가기를 기다린 것이다.

고영신의 신당은 용왕이 그려진 만다라를 모셔 놓은 용신당이었다.
고 수심방이 스승으로부터 몇 대째 물려받았다는 만다라는 훌륭한 작품이었다.
용왕을 태우고 파도의 머리가 하얗게 부서지는 거친 바다를 헤치며 나아가는 용의 그림은 대단히 사실적이었다.

낙타의 머리, 사슴의 뿔, 토끼의 눈, 돼지 코, 소의 귀, 뱀의 목, 호랑이 주먹에 매의 발톱, 잉어의 비늘이 조합된 용의 모습은 수 천 년 동안 그려지면서 진화를 해서 완벽한 하나의 생명체가 되었다. 상상의 동물을 실존 동물의 부위를 조합해 그려 현실감을 심은, 역설적인 작품이었다.
동양의 용에 대한 정의는 천 칠백여년 전의 위나라 장읍이 '이아爾雅'라는 자서에 그 모습을 구체적으로 서술해 놓았고, 그 정의가 지금까지 통용되고 있는 것이다.
하지만, '이아' 또한 사천 년 전, 주공의 저서를 수정 증보했다고 장읍이 서문에 밝힌바, 그 진위는 알 수 없으나 용에 대한 환상은 중국문명 초기부터 존재했다는 사실은 분명했다.

비단, 중국 문명뿐 아니라, 전 세계의 고대 문명에도 그 형태는 달라도 용은 존재 했다.

특히, 동서고금을 막론하고 해안가와 뱃사람들의 용신 숭배는 종교가 되었고, 심지어는 미해군 네이비 씰에서도 용의 가호를 비는 의식이 있다.

어찌 되었든, 인간의 마음속에 용에 대한 신비는 아직도 살아남아 동양의 무수한 절과 사당의 건축에 용의 장식은 빠지지 않는다.

또한, 할리우드 영화의 단골 소재이기도 했다.

고영신의 용신당 만다라 속 용도 위엄과 카리스마가 만만하지 않아 용신을 배경으로 앉아 있는 고영신의 모습은 사람들로 하여금 신비감을 불러일으키기에 부족함이 없었다.

용신에게 절을 하는 것으로 일과를 끝낸 고영신의 얼굴엔 종일 사람들에게 시달린 피곤이 눈에 보이게 덮여 있었다.

고영신은 딸을 보고도 특별히 살가운 표정을 짓지 않았다. 하긴 신과 같은 권위를 지닌 수심방이 쉽게 감정을 표현하겠는가.

해린은 어머니에게서 보통 어머니의 평범한 사랑 표현을 받아본 적이 없었다. 따라서 해린 또한 여느 딸처럼 어머니에게 응석으로 다가가지 못했다.

어린 시절, 아버지는 한 사리 보름 단위로 물고기를 잡으러 바다로 나갔다. 그래서 15일에 한 번 씩 조금 물에 하루 이틀 집에 돌아올 뿐이었다.

어머니는 굿을 하러 나가 집을 비우기 일쑤였다. 더구나 무당인 어머니 때문에 사람들에게 무시당하고 친구도 없었다. 당연히 어머니와 정이 없을 수밖에 없었다.

명석한 해린은 어린 나이였지만, 고영신이 남편의 죽음을 예지하지 못하고 출항을 말리지 않았다는 사실에 결정적으로 충격을 받았다.

아빠가 보고 싶어 몸부림치던 사춘기 시절 어느 날, 해린은 작정하고 어머니에게 덤볐다.

"엄마. 용왕신이 왜 아빠가 일찍 죽으니까 결혼하지 마라고 엄마한테 말 안 해줬어?"

"요년이! 네가 세상에 태어나려고 눈을 가린 거야!"

"엄마 참 대단해. 어디서 그런 천재적인 논리가 튀어나와?"

"천재적인 논리? 너는 아직도 용왕신을 믿지 않는구나."

"신이 어디 있어. 그냥 엄마는 보통 사람보다 뛰어난 정신 능력을 갖췄을 뿐이야. 그걸 과학적으로 해명하지 못한다고 해서 신의 능력이라고 하면 안 되지. 엄마, 용왕신 하지 말고 나한테는 그냥 사람 엄마 해줘. 나는 그게 정말 좋은데."

"너의 사람 엄마는 신 내림 받을 때 죽었다."

가슴 속이 서늘해지면서 울컥 눈물이 솟을 만큼 냉정한 말이었으나, 해린은 절대 울지 않았다.

"그럼 나는 고아네. 고아. 엄마는 내가 죽어도 울지 않을 사람이야! 아빠가 돌아오지 않았어도 지금까지 한 번도 운 적 없잖아!"

그럴 때마다 해린을 따뜻하게 안아 준 사람은 외할머니였다.
어머니가 육지의 신이라면 외할머니는 바다의 신이었다.
어촌계에서 대상군인 외할머니의 위상은 대단해서 해린의 어깨를 으쓱하게 했다.
어머니가 자랑스러운 적은 한 번도 없었지만, 외할머니는 언제나 자랑스러웠다.
어머니가 아닌 외할머니의 품에서, 불턱에서 자란 해린이 물질을 하는 것은 지극히 자연스러운 일이었다.
외할머니는 해린의 물질을 달가워하지 않았지만, 딸처럼 손녀까지 뉘울까 봐 물질을 못하게 막지는 않았다.
"해녀가 되면 안 된다. 그저 재미로 해라. 물숨 한 번이면 저승길이다."

외할머니의 말처럼 바다 속에서 물 한 번 들이키면 그걸로 죽는 것이다. 그래서 해녀는 잠수할 때마다 이승과 저승을 오가는 것이다.
하지만, 해린은 그 저승이 이승보다 더 편했다.

시간만 나면 바다 가에서 노는 해린을 보고 고영신이 혀를 차며 말했다.

"정말 너한테도 네 애비처럼 바다에서 사람 불러 잡아먹는 인어 귀신이 붙었는가 보다. 그러니까 네 애비나 너나 육지에 발을 못 붙이고 그냥 바다로만 나가려고 하지. 인어가 자꾸 불러내니까."

"아이고, 인어 귀신 떼려면 큰 굿 해야겠네. 그런데 엄마. 아빠는 정말 어디로 가셨을까? 어디에 가셨기에 지금까지 안 오실까? 엄마, 나는 지금도 아빠가 배 가득히 고기를 잡아 돌아오실 것 같아. 아빠는 지금도 항해 중일 거야."

"말도 아닌 소리 하지 마라!"

수심방이 눈에 귀기를 올리며 해린을 쏘아보았다.

"에이. 엄마 그러지 마. 딸을 그런 눈으로 보는 사람이 어디 있어?"

수심방은 어디까지나 냉정했다.

"해린아. 아빠가 어디 있는지 정말로 알고 싶어?"

"엄마는 알아?"

"아빠는 이어도로 갔다."

"뭐라고요? 이어도요?"

"그래. 용왕님의 뜻을 거역해서 이어도에 가서 돌아오지 못한 거야. 그때 내가 네 아빠가 바다에 나가지 못하게 말리지 않은 줄 알아? 이번에 나가면 다시 볼 수 없다고 분명히 못 박아 말했었다. 그래 봤자, 이월 보름 사리 놓칠 수 없다는 그 인간 고집을 용왕님인들 꺾었겠냐고."

이어도라니!

해녀들의 이상향. 가면 다시는 돌아오지 못한다는 해녀들의 저승.

현실적으로야 제주도 남쪽 159km 거리에 있는 수중 암초군을 이어도라고 부르기도 하지만, 이어도는 전설 속의 전설일 뿐이었다.

해린은 어이가 없었다. 아무리 미신을 신봉하는 수심방이라지만, 딸에게 거짓말을 하지는 않을 터이니 어머니는 정말로 이어도의 실재를 믿고 있는 모양이었다.

"그럼, 아빠는 이어도에서 돌아가신 거야?"

"그래. 거기서 배가 가라앉는다고 마지막 무전을 보내고 소식이 끊겼지. 그래서 아빠 출항 한 날로 제삿날을 잡은 거야. 그러니 아빠 기다리지 마라."

"엄마나 그렇게 생각해. 나는 아빠가 아직도 내가 걸어 준 용왕 목걸이 차고 저 먼 바다에서 그물을 당기고 계신다고 생각할 거니까."

고영신은 남편의 죽음을 예견했지만, 그것이 남편의 운명이기에 말릴 수 없었다고 했다. 그 말이 해린에게는 더 충격이었다. 미래를 바꿀 수 없는 예언이 무슨 소용이겠는가!

해린에게 있어서 복권 번호를 맞추지 못하는 예지력은, 복불복 말장난 일뿐이었다. 해린의 눈에 고영신은 신의 대리자, 혹은 빙의를 한 신과 인간의 매개자가 아니었다.

신의 계시인 예언적 능력을 인정하지 않고 인간과 신의 관계를 부정하며, 부녀 관계 이상의 무속적 교류를 원하지 않는 한에서는 해린은 결코 어머니와 정신적 합일을 이룰 수 없었다.

많은 심방의 자식들이 무병에 걸려 대물림을 하는 것을 보고 해린은 스스로 다짐하곤 했다.

절대로! 절대로 무당이 되지는 않겠다!

해린에게 있어서, 뉘울거나 신내림은 빙의가 아닌 정신병의 일종일 뿐이었다.

더구나, 무당의 딸로서 겪은 인격 모독은 끔찍함을 넘어서 정신적 트라우마로 가슴 속에 피멍울이 된지 오래였다.

"너 한 몸 건사는 할 수 있으니까 걱정하지 않는다. 많이 놀다 오너라."

"놀러 가는 것이 아니라 공부하러 가는 거에요."

"너한테는 그게 그거 아니냐?"

"나 없는 동안 엄마 혼자 쓸쓸해서 어떻게 해."

"너 대신할 신딸 하나 삼았다."

"네? 정말이요? 엄마, 지금까지 제자 안 받았잖아요."

고영신의 후계자가 된다는 것은 대단한 은총이었다.

엄청난 예언 능력의 비밀을 전수받을 수 있을 뿐 아니라, 고영신의 후계자라는 사실 하나만으로도 신과 같은 카리스마와 함께 단골손님들을 물려받아 마르지 않는 금고, 화수분의 열쇠를 받는 것과 다름없었다.

"너 시집도 보내야 하고, 무형문화재 전수 심사도 얼마 남지 않았으니 맹두 물려주고 영등굿에 힘 쏠란다. 그 아이, 소미 수업도 다 받아서 더 가르칠 것도 없더라. 영개울림까지 하는 걸 보니까. 나보다 더 큰 심방 되겠어."

맹두는 신물 즉, 심방이 가져야 할 신의 징표로서 요령, 신칼, 산판을 말한다.

심방이 점을 볼 때는 요령을 흔들고 놋쇠로 만든 동전처럼 생긴 천문과 술잔처럼 생긴 상잔을 산대에 던지기도 하고 신칼 두 자루를 던져 떨어진 모양을 보고 앞날을 예언하는 것이다.

모든 무당이 점을 보러 온 손님의 과거를 신묘하게 맞추곤 한다.

따라서 그에 놀란 사람들이 스스로 미래의 희망과 포부를 암시해 무당에 미래를 예측할 수 있는 자료를 제공하게 된다.

해린은 과학적 증명은 아직 미진하지만, 사람 개개인이 지문처럼 가지고 있는 뇌파에 무당이 파장을 맞추어 손님의 기억 속을 더듬어 읽을 수 있기 때문에 과거의 일은 잘 맞추지만, 미래는 확률이 높은 쪽이나, 어느 쪽으로든 해석이 가능한 애매모호한 말로 넘겨짚는 복불복, 맞으면 좋고 틀려도 그만인, 확률 놀음에 불과하다고 생각했다.

해린에게 있어서 고영신과 같은 대심방은, 동전 던지기에서 앞면을 택하는 확률이 다른 심방보다 더 높은 사람일 뿐이었다.

"우와! 듣던 중 반가운 소식이네요. 어머니의 신딸, 누구예요?"

"용왕님이 쓸 만한 애를 점지해 주셨어. 그 아이도 너를 잘 안다고 하더라."

"정말이요?"

"그래. 그렇잖아도 너에게 인사시키려고 불렀다. 지금 올 거야."

신당 밖에 인기척이 나더니, 박서영이 신당으로 들어와 먼저 고영신에게 넙죽 큰 절을 올리고 나서 해린에게 인사를 했다.

"오랜만이네요. 현 선생님."

깜짝 놀란 해린은 어안이 벙벙한 얼굴을 고영신에게 들이댔다.

"엄마, 박서영 씨가 제자예요?"

"그래. 뉘울대로 뉘울어서 바로 신질을 발루어야 겠어."

제주 심방이 되는 길을 인도하는 굿을 신질 발루는 굿이라고 하는데 첫 번째로 신 내림을 하여 심방으로 입문하는 굿이 초신질이다. 심방의 경력이 쌓임에 따라, 이신질, 삼신질 굿을 해 무당의 등급이 올라가게 된다.

"박서영 씨. 정말이예요?"

서영이 고개를 끄덕였다.

"세상에. 박사 심방 났네요."

고영신이 말했다.

"그래. 신기가 나를 잡을 정도니까 수심방이 될거야. 벌써 소미공부를 마쳤으니까 바로 날 잡아 초신질하고 그날 내 하직굿까지 해서 멩두를 내려 줄 생각이다."

하직굿은 심방이 이제 심방을 그만둔다고 신에게 고하는 마지막 굿이다.

해린은 가슴 속이 펑 뚫리는 듯했다. 이제 드디어, 무당의 딸이라는 트라우마에서 벗어나게 되는 걸까.

"서영이가 두 살 아래니까 너희 둘, 서로 의자매하거라."

서영이 넉살 좋게 손을 내밀었다.

"지금부터 언니라고 부를게요."

해린은 얼떨결에 서영의 손을 잡았다.

"그, 그으래. 네가 어머님 보살핀다니까 마음이 놓인다. 나

이번에 한 달 동안 미국 연수 가니까 그 사이에 어머님 잘 부탁해."

고영신이 해린에게는 한 번도 보이지 않았던 부드러운 얼굴과 정이 담긴 눈길로 서영을 보며 말했다.
"그렇잖아도 집에 데리고 있으면서 가르치려고 했는데 잘 되었다. 해린이 방 쓰면 되겠다."
"언니 물건에 손대지 않을게요."
"뭐 책하고 옷 밖에 없으니까, 손 댈 것도 없어. 편하게 써."

해외 배낭여행에 이골이 나서 짐 꾸리는 것은 어렵지 않았다. 하지만, 이번 여행은 달랐다. 명색이 국가대표 선생님으로 초청받아 가는 것이다. 예전의 배낭여행처럼 야외 운동복 차림에 커다란 배낭을 메고 갈 수는 없었다.

해린은 학교에 출근하듯 정장을 입고 코트를 걸친 다음 기내 반입이 가능한 하드 슈트케이스에 작은 수중카메라와 갈아입을 정장 한 벌. 가벼운 스포츠 웨어 한 벌, 속옷, 잠옷, 운동화 한 켤레를 세면도구와 함께 담고 나섰다.

인천 국제공항에서 기다리고 있던 테일러는 해린이 도착하자 VIP 라운지로 데리고 들어갔다. 오로지 값싼 좌석만 찾아서 저가 항공사의 경유 노선을 전전하며 공항 의자나 바닥에 신문지를 깔고 밤을 지새우기도 했던 해린에게 고급스러운 실내 장식에 여러 가지 음식과 술이 무료 제공되는 VIP 라운지는 사뭇 낯설었다.

하지만 와인 잔을 들고 커다란 소파에 몸을 묻으니, 부자 체험도 한 번쯤은 해볼 만했다. 줄을 서서 출국 절차를 밟을 필요도 없었다. 테일러와 해린의 여권을 받아 간 직원이 모든 것을 대행해 주었다

테일러를 따라 비행기에 탑승했다. A380기의 1등석이었다. 마일리지 업그레이드라면 몰라도, 정상가격으로는 꿈도 꾸지 못할 자리였다.

"열한 시간을 가야 하니 편안하게 쉬세요."

"감사합니다. 일등석을 타게 되리라고는 예상하지 못했는데 정말 감사합니다."

"미국 정부에서 계산하는 겁니다. 부담 갖지 마세요."

"그래도, 외국 연수 가는 선생들이 일등석 탔다는 말은 들어보지 못했거든요."

"현 선생은 특별대우입니다. 그냥 편하게 가셔서 능동적으로, 자발적으로 프로그램에 참여해 현 선생의 잠재력을 최대한 발휘하시면 많은 것을 보고 배울 수 있을 겁니다."

말이 필요 없는, 안락하고 재미있는 여행이었다.

누워서 뒹굴다가 캐비아가 나오는 프랑스식 정찬을 고급 포
도주와 함께 즐겼다. 비행기 안을 식후 산책으로 돌아다니다
가 한숨 자고 일어나니 금방 로스앤젤레스에 착륙했다.

입국 절차를 마친 테일러가 해린을 데리고 다시 활주로로
나갔다.
중거리 여객기 크기의 날렵한 비행기가 해린을 기다리고
있었다. 해린이 여태껏 타 보았던 비행기와는 다른 모양이
었다.
해린은 비행기의 창문 개수를 세어 보았다. 10개였다.
잡지나 영화에서나 보았던, 걸프스트림 G700 세계 최초 초
음속 자가용 제트기였다.
2만 m에 달하는 항속거리로 지구 상 어디든 무착륙 비행이
가능하다는, 세계적인 갑부나 슈퍼스타들도 쳐다보기 힘든
비행기였다.

그 비행기의 꼬리날개에 미국 항공우주국의 그 유명한 로
고가 그려져 있었다.
우주를 표현한 파란 원 안의 하얀색 글씨! NASA!
나사의 로고를 보는 순간 해린의 가슴이 뛰기 시작했다. 이
제야 실감이 나기 시작했다.

트랩에 오르자 기다리고 있던 승무원이 앵무새처럼 말했다.

"미 항공 우주국의 특별기에 탑승한 것을 환영합니다. 나사는 활주로를 여러 개 가지고 여러 종류의 소속 비행기를 운용하고 있습니다. 이 비행기는 귀빈 접대용으로 개조된 것입니다. 국가 원수급의 엠아이피 MIP를 우주선 바로 곁까지 모시고 가는 겁니다."

MIP! Most Important Person라고? VIPVery Important Person 보다 더 중요한 사람이라고?

평소에 탑승하던 사람들에게 하던 상투적인 말 같아서 우쭐한 마음은 생기지 않았다.

내부는 오성급 호텔의 스위트룸을 그대로 옮겨 놓은 것 같았다. 주방과 침실까지 갖추고 열 시간 이상 논스톱으로 날아다니는, 뉴욕에서 미 대륙과 태평양을 건너 서울까지 직항하면서 잠도 자고 밥도 먹고 칵테일파티도 할 수 있는 비행기였다.

어안이 벙벙할 정도의 환대를 받으며 해린은 미 대륙을 세로로 비스듬히 질러 텍사스 주의 휴스턴으로 직항했다.

NASA. National Aeronautics and Space Administration.
미국 항공우주국.
미국대통령의 직속기관으로 미국의 우주비행에 관한 모든 업무를 총괄 관장하는 곳이다.

산하에 17개의 연구센터가 있는데 그중 텍사스 주의 휴스턴에 있는 존슨 우주 센터는 우주비행사의 훈련과 배출을 주임무로 하고 있다.

존슨 우주 센터의 활주로에 나사의 특별기가 착륙했다.
접견실에서 테일러가 해린에게 군복을 입은 흑인을 소개했다.
"현 선생, 이쪽은 미 해군 네이비 씰 소속 상사 미라클 블랙이요. 본명은 나도 알 수 없소. 현 선생도 블랙이라고 부르세요."

블랙은 순혈 흑인이었다.
칠흑 같은 피부가 흡사 구두약으로 윤을 낸 듯 번들거렸고 골뱅이처럼 지독하게 꼬인 머리카락과 넓적한 코, 두꺼운 입술을 지니고 있었다. 어둠 속에서 눈을 감아 하얀 눈동자를 숨기고 입을 다물어 이빨을 감춘다면 그 존재 자체가 블랙이 될 판이었다.
190cm는 됨직한 키와 잘 단련되어 군더더기 하나 없어 보이는 역삼각형의 상체, 보통사람들의 허벅지 굵기의 어깨, 그리고 바닥에 뿌리를 내리고 있는 거목의 밑동 같은 두 다리 속에 숨어 있는 막강한 힘이 눈에 보일 정도로 흘러넘치고 있었다.
사람이기보다는 커다란 검은 표범 같았다.

블랙이 들어서자 한 사람이 아닌 대여섯 명이 들어선 것처럼 접견실이 꽉 찬 느낌이었다.

그렇게 위치 에너지가 큰 사람을 처음 만난 해린은 얼떨한 마음을 감추지 못하고 테일러에게 블랙의 성을 다시 물었다.
"미라클miracle이요? 마이클michael이 아니고요?"
"그래요. 미카엘이 아니고 미라클, 기적입니다."
고개를 갸웃하는 해린을 보고 테일러가 덧붙였다.
"왜 기적인지는 차차 알게 될 것입니다."

지우를 통해 해린은 네이비 씰에 대해서 잘 알고 있었다. SEAL. Sea, Air and Land. 말 그대로 바다와 공중, 육지에서의 모든 작전을 수행할 수 있는 훈련을 받은 인간 병기였다.

"실제 우주 비행사 훈련 시설에서 중요과정을 직접 체험하기 때문에 현 선생을 보호해줄 경호원으로 블랙을 부른 겁니다. 블랙은 현 선생이 하려는 모든 모험에서 현 선생을 보호할 능력을 갖춘 사람이니 현 선생이 믿고 의지해도 될 겁니다."
"다른 사람을 의지하면 모험이 아니지요."
"나사로서는 현 선생을 보호할 의무가 있고, 블랙은 나사의 보험인 셈이니 함께 가야 합니다. 블랙은 그림자요. 그렇게 훈련받은 사람이니 몇 시간 지나지 않아 현 선생은 블랙의 존재를 잊어버리게 될 겁니다. 우선 현 선생이 생활할 공간을 안내하겠소. 안내할 직원을 소개합니다."

외모에 동양인의 티가 약간 남아 있어 한국인 3세 쯤으로 보이는 젊은 여인이 어눌한 한국어로 말했다.

"반갑습니다. 엘리자베스 초이입니다. 리즈라고 불러주세요."

공부할 기회를 놓칠 해린이 아니었다.

"영어로 하세요. 모르는 건 한국어로 물어볼 테니까요."

리즈가 대답대신 싱긋 웃으며 귀걸이 형 블루투스 이어폰을 내밀었다.

"이걸 사용합시다. 인공 지능 양자 칩이 들어있는 오십 개 언어 동시 통역기입니다. 사용자의 억양, 감정, 사투리, 버릇은 물론 지식과 지역, 관심 분야, 취향까지 계속 학습해서 대화시간이 늘어갈수록 완벽에 이를 겁니다."

스마트 폰에 싱크로 율 90%의 동시통역 인공지능 앱이 출시된 지 오래였고, 발음 오차 수정과 오역이 날마다 업데이트되고 있었다. 통역 앱이 있는데 영어공부가 무슨 소용이냐는 학생과 학부모도 적지 않았다.

해린은 쓴 입맛을 다시며 이어폰을 받아 귀에 걸었다.

리즈가 건네 준 통역기는 해린의 스마트 폰에도 깔려있는 범용 앱과는 차원이 달랐다. 성문까지 분석하고 흉내 내어 상대방의 목소리와 감정까지 완벽하게 재현해 내는 것이었다. 한국어로 말을 해도 그 목소리가 그대로 영어로 말을 하는 것 같았다.

해린이 숙소로 안내받은 곳은 우주 센터 내의 운동장 같은 격납고에 장난감처럼 놓인, 커다란 알약처럼 생긴 캡슐이었다.

리즈가 캡슐의 출입구에 손바닥을 짚고 눈동자를 들이 대자 셔터가 위로 올라갔다. 리즈가 설명했다.

"에어록을 겸하도록 만들어진 이중문입니다. 지상에서 생활할 때는 안쪽 셔터를 열어두고 일반 현관문처럼 사용하면 됩니다만, 우주에 나가거나, 외부의 환경이 인간의 생존에 적합하지 않다고 판단되면 자동으로 이중문이 작동해 에어 록이 됩니다."

실내로 들어가 보니, 커다란 캠핑 카 같기도 했고, 한국의 주거 개념으로 보면 대엿 평 남짓 되는, 작은 원룸 같기도 했다.

한쪽에 침실과 화장실, 다른 쪽에는 커다란 모니터 화면 아래 책상과 컴퓨터가 놓인 업무 공간 있었고, 가운데 거실의 반쪽은 간이 주방, 나머지 반쪽은 출입문과 수납공간이었다.

"미래형 우주 주거 공간입니다. 심우주를 장기간 여행하기 위해 설계된 캡슐인데 외부인 거주는 현 선생이 처음입니다. 여기서 지내는 것 자체가 체험이니까 불편해도 적응해 보십시오."

함께 들어 온 테일러의 말에 해린이 반문했다.

"박사님. 한국에서 고시원이란 곳을 가보신 적이 있습니까?"

"생활한 적은 없지만, 길거리 곳곳에 있어서 뭐하는 곳인지 궁금해 가보기는 했습니다. 고시원이라는 이름과는 달리 미국의 교도소보다 더 열악한 환경에서 가난한 사람들이 좀비처럼 살아가는 비참한 거주지더라고요"

"저는 대학과 대학원, 육 년 동안 고시원에서 생활했습니다. 이 캡슐의 오분의 일 쯤 되는 공간에서요."

"대학 기숙사도 있잖습니까?"

"혼자 있는 것을 좋아하기도 하고 기숙사가 민영화되어 비쌌거든요."

테일러가 말을 잠시 멈추었다가 이었다.

"한국 여학생들 대부분 부모가 좋은 환경으로 뒷바라지하던데, 부모가 경제적으로 어려웠나요?"

"아뇨. 제주 여자들은 나이가 들면 부모님께 손을 내밀지 않아요. 해녀 집안에서는 특히나 더요. 저는 대학원까지 온전히 제 힘으로 졸업했습니다. 학비는 학자금 융자로 해결하고, 전천후 아르바이트로 생활비를 벌고, 겨울 방학 때 제주도에서 물질로 돈을 모아 여름 방학 때는 전 세계 바다로 다이빙을 다녔죠. 학자금은 아직도 갚고 있어요. 고시원에 비하면 이 캡슐은 호텔이네요. 호텔. 그리고 첨단 컴퓨터 시스템 속에서 사는 것 아닙니까? 내가 좋아하는 SF 영화 속처럼 이요. 딱 내 취향입니다."

"생각이 긍정적이어서 정말 좋습니다. 이 캡슐이 현 선생의 개인 우주선이라고 생각하십시오. 독립된 인공지능이 캡슐을 컨트롤하니까 현 선생이 머신 러닝을 해보세요. 담당직원이 캡슐 사용법을 안내할 겁니다."

"덥네요. 실내 온도를 좀 낮추어야겠어요."

"캡슐의 컴퓨터가 현 선생의 목소리를 인식해 음성 조정이 가능하도록 세팅하겠습니다. 모든 조정을 말로 할 수도 있고, 수동 조작할 수도 있습니다. 말해 보세요."

해린이 패널을 향해 말했다.

"실내 온도를 섭씨 영상 십 팔 도로 낮추세요."

패널 가운데가 부드러운 푸른색으로 물들며 천정의 공조 덕트로부터 차가운 공기가 내려왔다.

리즈의 설명이 이어졌다.

"우주 공간에서의 침묵에 공포감을 느끼지 않도록 화이트 노이즈 기능이 탑재되어 있습니다. 스스로의 마음을 가장 편안하게 어루만져 주는 소리를 선택하세요."

인간은 완벽한 무음에서 공포를 느낀다.

모두가 집에 간 조용한 학교의 교실이 무섭듯, 공포영화의 가장 무서운 순간에는 아무 소리가 없듯, 인간은 너무 조용하면 불안해진다.

그래서 커다란 건물에는 공기를 순환시키는 공조 덕트에 백색 잡음, 화이트 노이즈를 틀어 사람들의 마음을 안정시킨다. 숨을 죽이고 귀를 기울이면 들리는 '쉬, 쉬, 쉬익'하는 잡음이 화이트 노이즈이다.

"조용한 봄날의 바닷가에 있는 듯 한 느낌이 들도록, 산들바람과 파도소리를 들리는 듯 마는 듯하게 세팅해주세요."

"운용팀에 접수하겠습니다. 곧바로 메뉴에 포함될 겁니다. 이건 시험 제작된 알파 타입이라서 개선해야 될 점이 많아요. 발전할 수 있도록 편리한 점보다는 불편한 점을 찾아내 주십시오. 현 선생이 머무를 동안 이 캡슐의 인공지능에 이름을 붙여 주세요. 오작동 하지 않도록 평소에 쓰지 않을 단어로요. 그러면, 오직 현 선생의 명령만 따르게 될 겁니다."

해린은 즉시로 제주 해녀의 수호신인 마고할미를 떠올렸다.

"마고로 하겠어요."

리즈가 해린을 거실 벽면의 모니터 앞으로 데리고 갔다.

"카메라와 마이크에 최적 위치입니다. 여기서 '마고'를 세 번 연달아 말해 보세요."

해린이 세 번 말을 하자, 인공지능이 대답했다.

"네. 마고는 당신을 어떻게 호칭할까요?"

해린이 교사가 된 이유 중의 하나가 선생이란 호칭이 좋아서였다.

"현 선생이라고 부르고 존칭을 생략해요."

마고가 즉시 반응했다.

"그렇게 하겠다. 현 선생."

해린은 깔깔 소리내어 웃었다.

리즈도 빙긋이 웃으며,

"위생설비 사용법을 알려줄게요."

하고 해린을 화장실 공간으로 데리고가 커튼을 열었다.

"이 화장실은 중력과 무중력 어느 곳에서도 사용하도록 설계되어 있어서 그냥 지상처럼 쓰면 됩니다. 이 화장실에서 사용되는 모든 수분은 100% 재활용됩니다. 따라서 물을 아껴 쓰지 않아도 됩니다. 그냥 지상에서 샤워하듯 사용하세요. 비데의 성능이 아주 우수해 만족할 겁니다."

초창기 우주인들이 씻지 못해 엄청난 악취에 시달리고 배설에 힘겨워 했던 것에 비하면 장족의 발전이었다.

"소변과 대변 속의 물도 추출됩니까?"

해린이 장난스럽게 물었다.

"물론입니다. 외부에서 섭취한 수분이 배설로 추가되어 일 년 이상 충전하지 않고 사용이 가능합니다. 필터의 성능이 아주 우수해서 음용해도 됩니다."

대변과 소변 속의 물은 물론 땀과 호흡으로 뱉어낸 수분까지 뽑아내 다시 먹는 것이다. 따지고 보면 지구의 물 순환 시스템 또한 마찬가지 아닌가. 거시적으로 생각하면 속이 거북해질 일은 아니었다.

이어서, 리즈가 시키는 대로 마고에게 '침대를 내려라.'하고 명령하자 화장실 공간 옆 벽에 붙어 있던 침대가 펼쳐졌다.

"비상시 두 명이 사용할 수 있도록 더블 사이즈로 만들어졌지만, 싱글 크기로 줄일 수도 있고 반 접어 소파로 사용할 수도 있어요."

리즈가 계속해서 주방 시스템을 설명했다.

주방은 간단했다. 커다란 전자레인지 같은 물건이 하나 달랑 놓여 있을 뿐이었다.

"나사가 외주업체를 적극 후원해 만든 푸드 프린터입니다."

"나사가 우주선 탑재용으로 3D 음식 프린터의 제작을 후원한다는 이야기는 들은 적이 있습니다만, 벌써 우주선에 실을 만한 물건이 나왔나 보네요?"

"아직은 재현할 수 있는 음식의 레시피를 개발 중이고, 기능도 계속 업그레이드 중이지만, 거의 궁극에 도달했어요. 분자형태로 분쇄 압축된 탄수화물, 단백질, 지방질, 무기질, 비타민 등 5대 영양소에 다양한 색과 맛과 향과 양념을 담은 코디캡슐codycapsule을 넣어 자유자재로 온갖 형태의 음식을 조합 프린팅 할 수 있답니다. 네 가지 색으로 컬러 사진을 출력하듯, 파우더를 조합해 형태와 색은 물론 깨무는 질감과 혀가 느끼는 식감, 냄새, 영양 성분, 칼로리까지 조합된 실제 음식과 60%이상 일치하는데, 계속 업그레이드 되니까 결국은 궁극에 이를 겁니다."

"궁극은 스타트랙처럼 원자 조합으로 물질을 합성하는 수준은 되어야지요."

해린의 딴지에 리즈가 약간 새침하게 반응했다.

"그렇게 하려면 엄청난 에너지가 필요하겠지요? 아마도 음식 한 그릇에 우주선을 발사시킬 정도의 에너지가 들걸요."

리즈는 최소한 공학관련 학사 학위는 받은 듯, 과학에 대한 원론적 이해는 가지고 있었다.

해린은 자신의 장난을 솔직하게 시인했다.

"하긴, 5대 영양소 파우더까지 진화한 것만 해도 대단하네요. 푸드 프린터를 자랑스럽게 말하는 걸 보니, 실제로 사용해 봤나 봐요."

리즈는 프린터의 전원을 켜며 대답했다.

"사용하다 뿐이었겠어요? 베타 테스트에 참여해 몇 달 동안이나 이걸로만 식사를 해결하며 개선 의견을 수십 가지 내었다고요."

전원이 들어가고 리즈가 전면을 터치하자 홀로그램이 떠올랐다. 리즈의 손길에 따라 허공에 온갖 음식의 입체 영상이 나타났다. 음식점 진열대 앞의 밀랍 조형 음식처럼 먹음직스런 그림이었다.

"지금 음식 출력이 가능해요?"

"그럼요. 파우더 캔을 충전했답니다. 식재료의 양과 부피, 무게는 파격적으로 줄어들고 보존 기간까지 거의 무한으로 늘어났어요. 장담하건데, 수 십 명이 몇 년이 걸리는 장거리 여행을 한다고 해도 이 프린터 하나면 결코 음식에 질리거나 영양 실조되는 일은 없을 겁니다. 무슨 음식을 먹고 싶습니까?"

"지금은 배가 고프지 않아서 먹고 싶은 건 없지만…."

해린은 최대한 복잡한 음식을 시험 출력해 보고 싶었다.

"비빔밥도 출력 가능하나요?"

리즈는 대답대신 손가락을 몇 번 움직였다.

비빔밥 입체영상이 투사되었다.

곧바로. 밥 위에 각종 야채까지 재현된 비빔밥이 고속으로 적층되어 음식 형태를 갖추어갔다.

"아직은 개발 단계라서 메카니즘도 복잡하고 가격도 엄청나고, 출력비용도 실제 음식보다 더 비싸지만, 결국은 이 프린터가 요리사와 주방을 없앨 것 같지 않아요? 맛과 양과 향은 그대로 두고 칼로리만 줄인 미용식도 가능하고 커피를 비롯한 온갖 음료도 출력할 수 있답니다. 직장마다, 가정마다 한 대씩 들여 놓게 되면 가히 인류사적인 혁명이 일어나겠지요. 군대와 탐험대의 식품 보급은 물론 단체 급식에서의 식재료 구입과 보관, 조리에 소요되는 인력과 에너지가 파격적으로 줄어들 것입니다! 어떤 메뉴든 컴퓨터로 다운받거나 프로그램이 가능하고 5대 영양소 파우더 캔과 코디캡슐만 공급하면 되므로 음식물 물류 유통에 따르는 엄청난 냉동, 운송 에너지와 부패나 산패에 의한 손실도 사라질 거고요. 포장비용도 파격적으로 줄어들고요."

이야기를 하는 순간에 출력 완료 알람이 울렸다.

해린은 바로 뒤섞지 않고 맨 위에 올려진 야채를 한 조각씩 깨물어 보았다.

기대만큼은 아니었지만, 제법이었다. 건조식이나, 치약, 레토르트 파우치 형태의 우주식에 비하면 차원이 다르기는 했으나 여전히 흉내에 불과했다.

"내가 좋아하는 전복구이도 가능할까요?"

"연구 개발 팀에 보고 하겠어요. 현 선생이 이걸 사용하면서 많은 레시피를 올려주세요."

"술도?"

"시험 삼아 나폴레옹 코냑에서 수분을 추출하고 고형성분과 알코올을 정제해 분자 조합을 연구해 프로그램했는데 소믈리에가 아닌 일반 주당이라면 감별하지 못할 수준이었다고 하지만, 독성 물질의 조합을 방지하는 프로그램에 알코올을 입력해 놓아서 출력이 제한될 겁니다."

해린은 거기서 멈추지 않았다.

"먹다 남긴 음식물은 어떻게 처리하지요?"

리즈가 스스럼없이 대꾸했다.

"물과 똑같이 재활용합니다. 수분을 추출하고 분쇄해서 다시 분자 단위로 나누는 겁니다."

그리고는 해린이 궁금해하면서도 차마 말 못하는 것을 대신해 준다는 듯, 툭 말을 던졌다.

"오줌이 물이 되듯, 대변도 재생합니다."

해린은 짐작했던 바라 얼굴을 찡그리지 않았다.

"그럼 내가 여기서 생활하는 동안에도 그렇게 작동합니까?"

"원 하시는 대로 프로그램이 가능합니다."

극단적으로 표현하자면 배변을 다시 먹고 산다는 말이었다. 오줌이 흘러 내려가 증발되어 구름이 되어 지상으로 돌아오는 것처럼 대변 또한 옛날의 유기 농법으로 보면 분명히 식물과 동물로 되돌아오는 것이 지구적 관점에서는 당연한 것이었다. 진정한 과학자라면 꺼려 할 명분이 없었다.

"기능을 100%로 세팅해 놓으세요."

리즈는 해린이 거기까지 나아갈 줄 예상하지 못한 듯, 손을 골반 양쪽에서 쳐들며 어깨를 으쓱해 보이는 미국식 몸짓을 했다.

"3D프린터가 산업에서만 혁명을 일으킬 줄 알았더니, 식생활 분야에서 더 큰 변화를 일으킬 것 같기도 하네요. 가난한 나라에 보급 시켜서 아이들에게 영양식을 공급하고 더러운 물과 화석 연료 조리에서 벗어나게 해준다면 정말로 인류의 발전에 큰 공헌을 할 수도 있겠어요."

해린의 말에 리즈도 공감했다.

"그렇죠! 제 생각도 그래요. 선진국의 잉여 곡물을 분자화 시켜 값싸게 공급해주면 인류역사상 최초로 음식의 공유, 분배가 이루어지는 겁니다. 즉, 인류가 마침내 굶주림에서 벗어날 수 있다는 거죠."

해린은 생기가 돌아 반짝이는 리즈의 눈동자를 보고 깨달았다. 그녀도 공상가였다. 하지만, 현실은 그렇지 못할 것이었다.

선진국의 메이저 곡물회사는 계속해서 잉여 곡물을 바다에 쏟아 버리고 아프리카에서는 계속해서 아이들이 굶어 죽을 것이었다.

유한 계층들은 인스턴트 패스트푸드 취급하듯 푸드 프린터에서 나오는 음식을 플라스틱과 같은 인공물로 여겨 먹지 않을 것이고, 후진국의 독재자는 음식으로 국민을 통제하기 위해 푸드 프린터와 분자 캔을 무력으로 독점할 것이었다.

인류가 굶주리는 것은 생산의 문제가 아니고 분배의 문제였다.

해린은 쓴 입맛을 다시며 비빔밥을 다시 프린터 안에 넣고 잔반 처리 기능을 눌렀다. 외할머니로부터 음식의 소중함을 철저하게 교육받아 밥 한 톨도 버리지 않고 살아온 해린이었지만, 별다른 죄책감 없이 비빔밥을 통째로 버릴 수 있었다. 어차피 다시 먹을 것이니까.

리즈가 마지막으로 벽에 걸려 있는 두꺼운 고무줄 같은 물건을 내렸다.

"이게 유일한 운동기구입니다만, 스포츠 과학자들이 수년에 걸쳐 연구하고 실증해서 온몸의 근육 하나하나를 다 단련시켜 오랜 우주여행에서도 근육의 손실을 막을 수 있도록 고안했어요."

하며, 체조 선수처럼 고무줄을 다리에 걸어 당기기도 하고 어깨와 등 뒤로 돌려 당기며 몇 가지 시범을 보인 다음, 벽면을 건드리자 전면의 벽 전체가 화면이 되어 고무줄 운동 프로그램을 상영했다.

"하루에 한 번씩 이 프로그램을 따라 하시면, 아름다운 몸매와 근력을 유지할 수 있답니다. 그리고 이 스크린으로 내장 컴퓨터는 물론 외부 컴퓨터와 사령실 등과 통신을 할 수 있어요. 이 캡슐은 밀폐형이기 때문에 창문이 없는 대신 이 스크린이 창문 대신에 지구상의 어떤 풍경도 비출 수 있고 사령실에서 보이는 우주항로를 볼 수도 있어서 좁은 공간에 갇혀 있다는 느낌을 한결 덜어줄 겁니다. 대충, 이 정도 알아두시고 상세한 사용법은 매뉴얼을 살펴보거나 마고에게 물어보세요."

리즈를 따라 캡슐에서 나오니 옆 캡슐에서 테일러가 블랙을 데리고 나오며 말했다.

"블랙이 이쪽 캡슐에서 생활합니다. 이 캡슐은 지금도 진화를 하고 있어요. 수억 달러의 개발비를 계속해서 투입하여 진행 중이지요. 캡슐 자체가 하나의 소우주가 되어 자체 생존 능력을 갖추게 될 때까지 진화시킬 겁니다. 방사능 차단 페인트를 수십 겹 바르고 티타늄 합금으로 외피를 만들어 수십 기압도 견뎌내고 어떠한 방사능도, 전자파도 방어합니다. 외부의 에너지 공급 없이도 한 사람이 일 년 이상 생존할 수 있는, 우주에서의 소형 케스팅 보트가 궁극의 목표입니다."

해린이 물었다.

"구상은 좋습니다만, 무게를 어떻게 하려고요? 어떻게 이걸 궤도에 올릴 겁니까?"

"지금 민간이 개발하여 실험 비행에 성공한 왕복선으로 이 정도는 통째로 올릴 수 있습니다. 그리고 무중력 상태인 우주 정거장과는 달리 심우주를 여행할 캡슐은 회전 원반 가장자리에 두어 지구 중력과 똑같은 중력 환경을 만들 계획이라서 그냥 원룸에서 생활하는 것과 같을 겁니다. 현 선생. 어떻습니까? 마음에 들지 않으면 직원 아파트에서 생활해도 괜찮습니다."

"아뇨. 이 캡슐 정말 맘에 들어요. 여기에 있겠습니다. 벌써 소지품도 다 정리해 넣었어요. 제 취향에 맞게 조정할 수 있다니까 고정된 세팅에 맞추어 살아야 하는 직원 숙소보다 훨씬 편할 것 같아요. 재미도 있을 거 같고요."

테일러가 활짝 웃었다.

"현 선생의 바이탈 인식 정보를 입력했으니까 캡슐은 물론 센터 내에 허락된 방에 마음대로 출입하실 수 있습니다. 아마도 들어갈 수 없는 곳은 거의 없을 것입니다. 따라서, 언제든지 바깥에서 샤워하고 식사를 할 수 있으니까 딱히 캡슐에서만 생활하지 않으셔도 됩니다. 현 선생. 블랙. 이제부터는 센터 내의 보안요원과 연구진이 두 사람을 안내할 거요. 혹시라도 내가 필요한 경우가 생길지도 모르니 내 전화번호를 스마트 폰에 저장해 두세요. 거의 실시간대로 달려올 테니까요."

존슨 센터에서의 첫날을 마친 해린은 주거 캡슐로 돌아와 다리를 뻗고 누워 고영신에게 전화했다.

"엄마. 미국에 무사히 와서 첫날 일정 끝냈어. 앞으로 바쁠 것 같아서 날마다 전화 안 해도 걱정하지 마."

고영신은 해린의 안부를 살피기는커녕, 거두절미하고 대뜸 말했다.

"서영이 초신질과 내 하직굿 준비하느라 내가 더 바쁘다."

"벌써요?"

"나도 어서 멩두 물려주고 쉬고 싶다. 낼, 모레 내려 줄란다. 제주도 수심방, 심방, 소미들까지 모두 초청했다. 아마도 지금까지 서귀포에서 한 굿 중에서 제일 큰 굿이지 싶다."

"잘하셨어요. 어서 물려주시고 소원대로 인간문화재 되

세요."

전화를 끊은 해린은 내심 쾌재를 불렀다. 초등학교 때부터 짓누르던 '무당 딸'이라는 짐을 드디어 내려놓는 것이다.

지우에게도 잘 도착했다고 전화했다. 지우는 대뜸 투정했다.

"나는 너 보고 싶어 죽겠는데, 너는 나 안 보고 싶으냐?"

해린은 지우에게 들리도록 한숨을 폭 내쉬었다.

"너 언제 속이 들래? 언제 코흘리개 유치원생 때 벗을 거냐고! 별일 없지? 할 말 없으면 끊는다."

"자, 잠깐만."

"왜 무슨 일 있어?"

"응. 어머님이 박서영이 초신질에 나를 직접 초대했어."

"뭐라고? 우리 엄마가!"

놀랄만한 일이었다.

고영신은 양지우를 병적으로 혐오했다.

주변 사람들 말을 들어보면 양지우의 아버지인 양길동이 미인인 고영신을 어렸을 적부터 무척이나 쫓아 다녔다고 한다.

고영신은 해녀는 아니었지만, 해녀들의 무릎에서 자란 해녀들의 딸이었다.

해녀들은 자체적으로 독립운동을 할 만큼 민족의식이 뛰어나 일제 순사의 앞잡이 집안에 그녀들의 딸인 고영신을 내줄수 없었다. 고영신은 해녀들의 조직적인 보호로 무탈하게 성장했지만, 결국 뇌울어 오랜 동안 앓게 되어 양길동도 고영신을 단념 한 듯 했다.

하지만, 고영신이 회복하여 건장한 뱃사람과 결혼을 하고 심방이 되자, 굿판을 찾아가 훼방을 놓고 경찰서에 연행해 가는 등 갖은 행패를 부렸다.

지우의 어머니도 남편이 고영신을 좋아한다는 사실을 알고 눈에 쌍심지를 켜고 고영신을 헐뜯어 두 집안 사이는 돌이킬 수 없게 되었다.

따라서, 고영신이 양지우와 직접 통화를 했다는 사실 자체가 해린에겐 엄청난 사건이었다.

"박서영이 전화해서 어머님을 바꿔주었는데, 굿하는데 좀 도와 달라고 부탁하시더라고. 아마도 제주도 심방들은 다 부르시려나 봐. 그래서 남자 힘이 필요한 모양이야."

"세상에나. 천하의 고영신님도 큰 굿 앞두고 긴장하시나 보네. 가서 힘껏 도와드리고 점수 좀 따라."

"나도 그럴 계획이야. 그런데 해린이 너 지금 어디서 전화하는 거야?"

"알아서 뭐하게?"

"꼭 그렇게 말해야 시원하냐? 누구랑 같이 있어?"

"나는 지금 해린호에서 마고할미랑 같이 있다."

"장난하지 말고!"

"정말이야. 내 생활 캡슐은 해린호, 나를 보살피는 인공지능 컴퓨터를 마고라고 이름 지었거든."

"난 또… 혼자 안 무섭냐?"

"무섭기는! 엄청난 포스의 흑형이 옆방에서 지켜주는데."

"뭐라고? 뭔 소리야?"

"나사에서 보디가드까지 붙여 줬으니까 내 걱정 말고 너나 잘하라고. 너는 낮이지만, 나는 밤이야. 오늘 좀 피곤하다 잘 래. 전화 끊는다."

존슨 우주센터는 이미 열정이 식어 버려, 김빠진 맥주 같 았다. 많은 시설들이 문을 닫았고, 근무하는 직원도 많지 않 았다.

우주 개발 열기가 시들고, 예산이 삭감되어 남아 있는 시설 을 유지하기도 급급한 모습이었다.

특히 유인 우주개발보다는 무인 로봇의 개발이 군사적 수 요와 맞물려, 존슨 센터의 존재 가치가 날마다 하락하고 있 었다.

해린은 존슨 센터의 이곳저곳을 안내받아 견학하다가 구석 진 방에 놓인 이상한 장치를 보았다. 커다란 네모 상자 가운 데 목받이가 있는 의자가 들어 있었다.

"이게 뭡니까? 우주선에서 이런 의자를 쓰나요?"

해린의 물음에 리즈가 슬쩍 웃었다.

"우주선 의자가 아니고 이게 바로 다축 의자랍니다."

"아하! 우주 멀미에 내성을 키우기 위해 만들었다는! 한 번

타보고 싶네요."

"좋습니다. 그렇지 않아도, 현 선생을 앉힐 참이었거든요."

연구원이 해린을 의자에 앉히고 안전벨트를 매주었다.

"강도를 조절해 견딜 수 있는 만큼 즐겨보세요. 몸에 이상이 느껴지면 곧바로 비상버튼을 눌러 정지시키고요."

해린은 슬라이드 스위치를 천천히 올렸다.

놀이공원의 회전하는 커피 잔이나, 트위스트 드럼을 탄 것 같은 느낌을 지나 폭풍우 치는 바다를 조각배로 건너고 종국에는 믹서기 안에 들어앉은 것 같았지만, 이내 시들해서 강도를 낮추고 붉은 버튼을 눌러 멈췄다.

연구원이 커다란 위생 봉투를 들고 서 있다가 물었다.

"속이 메스껍지 않습니까?"

"전혀."

"오. 예. 아주 좋습니다. 현 선생. 우주여행에서 가장 곤란한 신체 현상이 무엇인지 아세요?"

"우주 멀미라고 들었습니다. 심지어는 멀미 때문에 귀환한 우주인도 있다던데 사실입니까?"

"그렇습니다. 아주 해결하기 어려운 신체적 결함이지요. 특히 무중력에서의 멀미는 어떻게 해볼 재간이 없고, 우주복 안에서의 구토는 생명을 위협합니다. 그래서 현 선생을 이 의자로 안내한 겁니다. 무중력 체험에 앞서서요."

"구토 혜성을 태워 주려나 봐요?"

"사전 상식이 풍부해서 좋습니다. 바로 그 악명 높은 구토 혜성을 탈겁니다. 일반인들은 무중력에 대한 환상이 있는데, 사실 그렇게 재미있는 체험은 아닙니다. 열에 아홉은 속이 뒤집어져 토하거든요."

"나는 아직 그 어떤 교통수단이나 놀이기구를 타도 멀미를 해본 적이 없어요. 어려서부터 배와 파도를 타고 놀아 그런가 봐요."

"정말 다행입니다만, 구토 혜성은 차원이 다르거든요."

구토 혜성이란 무중력 상태를 만들기 위해 개조된 보잉 여객기에 우주인들이 붙인 별칭이었다. 견딜 수 없이 구토를 유발해 붙여진 이름이었다.

"아폴로 13 영화를 찍을 때 톰 행크스는 열일곱 번이나 탔다면서요?"

"바로 그 영화를 찍었던 비행기가 대기 중입니다."

구토 혜성을 타고 고공으로 올라갔다가 뚝 떨어지는 순간, 해린의 몸을 비롯해 주변의 모든 사물이 공중으로 떠올랐다. 해린은 바다 속 10m에서 비슷한 느낌을 받은 적이 많았다. 중력이 수압과 상쇄되는 지점의 물속은 무중력 상태와 거의 같았다.

해린은 물 만난 물고기가 아니라 공기를 만난 새가 되었다.

불과 몇 분의 무중력 상태를 체험하기 위해 구토 혜성은 상승과 급강하를 반복했다. 해린은 두 번째 강하부터 무중력 유영의 원리와 요령을 거의 본능적으로 습득했다. 바다 속을 헤엄치듯, 공기 속을 자유자재로 날아다녔다.

블랙도 경험이 많은 듯 무중력 상태에서 자유롭게 돌아다녔지만, 즐거운 표정은 아니었다. 테일러의 말대로 블랙은 그림자와도 같았다.

블랙은 모든 출입문을 해린에 앞서서 열고 안쪽을 둘러본 다음 해린을 들여보내고 나갈 때는 먼저 나가 주위를 살펴본 다음 해린을 나오도록 했다. 어떤 일을 하던 미리 점검하고 먼저 시범을 보였으나, 말을 하는 법도 없었고 언제나 해린에게서 몇 발짝 떨어져 숨소리도 내지 않고 서서 지켜볼 뿐이었다.

블랙은 주거 캡슐 생활이 불편한 듯 외부 침실을 사용했지만, 해린이 기상해서 밖으로 나오면 언제나 먼저 와 기다리고 있었다. 저녁에도 해린이 캡슐로 들어가는 것을 보고 난 후에 돌아가곤 했다.

구토 혜성의 체험이 너무 재미있기도 하고 제자들에게 보여줄 동영상을 찍고 싶어서 해린은 무중력 체험을 진행하는 담당관에게 하루 더 체험할 수 없는지 물었다.

담당관이 곤란한 표정을 지었다.

"구토 혜성을 하루 운용하는데 십만 달러 이상의 비용이 듭니다. 상부의 허가를 받아야 합니다."

"그래요. 잠시 기다려 보세요."

해린은 테일러에게 전화를 걸었다.

나사는 군말 없이 하루 더 구토 혜성을 띄웠다.

큰 체험을 한 후에는 하루 이틀씩 지상 강의가 있었다.

우주선의 구조, 역학, 우주 개발의 역사, 현재까지 관측 연구된 우주의 구조와 탐험 상의 문제 등등, 해린을 숨 막히게 하는 천재 석학들의 강의가 오직 해린 만을 위해서 펼쳐지곤 했다.

구토 혜성보다 더 해린을 신이 나게 할 체험이 남아 있었다.

커다란 풀장 바닥에 담겨 있는 우주 정거장 모형에서의 작업이었다.

실제 우주복을 입고 수심 10m에 이르자 기압과 부력이 균형을 이루어 무중력 상태와 똑같이 중력이 사라졌다.

거기서 해린은 실제와 똑같은 우주 정거장의 둘레를 돌며 장비를 해체하거나 부착하기도 하고 문을 열고 우주선 안으로 들어가 보기도 했다.

물질과 큰 차이가 없는 느낌이었기에 해린은 훈련을 지도하는 우주인들이 무색할 만큼 자유자재로 모든 과제를 수행했다.

저녁에 캡슐로 들어오면 양지우가 어김없이 전화했다.

"해린아, 너 있는 곳 나도 구경 가면 안 될까? 네 덕분에 나도 미국 구경해 보자."

"여기 와 봐야. 나랑 같이 지낼 수도 없는 데 오면 뭐해. 너 혼자 미국 돌아다닐래?"

"도대체 거기서 뭘 하는 거야?"

"TV에서 보던 우주인들 생활 그대로 하는 거야. 나는 너무 재미있어서 꿈인 것 같아서 매일 허벅지 꼬집어본다. 이런 체험을 할 수 있는 기회가 또 있겠냐? 이런 행운을 또 언제 만나겠냐! 살다가 이렇게 신이 나는 일은 처음이야. 평생 이렇게 살았으면 정말 좋겠다."

"너 제주 바다 잊었냐!"

"바보 같은 소리 마. 내 모항은 제주야. 어디서 무엇을 하든 간에 결국은 아빠가 잠들어 계신 제주 바다로 돌아갈 거니까 걱정하지 말고 내 몫까지 불가사리나 줍고 있어."

잠시 망설이던 지우가 말을 보냈다.

"남자들하고 같이 체험하는 거냐?"

남자들 소갈머리란! 해린은 속으로 웃으며 지우의 속에 불을 질렀다.

"당연하지. 매일 남자들과 엉켜서 뒹구는데, 우와! 미국 남자들이 이렇게 멋있는 줄 몰랐어. 체격 조건도 그렇고 매너가 환상이야. 나 국제결혼 할까 생각 중이야."

숨이 꼴깍 넘어가는지 한동안 대꾸가 없었다.

해린은 그쯤에서 지우를 달랬다.

"걱정 붙들어 매라. 너도 내 취향 잘 알잖아. 남자들보다 몇 백 배 흥미 있는 일이 있는데 눈 돌릴 시간이 어디 있냐. 더구 나 잠자는 것까지 모두 녹화되고 모니터 되는데 바람피울 시 간도 공간도 없어. 벌써 이 주가 지나갔어. 나도 너, 어머니, 제주 바다, 내 반 애들 보고 싶어. 내가 바다와 애들을 떠나서 어떻게 살겠냐. 지우야. 여기 일정 끝나면 곧바로 달려갈 게 걱정 마. 모레엔 남극에 간다. 벌써 가슴이 설레 죽겠어."

해린은 전화를 끊고 지우의 '남자랑 같이 있냐?'는 초등학생 같은 질문을 떠올리며 미소를 짓다가 블랙에 대해 생각했다.

블랙은 질문에 대답 외에는 거의 말이 없는 침묵의 사나이 였다. 무표정 그 자체인 얼굴에도 가끔은 희미한 미소가 떠오 를 때가 있었다. 위험하고 아슬아슬하고 힘겨울 때였다.

서로에 대해 개인적인 교류를 시도해 보지는 않았지만, 은 연중에 동료애 같은 것이 느껴질 때도 없지 않았다.

블랙은 신중하고 묵직했다. 그러나 움직여야 할 때는 닌자 의 칼처럼 냉정하고 재빨랐다. 눈치도 빠르고, 학식도, 지능 도 상당한 것 같았다.

무슨 일에도 상대의 의도를 정확하게 간파해 한 치의 실수 도 없이 실행했고 이론 강의를 받을 때도 몇 시간씩 자세를

흩트리지 않고 수첩에 끈질기게 필기를 했다.

하지만,

해린은 알고 있었다.

블랙이 놀라울 정도의 인내심으로 감추고 있지만, 자신을 지켜보는 것을 은밀하게 즐기고 있다는 사실을.

신이 나게 뛰 놀 수 있는 프로그램만 있는 것이 아니었다. 활동량이 거의 제로인 체험도 있었다.

폐소 공포증 내성 체험이었다.

담당자가 가죽 주머니 같은 걸 들고 왔다. 플라스틱과 선외용 우주복의 천 같은 걸로 만들어진 것이었다.

"이것이 우주에서 사고가 났을 때 사용하는 구조 공입니다. 속에 들어가 산소통을 열면 직경 1m로 부풀고 숨을 쉴 수가 있습니다. 그렇게 공속으로 들어가 지퍼를 잠그면, 다른 우주인이 이 공을 들고 우주공간을 건너 선실 입구까지 가지고 가는 거지요. 하지만, 창문도 불빛도 없어서 이 속에 들어앉으면 폐소 공포증을 느끼게 됩니다."

"먼저 한번 부풀려 보세요. 어느 정도 크기인지 실제로 보게요."

담당자가 주머니에 달린 줄을 당기자 주머니가 동그란 공 모양으로 부풀었다. 예상보다 훨씬 작았다. 집에 두고 운동하는 짐닉 볼보다 약간 클 정도였다.

"이 속에 사람이 들어간다고요?"

"그럼요. 충분한 크기입니다. 우주복을 입은, 신장 195cm 까지 구조할 수 있도록 설계된 것입니다."

"정말로 폐소 공포증을 느낄 만하네요."

"우주복만 입어도 폐소 공포증을 느끼는 사람도 많습니다. 그래서 폐소 공포증이 있는 사람은 우주선 승무원이 될 수 없습니다. 보통 이 구조 공 안에서 삼십 분 이상 견디면 폐소 공포증을 극복할 수 있다고 판단합니다. 견딜 만큼 견뎌보세요."

해린은 지퍼를 열고 구조 공 속으로 들어가 어머니 뱃속의 태아처럼 몸을 웅크리고 앉았다. 지퍼가 잠기고 산소가 주입되었다.

캄캄한 공속에서 꼼짝도 하지 못하고 앉아 있으려니, 겁이 날만했다.

태평양 전쟁 때 일본군 포로가 되었던 미군의 이야기가 떠올랐다.

이 구조공보다 더 작은 판자로 만들어진 상자 속에 넣어지는 고문을 견뎌낸 그는 상자 속에서 끊임없이 골프를 치는 상상을 했다고 한다.

한 걸음 한 걸음, 한 타 한 타 18홀을 다 돌고 또다시, 내기 골프를 치고….

인간이 견딜 수 없는 고문을 골프로 바꾼 그는 고문에서 살아남아 고국으로 돌아와 골프를 치러 갔는데! 원래 썩 잘 치는 골퍼가 아니었을 뿐 아니라 몇 년 동안이나 손을 놓았음에도 불구하고 놀랍게도 골프 실력이 엄청나게 늘어 있었다고 한다.

해린도 눈을 감고 과거를 회상했다. 해린이 돌아가는 과거는 항상 똑같았다. 이 십 여 년 전의 그날이 엊그제처럼 해린의 눈앞에 떠올랐다.

아버지! 그녀의 아버지 현 선장이 그때 그날에서 해린을 부르고 있었다.

해린의 아버지는 해린을 유별나게 사랑했다.
어린 나이였지만, 해린은 그 사랑을 느낄 수가 있었다.
그렇지만, 족집게 무당인 어머니가 돈을 잘 벌기 때문에 바다에 나가 돈을 벌지 않아도 되는 부유한 환경에서도 아버지는 눈물이 글썽한 눈으로 해린을 선착장에 내려놓으며 자꾸만 바다로 나가 결국은 돌아오지 않았다.

"아빠. 왜 자꾸만 바다에 가? 해린이랑 집에 있으면 안 돼? 나는 아빠랑 같이 있고 싶은데."
"아빠는 바다에 나가야 살아 있는 것 같단다. 아빠는 배를 매달아 놓고는 살 수 없어. 바다에 나가야 자유롭거든. 해린아. 아빠 말을 잘 들어둬라. 세상은 바다고 인생은 항해란다.

항해하다 보면 폭풍을 만날 때도 있고 길을 잃을 때도 있단
다. 하지만, 자신을 믿고 끝까지 나아가면 결국 세상을 돌아
다시 집으로 돌아올 수 있단다. 해린아. 바람이 불면 돛을 올
려 나아가고 폭풍이 오면 싸워 헤쳐가라. 바람이 불지 않으면
노를 저어 나아가라. 그렇게 앞으로, 앞으로 항해해라. 그것
이 인생에서 패배하지 않는 길이란다. 아직은 아빠의 말을 이
해하지 못하겠지만, 조금만 자라면 알 수 있을 거야."

"아빠가 해린이랑 같이 있고 싶으면 얼마든지 육지든 바다
든 함께 있을 수 있는데 아빠는 자꾸만 나를 육지에 내려놓잖
아!"

"해린야. 어서 빨리 자라 거라. 그러면 아빠랑 같이 배를 타
고 나가자꾸나."

해린은 손에 꼭 쥐고 있던 물건을 아빠에게 내밀었다.

"아빠. 이거 목에 걸고 가. 내가 전복 따서 팔아 산거야."

해린이 내민 것은 용 모양의 세공품이 달린 금목걸이였다.

"정말로 예쁘구나. 해린이가 아빠 목에 걸어주렴."

아빠가 해린 앞에 쪼그리고 앉았다. 해린은 아빠를 한번 안
아 본 다음 목걸이를 걸어 주었다.

"아빠, 진짜 금이 아니면 바닷물에 녹슬어 없어진대. 그래
서 진짜 금목걸이 사려고 작년부터 전복 따서 돈을 모았어.
내가 아빠 지키라고 용왕신 만들어 달라고 주문하고, 줄도 풀
어질까 봐 잠금 고리를 나사로 만들어 달랬어. 그러니까 이
목걸이가 아빠를 지켜 줄 거야."

"우리 해린이가 벌써 커서 바다에서 돈을 건졌네."

"아빠, 내 목걸이 걸었으니까 사진 찍어야지!"

해린은 목에 걸고 온 카메라로 사진을 연거푸 찍어댔다.

"아빠. 이번에 고기 많이 잡아오면 약속한 대로 바다 속에서도 찍을 수 있는 수중 카메라 사줘야 해!"

"그럼 사주고말고! 해린아. 바다는 위험한 곳이야. 물질을 하던, 사진 촬영을 하던, 절대 혼자서는 물에 들어가지 마라. 물질 할 때는 꼭 외할머니가 보이는 곳에서 해야 해."

"아이들이 무당 딸이라고 놀리고 친구 엄마들도 나하고 놀지 못하게 하는걸. 그래서 바다에서 전복 따고 사진 찍고 그냥 혼자 노는 거야."

"그건, 엄마가 심방이어서가 아니고 해린이 네가 예쁘면서 공부까지 잘해서 시기 질투하는 거야."

"그래서 까짓것들 다 깔아뭉개 버리려고 공부도 열심히 해 일 등을 하는 거야."

"물질할 시간까지 공부하면 정말로 제주도 아니, 우리나라 일등도 할 건데."

"아빠. 나는 바다가 너무나 좋아. 공부는 하기 싫을 때도 있는데, 물질은 싫증 날 때가 없어. 정말 재미있거든. 아빠, 그거 알아? 나 외할머니처럼 깊이 들어갈 수 있다."

"뭐라고! 정말!"

"응. 이젠 내가 외할머니를 보살필 거야."

아빠는 한숨을 푹 내쉬었다.

"해린아. 너는 대상군과 뱃사람의 피를 모아 태어난 바다의 딸이지. 그래서 언제나 깊은 바다, 먼 바다를 보면 너의 피가 들끓을 테고, 그 바다가 어서 오라고 평생 너를 손짓해 부르겠지. 어쩔 것이냐. 네 운명인 것을!"

"그러니까 나를 데리고 가면 되잖아."

"어서, 어서 자라라. 아빠도 너와 함께 항해할 날을 기다리고 있단다."

얼마나 지났는지 지퍼가 열리고 담당관이 들여다보았다.

"괜찮습니까? 바이탈 사인은 정상인데, 너무 오랫동안 있어서 불안했습니다."

"더 있을까요?"

"아뇨, 아뇨, 충분합니다. 두 시간이나 견디다니요! 최고 기록입니다."

존슨 우주 센터에서의 이 주일이 하룻밤 꿈처럼 지나갔다. 이제 빙해저 잠수를 하러 남극으로 떠야 할 때가 되었다.

해린은 막 정들기 시작한 캡슐을 떠나는 것이 정말 아쉬웠다. 일과를 끝내고 캡슐에 들어오면 참 편하고 아늑했는데….

존슨 우주 센터에서의 일정이 끝나 하루 동안 휴식을 취하며 다시 건강 검진을 받는데, 테일러 박사가 왔다.

"건강한 모습을 보니 정말 고맙고 반갑습니다. 제가 남극까지 동행하겠습니다. 맥머도 기지는 뉴질랜드에서 접근하는 것이 가장 가깝습니다만, 우리는 남미를 가로질러 내려가 남극대륙을 횡단해 갈 겁니다."

테일러를 따라 다시 G-700을 타고 남미를 세로로 질러 내려갔다.

남극대륙에 들어서자 방한복을 나누어 주었다. 등에 NSF라 크게 찍혀 있었고 도로 공사장 인부의 옷처럼 선명한 오렌지색에 솔기를 따라 연두색 형광 띠까지 박혀 있는 두툼한 패딩 코트였다.

NSF는 National Science Foundation. 미국 국가 과학재단의 약자였다. 1955년 미국이 세계 최초로 남극에 기지를 세울 때부터 지금까지 남극기지를 운용하고 있는 단체였다.

해린도 옷을 받아들었다. 두꺼운 부피에 비해 가벼웠다. 촌스러운 디자인과는 달리 헤비 구스다운을 넣은 최상급 방한복이었다.

아무리 여름이라 해도 남극은 남극이었다.

영하의 기온은 당연하고 기지를 벗어나면 설원과 빙판이었다. 기상이 악화 되면 앞을 볼 수 없는 눈보라가 치기 때문에 눈에 띄는 옷을 만든 모양이었다.

전용기가 남극의 페가수스 빙원에 착륙했다. 평균 5m 두께의 바다 위 얼음 빙원은 무제한 크기의 활주로였다.

모두 서둘러 방한복을 덧입었으나, 해린은 한국에서 출발할 때 입었던 겨울 정장에 코트를 걸친 채 트랩에서 내렸다. 남극의 추위를 느껴 보고 싶었고, 원래 추위에 민감하지 않는 그녀였다.

두꺼운 장갑과 방한화를 신고 모자까지 뒤집어써 곰처럼 보이는 블랙이 눈을 동그랗게 뜨고 해린에게 방한복을 입도록 권했으나 해린은 손을 슬쩍 흔들어 거절하고 활주로에 내려섰다.

미국의 맥머도 기지로 일행을 데려가기 위해, 지구상에 일곱 대밖에 없다는 거대한 오프로드 테라 버스 '아이반'이 기다리고 있었다. 버스의 문이 열리자 G700의 트랩처럼 계단이 펼쳐져 내려왔다.

"여기는 미국 정부가 민간단체에 위탁하여 관리하고 치안과 보안은 군대가 하고 있지만, 눈에 띄는 규제는 없는 곳이라서 전 세계에서 자유로운 영혼들이 찾아온다 하더라고요."

테일러의 설명을 들으며 아이반의 커다란 창문으로 내다본 맥머도 기지는 아름답지 않았다. 삭막한 공업단지와 아주 흡사했다. 커다란 건물은 모두 공장처럼 사각형 박스 모양으로 지어져 있었고, 작은 건물은 대부분 컨테이너를 연결해 놓은

것이었다. 길에서 돌아다니는 차들도 모두 중장비나 사륜구
동 아니면 무한궤도 설상차였다.

북극곰처럼 방한복으로 무장한 세상에서 도시의 사무실에
출근하는 캐리어 우먼처럼 깔끔하게 정장을 차려입고 굽이
높지는 않았으나 보온이 전혀 되지 않는 하이힐을 신은 해린
의 옷차림은 황무지에 피어난 한 송이 꽃 같았다. 지나치는
사람 모두 눈을 휘둥그레 뜨고 해린을 돌아보았다.

마중을 나온 '과학 재단'의 가이드가 기지의 본부에 해당하
는 건물로 일행을 안내해 숙소를 지정해 주었다.
"이 안에서는 자유롭게 생활하십시오. 기념품 가게와 카페
만 빼고는 모든 것이 공짜니까 마음껏 즐기세요."
식당은 기대 이상으로 세계 각국의 다양한 메뉴가 있었고
맛도 나쁘지 않았다.
"체온을 유지하려면 상당한 칼로리를 섭취해야 합니다."
그렇게 말을 하면서도 테일러는 음식을 반쯤 남겼고, 해린
도 다 먹을 수 없었다. 블랙만이 말없이 접시를 모두 비웠다.
"내일 오후에 이곳 적응 훈련을 받아야 합니다. 원한다면
오전에는 미국 연구시설을 견학할 수 있도록 하지요."
해린이 원하는 바였다.
"제가 언제 이곳에 다시 오겠어요? 최대한 많이 보여 주세
요. 가능하면 모든 곳에서 사진을 찍을 수 있게 부탁드려요."

다음날, 오전에는 기지를 견학하고 오후에는 기지 밖으로 나가려면 예외 없이 받아야 한다는 화이트 아웃과 눈보라에서의 서바이벌 교육을 받았다. 헬리콥터를 타고 멀리 나가 설원의 눈보라를 직접 체험한 것이다. 해린은 그 추위도 견딜만 했지만, 교관의 타협이 없는 사무적인 명령에 따라 방한복과 덧신을 신었다. 블랙과 테일러도 꼼짝없이 양동이를 뒤집어 쓰고 화이트 아웃을 체험하고 눈보라 속에서 앞사람을 따라가는 법을 배워야 했다.

기지로 돌아온 테일러와 블랙은 꽁꽁 언 모습으로 한동안 라디에이터를 보듬고 몸을 녹였다. 얼굴에 온기가 돌아오자 테일러가 말했다.

"내일부터 빙해저 다이빙을 합니다. 필요한 장비는 미리 챙겨 보냈으니까 몸만 가면 됩니다."

다음날, 해린 일행은 과학재단의 가이드와 함께 헬리콥터를 타고 남극대륙 안쪽으로 깊숙이 날아갔다. 눈 닿은 곳 끝까지, 산도 바다도 들도 온통 하얀 세상이었다. 얼음의 평균 두께가 2,700m인 얼음 나라였다.

헬리콥터는 빙원을 휘돌아 바닷가를 찾아 내려갔다. 얼음이 두껍게 언 바다 위에 열댓 명의 사람들이 모여 있었다.

빙판에 구멍을 뚫는 작업이 한창이었다. 가이드가 말해 주었다.

"미 해군 공병대가 다이빙 캠프를 만들고 있습니다. 오래 걸리지 않을 겁니다."

공병들은 엔진의 회전축에 직접 연결된 커다란 드릴을 회전시켜 얼음에 구멍을 뚫었다.

처음에는 짧은 드릴로 구멍을 뚫고 나서 좀 더 긴 드릴로 바꾸어 가며 계속 깊이를 더했다. 10m쯤 뚫자 물이 솟아올랐다.

직경 10cm, 깊이 10m의 얼음 구멍에 다이너마이트를 비엔나소시지처럼 줄줄이 달아매어 집어넣고 터트렸다. 물기둥이 하늘 높이 솟았다. 사람이 들어갈 만큼 얼음구멍을 크게 넓힌 것이다.

회전 날개가 두 개 달린 거대한 수송용 헬리콥터 치누크가 바닥이 없는 빈 컨테이너를 달고 날아와 얼음구멍 위에 뚜껑처럼 올려놓고 곁에 착륙했다. 공병들이 치누크에서 화물을 꺼내 컨테이너로 옮겼다.

뚫어 놓은 구멍이 다시 얼지 못하도록 하고, 사람들을 보호할 베이스캠프가 순식간에 탄생한 것이다.

"치누크에 모든 설비를 담아 가지고 왔으니까 조금만 기다리면 아늑한 집도 한채 생길 겁니다."

잠시 후, 컨테이너의 내부가 정리된 듯 치누크에서 방한복을 잘 갖추어 입은 민간인들이 여남은 명 내려 캠프 안으로 들어갔다.

치누크가 기지로 돌아가 회전 날개와 엔진 소리가 사라지자 갑작스럽게 사방이 고요해졌다. 남극에서 해린은 가끔 느닷없는 고요에 당혹하곤 했다.

바람조차 잘 때면 공포영화의 가장 무서운 장면처럼 모든 소리가 사라지는 것이었다. 정적은 오래가지 않았다. 캠프 속에서 엔진 소리가 나고 공병들이 캠프 밖에다 위성안테나를 설치했다.

"발전기를 돌려 전력을 생산하고 외부와 통신이 열려 캠프가 생명력을 갖게 되었습니다. 이제 우리도 들어갑시다."

가이드가 앞장서 캠프의 문을 열었다.

캠프 내부는 교실 한 칸 같았다. 발전기와 공기압축기, 온수기, 히터가 설치되어 있었고 조립식 책상에 노트북 컴퓨터도 몇 대 놓여 있었다. 공간은 넉넉했다. 난방이 아닐지라도 바람이 차단되고 사람이 여럿 움직이고 있어서 캠프 안은 아늑하고 훈훈했다.

직경 1.5m 정도의 얼음 구멍 얼지 않도록 병사 한 명이 잠자리채로 떠오르는 얼음을 걷어 내고 있었다. 다이너마이트를 줄줄이 터트렸어도 겨우 그 정도 구멍밖에 뚫리지 않는 모양이었다.

오십 대 중반으로 보이는 금발 사내가 해린에게 손을 내밀었다.

"반갑습니다. 미 육군 환경의학 연구소 스포츠 생리학 박사 존 브라운입니다. 현 선생의 빙해저 다이빙을 제가 진행하겠으니 제 말에 따라 주시기 바랍니다."

"감사합니다. 어서 들어가고 싶네요."

"현 선생! 현재 이곳 물의 온도는 -2℃로 얼음물보다 더 찹니다. 맨몸으로 들어가면 오 분 이내에 목숨을 잃거나 치명적인 후유장애를 입게 됩니다. 뚫어 놓은 구멍 이외에 수면 위로 나올 길도 없고요."

해린이 반론을 제기했다.

"그건 보통 사람들 이야기죠. 일반인들도 수백 명씩 참가하는 겨울 바다 북극곰 수영대회도 여러 나라에서 열리고, 실제 북극권에서 달리는 북극 마라톤 대회도 있잖아요? 심해 다이버 중 한 사람은 -1.5℃ 북극해에서 수영복만 입고 12분이나 헤엄쳤고 네덜란드의 모험가는 -3℃에서 100m 가까이 헤엄쳤는데, 그 사람은 팬티만 입고 에베레스트를 7천4백 m까지 올라가고 얼음물에서도 두 시간 이상 버텼다던데요, 뭘. 나도 기회가 되면 오슬로 아이스 챌린지는 꼭 참석해 보고 싶더라고요. 국제 프리 다이빙 개발 협회가 공식대회로 인정한 얼음장 밑 헤엄치기요."

"우리 연구소에 그 사람들에 대한 자료도 없지 않습니다. 하지만, 그 사람들도 보통사람보다 추위를 잘 견딜 뿐, 추위를 이기는 사람들은 아닙니다. 내한 능력을 키우기 위해 오랫동안 수련을 했고 스스로 터득한 방법으로 강한 인내심을 획득했을 뿐, 얼어 죽지 않는 초인들은 아닙니다."

"저도 그 정도는 견뎌낼 것 같으니까 너무 걱정하지 마세요."

브라운 박사가 이마에 주름살을 잡으며 목소리를 딱딱하게 굳혔다.

"여기서 현 선생 안전은 제 책임이니까 일단은 제 지시를 따라주십시오. 네이비 씰에서 빙해 다이빙 훈련을 받은 경력이 있는 블랙 상사가 시범을 보일 겁니다."

블랙이 말없이 나서 겉옷을 벗었다. 속에 몸에 잘 맞는 두툼한 내의를 입고 있었다. 블랙은 엑스라지 네오프렌 잠수복을 입고 그 위에 패딩 코트처럼 두툼한 잠수복을 덧입었다. 바지와 윗옷, 모자까지 한 벌로 지어진 밀폐형 방한 잠수복이었다. 방한 잠수복을 입은 블랙의 몸집이 눈사람처럼 부풀었다.

블랙은 면장갑을 낀 손 위에 발열 팩을 올려놓고 장갑을 한 겹 더 겹쳐 끼었다. 그리고는 손가락이 세 개인 벙어리장갑을 맨 위에 더 낀 다음 팔목의 링에 장갑의 링을 맞추어 돌려 물이 들어가지 않도록 밀폐시켰다. 손바닥 가운데에 발열 팩을 넣고도 세 겹의 장갑을 낀 것이다.

블랙이 물안경을 쓰자 브라운 박사가 노출된 피부에 바셀린을 두껍게 발랐다.

방한 잠수복에 때문에 블랙은 펭귄처럼 어기적어기적 걸어 얼음구멍으로 다가갔다.

"이렇게 보온을 해도 이십 분 이상 수중에 머물 수 없습니다."

브라운 박사의 말에 해린이 어이가 없다는 표정을 지으며 물었다.

"저렇게 껴입고 어떻게 물속에서 작업을 한다는 거죠? 특히 저런 손으로요. 그냥 잠수 말고는 의미가 하나도 없잖아요?"

"우주복을 입고 작업하는 것과 거의 같지요. 차가운 물속에서는 사람이 직접 할 수 있는 일의 종류와 작업량이 극히 제한될 수밖에 없습니다. 현재까지 개발된 전열 장치나, 온수 순환 장치는 더욱 거추장스럽습니다. 아예 로봇 팔을 지닌 잠수정과 다름없는 내압 잠수복이 작업능률이나, 잠수시간에서는 월등하겠지만, 그것은 또 활동 범위가 넓지 못하고 장비 자체가 크고 무거울 뿐 아니라 지상 지원 시스템도 복잡해서 지금까지는 이 시스템이 가장 간단한 최선입니다. 덧입는 잠수복 한 벌로 빙해저 다이빙이 가능하니까요."

구석에 쳐진 커튼 가리개 안에서 해린이 네오프렌 잠수복을 입고 나오자 브라운 박사가 엄지손톱 크기의 단추를 주었다.

"가슴에 이걸 붙이세요. 심장박동을 알려주는 리모트 센서입니다. 현 선생 호흡기에는 구강 내 온도와 호흡량을 체크하는 센서가 부착되어 있습니다."

해린은 방한 잠수복을 입는다기보다, 속으로 들어가는 느
낌을 받았다. 다 입고 보니, 정말 펭귄이 따로 없었다. 공기통
과 수중 호흡기를 입에 물고 얼음 구멍을 따라 미끄러져 들어
갔다.

먼저 들어가 기다리고 있던 블랙이 품어 내는 공기 방울 소
리 외에는 거의 소리가 없는 세상이었다. 위를 쳐다보니 들어
온 구멍이 태양처럼 빛났다.

바닷가 얼음을 뚫어서인지 바닥은 깊지 않았다. 여태껏 화
려함의 극치를 달리는 열대나 아열대의 바다를 넘나들던 해
린에게 남극해의 흑백에 가까운 세상은 사뭇 충격적이었다.
예상하기는 했지만, 생명이 넘실거리며 춤추던 바다와는 확
실히 달랐다. 해저의 생물도 개체수나 종류가 많지 않아 사막
같았다.

해린이 해저를 따라 구멍에서 멀어지자 블랙이 양팔을 펼
치며 앞을 가로막았다. 일단은 물속을 한번 들어 와보는 것으
로 만족해야 할 모양이었다. 해린도 오래 있고 싶지 않았다.
존슨센터에서 우주복을 입고 수중 작업 체험을 하는 것만큼
이나 몸을 움직이기 어려웠고 덥기도 하고 숨 쉬는 것도 편치
않았다.

머리 위에서 태양처럼 빛나는 구멍을 향해 올라가니, 브라

운 박사가 기다리고 있다가 산소통을 끌어 올려 주고 모자 벗는 것을 도와주었다.

테일러가 물었다.
"어떻습니까?"
"잠수복도 답답하고 공기통 호흡도 편치 않네요. 남자 친구와 많은 시간을 공기통을 메고 잠수를 하기는 했지만 원래 해녀들은 공기통을 사용하는 것이 금지되어 있어서 저는 가능하면 공기통을 매지 않아요."

제주도에서는 해저의 자원 고갈을 막기 위해서 해녀들이 아퀼렁을 매고 들어가 장시간 바다 생물을 채취하는 것을 금지하고 있었다.
해린은 서둘러 방한 잠수복을 벗고 브라운 박사에게 부탁했다.
"네오프렌만 입고 스킨 다이빙을 한번 해보고 싶어요. 여기까지 와서 해녀 물질을 못해본다면 의미가 없죠."
브라운 박사가 눈을 동그랗게 뜨고 입을 딱 벌렸다.
"아, 안됩니다. 그건 인간의 한계를 넘는 일입니다."
"센서를 부착할게요. 그럼 구강 내 체온과 심박수를 체크할 수 있잖아요."
브라운 박사가 거절하기 전에 테일러가 끼어들었다.
"현 선생이 원하는 대로 해봅시다. 블랙이 내려가 지켜보고 있다가 문제가 생기면 곧바로 밀어 올리도록 합시다."

물 밖으로 나왔던, 블랙이 다시 잠수 준비를 했다. 브라운 박사는 최소한의 안전 대책이라며 해린에게 장화가 달린 물신과 목이 긴 고무장갑을 끼게 하고 밴드를 졸라매 물이 들지 못하게 해주었다. 노출된 얼굴 부분엔 바셀린도 듬뿍 발라주었다.

블랙이 들어가 줄을 흔들자 해린은 얼음 통로를 쑥 미끄러져 내려갔다. 시원하고 편했다. 그대로 직선으로 해저로 내려갔다. 얼음을 포함해 20m 깊이의 물질이었다. 해저의 작은 돌멩이 몇 개를 주워들고 구멍으로 솟구쳐 올라가 숨비소리를 내며 구멍 가에 주워 온 돌멩이를 올려놓고 다시 물속으로 내려갔다.

다섯 번째 떠올랐을 때, 브라운 박사가 다시 들어가는 것을 막고 해린을 바깥으로 불러올렸다. 어리둥절한 표정을 짓는 해린에게 테일러가 얼음구멍을 가리켰다. 물거품이 끓어오르며 블랙이 올라왔다.

"블랙의 체온이 위험 수준으로 저하되었소."

"그 옷을 입고도요? 나는 이제 몸이 좀 풀린 것 같은데. 참 시원하고 재미있네요. 특히 돌아올 때 얼음 구멍이 아닌 빛의 구멍으로 솟구치는 느낌이라뇨! 마치 삶과 죽음의 경계를 넘나드는 것 같은 신비한 체험, 말로 표현하기 어렵네요."

블랙이 올라오자 해린은 다시 들어가 계속해서 잠수 시간과 거리를 늘렸다. 얼음구멍 가장자리에 조약돌이 수북하게 쌓였다. 열 번을 더 잠수한 끝에 해린은 몸이 식은 느낌이 들어 얼음 위로 올라왔다.

브라운 박사는 'I can not believe.믿을 수 없어.'를 연신 중얼거렸다.

해린은 탈의실로 들어가 네오프렌을 벗고 정장으로 갈아입고 나왔다. 노트북에 코를 박고 있던 브라운 박사가 해린이 나오자 간이 의자를 권했다.

"수고하셨습니다. 정말 놀랍습니다. 우리는 오래전부터 제주 해녀를 지켜보고 있었습니다. 하지만, 현대에 들어서 해녀들만의 신체적 우월성이 점차 사라져 실망하던 참이었어요. 해녀들이 신체적 기능 또한 장시간의 훈련에 의해 획득한 노력의 결과인, 유전적 가능성이 없는 획득형질에 불과한 것이라고 말입니다. 물론 오늘 현 선생이 보여준 내한 잠수 능력 또한 스스로의 노력과 수련에 의한 결과일 수도 있습니다. 그런다 해도 오늘 현 선생의 퍼포먼스는 인간의 생리학적 한계를 넘어선 초인적인 것입니다."

브라운 박사가 노트북의 화면을 해린에게 보여 주었다.

"1961년 미 해군성이 제주도 현지에서 촬영한 필름입니다. 팔 밀리 흑백이지만 최근에 디지털 복원했지요."

무명으로 지어진 소중기를 입고 두 알 물안경을 쓰고 물질하는 해녀들을 찍은 동영상이었다.

"제주 해녀들은 네오프렌 잠수복이 나오기 이전에는 소중기라는, 체온을 전혀 보호해 줄 수 없는 무명으로 지어진 속곳 한 벌, 심지어는 알몸으로 한겨울 눈보라 속에서도 물질을 했다지요? 그런데 해녀들은 기온이나, 수온, 개인의 능력에 따라 물질 시간에 차이가 있음에도 구강 내의 온도가 34℃로 내려가 직장 내의 체온이 34.8℃에 이르면 누구나 할 것 없이 물질을 중단하고 뭍으로 나와 돌을 쌓아 만든 셸터인 불턱에 피워 놓은 모닥불을 보듬고 앉아 체온을 회복해 연구진들이 놀랐다고 기록했어요. 마치 몸속에 생명을 보호하는 온도계를 내장하고 있는 것처럼 해녀들은 연구진들이 경악할 정도로 정확하게 그 온도를 체감하여 스스로 목숨을 보호하고 있다고 말입니다. 대상군일수록 체온 34.8℃로 내려가는 시간이 길어서 물에서 오랜 시간 작업을 할 수 있었답니다. 따라서 우리 환경의학연구소에서도 인체의 내한 한계 온도를 직장 내 34.8℃로 못 박아 그 이하로 내려가는 실험을 막고 있습니다. 제주 해녀 연구에서 얻은 성과 중 하나라고 할 수 있겠지요."

인간이 얼마만큼 추위에 견디느냐는 전쟁에서의 승패를 결정짓는 중요한 문제였다. 나폴레옹과 히틀러의 침공으로부터 러시아를 지켜 낸 것은 바로 매서운 러시아의 추위인 동장군이었다.

따라서 독일의 나찌는 라스벤부르크에서 지그문트 라셔의 지휘 하에 얼음물 속에 사람을 담가 죽을 때까지 관찰하는 바이탈실험을 했고, 일본의 731부대는 이시이 시로의 주도하에 인간을 껍질을 벗긴 통나무라는 뜻의 마루타로 취급하며 벌거벗긴 사람을 얼음물에 집어넣기도 하고 혹한의 만주 벌판에 알몸으로 세워 놓고 대형 선풍기로 바람을 쏘는 등 악마도 등을 돌릴 내한 바이탈 실험을 자행했다.

독일과 일본이 천인공노할 바이탈실험의 결과로 얻은 자료는 연합군이 탐내었던 일급 정보였다. 러시아는 독일의 자료를 강탈했고, 미국은 731부대의 자료를 넘겨받는 대가로 바이탈실험을 자행한 인간 악마들을 사면하여 실험에 참여했던 악마들은 한 사람도 처형되지 않았고 오히려 전쟁 후 일본에서 의학계와 과학계, 정계에서 존경받는 여생을 누리게 해 주었다.

그러나 인간의 내한 절대 하한 온도인 34.8℃는 일본과 독일의 악마적 바이탈실험의 결과물이 아니었다. 제주도 해녀들을 연구 조사해 얻은 결과였다.

해린은 처음 보는 자료에 퐁당 빠져 버렸다.

"어떻게 이런 자료가 여태까지 공개되지 않았을까요? 카피할 수 있을까요?"

"저도 드리고 싶습니다만, 안타깝게도 대외비입니다."

"이런 자료가 대외비라뇨? TV 다큐로 얼마든지 방영되는 수준인데요."

"그러게 말입니다. 저도 영문을 모르겠는데, 좌우지간 외부 유출 금지라네요."

"그때의 연구에서 얻은 다른 성과는요?"

"해녀들은 물개처럼 피하지방층을 온몸에 골고루 분산시켜 흡사 잠수복을 입은 것처럼 체온을 보호했고, 체내 대사량 또한 보통 사람보다 높아 고열량의 해산물 식사를 즉각 에너지로 바꾸어 체온을 유지하기 때문에 겨울 바다에서 오랫동안 잠수할 수 있으며, 능력이 뛰어난 해녀일수록 심장이 스포츠 형으로 발달해 박동이 느리다고 보고되었습니다. 하지만, 현대에 들어서 행해진 후속 연구들에서는 그러한 기능이 점차 퇴화되고 있는 것이 관찰되어 해녀에 대한 연구가 종료되었습니다. 그런데 오늘 타임머신을 타고 온 옛 해녀를 눈앞에서 보게 되어 감격스럽습니다."

"뭘요. 제주에는 진짜 타임머신 할머니들이 많이 계셔요. 이 정도 물질쯤은 팔십 대 할머니들도 다 하시죠. 지금도 돈만 된다면 얼마든지 여기까지 오셔서 물질하실 걸요. 일본, 중국, 러시아까지 가서 돈 벌어와 가족 부양한 엄청난 분들이 아직도 살아계신다고요. 중요한 것은 그분들이나 저나 고대에서 진화를 멈춘 시일라캔스가 아니라는 거죠. 계속해서 진화하고 발전하고 있다고요."

브라운 박사가 해린에게 부탁했다.

"현 선생. 잠수 활동을 다섯 시간이나 했는데 배가 고프지 않습니까? 우리 진행 요원들은 현 선생이 물 속에 있는 동안 햄버거로 때웠습니다만, 현 선생에게는 일부러 음식을 공급하지 않았어요. 지금까지 잠수로 소모한 열량이 3천5백 칼로리, 체온 유지에 사천 칼로리, 총 7천5백 칼로리 이상을 소모했는데 지방을 에너지원으로 태웠다고 해도 1kg 이상 체중이 감소했을 겁니다. 체중을 재도록 해주세요."

해린은 딱 잘라 거절했다.

"휴스턴에서도 체중은 재지 않았어요. 보기보다 많이 무겁거든요. 브라운 박사님. 저는 여름에는 자연스럽게 식사량이 줄어들고, 겨울에 몸을 춥게 관리하면 식사량, 특히 지방 섭취량이 엄청 늘어납니다. 그냥 내 몸이 요구하는 대로, 소모된 열량을 보충하는 거죠. 그래서 체중이 겨울 나잠 시에는 하루에 2~3kg 줄어들 때도 있지만, 곧바로 다시 요요가 되어 체중 변동 폭이 크지를 않아요."

"현 선생의 육체는 대단히 효율적인 엔진군요. 떨어지는 체온을 지방을 태워 즉각 보충할 만큼 뛰어난 대사능력을 지닌 바이탈 엔진이라니…."

테일러가 나서서 과업 종료를 선언했다.

"오늘은 이만 하고 기지로 돌아갔다가 내일 본격적으로 빙해저 다이빙을 합시다."

기지로 돌아오니 저녁 식사 시간이었다.

"현 선생을 위해서 특식을 준비했습니다."

웨이터가 가져온 접시에는 놀랍게도 전복과 해삼이 담겨 있었다.

"제주도에서 가져올 수 없어서 칠레 해안에서 공수해왔습니다. 이곳 일식 요리사가 서울의 특급호텔 조리 이사의 실시간대 영상 조언으로 요리한 것입니다."

제주도에서 이 정도 크기의 전복을 건졌다면! 감히 먹지 못하고 돈과 바꾸었을 터였다. 해린은 눈을 빛내며 입맛을 다셨지만, 테일러와 블랙은 몸서리를 쳤다. 해린은 제주산과 거의 같은 식감에 감탄하며 생전복 한 접시를 다 비우고 구이도 대여섯 개 먹어치웠다.

이튿날,

어제와 같이 헬기를 타고 다이빙 캠프로 갔다.

캠프 입구에 어제 없었던 잠수병 치료용 커다란 재압 챔버가 놓여 있었고, 군인 대신에 연구원으로 보이는 사람들이 여럿 있었다. 브라운 박사가 반갑게 해린을 맞았다.

"오늘은 나사에서 개발 중인 새로운 우주복을 입고 입수해봅시다. 네오프렌 잠수복 정도의 두께지만, 여러 겹의 신소재로 만들어졌는데 중간층에 가는 파이프 그물이 들어 있어, 체온이 낮으면 온수를, 체온이 높으면 냉수를 순환시켜 체온을 일정하게 유지 시킬 겁니다."

-273℃의 절대 온도까지 내려가는 우주의 그늘에서도 체온을 유지 시키는 것이 우주복이다. 따라서 단열기능이 지나쳐 오히려 땀이 우주복 안에 차오르는 것을 막기 위해 냉수를 순환시키는 특수 내복을 입어야 한다.

겉에 입는 우주복 또한 완벽한 보온과 기밀을 유지하기 위해 두껍고 투박하게 만들 수밖에 없고 산소공급과 보온, 통신 기능을 지원하는 등짐을 져야 해서 활동하기에는 상당한 어려움이 있었다. 하지만, 브라운 박사가 준비한 우주복은 일반용 네오프렌 잠수복과 별반 다르지 않은 두께였다.

신발과 상, 하의, 헬멧까지 일체형으로 밀폐되는 우주복이기는 했지만, 입는 것이 아니라 속으로 들어간다고 하는 표현이 어울리는 지금까지의 우주복과는 달리 몸에 착 달라붙고, 신축성이 좋아서 활동하기가 아주 편했다. 장갑도 손가락이 다섯 개였다.

브라운 박사가 묵직한 허리띠를 채워 주었다.

"납이 아니라 배터리가 들어 있습니다. 체온 유지와 통신, 조명 및 호흡기 작동 등에 사용되는 전원입니다."

물속으로 들어오자 해린의 헬멧 유리창에 수심, 수온, 체온, 심박수, 잠수 시간 등이 헤드업 디스플레이 되었다.

정말 자유롭고 편안한 잠수였다.

그제야 해린은 차분하게 얼음 천장이 하늘인 세상을 만끽했다.

해린은 구멍에서 멀리 있는 해저 협곡을 돌아, 동굴 속의 종유석처럼 천장에서 거대한 고드름이 매달려 있는 바다 속을 헤엄쳤다.

해저 바닥에 있는 조개류와 불가사리 모양 생명체의 이동 모습도 촬영하고 해저 동굴도 들어가 보았다.

양 선장과 제자들에게 보여주고 싶어 셀카를 찍기도 했다.

시간 가는 줄 모르고 노는데 이어폰이 울렸다. 브라운 박사였다.

"한 시간이 지났습니다. 홀에서 1km나 벗어나 있구요. 홀 아래로 복귀하십시오."

해린은 수심 5m에서 삼십 분을 쯤 멈추어 혈액 속에서 질소를 내 보낸 다음 수면으로 부상했다.

브라운 박사가 헬멧과 장갑을 풀어 주었다. 탈의실로 간 해린은 우주복을 벗고 내의까지 벗은 다음 비키니를 입고 밖으로 나왔다.

그리고는 눈을 동그랗게 뜨고 입을 딱 벌리는 테일러와 브라운 박사의 얼굴을 뒤로하고 얼음구멍으로 다이빙했다.

해린은 -2℃ 얼음장 아래 10m 해저를 멀리, 한 바퀴 돌아와 얼음 구멍 아래서 수직으로 힘차게 올라가 손으로 얼음구멍 가장자리를 짚고 힘을 주어 단번에 물 밖으로 튀어나왔다.

바다 위로 치솟는 돌고래 같았다.

귀신을 본 듯한 테일러의 표정이 볼만했다.

해린은 장난기 가득한 얼굴로 테일러에게 말했다.

"수 십만 달러를 들여 여기까지 와서 발만 담그고 갈 수는 없잖아요?"

탈의실로 간 해린이 몸의 물을 닦고 헤어드라이어로 머리카락을 말린 다음 정장으로 갈아입고 나오니, 벌린 입을 다물지 못하고 있던 브라운 박사가 주사기를 가지고 해린에게 다가왔다.

"만에 하나의 경우를 생각해서 혈액 내 질소 포화도를 검사할 수 있도록 혈액 채취를 허락해 주세요. 잠수병의 위험을 감수할 수는 없지 않습니까?"

테일러가 황급히 막았다.

"현 선생에 대한 직접적인 접촉은 안 된다고 했잖습니까!"

해린은 기지로 돌아와 식사를 마치고 며칠 만에 고영신에게 전화를 걸었다.

"엄마! 나 보고 싶지 않아? 내가 전화하지 않으면 엄마가 전화해야지. 그런다고 한 번도 안하냐. 별일 없지?"

"서영이랑 양 선장이 잘해주어 아주 편하게 잘 있다. 서영이 초신질에 맹두 물렸는데 뭐 가르칠 것도 없이 잘한다. 큰심방 났어. 양 선장도 매일 와서 남자 할 일 다해주고 있다. 양 선장과 서영이 손발이 아주 잘 맞아서 나는 신당일 신경 끄고 영등굿에만 힘쓰고 있다."

고영신의 말 속에 숨어 있는 흉계를 눈치 챈 해린이 역습

했다.

"엄마가 지우랑 서영이 중매서나 봐. 둘이 잘 해보라고 아주 등 떠밀어 합방시키지 그래요?"

"등 떠 밀지 않아도 둘이 짝짜꿍이다. 너나 거기서 멋진 남자 찾아봐."

"내 참, 엄마가 그런 말 할 때도 다 있네. 하직굿해서 신들이 엄마한테 떠나니까 사람 엄마 냄새나서 너무 좋다. 엄마, 영등굿 때는 나도 제주에 있겠어."

"너 없다고 영등굿 못하겠냐. 놀만큼 놀다가 천천히 오너라. 전화 끊는다."

해린은 고영신이 먼저 전화를 달깍 끊어 버리자 서운한 마음이 들었다.

외할머니의 말에 따르면 해린은 젖먹이 때도 고영신의 젖을 먹다가 배가 부르면 스스로 어머니의 품에서 빠져나와 혼자서 잠을 자곤 했다는 것이다. 따라서 고영신은 젖만 먹이고 곧바로 밖에 나가 일을 할 수 있었다.

외할머니는 심방 딸의 쌀쌀맞음에 대한 변명처럼 해린에게 이야기하곤 했다.

"네 엄마하고 너는 사주팔자에 합이 들어 있지 않았어. 젖먹이 때부터 엄마에게 착 붙지를 않았으니, 어떻게 잔정이 들었겠어?"

고영신에게 다시 전화를 하려다가 마음을 바꿔먹은 해린은 지우에게 전화를 걸었다.

　지우는 어지간히 지쳤는지 아니면, 떨어져 지낸 시간이 한 달이 다 되어 열기가 가라앉았는지 목소리가 차분했다.

　"지우야. 나 연수 끝났어. 이제 자유 여행 좀 하고 집에 갈 거야. 너 요즘 어머님 보살핀다며?"

　"응 너무 좋아. 전에는 그렇게 발걸음도 못하게 하시더니, 요즘은 아주 편하게 대하신다고."

　"좋겠구나. 서영이도 잘한다면서?"

　"서귀포는 지금 박서영이 판이야."

　"무슨 소리야?"

　"박서영이 어머니 대신에 당주 앞에 앉아 점을 보기 시작했는데 족집게라고 소문이 나서 육지에서까지 사람이 몰려와 내가 교통정리 하고 번호표 나눠 준다고."

　"우와. 대단하구나. 양지우, 너 박서영이 잡아라. 내가 말을 안 해서 그렇지 서영이 고거 너한테 다이빙 배울 때 네 냄새 맡으려고 곁에 딱 붙어 졸졸 따라다녔잖아. 네가 손만 내밀면 덥석 잡을 거야. 양지우, 서영이처럼 돈 잘 버는 각시 얻으면 팔자 펴는 거야."

　"말 같잖은 소리 하지 마. 나는 그런 스타일 여자 싫어. 어머니처럼 대가 센 사람이 그렇게 홀딱 빠져 모든 걸 서영이한테 맡기고 서영이 말 만 듣는 걸 보면, 사람 홀리는데 뭔가가 있는 것 같아 무서워. 점 보러 온 사람들도 서영이 앞에 앉는 순간 서영이 기에 눌리고 유도 심문에 걸려 자기들 스스로 다 털어놓고는 서영이가 맞추었다고 족집게라고 하거든. 좌우지간 빨리 와. 하루가 삼 년 같다. 빨리 와라."

"입에 발린 소리 하지 마. 너 요즘 서영이랑 잘 나간다면서."

"뭔 소리야! 그런 말이 어디 있어!"

"서영이 말만 하면 바르르 떠는 것이 더 수상하다."

지우의 대답을 기다리지 않고 해린은 전화를 끊었다.

초등학교 입학 날부터 해린은 심방의 딸이라는 이유로 따돌림을 당했다.

반 아이들의 부모들이 자식들을 해린과 어울리지 못하도록 했고, 아이들도 해린이 공부를 잘 할수록 시기하고 질투했다. 외모나 실력으로 이길 수 없을 때는 결국 무당과 뱃놈의 딸이란 말로 어린 해린의 인격을 모독해 상처를 주었다.

오학년 때 의기가 있는 담임이 해린을 반장으로 내정하자 학부모들이 들고일어날 정도였다.

자식들이 '비천'한 해린의 명령을 받을 수는 없다는 것이었다.

아버지는 바다에서 나가 있고, 굿을 하러 다니느라 집을 자주 비우는 해린이 혼자 있는 것이 안타까워 고영신은 해린에게 여러 학원에 다니도록 강권했는데, 고집이 센 해린은 보습학원은 생떼를 써서 다니지 않았고 유일하게 바이올린 교습에 흥미를 보였지만, 그나마도 열심히 하지 않고 시간만 나면 바닷가 불턱으로 외할머니를 찾아갔다.

해린이 왕따라는 것을 아는 아버지는 해린이 중고등학교를 육지에서 다니길 바랐지만, 해린은 외할머니와 바다를 떠나기 싫어, 고등학교까지 제주에서 다녔다. 하지만, 서울의 명문대에 합격해 어쩔 수 없이 제주를 떠났다.

지우는 해린이 제주도를 떠나자, 곧바로 해군 부사관 특전계열에 지원, 합격하여 UDT가 되었다.

해린이 지우를 남자로 생각하기 시작한 것은 지우가 첫 휴가를 나왔을 때였다.

방학을 틈타 제주로 내려온 해린이 물질을 할 때 수영 팬티만 입은 지우가 물 속으로 들어와 손을 흔들었다.

군대 중에서도 가장 모진 부대에 지원해 죽음의 훈련을 받는다는 소식을 듣고 짠한 마음보다는 가문의 피를 이어서 독종이 되려나 보다는 생각이 앞서 달갑지 않았던 해린이었다.

어찌되었든, 지옥의 훈련을 무사히 마치고 나온 것이 친구로서 장하기도 해서 수면으로 떠오른 해린은 지우와 함께 태왁을 붙잡고 마주 보았다.

"훈련 마쳤나 보네."

"아니, 이제 겨우 특전 초급반을 마쳤어."

해린이 지우의 가슴을 보니 퍼렇게 멍이 들어 있는데, 목걸이 선을 따라 유독 더 파란 점들이 박혀 있었다.

"너 가슴이 왜 그러니?"

"아, 이거 아무거도 아니냐."

"아무것도 아니라니? 너 군대 가더니 많이 컸다. 내 말에 그딴 식으로 대답하고. 왜 그러냐니까!"

지우가 잠시 망설이다가 대답했다.

"해린아. 우리 부대는 특성상 아직도 구타가 있어. 이거 얼어맞을 때 군번줄이 살 속에 박혀 생긴 멍이야."

"뭐라고! 지금도! 헌병대에 고발하지 않고!"

"그랬다가는 특전대는커녕 일반 수병으로 쫓겨 나고, 거기서도 전역 할 때 까지 왕따 당해."

"왜 그렇게 사람을 짐승처럼 때린다니?"

"자기들도 그렇게 선임에게 맞아가며 특전대가 되었으니 억울하면 너도 나중에 후임들에게 복수하라 더라고."

순간, 섬직한 느낌이든 해린이 지우를 쏘아보며 말했다.

"그래서, 너도 그럴 거야?"

지우가 입술을 깨물고 단호한 표정을 지으며 고개를 흔들었다.

"아니. 해린아! 나는 맹세했어. 우리 부대의 구타 전통은 내가 끝낸다고! 미우면 때린 놈이 밉지, 왜 죄없고 힘없는 후임들에게 복수하냐, 세상에 그렇게 비겁한 일이 또 어디 있겠어? 두고 봐, 결단코 내가 구타의 악순환 고리를 끊고 말거야.

내가 먼저, 맞은 것을 잊어버리고 후임들을 때리지 않고, 후임들에게도 구타를 금지하는 전통을 새로 세울거야."

해린이 지우에게서 감동을 받기는 그때가 처음이었다.

어쩌면, 양지우가 대대로 이어 온, 가문의 악행 세습을 자를지도 모른다는 생각이 든 것이다.

"그래, 양지우! 나도 시집살이 당한 며느리가 시어머니가 되어 며느리를 구박하는 것 같은 악의 악순환을 정말로 혐오해."

그날부터 해린의 눈에 지우가 듬직한 남자로 보이기 시작했다.

해린은 겨울 방학 때면 '외할머니의 바다'로 가서 어촌계원 자격으로 물질해 돈을 모았다.

지우도 휴가를 그때에 맞추어 와 해린을 만나곤 했다.

해녀가 직접 채취한 전복과 소라, 해삼 멍게는 부르는 게 값이었다.

초인적인 대상군의 물질로 해린은 상당한 돈을 저축했다. 그리고 그 돈으로 여름이면 전 세계 바다로 물질을 하러 다녔다.

남극으로 내려간 길을 되짚는 긴 비행 끝에 미국 영공으로 진입한 비행기는 기수를 라스베이거스로 돌렸다.

숙소는 벨라지오 호텔이었다.

저물녘에 도착한 해린을 영화 오션스 일레븐의 배경이 되었던 환상적인 음악 분수가 반겨주었다.

예약된 방은 세 개였다. 테일러에게 벨라지오는 아주 익숙한 곳인 듯, 체크인을 하자 바로 식당으로 일행을 이끌었다.

"여기 차이니즈 레스토랑인 자스민이 현 선생에 입에 맞을 겁니다. 홍콩 해물 요리가 전문이거든요."

테일러의 말대로 만족스러운 만찬이었다. 테일러가 냅킨으로 입술을 훔치며 흐뭇한 미소를 흘렸다.

"무중력 체험과 빙해저 다이빙에 하루 씩 일정을 더 소모하여 이틀 밖에 시간이 남지 않았습니다. 오늘은 여기서 휴식을 취하고 내일 그랜드캐니언을 탐사할 겁니다. 내일은 야외활동에 편한 옷을 입어야 합니다. 각자 방에 준비해 두었으니, 아침 식사 후에 바로 출발합시다."

다음날 침대로 배달된 아침을 먹고 옷을 갖춰 입고 나오니 테일러와 블랙이 엘리베이터 앞에 기다리고 있었다.

블랙이 내려가는 버튼을 누르려하자, 테일러가 황급히 먼저 위로 올라가는 버튼을 눌렀다.

벨라지오의 33층 옥상에서 대형 헬리콥터가 대기하고 있었다.

해린 일행은 헬리콥터를 타고 그랜드캐니언으로 직항했다.

콜로라도 강이 애리조나 주에 20억 년에 걸쳐 깎아 놓은 길이 447km, 너비 6~30km, 깊이 1.5km에 달하는 장대한 자연의 걸작은 인간의 존재를 미미하게 만든다는 이야기가 결코 과장된 것이 아니었다.

협곡 사이를 헬리콥터로 날아오르는 장쾌한 퍼포먼스에 해린은 넋을 놓았다.

1천 5백 m의 수직 절벽은 20억년에 걸친 지구의 나이테가 새겨져 있는 '지질학의 교과서'였다. 그 살아 있는 교과서를 펼쳐든 과학 선생 현해린은 자신도 모르게 숨을 멈추었다간 숨비소리를 내지르고 말았다.

절벽의 끝에 헬리콥터가 내려앉았다. 몇 사람이 미리 와 해린 일행을 기다리고 있었다.

1,500m 수직 절벽 끝에 고층 빌딩 공사장에서 흔히 볼 수 있는 고공 크레인이 서 있었고 그 줄 끝에 커다란 곤돌라가 매달려 있었다.

햇볕에 바라고 그을린 피부와 바람에 흩날려 헝크러진 머리카락 때문에 나이를 짐작할 수 없는 백인 여성을 테일러가 소개했다.

"이사벨 존스 박사님은 이십 년째 현장에서 연구하고 있는 스미소니언의 수석연구원이십니다. 본디 외과 의사였으나 해양 생물에 심취하여 해양 생물학 관련 박사 학위를 받으신 분으로, 그중에서도 고생물학, 특히 고대 해양 생물 화석 연구에서는 독보적인 업적을 쌓으신 분이요. 오늘 현 선생의 학술적 접근을 위해서 특별히 초청했습니다."

해린은 눈을 비비고 존스 박사를 다시 보았다. 넷지오의 단골 기고가로서 해린이 꼭 만나고 싶었던 석학이었다.
해린은 감격하여 이사벨 박사의 손을 잡았다.
"넷지오에 실린 박사님의 기사를 모두 다 읽었습니다. 존경하는 분을 여기서 만나 뵈다니 정말 영광이에요."

테일러는 절벽 위에서 기다린다 했고 블랙은 가지고 온 윙슈트를 입고 낙하산을 멘 다음 절벽에서 뛰어내려 날아가 버렸다.

이사벨 박사가 해린을 곤돌라에 태웠다. 곤돌라가 둥실 떠오르더니 절벽 아래로 천천히 내려갔다.
놀라운 체험이었다.
지구의 나이테를 눈앞에서 직접 살펴보다니! 20억 년 세월이 새겨진 절벽 앞에서 해린은 벅차오르는 가슴을 진정시키기 어려웠다.
이사벨 박사가 물었다.
"보고 싶은 시대가 있어요?"
"대멸종과 대홍수의 흔적을 보고 싶어요."
이사벨 박사의 얼굴이 갑자기 굳어졌다.

"Are you a creationist?"

(당신 창조론자요?)

해린은 황급히 손을 흔들어 부정했다.

"아닙니다. 나는 과학자입니다."

이사벨 박사는 쉽게 얼굴을 펴지 않았다.

해린은 이사벨의 우려를 알고 있었다.

그랜드캐니언의 지질학적 흔적을 성서학적 관점으로 연구하는 사람들도 상당수 있는데, 그들은 그랜드캐니언이야말로 지구가 불과 몇 천 년 전에 창조되었다는 증거라고 주장하고 있었다.

해린도 그런 논문이나 기고문을 숱하게 읽었다.

그랜드캐니언의 지층이야말로 20억 년의 기록으로서 창조론의 허구에 대한 가장 확실한 증거인데도 그들은 자신들의 주장을 관철하기 위해 온갖 궤변과 이설, 가설을 동원하여 과학적 사실을 혼동케 하고 있었다.

그들은 이 거대한 그랜드캐니언이 콜로라도 강의 침식과 대륙의 융기로 생겨난 것이 아니고 신의 섭리로 단박에 파여졌다고 주장하고 있었다.

곤돌라는 절벽에 거의 닿을 듯해 손을 뻗으면 절벽을 만질 수 있을 정도였다. 이사벨 박사는 곤돌라에 매달려 있는 스위치 박스를 들고 곤돌라를 위 아래로 조종했다.

얼마 내려가지 않아 곤돌라를 멈춘 이사벨 박사가 레이저 포인터를 켜 절벽에 붉은 점을 투사했다.

"대홍수의 흔적은 아주 얇고 가까이 있어요. 바로 여기입니다."

해린은 붉은 레이저 점에 눈의 초점을 맞추었다. 펜으로 길게 그어 띠를 두른 것 같은 지층이었다.

이사벨 박사가 강의하듯 말했다.

"이처럼 진흙층이 얇게 깔리는 걸로 대홍수를 추정한다면 그런 지층은 여러 시대에 걸쳐 수차례 나타납니다. 스미소니언에서는 이 절벽의 샘플을 완벽하게 채취해 연구실에 보관하며 연구하고 있어요. 이 지층에는 지구의 역사가 담겨 있습니다. 대홍수뿐 아니라, 큰 화산의 폭발, 큰비, 태양풍과 지구 방사능 변화, 동물과 식물상의 변천 등 모든 것이 다 담겨 있답니다. 화석이 거의 포함되지 않은 지층과 갑자기 사라지거나 생겨난 동식물 등이 담긴 지층은 대멸종에 대한 확실한 증거와 그 원인에 대한 단서를 제공하기도 합니다."

해린은 수 억 년에 이르는 시간 여행에 초대된 셈이었다. 이사벨 박사가 곤돌라를 내려 6천 5백 만년 전에 멈추었다.

지구상의 생물 반 이상이 멸종한, 마지막 5차 멸종기였다. 공룡의 멸종으로 유명한 가장 최근의 비극이었다.

"이것이 바로 이 대멸종이 혜성의 충돌로 촉발되었다는 과학적 증거로 제시되고 있는 이리듐 밴드입니다."

이리듐은 아주 무거운 원소이기 때문에 지구 생성 초기에 지구 깊숙이 가라앉아 지표면에서 발견되는 일이 거의 없는 희귀원소이나, 운석이나 소행성 등의 외계 물질에서는 흔하게 발견된다. 이리듐이 다량 함유된 지층이 공룡의 멸종기 지층을 덮고 있어 지구에 거대한 외계 운석이 충돌했다는 이론이 성립하는 것이다.

두 번째 정거장은 2억 1만 년 전의 4차 대멸종이었다. 4차 대멸종은 비교적 가벼워서 지구 상 생물의 약 20%가 사라지는 데 그쳤다.

세 번째로 멈춘 곳은 지구 역사상 가장 끔찍한 시간대였다. 2억 5천 1백 만 년 전에 지구상의 육상생물 80%, 해양생물 90%가 모조리 죽어버린 3차 대멸종이 일어났던 것이다. 그때 완전히 멸종하여 지구상에서 영원히 모습을 감춘 생명체도 아주 많았다.

3차와 4차 대멸종에 대해서도 아직 확실하게 정설로 인정된 이론이 없지만, 수많은 가설의 중심엔 거대 혜성이나 소혹성의 충돌 혹은 시베리아를 용암으로 뒤덮었던 초대형 화산의 연속적인 분출, 바다의 증발 등등의 지구적 요인이나 우주적 변동이 거론되고 있었다.

"3차 대멸종 이후 지구에 다시 다양한 생물종이 출현하는 데 백만 년이 걸렸습니다. 백만 년이라고 하면 엄청난 시간처럼 느껴지겠지만, 지질학적인 연대기로 보면 아주 짧다고 할 수 있습니다. 거의 죽음의 별이 되었던 지구가 백만 년 만에 생명체로 넘치게 된 것도 대멸종에 못지않은 수수께끼라 할 것입니다."

특강 중의 특강이었다.

해린은 이사벨 박사의 말을 한마디도 놓치지 않으려고 귀를 쫑긋 세웠다.

이제 시간 여행은 속도를 더해, 3억 6천 만 년 전까지 내려갔다.

이사벨 박사의 강의가 이어졌다.

"제 2차 대멸종은 후기 데본기 멸종이라고 하는데, 지질학적 증거에 따르면 2차 대멸종은 몇 차례의 소규모 멸종이 겹쳐서 일어났다고 추정됩니다. 특히 2차 대멸종에서는 바다 생물의 피해가 컸는데, 원시의 바다 속에 가득 넘쳤던 생명체의 75%이상이 사라져 버렸습니다. 하긴, 육상에 겨우 곤충류와 거미류 등이 생겨나던 때였으니, 육상 생명체의 사멸은 별 것이 아니었겠지요."

마지막 정거장은 4억 4천만 년 전이었다.

육상에는 생명체가 거의 없었고, 바다 속은 갑자기 폭발적으

로 번성한 생명체들로 가득했었다. 삼엽충을 중심으로 12m
에 이르는 거대 앵무조개 오르소콘이 로켓처럼 돌아다니고,
해파리와 바다나리도 춤을 추었다.

그렇게 활기차게 번성하던 바다 생명체의 반이 갑자기 죽어
버렸다.

육상에는 생명체가 없었기 때문에 지구 전체 생명체의 반
이 죽어버린 것과 같았다.

"2차 대멸종은 바다 속의 산소가 갑자기 줄어들어 시작되
었고, 1차 대멸종은 우주의 감마선이 원인이었다는 설이 최
근에 설득력을 얻고 있으나, 1차에서 5차에 이르는 모든 대
멸종의 원인은 아직 정확하게 밝혀진 것이 없습니다."

곤돌라의 줄이 끝까지 풀어져 그 이하로 내려가지 못했다.
하긴 그 이하의 지층은 해린의 흥미 밖이었다. 곤돌라가 상승
하기 시작했다.

해린이 질문 했다.

"대멸종 외에 여섯 차례 이상의 소규모 멸종이 증명되었는
데 혹시 그에 대한 연구도 함께하고 계시나요?"

"물론이지요. 그렇지만 소멸종에 대한 강의는 오늘은 힘들
것 같습니다."

"대홍수의 흔적은 얼마나 발견된 건가요?"

"사천오백 년 전의 이른바 '노아의 홍수' 이전에도 수십 차례의 홍수가 일어난 증거가 곳곳에 있는데, 대홍수와 멸종과는 큰 연관을 찾을 수 없을 겁니다. 미국 통계국의 믿을 만한 연구에 의하면 기원전 팔천 년의 세계 인구는 오백만 명에 불과했고 기원전 오백 년에 이르러야 1억 명이 된 것으로 나타났습니다. 그렇다면 농업이 발전하기 전인 기원 전, 2천 5백 년대의 세계 인구라야 불과 몇 천만 명에 불과했을 겁니다. 따라서의 홍수에 의해 죽어간 인류의 개체가 지구적인 관점에서 멸종이라 이를 만큼 되지 않을 겁니다. 그때 당시의 세계 각지에서, 소규모로 나라 혹은 부족을 이룬 집단이 나름대로 번성하고 있었던 기록이 많지 않습니까? 오히려 홍수에 의해 멸종한 생물보다는 번성하게 된 생물이 더 많습니다. 일만 오천 년 전에도 뚜렷한 흔적을 남긴 홍수가 있었는데 그때에도 충격적으로 감소한 생명체는 발견되지 않았거든요."

"그렇다면 박사님께선 대홍수와 대멸종과의 연관을 부정하시는 건가요?"

이사벨 박사는 명쾌하게 단언했다.

"내 개인적인 의견을 묻는다면 예스입니다. 물론 성서를 위시해서 전 세계적으로 거의 모든 문화권에서 대홍수의 전설이 있다는 것을 잘 알고 있습니다. 하지만, 그 모든 전설의 원류는 바빌로니아의 길가메시 서사시에 있다는 것이 지질학자가 아닌 역사학자들에 의해 정설로 인정되고 있지 않습니까?"

제주도에도 대홍수 설화는 있었다.

남해 용궁의 태자 삼 형제가 국법을 어겨 제주도로 귀양을 왔는데 가난한 제주도 사람들은 가진 것이 너무 없어서 그들을 대접할 수가 없었다.

아들들의 귀양살이가 끝나고 제주도 사람들의 홀대를 전해들은 남해 용왕이 대홍수를 일으켜 제주도를 삼 년 동안 물속에 잠기게 해 제주도의 사람들을 멸종시켜 버렸다는 것이다.

이런 비슷한 이야기는 한반도에도 고리봉 전설을 필두로 숱하게 전해 내려오고 있었다.

그뿐 아니었다.

대홍수에서 살아남았다는 중국의 '후히 가족' 이야기,

인도의 마누 이야기,

그리스 신화의 프로메테우스이야기 속에도, 호주, 남북아메리카, 아프리카 원주민 설화에도, 잉카에도 대홍수 신화는 있었다.

그 모든 신화의 골격은 불경한 인간들을 신이 홍수로서 멸하는데, 특정한 의인에게만 배를 만들게 해 살려 주었다는 것이었다.

해린은 이사벨 박사의 견해를 존중해 주었다.

"제 개인적으로는 대부분 신화가 국지적 홍수에 의한 소규모 종족이나, 부족 국가의 소멸을 범지구적인 멸종으로 과장했다고 생각합니다. 신화뿐 아니라 종교에서도요."

이사벨 박사가 그제야 얼굴을 밝히며 해린의 손을 잡았다. 영광이었다.

세계적인 석학의 현장 강의를 혼자서 수강하다니! 해린은 보고자 했던 걸 다 보고, 듣고자 했던 걸 다 들은 셈이었다. 해린은 3억 년 전쯤에서 이사벨 박사에게 허리를 깊이 숙여 감사의 인사를 했다.

해린이 '학술적 접근'을 하는 사이에 헬리콥터가 두어 차례 계곡 바닥으로 내려가 블랙을 싣고 올라오고, 다시 블랙이 날아 내려가기를 반복했다.

만족할만한 하루였다.

테일러가 다시 자스민에서 만찬을 베풀며 말했다.

"이번 연수의 완벽한 수료를 축하하는 의미에서 오늘 저녁, 우리 모두 카지노에서 한 판 제대로 놀아 보지 않겠소? 혹 알겠소? 천만 달러짜리 잭팟이 터질지?"

농담인지 진담인지 알쏭달쏭한 말투로 테일러가 호기롭게 말했다.

블랙이 미소를 지으며 맞장구를 쳤다.

"그렇지 않아도 오늘 저녁에 출격할 참입니다."

"블랙! 만약에 말이네. 천만 달러짜리 잭팟이 터지면 뭐 할 건가? 페라리 사고, 카리브 해변에 별장 짓고 미인 마누라 얻을 건가?"

테일러의 말끝에 블랙의 얼굴에서 미소가 사라졌다.

"아프리카 내 고향 마을로 돌아가려고 합니다. 천만 달러. 턱없이 부족한 돈이지만, 그래도 종잣돈 삼아 내 부족을 다시 모아야지요."

"진담인가? 모두 탈출하려는 죽음의 땅으로? 자네도 죽을힘을 다해 도망쳐 미국으로 와 그나마 살아남은 사람 아닌가?"

블랙이 테일러와 해린을 번갈아 보더니 눈길을 허공으로 돌렸다. 처음 보이는 감상적인 모습이었다.

"우리 부족은 아비시니아 고원에서도 가장 높은 곳에서 사는, 아폴론의 후예인 태양족이요."

그리이스 신화에 의하면 아폴론과 요정 클뤼메네 사이에서 태어난 파에톤이 아폴론의 태양 마차를 몰다가 지상으로 너무 가까이 가는 통에 지상에 불이 붙어 리비아 사막이 생기고 에디오피아 인들의 피부가 타서 흑인이 생겨났다고 한다.

결국, 파에톤은 제우스의 벼락에 맞고 마차에서 떨어져 죽었다.

하지만, 아들의 죽음을 볼 수 없었던 아폴론이 제우스 몰래 파에톤을 살려서 아프리카에 숨어 살게 했는데, 블랙의 부족은 바로 그 파에톤의 후손이라며 자신들을 아폴론의 핏줄인 태양족이라 자처했다.

블랙은 비장하게 말을 이었다.

"나는 아폴론의 아들, 파에톤의 후손, 태양족의 적자, 대추장의 후계자인 왕자였소… 우리 땅에 있는 다이아몬드 광산과 우라늄을 빼앗고자 장갑차와 기관총으로 무장한 놈들이 쳐들어오기 전까지는!"

태양족은 용맹한 전사였으나, 현대 무기 앞에서는 오합지졸이었다.

해린은 블랙이 말을 하는 도중에 몸을 가늘게 떠는 것을 보았다.

"배에 총을 맞고 핏물 속에 엎어져 사경을 헤매는 내 눈에 비친 마지막 광경은 불타는 우리 마을이었소. 그 불과 함께 내 마음속의 태양신은 죽어 버렸소. 신이 있다면, 좀 더 현실적으로 우리 부족을 도와야 했소. 우리 부족이 죽던 날의 신은 기관총과 장갑차였을 뿐이요. 그리고, 그 기관총과 장갑차를 살 수 있는 것은 돈이었소. 결국 돈이 신이고 돈만이 인간의 존엄을 지켜준다는 것을 깨달았소. 내게 돈이 생긴다면 고향으로 돌아가 지금 이 순간에도 짐승처럼 사냥 당하고 있는 내 부족을 보호할 국가를 세우겠소. 천만 달러로는 턱없이 부족하겠지만, 빼앗긴 땅과 자원을 되찾을 독립전쟁의 불씨로 삼을 것이요!"

블랙의 하얀 눈동자에 핏발이 서 붉게 변했다. 그가 한꺼번에 이렇게 많은 말을 하기는 처음이었다.

살벌할 정도로 가라앉아 버린 분위기를 테일러가 헛기침으로 깼다.

"현 선생은 뭐 할 거요? 원화로 백억이 넘는, 억만장자가 된다면 말이오."

블랙이 워낙 진지하게 답을 해서 해린 또한 장난으로 넘길 수가 없었다.

"해녀 연수원을 세워서 해녀를 양성해 봉급과 연금을 주어 해녀의 대가 끊이지 않도록 할겁니다."

테일러는 기대했던 답을 들은 듯 자못 묵직하게 말을 내놓았다.

"현 선생. 블랙. 둘 다 멋진 사람들이오. 자신을 생각하지 않고 대의를 생각하는 큰 사람들과 함께해서 정말 행복하오. 내 기대를 저버리지 않아 정말 좋습니다. 자! 이제 라스베이거스를 즐기러 갑시다."

테일러가 약간 과장된 듯한 몸짓을 하며 자리에서 일어났다. 하지만, 해린은 미국에서의 마지막 밤을 낭비하고 싶지 않았다.

"테일러 박사님! 잠깐만요!"

테일러는 해린이 무슨 말을 하려는지 알고 일부러 피하려다 들킨 사람처럼 머쓱한 표정으로 자리에 다시 앉았다.

"박사님! 이제 말씀해 주실 때가 되지 않았나요?"

"무얼 말입니까?"

곤혹스런 표정이 테일러의 얼굴에 가득 들어찼다.

"저를 부른 이유를 말씀해 주세요."

"과학 교사 국제 교류…."

해린은 처음으로 테일러의 말을 무질렀다.

"제발! 박사님! 저의 지성을 모독하지 마세요."

"무슨 말씀을! 나는 현 선생의 지성에 대해 너무나 감탄하고 또 감탄하는 사람이오!"

"그럼 저의 의문에 대해 대답을 해주시죠."

오른 손을 쫙 펴 테일러 앞에 내민 해린은 손가락을 하나하나 구부리며 말했다.

"첫째. 왜 대한민국 교육부의 계획에도 없는 초청연수에 나를 뽑아, 저 혼자의 건강검진을 위해서 머시호를 서귀포로 불렀는데 말이나 되는 이야기입니까? 둘째, 미국 연수 가는 교사가 A-380 퍼스트클래스를 탔다는 이야기는 들은 적도 없고, 거기에 나사 전용기라뇨? 셋째, 수억 달러를 들여 개발 중인 수천만 달러짜리 주거 캡슐과 우주복을 마음대로 쓰도록 내주고, 말 한마디로 십만 달러가 들어가는 무중력 체험을 하루 늘리셨지요? 넷째, 블랙이 저를 보호하도록 했는데, 제가 보디가드를 받을 만큼 중요하나요? 그리고!"

마지막 손가락 하나를 남기고 해린은 테일러의 눈을 뚫어지게 쏘아 보았다.

"다섯째! 나사의 아시아 협력관이라는 직위 자체가 있는지 없는지는 몰라도 그 직위가 나사에서 남극기지까지 민간인에서 군인까지 그 누구도 복종시킬 수 있는 대단한 자리인가 보죠? 그 누구의 결재나 승인도 받지 않고 혼자서 수십만 달러의 지출을 승인하고 그 어떤 일에도 막힘이 없으니 박사님은 요술 램프의 '지니'이신가요?"

해린은 말을 듣는 사이에 테일러의 눈동자가 흔들리는 것을 지켜보았다.

테일러가 거짓말을 준비하거나, 아니면 말 못할 사정이 있다고 판단한 해린은 말을 덧붙였다.

"비밀 서약을 하라면 하겠어요. 박사님을 만나서부터 지금까지 보고 듣고 겪은 모든 사실과 나를 부른 이유까지 무덤까지 가지고 갈 수도 있어요."

"역시 현 선생이요! 내일 헤어지기 전에 말하려고 했었는데, 지금 해주지요. 현 선생, 비밀 같은 건 없어요. 현 선생에게 공개된 나사의 기술이나 시설은 다른 나라나 기업에 다 공개된 것들입니다. 현 선생을 부른 이유도 비밀이라 할 것 없어요. 미국은 예전부터 뛰어난 재능을 가진 사람들에 대한 투자를 아끼지 않았지요. 언젠가는 인류에게 보탬이 될 수 있는 재능을 발굴하고 그 재능이 발전하도록, 그리하여 그 사람이 참으로 인류 문명의 발달에 보탬이 되도록, 일종의 장학 사업을 끝없이 펼쳐 온 겁니다. 현 선생도 그 연장선상의 수혜자라고 생각하세요."

"그렇게 두루 뭉실 애매모호하게 넘어가실 겁니까?"

"사실입니다. 인류 문명이라면 좀 과장했고, 미국의 국익에 보탬이 될 수 있는 인력 풀manpower pool에 담아 둘 사람들을 찾는 과정일 뿐입니다."

"그렇다면 언젠가 미국이 필요할 때 부르겠다는 말입니까?"

"언젠가가 아니라 현 선생이 원한다면 지금 당장 받아들이겠습니다."

"그럼 이번 연수 과정 전체에 걸쳐서 나를 관찰하고 평가했다는 이야기 아닙니까? 박사님. 저, 장학생에 선발되었나요?"

테일러가 정색하고 대답했다.

"현 선생은 한국에 머물러 두기엔 아까운 인재입니다. 미국은 언제든지 현 선생에게 문을 열어 놓을 것입니다. 학비와 숙식과 급여가 보장되는 최상급 장학혜택을 제공하겠습니다. 지금 이대로 눌러앉으셔도 좋습니다. 모든 것을 다 제가 처리해 주지요. 제주도의 현 선생 방을 먼지까지 통째로 옮겨 올 수도 있습니다."

"제가 미국에서 할 일이 뭐가 있겠습니까? 학교 선생? 물질? 그건 제주도에서 하겠습니다."

"우리가 현 선생에게서 발견한 잠재력은 훨씬 더 큰 것입니다."

"어떤 잠재력이요?"

"그건 현 선생이 미국에 온다고 결정했을 때 알려 드리지요."

"글쎄요. 그런 날은 오지 않을 것 같네요. 박사님! 제가 어찌 아빠가 잠들어 계신 제주바다와 사랑하는 제자들, 홀로 계신 어머니를 떠나서 살겠습니까? 그리고 장래를 약속한 남자 친구도 있고요. 무엇보다도 나는 야망이 큰 그릇이 아니랍니다. 그냥 제주도에서 애들 가르치고 물질이나 하며 편하게 살래요."

테일러는 한껏 부드럽고 인자한 미소를 지으며 말했다.

"처음 만났을 때 내가 준 명함 가지고 있지요? 언제든지, 공휴일이든, 한밤중이든, 시차를 생각하지 말고 전화를 하세요. 미국의 모든 문을 열어 놓고 기다리겠소."

"정말요?"

"그럼요."

곁에서 테일러와 해린의 말을 듣고 만 있던 블랙이 좀이 쑤신 듯,

"이제 그만 나가서 라스베가스의 밤을 즐깁시다."

하며 일어났다.

테일러가 해린에게도 밤 관광을 권했으나, 해린은 그랜드 캐니언에서 본 것을 블로그에 올릴 시간을 갖고자 나가지 않았다.

테일러와 블랙을 보내고 해린은 객실로 돌아와 일찍 잠이 들었다가 밤중에 복도가 시끄러워 깨어나 도어 폰으로 밖을 보았다. 맞은편 블랙의 방문이 활짝 열려 있고 복도에 911응급 대원들이 들것을 들고 웅성거리고 있었다.

깜짝 놀란 해린은 가운을 걸치고 나가 보았다. 테일러가 현장을 지휘하고 있다가 해린을 보고 입술에 손가락을 댔다.

응급 대원이 블랙의 방에서 들것에 완전히 발가벗은 흑인 여자를 들고 나왔다. 젊은 아가씨였다. 곧이어 들것이 또 하나 나왔다. 거기에는 발가벗은 금발의 백인 아가씨 놓여 있었다. 응급대원들이 그녀들의 맥박을 확인하고 산소마스크를 씌우고 담요를 덮어 데려갔다. 응급 대원들이 빠져 나가자 테일러가 블랙의 방으로 들어가며 문을 닫았다.

블랙에게도 무슨 일이 생겼는지 궁금하여 해린은 복도에서 테일러가 나오기를 기다렸다. 오래지 않아 테일러가 나왔다. 해린이, 무슨 일이냐고 속삭이듯 묻자, 테일러가 손짓으로 해린을 계단참으로 데리고 갔다.

"아가씨들 둘 다 생명에는 지장이 없고, 블랙은 술이 덜 깨기는 했어도 멀쩡해요."

"도대체 무슨 일이죠?"

테일러가 해린과 눈을 잠깐 맞추더니 말을 했다.

"술과 마약에 취한 아가씨들에게 블랙의 섹스가 과도했던 모양이요."

해린은 방으로 돌아와 문을 걸어 잠그고 소파를 밀어 문 앞에 놓았다.

마침내, 대장정의 마지막 날이 되었다.

해린은 올 때와 똑같이, 짐이 늘지도 줄지도 않은 캐리어를 끌고 호텔 로비로 내려왔다.

블랙이 아무 일도 없었던 것처럼 시치미를 뚝 떼고 서 있다가 해린의 캐리어를 받으려고 손을 내밀었다.

해린은 캐리어를 내주지 않고 테일러 쪽으로 붙어 섰다.

LA 공항에서 탑승 수속을 마치고 게이트로 나가기 전에 테일러가 서운한 듯 가라앉은 목소리로 말했다.

"마음 같아서는 G700으로 제주도까지 동행하고 싶지만, 현 선생에게 불이익이 될까봐 참겠습니다. 현 선생. 혼자서 처리하기 어려운 일이 생기면 한국에서는 물론 전 세계 어디서든지 시간대를 막론하고 제게 전화를 주십시오. 설혹, 살인을 했다할지라도 제가 다 해결 해 드리겠습니다."

해린은 일반 승객들과 섞여서 귀국 행 비행기에 올랐다.

테일러는 끝까지 배려를 아끼지 않았다. 돌아오는 비행편도 A380 퍼스트 클래스였고, 제주 연계 국내선까지 예약되어 있었다.

5

호들갑을 떨기 싫어서 정확한 귀국일자를 알려주지 않고
제주도로 돌아온 해린은 공항에서 택시를 타고 기사에게 집
주소를 알려주었다.

늙수그레한 기사가 해린을 힐끗 보더니 말을 붙였다.

"손님도 박사 심방 찾아가세요?"

박사 심방이라…

불과 한 달 전에만 해도 택시에서 동네 이름을 말하면, 에펜
수심방 찾아가느냐 묻곤 했는데…. 해린은 마음이 편해지는
것을 느꼈다.

"네, 소문 듣고 찾아가는데 정말 족집게나 봐요. 기사님까
지 아시는 걸 보니요."

"말 마세요. 심방들 신 갓 내릴 때가 제일 용하다고 하고,
정월이라 일 년 신수 보는 때이기는 하지만, 어떻게들 알고

찾아오는 지, 서울 비행기가 도착하면 꼭 열댓 명은 박사 심방 찾으니까 공항택시들 그 동네 뻔질나게 드나들어요. 택시뿐이겠어요. 서울 정치가들, 재벌 사모님들 모시고 들어가는 리무진들도 줄 서네요."

"기사님도 박사 심방 만나봤어요?"

"아이고, 박사 심방 아무나 못 만나요. 돈 많고 배경 좋은 사람들도 줄을 서는데 언감생심이지요. 오죽하면 줄 대신 서서 번호표 받아주는 아르바이트까지 있다더라고요."

"정말 그렇게 대단 하나 봐요."

"우리 택시기사들까지 떡고물 얻어먹는 거 보세요. 아주 그 동네 살판났어요. 사람들이 며칠씩 기다리느라, 그쪽 호텔, 모텔, 식당까지 난리 났어요. 요즘 그 동네는 박사 심방이 먹여 살리고 있어요. 이거 뭐 폭포나 동굴이 새로 발견되어 관광지가 하나 생겨난 것 같다니까요. 복덩어리가 덩굴째 굴러 떨어진 셈이죠. 박사 심방 멀리서 보기만 해도 아픈 몸이 낫고, 복이 터진다는 소문까지 나서 관광버스까지 그 동네 들른다고요."

서귀포가 서영이 판이라던 지우의 말이 사실이었다. 동네 어귀부터 주차장이었다. 경찰이 나와 교통정리를 하고 동네 부녀회에서 텐트를 쳐놓고 따뜻한 음료 서비스까지 하고 있었다. 해린은 집 앞까지 가지도 못하고 택시에서 내려야 했다.

정말로 지우가 대문 앞에서 번호표를 나눠주고 있었다. 사람들에게 어지간히 시달렸는지 해린을 쳐다보지도 않고, 번호표를 내밀며 말했다.

"사흘 후에나 차례가 될 겁니다."

해린은 번호표 대신에 지우의 손을 덥석 잡았다.

"선장이 육지에서 문지기라니 웬일이야?"

지우는 놀라지 않았다.

"지금쯤 도착할 줄 알았어."

"아무에게도 오늘 온다고 말 안 했는데? 어떻게 알았어?"

"서영이가 오늘 오후에 네가 온다고 하더라."

"그래에? 서영이가 뭘 보기는 보는 모양이구나."

"서영이 용왕신이 가르쳐줬나 보지 뭐, 마당까지 사람들이 가득해. 그래도 서영이가 쓰는 네 방은 아무도 못 들어가게 잠가 두었어."

지우는 함께 서 있던 동네 아주머니에게 번호표 뭉치를 넘겨주었다. 아주머니가 활짝 웃으며 표 뭉치를 받아 앞선 번호 몇 장을 떼어 주머니에 담고 나서 표를 나눠 주기 시작했다.

해린이 자신의 방으로 지우를 데리고 들어가며 말했다.

"이러다가 암표까지 생기겠다."

"암표가 문제 아냐. 돈으로, 권력으로 새치기하려는 사람들 때문에 죽겠어. 깡패들까지 온다니까."

"세상에! 웬일이라니?"

"살다가 별일도 다 본다고. 귀신이 정말로 있기는 있는가 봐. 서영이, 뉘울 때는 정서불안 안절부절 정상이 아닌 사람 같더니, 신 받고는 사람이 180도 달라져 천재가 된거 같아."

"지우야. 내가 제일 싫어하는 말이 뉘울다는 말이다. 그건 정신 나약의 변명이라고. 엄마가 뉘울어서 어린 시절은 물론 지금까지 내가 받은 상처를 생각해봐! 다시는 내 앞에서 뉘운다는 말 쓰지 마."

해린의 과민 반응에 지우는 흠칫했지만, 이내 고개를 끄덕였다.

해린의 방에는 서영이 생활한 흔적이 거의 없었다.

"아침에 오늘 해린 언니 온다고 자기 옷이랑 화장품 전부 치우더라. 어머니는 아침 일찍 영등굿 리허설한다고 나가셨어. 내가 바깥 정리를 하고, 안에서는 소미 둘이 서영이를 보조하고 있어."

"TV 광고라도 한 거야?"

"주간지 기자들이 줄을 서서 취재해 가는 것뿐인데 어떻게들 알고 찾아오는지 용왕신이 서울에서 광고하나 봐."

"서영이 재벌 되겠다."

"서영이가 아니라, 어머니가 재벌이 되는 중이시다. 서영이가 번 돈 전부 어머니에게 드리거든."

"정말? 그 돈 받아 챙길 어머니가 아닌데?"

"응. 그래서 내가 통장 관리하는데 해지면 동네 새마을 금고 직원이 나와 수금해 가. 서영이 만나 볼래?"

"나까지 힘들게 할 수는 없지."

"피곤하면 좀 쉬어라."

"괜찮아. 옷 갈아입고 용왕여나 갔다 오자. 제주바다 그리워 혼났어."

"지금 바다에 못 나가."

"왜? 표 나눠 주려고?"

"아니, 배가 지금 조선소 드라이 독에 올라가 있어."

"뭐라고? 사고 낸 거야?"

"아니. 며칠 전 해양 안전본부에서 갑자기 불시 선박 안전 점검을 나와서 불합격이라고 운행정지 시켰어."

"말도 안 돼! 너 혹시 서영이랑 노느라 배 매달아 놓고 기관실 물도 안 퍼낸 거야?"

"뭔 소리야. 하루도 안 빼고 새벽마다 나가 시동 걸어 한 바퀴 돌고 들어왔는데! 엔진이 구형이라 매연이 좀 나오고 샤프트 케이싱에서 누수가 있기는 해도 그 정도는 어느 배나 있는 거라서 불합격될 줄은 꿈에도 몰랐어."

"그럼 수리해서 점검받고 가져오면 되겠네."

"그러려고 했는데, 함께 온 선박안전협의회인가 뭔가 첨 들어 보는 단체 직원이 노후 선박 무상 수리 지원 사업에 넣어서 공짜로 배를 고쳐주고 엔진하고 전자 장비도 업그레이드 시켜 준다고 하더라고."

"우와! 횡재했네. 그래서 언제 배 돌려준다던?"

"그렇잖아도 내일 배 내려놓을 테니 가져가라고 전화 왔더라. 같이 배 가지러 가서 제대로 고쳤는지 시험 운항 해보자."

해가 지고 지우가 사람들을 다 내보냈다. 고영신도 돌아왔다. 서영도, 고영신도 몹시 지쳐 있었다.

"한 달 동안 언니 방에서 편히 지냈어요. 오늘 밤부턴 엄마하고 잘게요."

지우가 말을 거들었다.

"사람들 때문에 서영이가 밖에서 살 수가 없어. 카메라 든 파파라치도 많아."

오후에 쉬면서 생각해둔 바가 있는 해린은 손을 내저었다.

"아냐. 오늘 밤은 내가 엄마 곁에서 잘게. 서영이는 내 방 계속 써. 내일 내가 원룸 하나 얻어 나갈게."

고영신이 기다렸다는 듯 말했다.

"해린이는 어려서부터 신당을 싫어했어. 그래서 해린이 오면 편히 사라고 바닷가에 전망 좋은 원룸 하나 분양받아 두었다. 내일이라도 바로 짐 옮겨라."

"정말이요? 엄마?"

"그래. 현관 앞이 바로 바다니까 네 맘에 들 거다."

"우와! 사실 중학교 때부터 혼자 살고 싶었는데, 엄마 때문에 여기서 살았어. 이제 서영이가 내 소원 풀어 주네. 고맙다. 서영아."

옷가지와 책, 컴퓨터, 그리고 어렸을 적부터 지금까지의 사진을 모아놓은 열댓 권의 사진 앨범 외에는 살림도 별로 없어서 오전에 이사를 끝내고 해린은 지우와 함께 조선소로 배를 찾으러 갔다.

계류장에 묶여 있는 해린호는 새로 칠을 해 몰라볼 만큼 깨끗했다. 마치 새로 지어 막 진수한 새 배 같았다. 레이더와 통신 안테나도 바뀌어 있어서, 뱃머리에 옛 글씨를 그대로 다시 쓴 해린호라는 배 이름이 아니면 찾지 못할 지경이었다.

기다리고 있던 조선소 직원이 서류철을 내밀었다.
"수리 내역서와 시험 운항 점검표입니다. 한 바퀴 돌아 점검해 각 항목에 체크 하세요. 그래서 이상이 없으면 인수증에 사인해주고 가져가세요."
지우가 서류철 받아 보다가, 어안이 벙벙한 표정으로 해린에게 보여주었다.

수리 내역서가 첫 장이었다.
선체 방수, 방청 도장을 필두로 엔진, 레이더, 통신기, 위성 위치 수신기, 어군 탐지기, 구명벌이 최고 성능의 신제품으로 교체되었고, 다중 음향측심기가 신설되어 있었다. 그뿐이 아니었다. 스쿠버 장비도 모두 최신형으로 바뀌어 있었다.

"수리한 게 아니라 전부 들어내고 새 걸로 바꾼 거예요?"

해린의 물음에 직원이 대답했다.

"있던 것은 신형으로 바꾸고, 해저 지형 스캐너는 새로 달았어요. 스캐너는 말만 들었지, 우리도 처음 보았는데 해저 지형이 손금 보듯 그려지더라고요. 솔직히 중고선에 장착하기에는 너무 아까운 장비들입니다. 거제도 큰 조선소 기술자들이 몰려와 다 붙이고 가서 우리야 뭐 페인트 외에는 한 일도 없었지만, 우리가 진행했다면 차라리 새 배를 지으라고 했을 겁니다. 엔진 값만 해도 배 값을 넘어요. 구명벌도 최신제품인데 아마도 이 배보다 구명벌이 더 안전할 겁니다."

조선소 직원과 함께 배를 몰고 큰 바다로 나와 보니 예전보다 두 배 이상 빨라졌고, 모든 전자 장비의 성능이 원양어선 못지않았다. 조르고 졸라 산 장난감을 받은 아이처럼 지우는 신이 나서 얼굴 가득 웃음을 머금고 배를 이리저리 마구 몰았다.

"이거 완전히 고속정이다. 꼭 해군 고속정 모는 것 같다. 항해 장비는 고속정보다 더 좋고!"

크게 만족한 지우는 조선소 직원을 내려놓고 곧바로 용왕여로 달렸다.

"아무래도 용왕님이 해린이 너를 리무진으로 안전하게 모시라고 배를 고쳐 주셨나 봐. 이 배라면 태평양도 건너겠다. 이제 배 침몰해 죽을 걱정은 없겠어."

"이런! 이제 지우 너까지 용왕 타령이냐!"

"사실은 지금까지 너랑 바다에 나올 때마다 미덥지 못한 배에 너를 태우는 것 같아 맘이 편하지 않았었어. 이젠 맘 편하게 아무 때나 밤낮없이 너 태우고 다니겠어."

"그랬었어? 사실 나는 너를 걱정했었어. 나는 가끔 타지만 너는 이 배에서 살다시피 하는데, 속도도 느리고 레이더도 고물이고 구형 음향 측심기에, GPS도 없고. 그래서 바다에서 들어올 때까지 마음이 안 놓이더라. 스쿠버 장비까지 좋은 거라 이제 마음 놓겠다."

해린도 스쿠버 장비 성능과 잠수복을 시험해 보고 싶어서 모처럼 네오프렌 슈트를 입고 공기통을 메고 들어가 지우와 바다 속 산책을 즐겼다.

해린 아버지의 제삿날이 다가왔다.

제사 전날 고영신이 신당으로 해린을 불렀다.

"내일 네 아버지 제사는 바다에서 지내기로 했다."

"바다에서요?"

"그래. 오래전부터 네 아버지 혼을 바다에서 불러오려고 했다만, 때가 되지 않아서 기다려 왔었다. 내일 양 선장 배로 서영이랑 같이 나가서 제사를 지내고 혼을 불러 육지로 모실 터니까 그렇게 준비해라."

"바다 어디서요?"

"네 아버지 가신 곳을 용왕님이 서영이에게 현몽해 주셨다."

"아버지가 돌아가신 곳을요?"

"그래. 거기 가서 제사 지내고 아버지 혼을 모시고 와 육지에 묘를 쓰자. 언제까지 무덤도 없이 구천을 떠돌게 할 수는 없지 않느냐."

아버지를 기다리자며 이십 년 동안이나 육지에 가묘를 만들지 못하게 막아 온 해린이었다. 여태껏 해린에게 있어서 아버지의 제사는 추모가 아닌 생환기도였다.

해린이 발끈해 소리쳤다.

"이제 아빠를 아주 묻어 버리고 잊어버리자고! 나는 그렇게 못 해!"

서영이 당돌하게 나서서 해린의 눈을 똑바로 보며 말했다.

"언니. 아버님이 진작부터 밤마다 꿈에 오셔서 어디에서 가셨는지 가르쳐 주셨어. 그래서 그 자리를 정확하게 찾아갈 수 있어."

눈동자도 흔들리지 않았고 말 속에 조금의 주저함도 없었다. 해린은 서영의 말이 거짓이 아니라는 것을 느꼈다. 해린이 믿거나 말거나 서영은 스스로의 말을 확신하고 있었다.

"어머님이 저렇게 원하시고, 서영이도 장담하잖아. 바다로 나가 보자고."

지우까지 거들자, 말문이 막힌 해린은 대꾸할 말을 찾지 못했다.

사람 눈을 피해 첫 새벽에 대문에 '기도 중' 쪽지를 붙여 놓고 지우가 서영과 고심방을 차에 태우고 해린의 원룸으로 왔다.

해린과 서영은 제찬을 장만하고, 지우는 배에 연료를 채우고 식수와 난방 가스를 신고 출항 신고를 했다.

"일단 이어도로 가자."

고심방의 명령에 따라 항로를 남으로 잡은 양 선장이 배를 몰았다.

해린도 오늘 만큼은 고심방의 뜻을 따르기로 작정을 했기 때문에 말없이 양 선장 곁에 서서 바다만 바라보았다. 서영은 조타실 구석에 앉아, 가지고 온 아이패드로 미국 코믹 드라마를 보면서 혼자 낄낄거렸다. 심방은커녕 철딱서니 없는 십 대 같았다.

제주도가 수평선으로 사라질 즈음 서영이 태블릿을 끄고 계기반으로 다가와 GPS 화면의 이어도 해역을 확대하더니, 손가락 끝으로 화면에 점을 찍었다.

"여기로 가요."

지우가 심드렁하게 대꾸했다.

"거기가 현 선장님이 돌아가신 곳이란 말이야?"

지우의 시큰둥한 말투에 기분이 상한 듯 서영이 곱지 않은 목소리를 냈다.

"가보면 알겠죠."

선실 벽에 기대앉아 지그시 눈을 감고 입속으로 주문을 외우고 있던 고심방이 명령조로 서영의 편을 들었다.

"서영이가 하자는 대로 해라!"

사실, 이어도는 제주 사람들의 전설 속에 존재하는 환상의 섬일 뿐이었다.

현실 속의 이어도는 마라도 남쪽 149km에 있는 물속 암초인 파랑도를 가리키는 것이다. 물속 암초지만, 대한민국 영토라는 걸 알리고 태풍을 위시한 바다 기상 연구와 예보를 위해 2003년에 해양 과학기지를 세웠기 때문에 찾아가는 것은 어렵지 않았다.

비록 이어도 해역이 황금어장으로 많은 어선이 출어하는 곳이라 해도, 해린호처럼 작은 배가 나가기에는 무리인 먼 바다였다. 그러나 새로 태어난 해린호는 바다를 칼로 가르듯 당당하게 파도를 헤치며 나아갔다.

세 시간 가까이 하염없이 선창 밖을 내다보던 해린이 저 멀리 수평선에 해양 과학기지가 떠오르자 고영신에게 말을 건넸다.

"이 십 년 전! 아버지는 이 길을 열 시간도 넘게 달려왔겠지요. 죽음이 기다리고 있는 줄은 모르고."

고영신이 메마른 목소리로 대답했다.

"죽을 줄 알고 온 거야. 서귀포에서 아침에 출항해 열다섯 시간 지난 한밤중에 조난 신호를 보냈는데, 귀신에게 홀렸으니까 기상예보도 좋지 않았는데 여기까지 미친 듯 달려왔겠지. 그뿐이냐! 갈려면 혼자서 곱게 가지 선원들이 무슨 죄라고 여섯씩이나 데리고! 너는 어려서 몰랐겠지만, 내가 선원 가족에게 보상하느라 얼마나 힘 들었는지 아느냐? 그 빚만 아니었다면 지금쯤 서귀포 반은 샀을 거다."

배가 속도를 줄였다. 엔진 소리가 작아져 바람 소리와 파도 소리가 선실로 스며들었다.

"서영이가 찍어 준 곳에 다 왔어."

양 선장의 말에 따라 해린이 제물을 담아 온 피크닉 상자를 벽장에서 꺼냈다.

"배가 흔들려 제사상을 차리지는 못할 거 같아. 그냥 통째로 놓고 지내야겠어."

"야냐. 언니, 아직 아니야."

태블릿을 들여다보고 있던 서영이 손을 내저었다. 양 선장 곁으로 간 서영이 말했다.

"지우씨, 바다 밑을 살펴봐요. 해저 지형을 요. 여긴 암초 대라 그렇게 깊지 않을 거잖아요."

썩 미덥지 않은 표정으로 지우가 해저 지형 스캐너의 모니터를 켰다.

하지만 모니터 화면을 보고 지우는 물론 해린까지 깜짝 놀랐다.

산모의 뱃속 아기 초음파 사진처럼 해저 지형이 사물을 식별할 수준의 해상도로 그려지는 것이었다.

"여기를 중심으로 천천히 원을 그리며 넓혀가 봐요. 모니터는 우리가 볼 테니까 지우 씨는 배 모는 것에 만 집중하고요."

서영의 말을 따라 지우가 천천히 배를 움직였다. 잠시후, 서영과 해린이 동시에 소리쳤다.

"스톱, 스톱. 지우야. 금방 지나 온 길 그대로 후진! 후진!"

자동차와는 달리 배는 급정지 할 수도 없고, 정지해서 후진을 해도 같은 길을 정확하게 되돌아가 갈 수도 없다. 하지만, 지우는 침착하게 스쿠루를 역전시켜 관성으로 나아간 만큼 뒤로 물렸다.

"여기다! 여기. 여기 멈춰!"

모니터 화면에 바다 밑 암초 사이에 비스듬이 누운 침몰선이 보였다. 비록 육상의 사진처럼 선명하지는 않았지만, 상당한 크기의 어선이라는 것을 알아 볼 수 있었다.

"세상에! 저게 해린호라고!"

지우가 외쳤다.

해린도 흥분한 목소리로 소리쳤다.

"지우야. 바로 이 배 위에 멈춰줘."

"알았어. 해린이 네가 갑판에 나가 내가 손짓을 하면 닻을 넣어. 여기 수심이 40m니까 닻줄을 100m쯤 풀자. 내가 바람 부는 쪽으로 50m쯤 전진 할게."

해린이 곧바로 상갑판으로 나가 사려진 닻줄에 10m 간격으로 찍어진 붉은 점을 확인해 100m만큼 덜어내고, 닻을 풀어 선수에 걸친 후 닻 끝을 발로 밟고 서서 선장실의 지우를 보았다. 지우가 손을 들자, 해린이 발을 들어 닻을 바다에 떨어뜨리고, 닻줄의 100m 지점을 닻 말뚝에 능숙한 솜씨로 묶었다.

갑자기 엔진 소리가 사라졌다. 지우가 엔진을 끈 것이다. 추력을 잃은 배가 닻줄에 잡혀 바람이 불어오는 방향으로 뱃머리를 돌리며 뒤로 밀려가더니 멈췄다.

해린은 주의 깊게 뱃전 아래 바닷물의 흐름을 살펴 닻이 제대로 박혔는지 확인했다. 닻은 끌리지 않았다. 해린은 선장실로 들어가 스캐너를 확인했다. 지우는 노련한 선장이었다. 스캐너의 모니터에 해저의 침몰선이 보였다.

다행히 그 사이에 바람이 자서 배가 크게 흔들리지 않았다…
"제사를 지내라고 용왕님이 바람을 재우시는구나."
제물 바구니를 든 서영을 앞세우고 갑판에 나온 고심방이 말했다.

해린은 뱃머리로 가지 않고 뒤쪽 고물 갑판으로 가서 선창

을 열고 잠수복을 꺼내 입고 수중 랜턴을 들고 나와 지우를
불렀다.

"들어가서 봐야겠어."

"뭐라고! 스킨으로? 안 돼. 40m라니까!"

"괜찮아."

"아, 안된다니까. 정 들어가고 싶으면 우리 둘이 후카로 들
어가자. 새 장비가 아주 좋잖아. 천천히 들어가 자세히 살펴
보자고."

후카 다이빙은 에어 컴프레서가 공기를 불어넣는 호스를
물고 들어가는 잠수방법이다. 공기통을 메는 것보다 자유롭
지 못해도, 조금 더 깊게, 더 장시간 잠수할 수 있고, 줄을 매
달고 있어서 안전하기도 했다.

해린은 지우의 후카 다이빙 제의를 무시했다.

"아냐. 우선 내가 프리로 들어가 보고 와서 후카를 할지 결
정하자."

두 사람의 실랑이를 듣고 서영이 고물로 쫓아 왔으나, 해린
은 누가 말릴 새도 없이, 배 꼬리에 싣고 다니는 작은 보조닻
을 안고 바다로 뛰어들었다.

서영이 다급하게 소리쳤다.

"언니! 언니! 지우 씨! 왜 말리지 않았어!"

지우는 서영의 호들갑에 바로 대꾸하지 않고 뱃전에 매두

었던 사다리를 풀어 배 옆구리에 걸쳐 놓은 다음 말했다.

"사 분 이내에 나올 거니까 걱정 마. 프리 다이빙 여자 세계 기록이 100m를 넘은 지 오래야. 물속에서 숨을 쉬지 않으니까 잠수병이나 폐 확장 위험도 없어. 해린이 기록이 70m에 사 분이야. 닻을 들고 들어갔으니까 하강라인과 가변 웨이트를 이용하는 다이빙과 같아서 안전해. 핀까지 신었으니까. 걱정하지 마."

해린이 들어간 수면에 뜬 닻줄을 보며 지우가 말을 이었다.

"벌써 바닥에 닿았어."

지우는 닻줄을 당겨 팽팽하게 묶었다.

서영이 물었다.

"닻줄을 잡고 올라오는 거야?"

"고리를 닻줄에 달아 따라 오르기도 하지만, 해린이는 그냥 올라올 거야. 물때가 정조라서 멀리 흘러가지 않을 테니까."

사 분이 그렇게 길수가 없었다.

해린이 배에서 10m도 떨어지지 않은 수면으로 떠올라 사다리로 헤엄쳐 왔다.

갑판에 올라와 수경을 벗은 해린이 창백한 얼굴로 서영을 날카롭게 쏘아보다가 지우에게 눈을 돌렸다.

"지우야, 후카 준비해줘."

"뭐라고? 바닥에서 뭘 본거야?"

해린이 고개를 끄덕였다.

"그럼 나도 들어갈게. 서영아. 후카 서포터 할 수 있지? 예전에 가르쳐 줬잖아. 공기압이 수압에 따라 연동되는 최신형이니까 압축기가 멈추지 않고 잘 돌아가는지, 압력 게이지가 갑자기 올라가거나 떨어지지 않는지, 라이프 라인이 걸리지 않는지만 보면 돼. 감압시간은 우리가 잡아서 나올게."

해린이 서둘렀다.

"정조 시간이 얼마 남지 않았어. 금방 밀물이 들어온단 말이야. 물속에 오래 있을 수 없으니까. 서두르자."

지우가 서둘러 밀폐형 잠수복을 입고 헬멧을 쓴 다음 커다란 수중 조명등을 들고 뛰어 들고 해린이 뒤를 따랐다.

과연 해저의 커다란 바위틈에 침몰한 배가 끼어 있었다.

해초와 유령멍게가 뒤덮고 있지만, 한눈에 안강망 어선이라는 것을 알아볼 수 있었다.

지우가 조명등을 비추는 가운데 해린이 뱃머리로 갔다. 뱃머리 아래쪽은 경사가 심해서 해초나 침전물이 많이 붙어 있지 않았다.

해린은 배 이름이 적혀 있는 부위를 손으로 쓸어 보았다. 울퉁불퉁 글씨가 느껴졌다. 손짓으로 지우를 가까이로 불러 조명을 집중하고 두 손으로 선체 벽을 마구 문질렀다. 철판을 오려 붙여 써놓은 배 이름이 드러났다.

해린호였다!

해린호는 거의 온전한 모습으로 암초 사이에 끼어 있었다. 수압에 의해 해치가 다 터져 나가고 그 사이로 물고기가 드나

들고 있었지만, 조타실도 그대로였다.

해린호 위로 올라간 해린이 유리가 사라진 해치 구멍으로 조타실 안을 들여다보다가 무릎을 꿇었다. 지우가 해린을 붙잡고 물안경 속을 들여다보았다. 해린은 창백한 얼굴로 눈을 감고 있었다.

지우는 황급히 해린을 안고 수면으로 부상했다. 감압해야 할 만큼 잠수 시간이 길지 않아 다행이었다.

지우가 밀어 올리고 서영이 끌어 올려 해린을 갑판에 눕혔다.

해린의 입에서 호흡기를 빼내고 물안경을 벗기자 해린이 스스로 호흡을 하면서 눈을 번쩍 떴다. 그리고는, 벌떡 일어나 다시 물에 뛰어들려 했다. 지우와 서영이 몸을 던져 붙잡아 조타실로 끌고 들어갔다.

"아빠!"

해린은 울부짖으며 오열했다. 뛰쳐나가는 걸 막기 위해 고영신까지 세 사람이 문을 막고 서서 해린이 진정하기를 기다렸다.

한참 동안 소리 내어 울던 해린이 눈물을 훔치며 말했다.

"아빠! 아빠는 배를 버릴 사람이 아니야. 나한테 늘 그렇게 말했어. 선장은 배를 버리지 않는다고! 조타실에 아빠가 있어! 아빠가 있단 말이야!"

"알았어. 해린아. 하지만, 지금은 안 돼! 밀물이 들어와 입수할 수 없어. 다음 정조 시간까지 여섯 시간만 기다리자. 그

사이에 어떻게 해야 할지 대책을 세우자고. 해린아! 그렇게
마음이 앞서서는 잠수할 수 없어! 내가 허락하지 않을 거야.
여기는 내 배고 내가 선장이야. 너는 내 말을 어길 수 없어.
네가 내 명령에 따르지 않으면 선장의 권한으로 너 묶어서 이
대로 입항할 거야."

해린이 울음을 멈추고 벽에 등을 기대고 앉았다. 그제야 세
사람도 긴장을 풀고 해린 앞에 앉았다.
서영이 조심스럽게 말을 꺼냈다.
"지우 씨. 저, 정말로 해린 호가 있었어요?"
정작 스스로도 믿기지 않는 모양이었다.
"그래. 틀림없이 해린호였어. 해린이 옛날에 찍어 놓은 사
진 속의 해린호가 틀림없었어. 선수에 철판을 오려 붙여 써놓
은 배 이름을 보았어."
"세상에나. 세상에나. 세상에나…."
서영이 입을 손으로 가리며 중얼거렸다. 그 와중에도 고영
신은 냉정했다.
"해린아! 양 선장! 이래도 귀신이 없다고 할 건가!"
한동안 아무도 말을 하지 않았다.
잠시 후, 해린이 침묵을 깼다.
"조타실에 아빠의 유골이 있을지도 몰라. 최소한 아빠의 흔
적은 남아 있을 거야."
지우도 동의했다.

"그래, 뭔가가 남아있을 수도 있어. 잠깐 들여다봤는데 타륜이 온전히 보였어. 그럼, 진흙이 깊이 쌓이지 않았다는 말이니까 그물을 가지고 들어가 체질을 할 필요도 없이 손으로 더듬어도 금방 다 헤집을 수 있을 거야."

"그럼 정조 때 다시 들어가 보기로 하고 그 사이에 우리는 제사를 지내자."

고영신의 말에 해린이 고개를 저었다.

"아냐. 엄마. 기다려봐. 다시 들어가서 아빠가 계셨던 곳 흙이라도 가져와서 제사 지내자."

해린은 다리를 세우고 앉아 무릎 위에 얼굴을 올려놓고 하염없이 눈물을 흘리고, 고영신은 눈을 감고 입술을 움찔거리며 소리 없이 주문을 외우고 또 외웠다.

서영은 다시 아이패드를 켜 드라마를 보고, 지우는 갑판으로, 기관실로 돌아다니며 배를 점검하고 날씨를 살폈다. 해가 저물었다.

"굶고는 잠수할 수 없어. 체력도 떨어지고 체온도 떨어져 위험해."

당초 제사를 지내고 나서 제찬과 젯밥으로 음복을 할 계획이었다. 그래서 따로 음식을 장만해 오지 않았었다. 지우는 물을 끓여 비상식량으로 가지고 다니는 컵라면에 부어 내놓았다. 고영신은 국물만 조금 마시고, 지우와 서영은 다 먹었지만, 해린은 손도 대지 않았다.

 정조 시간이 되어 갈 무렵, 서영이 지우를 눈짓으로 불러, 둘이서 갑판으로 나갔다가 잠시 후에 들어오더니, 지우가 목소리에 무게를 실어 해린에게 말했다.

 "해린이는 잠수할 수 없어. 아래서 무엇을 찾게 될지 모르는데, 또 다시 기절하지 않는다는 보장이 없어!"

 해린이 곧바로 맞섰다.

 "내가 기절했다고 이러는 거야? 아버지가 그 속에서 돌아가셨다고 생각하니 가슴이 아파 움직일 수 없었을 뿐이야!"

 해린의 날카로운 목소리에도 지우는 꿈쩍하지 않았다.

 "나와 서영이가 들어가서 바늘 하나도 놓치지 않고 찾아 올 테니까, 배에 있어! 조타실이 크지 않으니까 손으로 샅샅이 주물러도 삼십 분이면 충분할 거야. 그 정도 후카는 서영이도 감당할 수 있어."

 "언니. 배에서는 선장님 명령대로 해야죠. 지우 씨가 불을 비추면 내가 손으로 직접 한 움큼씩 헤쳐서 아무것도 놓치지 않을게요."

 고영신도 지우의 말에 힘을 실어 주었다.

 "양 선장 말대로 해라! 네가 바다에 들어가면 나도 뛰어 들 줄 알아라!"

 참으로 오랜만에 듣는 고영신의 인간적인 말이었다.

해린은 양 선장이 아니라, 고영신의 뜻을 거역할 수 없었다.
해린이 에어 컴프레서를 지키고 지우와 서영이 캄캄한 밤바
다 속으로 들어갔다.

이 십 분도 채 되지 않아 지우와 서영이 돌아왔는데, 둘 다
빈손이었다.

지우가 침중하게 말했다.

"아버님은 거기에 계시지 않았어. 하지만…"

서영이 잠수복 주머니의 지퍼를 열고 무언가를 꺼냈다.

"내가 이걸 발견했어."

목걸이였다.

거무스름 색이 죽어 보이기는 했지만, 용 모양의 세공품이
달랑거리는, 이십 년 전에 해린이 아버지의 목에 걸어 주었던
그 목걸이였다.

갑판에 불을 밝히고 제상을 차렸다.

위폐 대신에 목걸이를 놓고 제사를 지냈다.

입항해 고영신이 고르고 고른 명당자리에 목걸이를 넣고
현 선장의 묘소를 만들었다.

현선장의 묘를 쓰고 제사를 지낸 후 지우가 해린을 불러 다
이아몬드가 박힌 반지를 내 놓으며 청혼했다.

"아버지가 돌아오시면 나와 결혼 한다고 했잖아? 너 미국 갔을 때 확실히 깨달았어. 나는 너 없이 살지 못하겠어. 부모님 반대? 우리가 어린 애냐? 실컷 반대들 하시라고 해! 해린호 팔고 가진 돈 털면 어지간한 요트 살 수 있을 거야. 신혼여행으로 한 삼 년 세계일주하고 오면 포기하시겠지."

해린도 순순히 반지를 받아 끼웠다. 지우는 펄쩍 펄쩍 뛰며 기뻐했다.

해린은 약혼 선물로 지우에게 깊고 깊은 키스를 선물하고 말했다.

"내 성격상, 도둑 결혼할 수는 없어. 날을 정해서 양쪽 집안에 통보하고 약혼식도 하고 결혼식도 당당하게 할 거야. 부모님들이 오시든 말든, 우리 둘이라도 친구들과 동료들의 축하라도 받으며 출발해야지."

며칠 후, 해린은 봄날에 어울리는 화사한 원피스를 입고 콧노래를 흥얼거리며 출근했다.

그런데 학교 분위기가 이상했다.

평소와는 달라도 너무 달랐다. 해린을 보고도 선생들도, 학생들도 인사를 하지 않고 고개를 돌리거나 얼굴을 일그러뜨리며 지나쳤다. 전에 없던 일이었다. 어제 까지만 해도 일부러 기다렸다 인사를 하던 남학생들도 한 쪽 구석에서 머리를 맞대고 모여 휴대폰을 들여다보며 해린을 힐끗 힐끗 곁눈질할 뿐 인사할 생각을 하지 않는 것이었다.

무슨 일인가? 고개를 갸웃거리며 교무실로 가는데 은혜가 울면서 달려왔다.

"서, 선생님! 엉, 엉, 엉, 선생님 아니시죠! 네? 선생님이 아니시죠?"

"은혜야. 무슨 일인데 그러냐? 진정하고 알아듣게 이야기해봐."

"선생님 사진이, 선생님 사진이 인터넷에 떴어요!"

막무가내 손을 잡아끄는 은혜를 따라 과학실에 들어가 컴퓨터를 켰다.

은혜가 열어 보이는 학교 홈페이지에 해린의 나체 사진이 수 십장 올라 있었다.

모두 외국 남자와 외국의 해변에서 찍은 사진들이었다. 사진 아래에는 날자와 장소, 함께 찍힌 남자의 이름까지 적혀 있었다.

해린은 눈을 씻고 보고 또 보았다. 분명히 해린의 사진이었다. 벗겨진 수영복을 빼고는!

학교도 뒤집어 지고, 서귀포도 뒤집어 졌다. 그날부로 학교 운영위원회가 비상 소집되었다. 운영위원장은 양지우의 아버지 양길동이었다.

"현 선생, 아니, 이제는 선생이라고 부를 수도 없소! 현해린은 대학교 때부터 해마다 방학 때면 빠짐없이 혼자 외국 배낭여행을 다녀소! 배낭여행을 하는 여대생들이 해외에서 어떤 짓을 하고 다니는지는 여러분들도 다 알 것이오! 오죽하면 좋은 집안에서는 해외 배낭여행을 갔다 온 여대생들은 며느리 감으로 쳐다도 보지 않는다고 하겠소!"

아무도 반론하기는커녕, 니나노 맞장구를 쳤다. 특히, 사무국장을 맡고 있는 양길동의 오른팔인 만철의 아버지, 김길수는 쌍수 겹장으로 날뛰었다.

"어쩐지 도도하게 콧대 세우며 한국 남자들 내리보고 다닌다 했지! 뒷구멍으로 호박씨를 까는 재미가 있었구만!"

"현해린이 블로그에 올려놓은 여행 장소와 날짜와 이 사진들을 비교해 봤는데, 다 정확하더구만, 세계를 돌아다니며 그런 짓을 하고도 블로그에는 옷 입고 얌전 뺀 사진들을 올려놔! 뻔뻔하기도 하고 간도 크기도 하지!"

"물질이 아니라 X질을 하고 다녔구만!"

"몸매 좀 봐라! 세상에! 어떤 놈들인지는 몰라도 데리고 놀만 했겠어!"

세상인심이 그러한지, 하루아침에 현해린은 집 밖에 나설 수가 없게 되었다.

양길동과 김길수가 거품을 물고 설치는 통에 교사 윤리위원회가 열려 진실이 밝혀질 때까지 해린은 권고 휴직되었다.

해린은 물러서는 사람이 아니었다. 사진에 함께 찍힌 사람들을 추적했다. 대부분 바다 환경 보호에 뜻을 같이 하던, 건강한 사고방식을 가진 아름다운 청년들이었다. 몇몇은 환경보호 분야에서 국제적인 영향력을 지닐 정도로 중요한 사람이 되기도 했고, 교사, 교수가 되거나 바다 관련 사업에 종사하고 있었다.

그들의 블로그에 해린과 함께 찍은 기념사진들이 올라 있었다. 그 사진들이 캡처되어 알몸으로 그려진 것이었다. 조작 사진이라는 움직일 수 없는 증거였다.

그뿐 아니라, 조작된 수법이 조악하여 전문가가 아닐지라도 약간만 확대해 보면 일치하지 않는 화소를 발견 할 수도 있었다.

해린은 수집 가능한 모든 자료를 모아 경찰에 고발하고 수사를 의뢰했다. 하지만 부질없는 짓이었다.

양길동은 해린이 결백을 밝히면 밝힐수록, 구린 것을 덮으려는 자기 변명으로 몰아갔다.진실은 필요 없었다. 한국 사회의 관음증과 악의, 시기, 질투의 벽은 해린이 결코 넘을 수 없는 것이었다. 남의 몰락을 보며 인격을 모독하고 즐거워하는 것은 인간의 본능이었다.

경찰은 조작 사진이 분명하므로 조작한 범인을 잡고 퍼서 나른 사람들까지 처벌하겠다고 했지만, 그럴수록 사람들 입방아에 오를 뿐이었다.

양길동과 김길수의 여론몰이 앞에서 진실은 헌신짝이었다.

양길동은 회심의 미소를 지으며 만나는 사람들 모두에게 말했다.

"사진이 조작되었다고 한다면, 옷 사진 위에 남의 알몸을 덧 씌웠다는 얘긴데, 그러면 해린이 당당하게 사람들 앞에서 옷을 벗고 본인의 알몸이 사진의 알몸과 다르다고 증명하면 되지 않겠어!"

사람들은 그 말을 듣고 역시 경찰출신이라서 다르다며 학교와 홈페이지에 왜 해린이 옷을 벗고 결백을 주장하지 않느냐고 댓글을 달았다.

그 뿐만이 아니었다. 양지우의 친구라는 녀석들이 술자리에 지우를 불러 놓고,

"너는 해린이 알몸 봤지? 사진하고 똑같든?"

하고 물어서 지우는 살인을 할 뻔 했다.

"해린아! 제주도, 아니 대한민국을 뜨자. 둘이서 어디든 가서 살자. 나는 너를 믿어 네가 외국에서 무슨 짓을 했든, 나는 너를 믿어."

해린은 반지를 빼서 지우의 얼굴에 집어 던지며 소리쳤다.

"무슨 짓? 무슨 짓! 양지우! 네 몸 속에도 네 아버지의 피가 반은 흐르겠지! 내 눈 앞에서 꺼져!"

해린을 진심으로 믿어주는 사람은 고심방과 박서영 뿐이

었다.

"언니. 언니는 결백해. 하지만, 세상 사람들은 결백을 믿지 않아. 타인을 모독하는 것으로 카타르시스를 느끼는 사람들이 너무 많아. 특히 언니처럼 잘나갔던 사람에게는 더더욱! 언니, 차라리 유학 가. 돈은 얼마든지 엄마와 내가 보내 줄게. 남의 흉 사흘이란 속담도 있잖아? 언니 유학 가서 박사 학위 따오면 언제 그랬냐 할 거야. 나도 박사라고 하니까 사람들이 내 말 다 믿잖아?"

고심방의 생각은 달랐다.

"해린아. 이렇게 된 마당에 아직도 양지우에게 미련이 있는 것은 아니겠지? 좁쌀 부스러기 같은 한국 남자들 돌아 볼 거 없다. 외국에 가서 보란 듯이 영화배우 같은 외국인 만나서 한국에 돌아오지 마라. 너 보고 싶으면 서영이와 내가 가마! 평생 인간 말종들에게 모욕당하고 살아 온 이 한국 땅, 너라도 떠나서 떳떳하게 살아라!"

제주도를 떠난 다는 것은 모든 것을 인정하고 도망간다는 것으로 해석될 수 있었고, 양길동이 또 그렇게 몰아갈 것이 분명했다. 그렇다고 계속 있을 수도 없었다.

진실이 밝혀져 명예가 회복 된다고 해도, 더 이상 아이들의 존경을 받을 수 없을 것이 분명했다. 해린은 교직에 미련을 버렸다.

충분히 생각을 한 끝에 내린 결론이었기에 담담한 마음으로 사표를 쓸 수 있었다.

   사표를 내고 나오는 해린을 교문 앞에서 풍채가 당당한 중년 중국인과 젊은 한국여성이 기다리고 있었다.

   "현해린 선생님. 저는 중화인민공화국에서 오신 분의 통역입니다."

   "무슨 일이죠?"

   요지는 간단했다.

   중국 교육성에서 해린을 연구원으로 초빙하겠다는 것이었다.

   해린은 최근에 겪은 일의 여파로 사람을 쉽게 믿을 수 없게 되어 곧바로 대답하지 않고 중국인과 통역을 민망할 정도로 빤히 훑어보았다.

   은근한 미소를 짓고 있는 중국인의 관상은 나쁘지 않았지만, 뭔가 불량스러운 기운이 있어 보였고, 레슬러 같은 덩치도 마음에 들지 않았다. 통역의 옷차림도 마음에 들지 않았다.

   "나에 대해서 뭘 알고 있기에 중국에서 오라는 겁니까? 시골 종합 고등학교 교직도 제대로 못 지킨 사람을."

   "우리는 현 선생의 석사 학위 논문에 주목했습니다. 우주와 해양을 아우르는 융합 사고가 우리 측 연구 과제와 일치해 초빙키로 한 것입니다. 고액 연봉과 숙소를 제공하겠습니다."

   아직은 아무 것도 결정하고 싶지 않았고, 일단 자리를 피하고 싶어서 간단하게 대답했다.

"고려해 보죠. 그럼 이만."

중국인이 황급히 명함을 꺼내어 통역에게 주고 통역이 뒷면에 전화번호를 적어 해린에게 주었다.

"24시간 연락을 기다리겠습니다. 밤낮을 가리지 마시고 연락주세요."

순간, 해린은 멈칫했다.

데자뷰였다.

테일러도 '언제 어디서건 시간대를 불문코 연락 주라'하지 않았던가. 해린은 불안했다. 도대체 나에게 무슨 일이 일어나고 있는 것일까.

평생의 꿈이었던 교직을 내려 놓은 해린은 잠을 이루지 못하고 며칠 사이에 일어난 끔찍한 일들을 되새겨 보았다.

처음에는 이 억울함을 어디에 호소해야 할까? 어떻게 하면 이 음모의 배후를 밝혀 결백을 증명할 수 있을까! 이를 갈았지만, 진실을 밝히고자 몸부림 쳐 본들 더욱 더 깊은 수렁으로, 더욱 더 몸이 더럽혀지는 진흙탕 싸움이 계속될 것이었다. 그리고 진실이 밝혀진다고 해도 결코 예전으로 돌아갈 수 없을 터였다.

물질도 하지 못하고 아이들도 가르칠 수 없고 양지우 마저 놓아버린 해린은 자신의 정체성마저 잃을 지경이었다.

해린을 절망케 한 것은 다름 아닌, 가장 비천한 인간 이하의 짐승 같은 양길동의 해린과 고영신에 대한 모독이었다. 모독당해야할 악에게 거꾸로 선이 모독당하는 것이 삶이라면 이 세상이 지옥이 아니고 무엇이겠는가.

해린은 한 밤중에 바다로 나가 옷을 입은 채로 무작정 먼 바다 쪽을 향해 헤엄치다가 몸을 뒤집어 배영으로 하늘을 보고 누웠다.
별들이, 별들이 하늘 가득 떠 있었다. 어린 시절부터 변함없이 해린의 마음을 어루 만져주던 바다에 누워 해린은 서른다섯 나이에 벌써 인생의 무상함을 느꼈다.
문득, 페르시아의 옛 시인 오마르 카이얌의 사행시가 생각났다.

하늘이라 부르는 뒤집힌 그릇
그 아래 갇혀서 살다 죽는 인생인데
손을 들어 하늘에 구원을 찾지 말라
어차피 하늘인들 아무 힘이 없는 것을.
〈오마르 카이얌 - 루바이야트〉

그렇다. 어차피 그녀를 구원 할 사람은 그녀 자신뿐이었다. 해린은 해녀이며 과학자였다.
스스로 헤엄치며 스스로 문제를 해결해야 했다. 그녀는 깨달았다. 지난 며칠 사이의 분노가 그녀의 이성을 마비시켜 스스로를 더욱 더 구덩이 속으로 밀어 넣었다는 사실을!

분노 anger에 분노를 더 double하면, 위험 danger한 것이다.

그녀는 제주 바다에 분노를 씻어 내고 냉정을 되찾았다. 마음이 차분해지자 눈이 맑아진 듯, 별이 더욱 초롱초롱하게 빛을 내며 쏟아져 내렸다. 바다는 요람처럼 그녀를 부드럽게 흔들고 별은 그녀의 가슴 속에서 빛났다.

그리하여 해린은 어찌하여 이 모든 일이 일어났는지를 깨달았다.

그녀는 마침내 용왕신의 존재를 인정했다.

이제는 용왕신의 뜻에 따라 떠나야 할 때였다.

그녀는 앞장서 끌고 가는 사람이었지, 뒤에서 끌려가는 사람이 아니었다.

그녀를 붙잡는 아버지도, 제자도, 애인도, 제주 바다도 이제는 없었다. 심지어는 어머니를 자신보다도 더 잘 보필할 사람까지 있었다.

해린은 삼십 오 년 동안 쌓아왔던 모든 인연과 은원을 서귀포 앞 바다에 내려놓았다.

체인지 change에서 g 한 자만 c로 바꾸면 찬스 chance, 변화가 기회가 되는 것이다.

마음을 비우니 세상이 올바로 보였다. 분노가 차지했던 자리에 평화가 들어왔다.

그리하여 해린은 가지고 있던 모든 것을 버렸다.

소크라테스는 제자들에게 여행이 인성 도야에 얼마나 보탬이 되는지를 강조하곤 했는데, 제자 중 한사람이 아테네의 유력자 집안의 아들은 여행을 하고 돌아왔어도 조금도 변한 것이 없다고 항변했다.

소크라테스는 왜 그런지 가르쳐 주었다.

'그는 그 자신을 가지고 가서, 그대로 가지고 왔으니까 변한 게 없는 것이다.'

라고….

티베트의 고승 밀라레파도 일찍이 설파했다.

'고향을 떠남으로서 반은 이룬 것이다.'라고….

해린은 단순히 지리적으로만 고향을 떠나고 싶지 않았다. 자신이 가진 물적, 정신적인 모든 것을 포맷하고 새로 쓰고 싶었다.

주변 정리가 아닌, 주변 청소를 끝낸 해린은 점보러 온 손님이 없을 저녁 시간에 어머니를 찾아갔다.

신당의 댓돌에 서영과 어머니의 신발이 나란히 놓여 있고 신당 안에서 서영의 목소리가 흘러나왔다. 기도를 방해하고 싶지 않아서 해린은 유리창 너머로 신당 안을 들여다보았다.

고영신이 울긋불긋한 무당 옷을 입고 용왕 만다라 앞에 엄숙하게 앉아 있었다. 똑같은 무당 옷을 입은 박서영이 고영신 앞에 서 있었다. 고영신이 눈을 번쩍 뜨자 박서영이 무너지듯 엎드리며 오체투지 절을 했다.

고영신은 보는 이를 압도하는 차가운 기를 발산하면서, 감히 쳐다 볼 수 없는 번뜩이는 눈빛을 마음껏 흩뿌리며, 신의 대변자라는 카리스마를 구름처럼 뿜어내며, 당당하게 소리 쳤다.

"인간들은 모두 죽는다. 모두 죽는다. 용왕님이 오시니 세상이 용왕님의 나라가 될 것이니라. 용왕님이 오셔서 오만방자한 인간들을 모두 데려가신다. 살고 싶거든 용서를 빌어라! 용왕님이 너희들의 숨통을 끊기 전에 무릎을 꿇고 머리를 조아려라. 용왕님이 인간의 날숨과 들숨을 거두어 물속에서도 숨을 쉬게 할 것이니 용왕님께 살려 달라고 빌어라! 살고 싶거든 용왕께 빌어라. 인간의 목숨이 다하는 날이 멀지 않았다! 용왕대신! 용왕대신! 용왕대신! 용왕대신! 용왕대신! 용왕대신!"

박서영도 똑같이 '용왕대신'을 외치며 수도 없이 절을 했다. 해린은 감히 어머니와 서영의 사이에 끼어 들 엄두가 나지 않았다.

행여나 들킬세라 뒷걸음질로 신당에서 물러났다. 하직굿을 했다고 해서 용왕신이 고영신을 떠난 것이 아니었다.

다음 날.

테일러는 해린의 전화를 즉시로 받았다. 해린은 바로 들이댔다.

"박사님. 저의 장학생 자격, 지금도 유효합니까?"

"물론이요!"

"미국에서 생활하고 공부도 할 수 있는 직장을 구해 주실 수 있으세요?"

"그럼요, 미국 정규직 공무원으로 채용하겠어요."

"세상에? 정말이요?"

"그래요. 현 선생! 미국의 정규직 공무원은 전 세계인이 다 원하는 직업입니다. 현 선생의 자질과 성격에 맞는 최상의 자리를 찾아 줄 테니 오기만 하세요."

"알겠습니다."

"언제 쯤 출발 할 예정입니까?"

"주변 정리가 끝나는 대로요."

"그럼 이 시간부터 24시간 대기하겠습니다."

"그렇게 까지 하지 않으셔도 됩니다. 제가 미국에 가서 연락드릴게요."

해린은 비행 편을 예약하고 여권과 신분증, 신용카드, 기초 화장품 몇 가지와 수첩, 속옷 두 벌만 한쪽 어깨에 메는 숄더백에 넣고 나섰다.

가능한 모든 것을 버리고 가볍게 떠나는 것이다.

며칠 전 저녁에 보았던 고영신과 박서영의 충격적인 모습을 다시 보고 싶지 않아서 낮잠에 시간을 맞추어 신당에 가서 점심을 함께 먹었다.

"엄마. 나 이 길로 제주도를 떠날 거야."

"너는 나보다 먼저 죽을 팔자가 아니니까 걱정은 하지 않는다만, 몸조심 하거라."

해린은 서영의 손을 붙잡고 다시 한 번 당부했다.

"서영아. 네가 있어서 뒤를 돌아보지 않고 떠날 수 있어서 행복해. 엄마를 부탁할게."

"언니. 최선을 다할게. 언니는 제주도에서 보다 몇 백배로 출세할거야. 언니가 애써 밀어내고 있어서 그렇지 언니 몸과 마음속에는 어머님보다 몇 배나 더 큰 능력이 숨어 있는 게 내 눈에는 다 보여. 그러니까 나는 언니 걱정 안 해."

"그래, 내 걱정은 하지 말고 내가 엄마와 네 걱정하지 않도록 양 선장 붙들어. 네가 양 선장을 사랑하는 거 잘 알고 있어. 너와 어머니를 진정으로 보호해 줄 사람은 그 사람뿐이야."

서영은 뭐라 말하려다 그만 두고 얼굴을 붉히며 고개를 숙였다.

해린은 서영과 고영신을 자신의 과학으로 분석하고, 철학으로 이해하려 하지 않았다.

오히려 자신의 감정이 흔들릴까 두려울 뿐이었다.

"혼자서 조용히 떠날 테니까 나오지 마. 나한테 무슨 일이 생기면 알려주는 용왕신이 있잖아?"

해린은 고영신에게 큰절을 하지 않았다. 손을 잡아 보지도 않았다. 어린 시절 학교에 가듯이 그렇게 가볍게 인사를 하고 나왔다.

이제는 사람들의 눈이 두렵지 않았다. 예전에 출근하던 모습 그대로 큰 길을 걸어 부둣가로 내려가 방파제를 따라 걸었다.

해린을 모르는 관광객을 빼고는, 모두가 하던 일을 멈추고 해린을 손가락질 하며 수군거리는 것 같았다. 그 모습을 보면서도 해린은 초연하고 당당하게 걸어갔다.

천천히 방파제 끝까지 걸어간 그녀는 계단을 내려가 바다 물에 발을 담그고 섰다. 전 세계 어디를 가든 바다는 한 몸일 터였고, 바다는 언제나 해린의 것이었다. 어디서 무엇을 하는 것은 중요하지 않았다.

해린에게 있어서 출발은 이 바다에 뛰어 드는 것이었고, 그녀의 삶은 이 바다를 헤엄쳐 건너는 것이었다.

아버지의 말이 맞았다.

저 넓은 바다, 저 깊은 바다가 해린을 손짓해 부르고 있었다.

해린은 서서히 가슴이 뛰어 오르는 것을 느꼈다. 대학시절, 외국의 바다를 향해 떠날 때 느꼈던 순수한 기대와 기쁨을 해린은 되찾았다. 이제 웃으며 떠날 것이다.

지우가 소리 없이 다가와 해린의 곁에 섰다.

지우는 헝크러진 머리카락을 손으로 빗어 넘겼다. 이마 한 가운데 반지에 맞아 생긴 상처에 딱지가 엉겨 있었고, 면도도 하지 않아 수염이 더부룩해 모르는 사람이 보면 영락없는 노숙자 몰골이었다.

"지금까지 집에 가지 않고 배에서 생활했어. 네가 내려오는 것을 보고 세수도 하지 않고 바로 달려왔어."

"나도 네가 보고 올 줄 알고 일부러 방파제 가운데를 걸어 왔어. 나 이제 떠날 거야."

지우가 한숨을 푹 쉬었다.

"지금, 이 길로?"

"그래, 너와 커피 한 잔 마시고 바로 갈 거야."

해린은 지우의 팔을 잡아 팔짱을 끼었다. 예전엔 한 번도 해 보지 않은 일이었다. 지우도 당황하지 않고 늘 그랬던 연인처럼 둘이서 팔짱을 끼고 방파제를 걸어 나갔다. 두 사람을 아는 어부들과 뱃사람들이 모두가 눈을 동그랗게 뜨며 입을 헤 벌렸다.

해린과 지우는 부둣가 큰길을 다정하게 걸어 유명 프랜차 이즈 카페에 들어가 커피를 놓고 마주 앉았다.

지우는 모든 것을 체념한 듯 착 가라앉은 쉰 목소리로 말 했다.

"어디를 가든 몸 조심해. 서영이와 어머님은 내가 돌볼게. 걱정하지 말고."

"나, 이제 모든 것을 다 내려놓았어. 네 아버지도 이젠 원망하지 않아. 너에도 이젠 사랑도 미움도 느껴지지 않아."

순간, 지우의 눈에 불꽃이 일었다.

"나도 아버지를 마음에서 지웠어. 우리의 결혼을 앗아간 것은 아버지가 아니야. 아버지는 그럴 능력이 없어. 뭔가 우리를 조종하는 배후가 있어. 해린아. 나는 죽음의 공포까지 이겨내며 임무를 완수하는 법을 훈련받은 수중 폭파대 UDT야. 이제 나는 새로운 임무를 부여 받았어. 우리의 결혼을, 내 인생을 무너뜨린 배후를 밝혀 폭파시키는 것이 내 남은 생의 목표야."

해린은 지우를 애잔하게 바라보며 부드럽게 말했다.

"지우야. 네 마음에 미움이나 원망을 담지 마. 네 마음 따라 네 인생이 흘러가고 그 인생이 고스란히 네 얼굴에 새겨질 거야. 무슨 말인지 알겠지? 네 마음에 미움이 담기고 그 미움을 따라 살게 되면 네 얼굴에 미움이 새겨진다는 말이야. 양지우. 너는 내가 결혼하려 했던 유일한 남자야. 너는 내 삶에 있어서 유일한 남자였고, 영원히 그렇게 남을 거야. 건강하게 잘 살아 멋지게 늙어 줘. 마음에 미움을 담지 말고 사랑을 담아 사랑스런 사람으로 늙어 달라고. 혹시 알아? 먼 훗날 할머니가 되어서라도 결혼하고 싶어질지? 그럼 너를 찾아올게. 그때까지도 너와 결혼하고 싶도록 멋있고 당당하게 늙어야 해. 그렇게 멋있게 늙어 있으면 네가 서영이랑 결혼해 아이를 낳고 그 아이가 너의 손자를 낳았다 할지라도 그 가정을 파괴하고 너를 되찾아 살 테니까, 그때까지 하고 싶은 일 다 하면서 멋지게 살아남아라."

"박서영. 그래, 서영이가 나를 좋아하는 것은 사실이야. 하지만 나는 싫어."

"그건, 네 마음에 내가 들어있을 때 이야기지. 이젠 내가 나온 자리에 서영이를 담아봐. 네 평생이 편안할거야."

지우는 한숨을 푹 쉬더니 두 팔을 탁자에 올려놓고 몸을 앞으로 기우려 해린에게 나직이 말했다.

"박서영. 그래 족집게 무당이 되어 돈을 갈퀴로 쓸어 담고 있지. 얼굴도 몸매도 빠지지 않고. 하지만 해린아, 나는 저번에 서영이가 이어도 바다에서 어선 해린호가 가라앉은 곳을 정확하게 집어냈을 때, 정나미가 떨어졌어."

"왜?"

"그날 이후로 내 나름대로 곰곰이 생각해봤어. 나는 해난 구조를 하면서 물속에서 억울하게 죽은 시신을 수도 없이 만지고 건져 올렸어. 그때 내가 내린 결론은 죽은 사람 귀신 없다는 거였어. 귀신이 있다면 그렇게 허무하게 남의 잘못으로 뒤집어진 배에서 억울하게 죽고도 가만히 있겠어? 박서영이 해린호의 침몰 지점을 알아냈다는 것은 말도 안 되는 일이야. 기적이라 해도, 귀신이 가르쳐 주었다고 해도, 타임머신을 타고 과거로 돌아가서 보고 왔다고 해도 그건 말도 안 되는 일이었어. 해린아, 서영이에게 뭔가, 뭔가가 있어. 우리가 모르는 뭔가가 있다고!"

"그 뭔가가 바로 용왕신이야. 용왕신의 위대한 능력을 눈으로 보고 몸으로 겪었으면서도 못 믿는 거야?"

해린의 말이 장난스럽게 들렸는지 지우가 되물었다.

"정말로 그렇게 믿고 하는 말이야?"

"그래. 믿고말고. 정말이야. 그러니까 서영이를 의심하지도 말고, 용왕신을 찾아 폭파하려는 임무도 취소해. 잘 있어. 너에게 내 짐을 넘겨주고 가는 것 같아 미안해. 우리 둘의 시간은 이제 끝났어. 이제 헤어지자."

해린에게 등을 떠밀려 카페 문을 나서던 지우가 우뚝 멈추어 섰다.

카페 밖에서 얼굴에 시퍼렇게 독기가 오른 양길동부부가 해린이 나오기를 기다리고 있었다. 큰 구경거리를 보고자 주변 사람들이 우르르 몰려들었다.

지우가 사람들과 해린 사이를 가로막으며 모두에게 말했다.

"누구든 해린이 털끝 하나라도 건드리면 가만 두지 않겠습니다. 정말입니다. 나는 UDT로 살인훈련을 받는 사람입니다."

지우의 눈과 목소리에 살기가 어렸다.

양길동이 소리 나게 이를 갈았다.

"이놈의 새끼가 양갈보 편 들어 부모를 죽인다고! 이 자식

아. 그래 어디 한번 죽여 봐라. 살인 훈련? 이놈아. 나는 실제
로 사람을 죽여 본 사람이다."

지우의 어머니가 주먹으로 가슴을 치며 뒤 돌아서 부두가
울리도록 큰 소리로 외쳤다.

"아이고! 아이고! 동네 사람들아! 저 양갈보 년이 멀쩡한
내 아들을 홀려서 부모를 죽인다네! 사람들아! 백주 대낮 큰
길에서 새끼가 부모 죽이는 꼴 보러오소!"

해린은 몰려온 사람들을 보고도 놀라기는커녕 얼굴 가득
웃음을 지으며, 주먹을 불끈 쥐고 온몸을 부르르 떨고 있는
지우를 덥석 안았다.

"지우야. 우리가 약혼한 날 우리는 첫 키스를 했지. 이제 마
지막 키스를 해줄게."

둘이 키스를 하는 걸 보고 숨이 넘어갈 듯 헐떡이던 지우의
어머니가 손톱을 세워 달려들었다. 양길동도 주먹을 불끈 쥐
고 내달았다.

그러나 그들의 손톱과 주먹은 해린에게 닿지 못했다.

블랙이었다.

미라클 블랙이 기적처럼 해린 앞에 나타났다.

갑자기 땅속에서 솟았는가, 하늘에서 떨어졌는가, 괴물 같은
흑인이 해린에 앞에 떡 버티고 섰다. 미국인들 속에서도 우람
한 블랙이 한국인들 앞에서 서니 거인이 따로 없었다.

해린은 지금까지 눈에 보이지 않는 기를 믿지 않았었다. 실체적으로 측정할 수 없는 감성적인 착각의 일종이라고 생각해 왔던 것이다. 그래서 오늘 눈앞에 보이는 광경을 믿을 수가 없었다. 블랙의 몸에서 무형의 에너지가 퍼져 나와 주변의 공기가 흔들거리며 렌즈처럼 건너편이 왜곡되어 보였다. 아지랑이가 피어오르는 것 같았다. 그 에너지 공간이 옆으로 퍼져나가 보이지 않는 장벽, 두터운 유리의 벽으로 사람들과 해린 사이를 차단했다.

지옥에서 솟아오른 것 같은 검은 도깨비가 눈에서 시퍼런 불길을 내뿜으며 사람들을 한바탕 둘러본 다음 정강이에 묶어 둔 칼집에서 날이 시퍼런 군용 대검을 꺼내 땅바닥에 금을 그었다. 아스팔트가 모래 밭처럼 파이며 칼끝에서 불꽃이 튀었다. 종이에 볼펜으로 금을 긋 듯 단칼에 아스팔트에 깊은 줄을 새긴 다음 블랙은 칼을 치켜들고 말없이 한 사람씩 눈을 맞추어갔다.
말이 필요 없었다. 누구든 그 금을 넘으면 온전하지 못할 것이라는 경고였다. 모두들 주춤주춤 몇 걸음 씩 뒷걸음질 쳤다. 양길동과 김길수 부부도 마찬가지였다.
공포영화의 클라이맥스처럼 조용했다. 아무도 입을 열어 소리를 내지 못했다.
사람들이 뒤로 물러서자, 은발을 휘날리며 테일러가 사람들 사이를 벌리고 금을 넘어왔다.

그때!

'탕'하는 총소리가 울렸다. 그리고 젊은 여성의 외침이 해린의 고막을 때렸다.

"현 선생님! 이쪽으로 오세요! 미국에 가지 마세요! 미국은 현 선생을 죽음으로 내몰 겁니다!"

해린을 찾아 왔던 중년 중국인이 초연이 피어오르는 권총의 총구를 하늘을 향해 들고 있었고, 통역하던 한국 여성이 소리를 지르고 있었다.

순간, 해린은 눈을 의심했다.

눈 앞에 서 있던 블랙이 마술처럼 사라지더니 순간 이동을 한 양 중국인 앞에 나타나 왼손에 든 대검으로 중국인의 목을 치며 오른손으로 권총을 빼앗아 군중 속으로 쏘았다.

'탕! 탕! 탕! 탕! 탕!'

다섯 발의 총성이 울리고 사람들 속에서 다섯 명이 고꾸라졌다. 다섯 명 모두 표적지를 이마에 붙이고 쏜 것처럼 하나같이 미간에서 피를 분수처럼 뿜어내고 있었다. 그들도 손에 권총을 쥐고 있었는데, 블랙 앞에서는 무용지물이었던 것이다.

그 사이에 통역이 길가에 세워진 차를 향해 도망쳐 차문을 열려 했다.

하지만, 부질없는 짓이었다. 블랙이 손을 휘두르자 총알처럼 날아간 대검이 여인의 등에 푹 박혔다.

순식간에 일곱 명을 살해한 블랙이 흑표범처럼 날쌔게 뛰어가 통역의 등에서 칼을 뽑아 그녀의 옷에 피를 닦고는 칼집에 넣었다.

살인면허를 가진 사람은 본드가 아니라 블랙이었다.

블랙이 갓길에 세워 두었던 육중한 벤츠의 뒷문을 열고 테일러 쪽을 돌아보았다.

피바람이 몰아친 현장에는 모든 사람들이 도망가고 해린과 테일러, 양지우, 그리고 군중 속에 있던 박서영. 네 사람 만이 남아 있었다.

테일러가 해린에게 손을 내밀었다. 지우가 황급히 해린의 손을 잡아 끌었다.

하지만, 해린은 지우의 손을 뿌리치고 테일러의 손을 잡으며 말했다.

"양지우! 네가 평생 해소할 수 없는 분노와 해답 없는 궁금증으로 인생을 낭비하지 않도록 가르쳐주고 떠날게. 지우야 이 모든 일은 용왕신이 나를 데려 가려고 꾸민 일이었어. 정말이야. 네가 궁금해 하는 뭔가가 바로 용왕신이야. 하지만 겁내지 마라. 용왕신이 나는 물론 엄마와 서영이, 그리고 너까지 지켜줄 테니까."

해린은 지우에게 등을 돌리며 테일러에게 말했다.

"가시지요. 용왕신님."

해린의 등 뒤로 더듬거리는 지우의 목소리가 들렸다.

"요, 용, 용왕신이라고? 안돼! 용왕신이든 뭐든 절대로 너를 데려갈 수 없어!"

해린에게 뛰어들려는 지우의 발 아래로 박서영이 몸을 던
져 다리를 부둥켜안고 소리쳤다.

"아, 안돼요! 지우 씨. 우리는 해린 언니를 보호할 수 없
어요."

육중한 대형 벤츠의 뒷좌석에 해린과 테일러가 타고 블랙
이 핸들을 잡았다.

테일러가 해린에게 안전벨트를 당겨주며 말했다.

"좀 달릴거니까 안전벨트를 매요."

블랙의 운전은 출발부터 달랐다. 스타트에서 100km에 도
달하는 제로 백 시간을 측정하려는 것처럼, 시위를 떠난 화살
처럼 뛰쳐나갔다. 하지만 블랙의 제로백은 해린이 생각하는
시속 100km 도달 시간이 아니었다. 100mile 도달 시간이었
다. 블랙은 차선과 마주 오는 차를 싹 무시하고 중앙선과 갓길
을 넘나들며 거침없이 시속 160km를 넘기고도 속도를 줄이
지 않았다. 뒷좌석에 몸이 파묻힌 해린이 소리쳤다.

"제주도 길에서 이렇게 차를 몰다니요. 자살하려는 겁니까?
왜 이렇게 빨리 갑니까?"

"중국인들이 추월하지 못하도록 하려는 거요."

"네에?"

"우리는, 중국인들이 현 선생을 납치하려고 제주도에 들어
왔다는 정보를 입수하고 태평양을 초음속으로 날아왔어요.
우리가 조금만 늦었어도 현 선생은 꼼짝없이 납치당했을 겁

니다."

"양지우가 함께 있어서 쉽게 잡히지 않았을 거예요."

"천만의 말씀! 여섯 명이나 총을 들고 왔는데, 양 선장은 현장에서 사살 당했을 겁니다."

"미국에 앉아서도 그들이 제주도에 잠입한 것을 보고 받았다면, 박사님이 계속해서 그들을 지켜보고 있었다는 말 아닙니까? 그렇다면, 그들이 왜 나를 데려가려고 하는지 아시겠지요! 도대체! 왜? 내가 뭔데 살인까지 불사하는 겁니까?"

"아직 확실하게는 모르지만, 아마도 머시 호를 제주도 앞바다까지 불러들인 것이 화근인 것 같아요. 중국이 분쟁지역으로 예민하게 관리하는 해역에 들어섰으니 모든 촉각을 곤두세우고 지켜보았겠지요. 아마도 그때 당시 휴스턴에 보낸 현 선생의 건강 정보를 해킹한 것 같습니다. 그래서 미국 연수 과정에 중국이 첩보원을 붙였겠지요. CIA가 남극에서 중국 측 첩보원이 현 선생을 추적하는 것을 발견했어요. 그래서 그 첩보망을 역 추적해 관련 라인을 따라 지켜보다가 오늘에 이른 겁니다."

"저의 건강 정보 때문에 일어난 일이라고요?"

"정확한 경위는 우리 측도 지금 정보를 수집 중입니다."

"사람을 일곱이나 죽이고 도망쳤으니, 아무리 미국이라고 해도 무사하지는 못할 겁니다. 한국 정부나, 중국에서 가만있겠어요?"

"걱정 마세요. 지금 쯤 설거지가 끝났을 겁니다."

블랙은 동쪽으로 계속 차를 비행기처럼 몰았다. 제주공항으로 가는 길인 5.16도로 교차점을 지나쳐 동쪽으로 계속 달리자 해린은 블랙이 길을 알지 못하고 미행을 따돌리고자 그냥 앞만 보고 달리는 것이 아닌가 걱정되어 테일러에게 말했다.

"길을 잘못 든 거 같아요. 조금 전에 지나친 교차로에서 좌회전을 해야 한 건데요."

"염려 놓아요. 왔던 길을 되돌아가는 거니까요."

잠시 후, 몸이 한쪽으로 급격히 쏠리며 차가 좌회전을 했다. 그제야 해린은 블랙이 어디로 가려는지 눈치 챘다.

제주도에 있는 또 하나의 국제공항인 정석 비행장이었다. 대한항공의 조종사 연수 활주로였으나, 88올림픽 때 국제공항으로 승격 개항한 공항이 정석 비행장이었다. 하지만, 상업적인 취항이 거의 없어 텅 비어 있는 곳이었다.

검은 양복을 빼입고 선글라스를 낀 한국인 몇몇이 공항에서 일행을 기다리고 있다가 말없이 출국 절차를 밟아주었다.

활주로에 G700이 홀로 앉아 있었다.

불과 한 달 남짓 만에 다시 G700을 타게 될 줄이야. 해린은 창문 밖으로 멀어져 가는 제주도를 내려다보았다.

다시 올 수 있을까? 만감이 교차했다.

제주도는 해린의 모항이었다. 항해를 떠난 배가 돌아와 닻을 내릴 모항! 그 어떤 항해든 모항에 돌아오지 못하면 실패한 것이다.

인류 역사상 가장 강인한 사람 중의 하나로 히말라야 8천 m급 봉우리를 모조리 무산소 단독 등반한 라인홀트 메스너가 말했었다.

'비록 정상을 정복했다고 하더라도 살아서 돌아오지 못하면 실패한 것이다.'

맞는 말이었다.

해린은 어금니를 꼭 깨물었다.

아직까지 해린은 뒤 무른 짓을 해본 적이 없었다. 잘못되었다면 바로 잡아 끝까지 갔으면 갔지, 후회하며 중간에 뒤돌아서 본 적이 없었다. 언젠가는 모든 음모를 낱낱이 밝히고 금의환향하고 말리라.

해린은 스스로 마음을 경계했다. 아버지의 배를 발견했을 때처럼 감정이 앞서서는 올바른 판단을 할 수 없다.

해린은 다짐하고 또 다짐했다.

'같은 실수를 반복하지는 않겠다. 앞으로 어떠한 일을 보고 겪게 될지는 모르겠으나 다시는 당황하여 판단력을 잃지는 않겠다.'

순항고도에 올랐는지 비행기가 수평을 유지하며 엔진 소리가 부드러워졌다. 낯익은 여 승무원이 술병과 와인 잔을 가지고와 테이블에 놓았다.

테일러가 잔에 술을 채웠다. 피비린내가 코끝에 남아 있는 해린에게도 술이 필요했다. 하지만, 살인마들과 잔을 부딪치고 싶지는 않았다.

와인 한 모금으로 목을 적신 해린이 테일러에게 말했다.

"테일러 박사님. 블랙 상사님. 사람을 파리처럼 죽이는 악마들이 삼국지에만 있는 줄 알았는데, 내 눈앞에도 있네요. 블랙 상사는 어떻게 그렇게 빨리 정확하게 눈썹하나 까닥이지 않고 사람을 죽일 수가 있어요?"

블랙 대신에 테일러가 대답했다.

"그래서, 미라클입니다. 블랙이 운동 선수로 나선다면 영원히 깨지지 않을 초인적인 기록이 무수히 나올 것이지만, 블랙 스스로가 스포츠 스타가 되기를 원치 않습니다."

해린이 불쑥 말을 던졌다.

"삼국지의 장수들처럼 사람을 마음대로 죽이고 싶어서 군인이 된 모양이죠? 세상에나! 내가 살인마들과 한 자리에 앉아서 술을 마시다니요! 기가 막히네요. 박사님. 꼭 그렇게 사람을 죽이면서 까지 나를 데려와야 했나요?"

"현 선생은 그만큼 중요한 인물이요."

해린은 어이가 없어서 실소를 터트리며 와인 잔을 홀짝 비웠다.

"어떻게 아버지의 배를 찾아냈습니까? 그거 하나는 잘했다고 인정해 드리죠. 박사님."

테일러도 와인을 한 모금 마신 다음 대답했다.

"이십 년 전, 우리 위성이 수신한 구난 신호의 발신지를 추적해서 미 해병 해난 구조선이 소형 잠수정을 가지고 와 사흘간 해저를 뒤졌소."

"아버지의 배를 보고 감정이 앞서서 목걸이가 가짜라는 걸 빨리 알아차리지 못했네요. 처음에 눈치를 챘다면 이렇게 박사님의 각본대로 진행되지는 않았을 겁니다."

"전문가들의 완벽한 재현이었소."

"나중에야 목 뒤에 있어서 사진에 찍히지 않은, 목걸이의 걸이가 달랐다는 사실을 깨달았어요. 바다에 목걸이가 떨어질까 봐 나사로 잠그도록 특별 주문했었거든요. 그런데 서영이 내놓은 목걸이는 보통 목걸이용 스프링 고리였어요. 그래서 사진을 보고 복제한 걸 뒤늦게 깨달았죠. 그 사진은 오직 내 앨범에만 있었는데 서영이 내가 미국에 간 사이에 내 방을 뒤져 모든 자료를 박사님에게 복사해 보냈겠죠. 거기까지 생각하니 모든 것이 눈에 보이기 시작하더라고요. 학교에 갑자기 빔 프로젝트가 왔을 때 눈치를 챘어야 했는데, 아마도 그 속에 몰래 카메라를 숨겨 내 수업을 지켜봤겠지요. 느닷없는 해외 연수라니! 지우의 배를 수리하고 음파탐지기를 붙였을 때도! 서영이가 침몰 위치를 정확하게 짚어 냈을 때도! 박사님 손바닥 위에서 춤을 추는 꼭두각시가 따로 없었겠죠."

"현 선생을 불안한 배에 태울 수 없어 수리를 해준 것이요. 현 선생에게 그 어떤 사고도 생기지 않도록 말이오."

해린이 목소리를 높였다.

"하지만! 내 나체 사진은 절대로 용서할 수 없어요! 꼭 그렇게 까지 내 인생을 부수어야 했어요!"

"현 선생. 그건 아니요. 생각해봐요 우리가 그랬으면 그렇게 엉성하게 그랬겠소? 그 사진은 우리도 의외였어요. 그 사진은 우리가 만든 게 아니요."

"그렇다면!"

"그건 앞으로 한국 경찰의 수사에서 밝혀질 겁니다. 예상하지 못한 돌발 사태에 우리도 당황했어요. 덕분에 한국 속담대로 손을 대지 않고 코를 풀었지만."

해린은 한숨을 푹 내쉬며 테일러에게 물었다.

"지금 어디로 가는 겁니까?"

"LA에 잠시 기착해 주유를 한 다음, 고다드 우주비행 센터 Goddard Space Flight Center로 갈거요. 워싱턴 옆, 메릴랜드 주의 아름다운 숲 속에 있는 과학 도시요."

"왜 고다드죠?"

"현 선생을 나사에 취업시키려고요."

"뭐라고요! 나사!"

"그래요. 현 선생! 나사는 미국 대통령 직속 기관이요. 입사하면 정식으로 미국의 공무원이 되는 겁니다. 실리콘 밸리의 글로벌 기업에는 미치지 못하는 연봉이겠지만, 신분의 보장이나 미국 사회의 나사 직원에 대한 예우, 그리고 인류 문명의 발전에 기여한다는 자긍심이 부족한 연봉을 보상하고도 남을 것이요. 또한 특수 임무를 맡게 되면 파격적인 보너스도 있고요."

"지구의 변방인 대한민국에서도 격오지인 섬 구석 종합고 등학교 선생 따위가 나사에서 무얼 할 수 있겠어요? 그냥, 맥도날드에서 서빙이라도 하면서 내 길 스스로 찾아볼게요."

"현 선생. 나사는 꿈의 직장이요."

"그건 나사 취업을 희망하는 사람들의 이야기지요. 나는 나사의 기술자나 우주인을 꿈꾸어 본 적이 없어요. 내가 나사에서 뭘 하겠어요? 청소나 한다면 몰라도요."

테일러가 헛웃음처럼 가볍게 웃고 나서 말했다.

"현 선생. 나사의 우주인 공채는 지원 자격이 까다롭기 이를 데 없어도 언제나 이천 대 일을 넘어요. 미국은 물론 전 세계적으로 우주인을 꿈꾸는 사람들이 얼마나 많겠습니까? 현 선생도 과학에 소질을 보이는 제자들에게 우주인의 꿈을 심어주지 않았습니까!"

"돌아올 수 없는 화성 우주여행에 수 천 명이 지원한 것을 보고 제자들과 토론 한 적이 있어요. 그때 저는 제자들에게 꿈이 있다면 물러서지 말라 했지만, 저는 지원할 생각이 털끝만큼도 없었다고요."

"일단 고다드에 가서 다시 생각해 봅시다."

"박사님. 저를 어떻게든 나사로 데려 가려고 저에게 해서는 안 될 짓을 하고, 사람을 마구 죽이기까지 했는데, 꼭 그럴 수밖에 없었다는 타당한 이유로 저를 설득하지 못하면, 지금까지 일어난 모든 사실을 언론에 터트리고 정당하게 정신적, 물질적 손해배상을 요구할 겁니다."

테일러가 진중하게 대답했다.

"얼마든지 설득할 자신이 있습니다. 그래도 현 선생이 거부하면 원하는 대로 정식으로 사과하고 피해 변상은 물론, 원상복귀를 해드리죠."

로스엔젤레스 공항의 활주로에서 테일러는 활주로에서 기다리던 사람들과 잠시 이야기를 주고받은 다음 커다란 상자 몇 개를 싣고 다시 이륙했다.

비행기가 날아오르자 한국식 비빔밥이 차려졌다. 해린을 위해서 로스엔젤레스 한 식당에 주문한 모양이었다.

식사 후, 해린은 피곤하기도 하고 혼자 있고 싶어서 침실로 갔다.

침대 위에 옷가지가 놓여 있었다. 정장, 트레이닝 복, 잠옷, 속옷까지 서너 벌 씩 정돈되어 있었다.

해린은 찬찬히 옷가지를 살펴보았다. 하나같이 명품 브랜드였다.

해린의 몸에 맞는 사이즈였고, 해린이 즐겨 입는 색상이었다. 교사 봉급으로는 어림없는 가격만 아니라면 해린이 입고 다녔음직한 옷들이었다. 세면도구와 화장품까지 해린이 쓰던 상표였다.

고다드 우주비행 센터Goddard Space Flight Center.

1959년에 설립된 미국 최초의 우주센터.

사천 명이 넘는 공무원과 육천 명에 달하는 계약직 세계 일급 과학자들이 백만 평의 대지에 건설된 백 개의 연구동에서 나사의 거의 모든 프로젝트를 수행하고 있는 방대한 과학 도시. 허블 우주 망원경이 쏟아내는 어마어마한 양의 정보를 처리해 우주에 대한 인류의 지식을 광대하게 넓혀주었던 곳.

이제는 제임스 웹 우주 망원경이 보내는 자료를 처리하고 있었다.

GSFC의 활주로에 태평양과 미 대륙을 가로질러 날아온 G700이 내려앉았다.

행정센터의 접견실에서 해린은 반가운 사람을 만났다. 그랜드캐니언에서 해린을 위해 특별 강의를 해주었던 이사벨 존스 박사였다. 현장에서의 작업복을 연보라색 치마와 자켓으로 바꾸어 입고, 헝클어져 바람에 흩날리던 머리카락을 잘 손질해 예쁜 핀을 꽂고 있었다. 얼마간 실내에 있었는지 까칠해 뵈던 피부도 반지르르 했고, 화장까지 해 얼핏 보아서는 그랜드캐니언의 그녀라고 알아 볼 수 없을 지경이었다. 사십 대 초반의 건강하고 따뜻한 인상의 평범한 여자였다.

이사벨이 해린을 깜짝 반겼다.

"반가워요. 벨이라고 불러요."

커피를 한 잔 마신 후 테일러가 말했다.

"모두 모였으니 곧바로 PTpresentation를 진행하도록 하겠습니다."

PT룸의 설비는 최첨단이었다. 개인별 자리가 A-380 퍼스트 클래스의 좌석을 방불케 했고, 전면의 벽을 차지하고 있는 것은 빔 프로젝트의 스크린이 아니고 초대형 모니터였다.

테일러가 자리에 앉아 누군가를 기다리는지 입구 쪽을 지켜보았다. 진행할 사람이 따로 있는 모양이었다.

이윽고 문이 열리고, 사리를 걸친 인도 여성이 들어왔다.

해린은 숨이 막혔다. 우아하고 아름다웠다. 그뿐 아니라, 당당한 기품과 신비한 분위기까지 여인을 둘러싸고 있어서 정말이지 사람이 아니라 여신이 들어온 것 같았다. 나이도 청소년처럼 어려 보였다.

전면의 대형 화면과 각 좌석 앞의 모니터에 그녀의 사진과 프로필이 떠올랐다.

우마 자스민, 25세.

테일러가 마이크를 잡고 자스민에 대해 보충 설명했다.

"자스민 박사는 열세 살 때 인도에서 나사의 홈페이지에 영원히 풀리지 않을 것이라고 모두가 증명을 포기한 천체 물리학의 현상을 수학적으로 증명하는 공식을 올려, 나사가 직접 인도로 날아가 데려와 미국의 국비로 공부를 시킨 인류사급 천재입니다."

이사벨이 무의식적으로 반응했다.

"세상에! 열세 살 때! 어떻게 그런 일이!"

테일러가 설명을 이었다.

"자스민은 뛰어난 미모와 천재를 뛰어넘는 예지력을 지닌 두뇌를 타고 났지만, 불행하게도 아우트 카스트, 달리트로 태어났습니다."

아우트 카스트outcast!

인도의 계급 제도인 카스트의 최하층에도 끼지 못하는, 사람은커녕, 짐승이하로 취급당하는 불가촉천민, 달리트Dalit! 얼굴은 물론 온몸을 천으로 가리고 새벽이나 밤중에 사람이 없을 때 분뇨와 쓰레기를 치우는 천민 중의 천민!

인도 정부가 카스트 제도를 철폐한지 수 십 년이 지났지만, 여전히 인도 사회에는 신분 차별이 존재해 신분이 다른 사람과 사귄다는 이유의 명예 살인과 청부 살인이 끊이지 않고 있었다.

모두들 기가 막힌 표정으로 자스민을 보았다.

그 어떤 아름다움도, 그 어떤 재능도 인정받지 못하고 오물 취급을 당하는, 인류 최악의 인격 모독을 그녀는 어이 견뎠을까. 해린은 남의 일 같지 않아 가슴이 아렸다.

테일러의 말이 이어졌다.

"나사의 연구진도 그녀가 교육을 받지 않고도 어떻게 스스로 수학과 물리학과 천문학에 박사급 이상의 지식을 쌓았는지 해명하지 못했습니다. 어찌되었든, 자스민은 일곱 살 때, 부모가 쓰레기통에서 주워온 컴퓨터를 인터넷에 접속시키는 데 성공하여 지식을 쌓고, 나사에 접속하여 자신의 능력을 증명했습니다. 나사에서 그녀를 찾아 갔을 때 그녀는 뭄바이 외곽의 쓰레기 산 속, 오일 깡통을 펴서 만든 양철 오두막에 있었다고 합니다. 미국에 온 자스민은 본인의 희망에 따라 제트 추진 연구소Jet Propulsion Laboratory : JPL에서 심우주 통신과 행성 리모트 컨트롤을 전공해 십대에 박사 학위를 받은 다음 최근 몇 년 간은 이곳에 초청되어, 오늘 여러분을 이 자리에 모이게 한 특별한 프로젝트를 기획한 것입니다."

해린이 알기로는, 통상 고다드 GSFC에서는 지구 궤도에서의 임무와, 우주 관측 업무를 주로 하고 JPL은 지구를 떠난 무인 우주선을 운용하는 일로 각자 분야가 나뉘어 있었다. 따라서 자스민이 주도하는 연구라면 지구 궤도를 떠나는 임무일 것이었다.

자스민이 앞으로 나서,
"모두의 공용어인 영어로 진행하겠습니다."
하고는 강단 구석에 옆으로 세워져 있던 화이트보드를 잡아 당겼다.
세계 최고의 석학들이 모여, 당금 세계 최첨단을 자랑하는 고다드 GSFC에서의 PT가 아날로그로 시작되었다.

자스민이 학생들을 가르치듯 수성 마카 펜을 들고 칠판 앞에 섰다.

"지금부터 알렉산더 프로젝트의 개요를 말씀드리겠습니다."

자스민이 칠판에 커다랗게 알렉산더 계획Alexander Project이라 쓰고 밑줄을 쓱쓱 그었다.

"왜 알렉산더 계획인지만 알면 더 이 계획의 반은 알게 된 거와 같습니다. 우리는 인류의 가장 오래된, 가장 커다란 의문을 단칼에 해소하기로 했습니다. 골디우스의 매듭을 단칼에 자른 알렉산더처럼 말입니다."

그, 그렇다면! 순식간에 자스민의 말에 홀린 해린은 침을 꼴깍 삼켰다.

자스민의 이어진 말이 해린의 두뇌를 강타했다.

"우리는 외계 생명체의 존재에 대한 확실한 결론을 내리고자 합니다. 박테리아나 수분의 흔적을 찾으려고 무인 탐사선을 보내어 시속 30m로 꿈틀꿈틀, 벌레처럼 기어 다니는 암중모색을 끝내려고 하는 겁니다. 천문학적인 경비를 들이고도 겨우 장난감 같은 로버를 보내 더듬거리며 우연에 의한 행운을 기대하며, 생명체를 찾아내려는 바보짓을 그만 두기로 한 거죠."

자스민은 말을 멈추고 학생인 해린과 이사벨, 블랙. 세 사람의 얼굴을 차례차례 보더니 해린을 지목했다.

"현 선생님, 태양계에서 고등 생명체가 존재한다고 확신할 수 있는 곳이 어디입니까?"

해린이 반사적으로 대꾸했다.

"보이저 호에 의해 내부에 액체 상태의 바다가 있다고 확인된 유로파 아닙니까?"

대답을 하면서도 해린은 마음이 마구 떨리는 것을 느꼈다. 자스민의 다음 이야기는 들어보나 마나였다. 해린은 뒤이어 터져 나오는 신음 같은 말을 참을 수 없었다.

"그, 그렇다면! 세상에나! 정말! 아니, 이건 말도 안돼!"

자스민이 고개를 크게 끄덕였다.

"그렇습니다. 우리는 여러분을 유로파의 바다로 보내고자 합니다."

해린은 기가 막혀 즉시 되물었다.

"그게 현재의 기술로 가능합니까?"

자스민이 즉각 대답했다.

"인류가 달에 착륙한지 오십년이 넘었습니다. 그사이에 우리는 우주 정거장을 건설하고 보이저를 태양계 바깥으로 내보내고 뉴호라이즌 호는 왜소 행성을 1만 2천 km까지 근접 비행했습니다. 심지어는 날아오는 혜성에 탐사선을 착륙시켜 토양 샘플을 채취해 지구로 귀환시키기도 했습니다. 화성에는 오퍼튜니티와 큐리오시티의 뒤를 이은 장난감들이 굴러다니고 있습니다. 여러분. 오십여 년 전, 구석기 시대와 다름없는 기술로도 달 착륙을 실현 시킨 미국입니다. 미국은 이미 오래전에 심우주로 유인 우주선을 내 보낼 기술을 획득했습니다. 여러분. 이제 우주 개발은 예산의 문제이지 기술의 문제가 아닙니다. 우리는 유로파 유인 탐사를 실현시킬 수 있는 무한한 예산을 확보했습니다. 여러분이 참여하신다면, 우리는 여러분을 유로파의 바다에서 헤엄치도록 할 것입니다."

"정말로 그런 기술을 획득했다고 믿습니까?"

"그렇습니다. 수 십 년 전부터 핵 잠수함은 원자로의 에너지와 바닷물로 공기를 무한 생산하면서, 수백 명의 군인이 육 개월 이상 보급없이 생존할 수 있는 식량을 싣고 다니며 육 개월 이상을 수면 위로 부상하지 않고 대양을 휘젓고 다니고 있습니다. 여러분, 핵잠수함과 같은 우주선이라면 유로파 탐사를 충분히 하지 않겠습니까? 우주와 바다는 유사한 점이 많습니다. 바다 속에서 생존할 수 있다면, 우주에서도 생존하는 겁니다. 우리는 우주에서의 생존이 바다 속에서의 생존보다 더 쉽다는 결론을 내렸습니다. 우리는 핵잠수함에 버금가는 우주선을 지구궤도에서 조립하여 유로파를 향해 출항시킬 겁니다. 알루미늄 깡통으로 만들어진 탐사선이 아니라, 티타늄 중합금 장갑을 두른 심우주용 우주선을!"

"말은 쉽지만, 어떻게 만 톤이 넘는 핵잠수함을 지구 궤도로 올린단 말입니까?"

자스민이 미소를 거두지 않고 거침없이 대답했다.

"우리는 1만 5천 톤 급 우주선을 설계하고 있습니다."

"1만 5천 톤이라고요? 우주 왕복선 적재량이라고 해봐야

겨우 30톤이고 상업 운용 중인 펠콘 해비도 45톤 아닙니까? 그런데 1만 5천 톤짜리 우주선이라니요? 300km 상공의 저 궤도에 일 톤의 화물을 올리는데도 1천 5백 만 달러 이상이 든다는데, 그보다 더 높은 궤도에 1만 5천 톤을 올린다니요? 지금 SF소설을 쓰는 겁니까? 하긴 유로파에 생명체가 있다는 가설도 소설에서 나왔고, 유로파에 괴물 에일리언이 있다는 영화는 여러 편 나왔으니까 그 연장선에 있는 몽상인가 보지요?"

"기본 상식을 가지고 있어서 반갑습니다. 내가 하는 이야기를 제대로 이해할 수 있을 테니까요. 펠컨 헤비에 보조 로켓을 여러 개 달면 적재량을 150톤까지 늘릴 수 있습니다. 펠컨뿐 아니죠. 나사에서 자체 개발 한 에스엘에스도 SLS Bloock 도 130톤은 가지고 올라갈 수 있습니다. 나사는 육십여 년 전에 벌써 120톤의 아폴로 우주선을 들고 올라간 새턴 파이브를 만들었습니다. 더구나 우주선 재사용 기술이 상용화 된 지금, 예산 확보된다면, 새턴 열기쯤 뚝딱 만들어 매일 천 톤 이상씩 쏘아 올릴 수도 있습니다. 또한, 나사가 직접 나서지 않아도 지구 궤도에 위성을 올릴 능력을 갖춘 민간 업체도 많을 뿐 아니라 발사 단가도 계속 줄어 들고 있습니다. 하지만, 우리는 발사체 개발에 쓸 예산을 우주선 건조에 쓸 겁니다. 왜냐면, 우리는 심우주용 우주선을 건조할 자재를 지구 궤도에 올릴 충분한 로켓을 이미 가지고 있기 때문입니다."

"그럼 나사가 이미 수퍼 로켓을 비밀리에 완성했다는 겁니까?"

"아니요, 현 선생님. 러시아는 로켓이 없는 제 삼 세계의 인공위성을 값싸게 덤핑으로 발사해 주고 있습니다. 그 일이 어떻게 가능하겠습니까? 한국도 러시아 드네프르 로켓 고객 아닙니까?"

"그거야 ICBM(Intercontinental Ballistic Missile, 대륙간 탄도 미사일) 발사체인 드네프르 로켓에 탄두 대신에 인공위성을 실어…"

말을 중간에 멈추는 해린을 보고 자스민이 회심의 미소를 지었다.

"그렇습니다. 지상 1,500km 이상의 고궤도까지 핵탄두를 쏘아 올리는 미사일을 인류는 충분히 가지고 있습니다. 2톤 이상의 큰 블록은 나사에서 직접 쏘아 올리고 다른 부품들은 1톤 미만의 조각으로 나누어 ICBM으로 궤도에 올린 뒤 조립할 것입니다."

"그럼 미국이 핵무장을 포기하는 셈인데 과연 그럴 정도로 이 프로젝트가 중요합니까?"

자스민이 시원하게 대답했다.

"ICBM의 유지에 천문학적인 예산이 낭비되고 있고, 또 노후 되어 발사조차 불가능한 로켓이 늘어나고 있습니다. 더욱이 핵무기는 공갈 협박 이외의 용도로는 쓸모가 없고, 핵우산 정책으로는 제 삼 세계의 핵무장을 막을 명분도 없습니다. 핵미사일은 당장 쏠 수 있는 소총 탄환 한 발보다 실용성이 없는 겁니다. 그뿐 아니라, 이미 핵무기 급 살상능력으로 업그레이드 된, 당장 사용할 수 있는 재래무기 기반 신무기가 속속 개발되어, 드론에 장착되고 있습니다. 핵미사일의 존재 자체가 명분과 의미를 잃어가고 있는 것입니다. 이런 차제에 자연스럽게 핵 무장을 해제하고 평화를 위해 핵 투발 수단을 사용한다면, 범지구적인 박수갈채를 받으며 알렉산더 프로젝트를 수행할 수 있게 됩니다."

"평화를 위해? 유로파 탐사가 온전히 평화를 위한 겁니까?"

"현 선생은 과학 교사라서 누구보다도 더 유로파의 존재가치를 잘 알고 있을 겁니다. 유로파는 인류가 외계로 나갈 수 있는 징검다리입니다. 생존과 에너지 생산에 필요한 바다가 있으며 그 바다를 보호하고 있는 100km 두께의 얼음 갑옷까지 있습니다. 그 얼음 방탄복 속의 바다는, 우주공간보다 훨씬 더 인류의 생존에 호의적일 것입니다."

"유로파 내부 탐사 수준이라면, 1만 5천 톤급 유인 우주선이 왜 필요합니까? 무인 탐사도 얼마든지 가능할 텐데요."

"단칼에 모든 의문을 해결하고자 하는 것이 알렉산더 프로젝트의 알파, 오메가입니다. 우리는 유로파에서의 생명체 탐사 뿐 아니라, 1만 톤의 자재를 싣고 가 유로파의 바다에 자력 생존해 지속이 가능한 우주 기지를 건설하려고 합니다. 이미 인류는 바다 속에 거주지를 만들어 생활 한 경험이 있습니다. 바다 속으로 들어간다면, 지구의 바다나 외계의 바다나 마찬가지 조건이 됩니다. 우주공간이나 화성과 같은 적대적 환경이 아닌, 여러분에게 익숙하고, 여러분이 다루어왔던 그 바다가 그대로 거기에 있는 겁니다. 그래서 여러분들이 필요합니다. 지구 궤도상의 우주 정거장은 캠핑 트레일러에 불과하지만, 우리는 유로파의 바다에 호텔을 지으려고 합니다."

점입가경이었다.

고다드에서가 아니라면 콧방귀를 날리며 자리에서 일어날 이야기였지만, 해린은 어디까지 가나, 맞장구를 쳐주기로 하고 질문을 계속했다.

"그런 작업이라면 더욱 더 인공지능 로봇이 해야할 일이 아닌가요? 환경과 시간, 생명유지, 수면 시간 등에 구애받지 않고 인간보다 열 배 이상 빠르게 일하는 로봇 많지 않습니까? 필요한 작업을 시뮬레이션해 입력하고 지상의 유사 작업장에서 머신러닝을 한 다음 현장에서 적응 훈련을 시키면 인간 대신에 못할 일이 어디 있겠어요? 지금 지구에서도 벌써 심해저 작업은 모두 로봇이 대체 하고 있는데, 숨 쉬고, 밥 먹고 똥 싸고, 잠자고, 다치고, 화내고, 반항하고 잠수병까지 걸리는 인간을 왜 보내자는 거죠?"

자스민은 어디까지나 진지했다.

"유로파와의 전파 왕복시간이 칠십 분입니다. 즉 유로파에서 무슨 일이 생겼는지는 35분 후에야 지구에서 알 수 있고, 그에 대한 대응책을 곧바로 내렸다고 해도 35분 후에 도착합니다. 70분 후의 대응이 무슨 소용이겠습니까? 전파 왕복 시간이 길고 송수신 할 수 있는 정보의 양이 극히 제한된 심우주에의 원격 조정은 현장 대응능력 자체가 없습니다."

"바로 그렇기 때문이 인공지능이 필요한 거 아닙니까? 인간보다 더 현명하게 스스로 대처하도록 딥러닝 시키고, 스스로 발전해 나가 임무를 수행하도록 이요."

"인공 지능에게 일을 시키려면 임무 수행이 절대적 우선가치라는 명령을 심을 수밖에 없는데 이 명령은 필연적으로 종교의 광신자들에게 나타나는 맹목적인 헌신, 이교도들을 가차 없이 살상할 수 있는 냉혹한 우선 가치로 발전하게 됩니다. 우리는 벌써 현재의 프로그램을 총 망라해 시뮬레이션을 해보았으나, 인공지능은 결코 우리가 원하는 결과를 내놓지 않았습니다. 인간이 상상한 결론을 내고 인간이 원하는 대로 임무를 수행하는 것은 인공지능이 아닙니다. 제어 할 수 있다면 인공지능이 아닌 것입니다. 인간은 딥 러닝으로 진화하는 인공지능의 결론을 짐작조차 할 수 없을 것입니다."

해린은 끝장 토론에 나선 것처럼 질문을 계속 던졌다.

"건설 노동 같은 단순 반복, 노동 집약적인 일에는 인공 지능까지 탑재하지 않아도 얼마든지 가능하잖아요?"

"물론, 소형 작업 로봇에 개별 작동하는 초보단계의 인공지능 칩을 심어 훈련을 시키겠지만, 최종 결정은 인간이 내리도록 상호 네트워크를 형성할 수는 없도록 할 겁니다."

"인간 한 사람 보내는 것 보다 그런 로봇 백 대를 보내는 것이 훨씬 쉽고 경제적이지 않아요? 성공 확률도 높고요."

이즈음에서 자스민은 해린에게 맞추었던 대화의 초점을 모두에게 돌렸다.

"여러분, 유로파 유인 탐사에는 과학적인 이유보다 더 큰, 인류를 납득시켜야하는 정서적 이유가 있습니다. 전쟁의 최종 승리는 보병의 진군입니다. 드론으로 대리전쟁을 하는 것도 결국은 인간의 무혈입성을 위한 것 아닙니까? 마찬가지로 인간이 가지 않는 외계 탐사는 원격 자료 수집밖에 되지 않는 것입니다. 알렉산더 프로젝트는 로봇이 아닌, 우리 인간을 보내는 프로젝트입니다."

잠자코 있던 블랙이 자스민에게 물었다.

"100km의 얼음을 어떻게 시추할 거요? 남극 빙판처럼 드릴로 뚫을 거요? 우주선 앞에 거대한 드릴을 달아서?"

"아닙니다. 원자로의 열을 우주선의 외피로 흘려보내면 얼음이 녹을 것이고, 중력이 우주선을 유로파의 내부로 잡아 당겨 넣어 줄 겁니다."

"유로파의 엄청난 방사능은 어쩌고요? 사람의 생존은커녕 전자기기도 버텨내지 못 할 거라던데…."

"중장갑으로 지어진 우주선입니다. 티타늄 중합금 외피가 충분히 방사능을 막을 수 있을 뿐 아니라, 신속하게 얼음을 뚫고 내부로 들어가면 또, 100km의 얼음이 방사능을 막아 줄 것입니다."

"그럼 귀환은 어떻게 한단 거요? 우주선이 들어가면 즉각 다시 얼어붙을 터인데 어떻게 뚫고 나올 거요?"

"대륙간탄도 핵미사일의 핵탄두를 가지고 가서 얼음을 녹이고 들어가며 점점이 핵탄두를 심어 놓고 들어 갈 겁니다. 남극 빙판의 구멍에 다이너마이트를 넣었던 것처럼 말입니다. 그래서 귀환할 때 순차적으로 터트려 얼음 구멍을 우주선이 빠져 나올 만큼 크게 뚫고 뛰쳐나올 겁니다."

과학교사 연수라더니! 처음부터 계획된 음모와 사기극이었다. 우주 체험, 남극 빙해저 다이빙. 모두 과학교사 연수를 빙자한 유로파 탐사의 예행연습이었다.

해린이 자스민에게 물었다.

"아직 우주선도 건조하지 않은 걸 보니, 이제 기획 단계인가요? 그럼 실행하기도 전에 무산될 수도 있겠네요. 그렇게 넘어진 프로젝트가 한두 개가 아니잖습니까?"

"우리는 몇 년 전부터 사전 작업을 상당 부분 진행했습니다. 알렉산더 프로젝트는 이미 시작되어 진행 중입니다. 우주선 건조 시스템도 벌써 구축되어 2년 이내에 발사할 겁니다. 그 기간에 우주인 교육 훈련도 마칠 거고요."

"그럼 전체적으로 기간이 얼마나 걸리나요?"

"유로파에서의 작업은 1년으로 한정하고 그 시한 안에 작업을 마치도록 프로그램을 짜고 있습니다. 유로파까지 편도 3년 6개월, 왕복 7년의 항행 시간을 합하면 총 10년이 걸릴 것입니다."

해린이 고개를 갸웃하고 나서 물었다.

"유로파까지 42개월이라뇨? 보이저는 18개월 만에 목성에 가지 않았습니까?"

자스민이 친절하게 설명해 주었다.

"행성간 비행을 하려면 일단 태양의 거대 인력으로 가속해 목적 행성의 인력권으로 들어가는 스윙바이swingby궤도를 잡아야 합니다. 보이저는 175년 만에 열리는 행성정렬 찬스를 잡아 화성을 들러 가속하고 또 목성의 인력을 이용해 18개월 만에 갔지만, 그런 궤도는 100년 후에나 열릴 것입니다. 안타깝게도, 닐라칸타 발사 시점에는 태양과 목성의 궤도가 일치하지 않아서 훨씬 먼 거리를 돌아가야 합니다."

해린도 수긍했다

"우주 탐사선에는 행성의 인력을 뿌리칠 만큼 출력이 강한 엔진과 연료를 실을 수 없기에 스윙바이가 절대적으로 궤도를 결정한다는 것은 저도 알고 있어요."

자스민은 해린의 기본 지식이 정말 마음에 드는 듯, 미소를 흘리며 설명을 이어갔다.

"또한, 스쳐 지나가는 것과 착륙하는 것은 차원이 다른 일입니다. 착륙하려면 감속해서 유로파의 속도와 맞추어야 합니다. 그러기 위해서는 접근 속도를 낮추거나, 스쳐 지나가다시 돌아와야 합니다. 어느 쪽을 택하더라도 평균 속도의 저하를 피할 수가 없습니다. 그래서 닐라칸타는 보이저 보다 두 배 이상의 시간을 비행을 해야 합니다. 하지만, 여러분의 몸이 느끼는 시간은 일 년에 불과 할 것입니다."

"그게 무슨 말입니까?"

"행성 간 여행은 길고 지루한 길입니다. 가는 길의 대부분은 바람 한 점 불지 않고 파도조차 없는 망망대해를 건너는 것과 같아서 무인 로봇 탐사선도 항해 기간에는 위치 발신 신호만 켜 놓고 거의 모든 기능을 닫습니다. 에너지를 비축할 목적이기는 하지만 할 일이 아무 것도 없기 때문이죠."

"그런다고 하더라고요."

"무인 우주선 뿐 아니라, 유인 우주선도 마찬가지입니다. 사실 비행 전문가도 지상 발사에서부터 목적 행성에 도착할 때까지 스위치 하나 건드릴 필요도 없기 때문에 임무 전문가들이 비행 전문가들을 해병대 원숭이라고 놀리기도 합니다. 목적지에 도착할 때까지 할 일이 없기는 임무 전문가들도 마찬가지고요. 그래서 닐라칸타도 선체는 물론 탑승 대원들까지 항행시간 내내 동면에 들어갑니다. 따라서 여러분이 우주에서 일하고 보내는 시간은 1년에 불과 합니다."

"우주인도 동면에 들어간다고요?"

의사인 이사벨이 바로 물었다.

"그렇습니다."

"정말 말도 아니네요. 현재의 동면 기술이 사람을 다시 살려내는 수준에 이르렀다는 말은 듣지 못했습니다."

"말의 표현이 동면일뿐, 냉동이 아닌, 저체온 장시간 수면입니다. 지금도 많은 병원에서 시술 하고 있는, 안정성이 입증된 의료기술입니다."

"그거야, 무혈 수술을 하려고 혈액 순환을 멈추려 할 때나, 정상세포를 잠재우고 암세포를 적출 해내거나 유산상속이나 회사 정리 등의 의료 외적인 요인으로 생명을 연장시키려는 의도로 대단히 제한 적으로 실시되는 것 아닙니까? 불과 몇 주일, 길어야 이, 삼 개월 하는 정도로요."

"나사에서는 벌써 삼 년 이상의 안정적인 저체온 수면에 성공했습니다. 인체의 체온을 조절할 수 있는 동면 물질을 찾아내는데 성공한 겁니다."

"그렇다면 왜 의학계에 보고하지 않았던 거죠? 식품의약국 승인 없는 인체 임상 실험은 불법적인 생체 실험이죠! 나사가 나치라고 비난 받을 수도 있는 일 아닙니까?"

"내부적으로 식품의약국 승인 하에 시행되었고, 지금도 진행 중입니다."

"그런 예외 규정도 있는 줄은 처음 알았네요."

"여러분도 아시다시피 인간은 항온 동물로 진화해 온도에 대단히 민감합니다. 대뇌 속 간뇌의 시상하부에 온열중추와 한냉중추가 있어서 체온을 정교하게 측정하여 신체가 정상체온을 유지하도록 반응하게 됩니다. 피부의 온도 자극과 혈액 온도의 변화에 반사적으로 반응하는 자동 온도 조절 장치가 인체에 내장 된 겁니다."

"항온 동물에게는 생존을 위한 절대적 시스템 아닌가요?"

"문제는 이 온도 유지 반사 작용 때문에 저체온이나, 냉동 처치를 할 수 없는 겁니다. 우리는 체온을 방어하기 위한 인체의 반응을 무력화 시켜 온도조절 중추의 기능을 통제하는 신 물질을 합성해냈습니다. 즉 이 물질을 투여하면 체온이 올라가든 내려가든 온도조절 중추가 반응을 하지 않게 됩니다."

이사벨이 놀란 목소리를 내었다.

"세상에나! 그건 존재해서는 안 될 물질이잖아요! 온도조절중추의 기능이 마비되면 인간은 생존할 수 없어요! 체온이 떨어지면 추위를 느껴 모공을 수축하고 대사량을 증가 시켜 열을 발산하고 따뜻한 곳을 찾거나 옷을 입어 체온을 보존해야죠. 반대로, 체온이 올라가면 더위를 느껴 땀을 흘리고 옷을 벗어야 하는데 그러한 반응을 하지 못하고 체온이 기온을 따라 올라가거나 내려간다면 기온이 체온과 정확하게 36.5℃가 되지 않는 한 모두 죽는다고요! 기온 34℃의 더위 속에서도 저체온이 되어 죽고, 기온이 40℃가 되기도 전에 열사병으로 다 죽는단 말입니다."

"그래서 FDA에서 비밀 실험을 승인한 겁니다. 더구나 그 물질은 우리 주변에서 누구나 구할 수 있는 생활 물질 몇 가지를 반응시켜서 고등학생 정도의 화학지식과 레고 조립 수준의 손재간만 있으면 합성해 낼 수 있습니다."

"그렇다면 이 지구상에 존재하는 그 어떤 물질보다도 더 위험한 물질이 아닙니까? 사람 죽이기 참 쉬워지겠네요."

"세상의 모든 약이 선과 악의 양면성을 지니고 있듯, 그 물질도 인간을 죽이는 것이 아니라 살리는 생명의 약이 될 수 있습니다. 우리는 그 물질을 사용하여 인간의 온도조절중추의 반사작용을 해제한 다음, 세로토닌과 멜라토닌, 엔케팔린을 기반으로 한 변이 물질을 조합하여 체온이 10℃이하에서도 생존기능을 잃지 않도록 하는데 성공했습니다."

"10℃이하라고요? 정말입니까? 18℃가 저체온 수면의 한계라던데!"

이사벨 박사가 믿을 수 없다는 듯 손사래를 쳤다.

"사실입니다. 우리는 체온을 4℃까지 낮추는데 성공했습니다."

이사벨은 의사인지라, 쉽게 수긍하지 않았다.

"정말이지 여기가 고다드이고 자스민 박사의 말이라서 내가 듣고 앉아 있지, 다른 곳, 다른 사람의 말이라면 벌써 일어났을 겁니다. 자스민 박사! 임상실험이 어디까지 진행되었기에 성공했다고 장담합니까?"

"실험에 참여한 인간을 비롯한 모든 생명체에서 그 어떠한 부작용도 발견하지 못했습니다. 십 일이 되었든, 삼 년이 되었든 말입니다. 저도 직접 삼 개월 동안 자고 깨어났는데, 영화에서 본 것처럼 토한다거나, 눈이 보이지 않는다거나, 현기증이 난다거나 하는 부작용도 없었습니다. 어제 저녁에 잠이 들어 숙면을 취하고 아침에 일어난 것처럼 오히려 더 건강하고 상쾌했습니다."

이사벨이 눈을 동그랗게 뜨고 물었다.

"세상에나, 정말입니까? 자스민 박사가 직접 동면 실험에 참여 했다는 사실 말입니다."

"네. 벨 박사님! 정말입니다. 박사님도 아시다시피, 저체온 수면에 중에는 인체의 대사가 십 분 의 일 이하로 내려갑니다. 7년을 자고 일어나도 인체는 생물학적으로 몇 개월 밖에 나이를 먹지 않는다는 말입니다. 그리고 육체가 느끼는 그 몇 개월 마저 시속 6만 km 이상의 속도로 항행하기 때문에 상대성 원리에 의해 더 짧은 시간이 됩니다. 따라서 탑승 우주인들은 떠날 때의 육체적 나이를 거의 그대로 가지고 돌아오는 겁니다. 즉, 지구로 돌아 왔을 때 여러분들의 친구는 여러분들 보다 7년 더 늙은 모습으로 여러분들을 맞이할 것입니다."

"와~! 영화에서나 있던 일이 실제로! 그렇다고 해도 무중력 상태에서의 근력과 골밀도 상실은 피할 수 없을 텐데요."

"금방 말했다시피, 4℃의 냉장 상태에서는 인체의 모든 대사가 십분의 일 이하로 내려가 근력과 골밀도 상실 또한 심각한 수준에 이르지 않습니다. 더욱이 선체에 온도 격차가 생기지 않도록 바비큐 비행을 합니다. 따라서 승무원의 수면 캡슐이나 주거 캡슐을 바깥쪽에 두고 비행을 하면 비록 1G에는 못 미치겠지만 원심력에 의한 중력 효과도 있어서 그 부분은 전혀 걱정할 필요가 없습니다. 마찬가지로 유로파도 달과 비슷한 중력을 가지고 있어서 그곳에서의 몇 달 작업이 여러분의 신체에 큰 변화를 일으키지는 않을 것입니다."

우주에서는 양지와 음지의 온도차이가 200℃ 이상이기 때문에 선체가 고루 햇볕을 받아 온도차에 의한 팽창 수축 균열이 일어나지 않도록 바비큐를 하듯 빙빙 돌려가며 비행을 해야 한다. 1만 5천 톤 급 우주선이라면 직경이 크기 때문에 바깥쪽에 수면 캡슐을 놓고 회전해 가면 충분한 원심력이 생길 터였다.

자스민은 설명을 계속해 나갔다.
"이제 현재 완성 단계에 이른 수면 캡슐을 보여 드리겠습니다."
모니터에 드럼통 두 개를 이어 붙여 놓은 것처럼 생긴 물체가 나타났다.
"저체온 수면 캡슐은 지상에서 일 기압으로 밀봉되어 발사됩니다. 이 수면 캡슐은 자체의 원자력 전지와, 영양 수액, 수분의 재생 순환, 산소 생산 시스템을 갖추고 있어서 외부와 단절된다고 해도 일 년 이상 내부 생명체를 생존시킬 수 있습니다. 외부 동력과 생명유지 자원이 지원된다면 거의 무한 대로 생존시킬 수도 있고요. 그리고 밀봉 발사에는 또 다른 커다란 이점이 있습니다."
"또 다른 이점이라뇨?"
"벨 박사님. 지금까지 일어난 유인 우주인의 사상 사고는 100% 발사와 지구 재진입 때 일어났습니다. 우주에서의 임무 수행 중에 사망한 사람은 없었지요. 그래서 수면 캡슐은 발사와 궤도 진입 시 우주선이 폭발한다고 해도 내부 생명체를 보호 할 수 있는 두꺼운 강판과 방사능 차단 물질로 외피를 만들었습니다. 그와 더불어 개별적으로 낙하산과 충격 흡수 튜브가 부착되어 있습니다. 따라서 수면 캡슐에 들어있는 생명체는 우주선의 발사와 진입 시의 사고에서도 생존함은 물론 우주 공간에서 모선과 분리되는 사태가 발생하더라도 일 년 이상 살아 있게 됩니다. 그러므로 닐라칸타의 우주인은 지상에서 편안하게 잠이 들어 수면 캡슐에 밀봉된 다음 유로파에서 깨어나 임무를 완수하고 다시 잠들어 지구에서 깨어나면 됩니다. 하루 저녁 잠을 잔 것처럼 말입니다."

해린도 건강검진 때 수면 내시경 검진을 받은 적이 있었다. 수면에서 깨어나 한 동안 왜 병원에 왔는지도 잊어 버려 황당했었다.

자스민의 설명을 따라 모니터에 수면 캡슐의 단면도와 구조, 실제 수면 중인 사람들의 모습 등이 차례로 상영되었다.

해린은 알렉산더 프로젝트가 기획 단계가 아닌, 이미 상당 부분 진행 중인 계획이란 사실을 깨닫고 진지하게 물었다.

"유로파에서 정확하게 무슨 일을 해야 합니까?"

"유로파의 내부 바다와 외부 얼음 층 사이에 평균 2km 이상으로 추정되는 공간이 있습니다."

"호수가 얼 때처럼 말이요?"

"그렇죠. 그 공간에는 필시 산소를 포함한 공기층이 존재할 것입니다. 그 공간에 닐라칸타를 띄워 놓고, 여러분은 닐라칸타를 해체해서 직경 100m의 공 모양의 구조물을 조립하게 됩니다. 육각형 가죽을 잇대어 만든 축구공처럼 대각선 1m짜리 티타늄 육각 패널을 용접하여 완벽한 구체를 만드는 겁니다."

"체육관 돔을 건설하듯, 말입니까?"

"네, 그렇습니다. 그렇게 만든 구체에 원자로를 붙여 불을 켜고, 난방을 해 인간이 생활할 수 있는 우주 전초기지를 건설하는 거죠. 즉, 생존의 기반이 될 소형 지구를 만드는 겁니다. 그러면 후발대가 여러분이 가지고 온 정보를 바탕으로 유로파의 바다에서 지속 가능한 생존 대책을 들고 가 생활하면서 유로파를 테라포밍한다는 계획입니다. 인류는 물과 에너지와 생명을 보호할 공간이 있다면 식품을 생산하여 지구의 지원 없이 독자 생존할 수 있습니다. 우리는 이 공을 페타볼 Petaball이라 부르기로 했습니다."

테라포밍Terraforming은 지구가 아닌 다른 행성 및 위성, 기타 천체의 환경을 지구의 대기 및 온도, 생태계와 비슷하게 바꾸어 인간이 살 수 있도록 만드는 행성개조 작업이다.

"페타볼? 천조 볼이라뇨? 너무 과장이 심한 거 아닙니까?"

"인류를 무한한 은하로 인도한다는 뜻으로 붙이기는 했지만, 직경 100m의 공이 실제로 건설된다면 어마어마할 겁니다. 30층 빌딩이 통째로 들어앉을 수 있는 크기 아닙니까? 5

십 2만 3천 6백 세제곱미터의 내부에 물을 채운다면 5억 2천 3백 6십 만 리터입니다. 지구상에서는 중력 때문에 그 정도 크기의 내부가 텅 빈 완벽한 구체는 만들 수 없습니다. 유로파에서도 수면에서 건설해 물을 채워 내외부의 압력을 똑같이 유지하면서 물속으로 내려 넣는 공법이 아니면 완성할 수 없습니다."

자스민 박사의 설명에 따라 눈앞에 그려지는 그림은 PT가 아닌, 한편의 SF영화였다.
과연 실현 가능한 이야기 일까?
달착륙을 인류적 사기라며 믿지 않은 사람들도 많은데, 알렉산더 프로젝트 또한 엄청난 사기극이 아닐까?
별의 별 생각이 해린의 머릿속을 헤집었다.

이사벨이 질문을 던졌다.
"비밀 계획입니까? 참가하는 순간 격리되어 훈련 받고 유로파에 갔다 와서도 침묵해야 하는?"
"아니오. 알렉산더 프로젝트는 공개적으로 진행 될 것입니다. 물론 승무원의 안전과 최종 선발에서의 탈락 시 후유증 때문에 발사 때까진 승무원의 신원에 대해서는 비밀이 유지될 것이나, 발사 후에는 탑승 대원과 지상 대원 모두가 공개될 것입니다. 따라서 외계로 나가는 우주인들은 전 세계적인 스타가 될 것이라고 장담할 수 있습니다. 우주에서 돌아오게 되면 그땐 이미 여러분은 전 지구적인 영웅이 되어 있을 것입니다. 명문대학 종신 석좌 교수는 따 놓은 당상이요, 체험 수기를 써도, 체험 강연을 하여도 엄청난 부와 명예가 여러분의 여생 내내 함께 할 것입니다."

"임무 수행 기간 동안 지구와의 개별 통신이나 강의가 가능합니까?"

자스민이 테일러를 잠깐 돌아보고 나서 말을 이었다.

"십 년 중 실제 임무 수행기간은 일 년 남짓이 될 것입니다만, 역대의 모든 우주 탐사가 그러했듯 그 기간 중에 우주에서 취득한 정보는 지구 귀환 시까지 개인적으로 공개할 수는 없습니다. 그 정보나 자료는 나사의 자산이기 때문이기도 하고 혹시라도 인류에게 충격을 줄수도 있는 정보를 여과나 대책 없이 확산시킬 수 없기 때문입니다."

"그럼, 십 년 동안 지구와 완전히 단절되는 겁니까? 가족과의 개인 메시지조차 주고받을 수 없도록 완전히 차단된다면, 가족도 탑승을 원치 않을 것이고, 대원들도 쉽게 탑승을 결정하기 어렵지 않겠소?"

잠자코 있던 테일러가 말을 보탰다.

"격리 기간이 일 년 이라고 생각하셔야 합니다. 그리고 대원과 가족 간의 개인 통신이나 나사와 사전 협의된 통신은 특정 경로를 통해 허용됩니다. 물론 임무에 대한 정보는 걸러질 것이며, 가족이 통신 내용을 언론이나 불특정 다수에게 공개하는 것은 금지되겠지요."

이사벨이 테일러의 말끝에 고개를 끄덕이더니 표정과 목소리를 굳혀 각오가 서린 느낌의 말을 내놓았다.

"유로파! 크기는 지구의 달 보다 약간 작지만 지구 바다의 두 배에 달하는 물을 가지고 있다지요? 엄청난 그 바다 속에 어떤 생명체가 있을지? 두께 100km의 얼음 깡통 속 바다에 태양계의 생명 탄생과 진화의 수수께끼가 통조림 되어 있지 않을까? 학자로서 갈 수만 있다면! 평생 지구에서 연구를 했지만, 다른 사람들이 이미 해 놓은 발자취를 따라 걸었을 뿐, 내 자신의 성과를 거두지 못해 학자로서 굴욕감에 시달리고 있는 판인데! 틀림없이 독자적인 연구 성과를 거두어 역사에 이름을 남길 수 있는 기회를 놓칠 수는 없지요. 보내만 주신다면 저는 주저 없이 가겠습니다."

테일러가 박수를 쳤다.

"벨, 당신이야 말로 진정한 학자요. 벨 박사, 바다와 협곡에서의 현장 연구로 단련된 박사의 신체는 그 누구보다도 건강합니다. 더구나 벨 박사는 의사 면허가 있는 외과의사이기도 하지 않습니까! 박사가 간다면 의료전문가를 태울 필요가 없지요! 벨 박사. 지구로 돌아오면 박사의 이름을 붙인 연구소가 플로리다 바닷가에 세워져 있을 것이오!"

블랙이 테일러에게 질문했다.

"우주선 자체 방어와 대원들의 생명 보호에 대한 대책은요?"

"우주선은 중무장을 합니다. 미사일을 탑재한 공중과 수중 양용 드론 수 십 기, 그리고 본체에는 발칸포가 탑재되고 대원 모두 개인화기 사용 훈련을 받게 될 겁니다. 또한 초강화 금속 섬유로 직조된 거대한 그물을 가지고 가 우주선을 포함한 주위 작업 공간을 에워싸 수중 생명체의 접근도 차단할 것입니다. 그리고!"

말을 잠시 멈춘 테일러가 블랙에게 명령하듯 말했다.

"블랙 상사! 상사가 탑승하여 대원들의 보디가드가 되시오. 거부하지 않는다면 오늘부로 나사로 전속 배치하겠소. 블랙, 당신은 현존 인류 중 최고의 전사가 아니오? 임무를 완수하고 돌아오면 블랙의 부족들은 나라를 갖게 될 것이오."

해린은 블랙이 했던 말을 상기했다.

'지금 이 순간에도 짐승처럼 사냥 당하고 있는 내 부족을 보호할 국가를 세우겠소.'

블랙은 족장의 아들, 왕자였다. 하지만 족장의 아들이라는 사실 만 가지고는 지도자로 옹립될 수 없었다. '전쟁에서의 승리'와 같은 혁혁한 업적이 있어야 했다.

그가 유로파 탐사에서 돌아온다면, 부족의 왕을 넘어서 아프리카의 영광이 될 터였다.

블랙이 벌떡 일어나, 테일러에게 경례를 하며 외쳤다.

"해군 상사 미라클 블랙, 나사 전속 배치를 희망합니다!"

해린은 테일러의 계략을 눈치 챘다.

이사벨 박사에게는 역사에 이름을 남길 수 있는, 전대미문의 외계 바다 처녀 탐사를, 블랙에게는 왕좌를 미끼를 던졌고 두 사람은 기꺼이 그 미끼를 물었다.

해린은 스스로에게 질문했다.

무엇 때문에 인생의 황금기 십년을 유로파 탐사에 바쳐야 하는가. 우주인을 꿈꾸었다면 하늘의 은총과 같은 제안이겠지만, 제주도를 떠나는 것도 힘겨워 아린 가슴을 안고 있는 자신이 지구를 떠나는 일을 견뎌낼 수 있을까? 과연 모든 것을 버리고 꼭 우주선에 타야할 이유가 있기는 있는 것일까?

해린의 마음속을 들여다보고 있었다는 듯 테일러가 곧바로 영어가 아닌 한국어로 해린의 급소를 찔렀다.

"현 선생! 인류 최초로 외계의 바다에서 물질을 하고 싶지 않습니까?"

'너는 대상군과 뱃사람의 피를 모아 태어난 바다의 딸이야. 그래서 깊은 바다, 먼 바다를 보면 너의 피가 들끓을 테고, 그 바다가 어서 오라고 평생 너를 손짓해 부르겠지.'

아버지의 마지막 말이 해린의 귀에 쟁쟁하게 다시 울렸다.

유로파의 바다가 해린을 부르고 있었다.

테일러가 낚시질을 계속했다.

"현 선생은 훈련기간 동안 스탠포드나, 하버드의 박사 과정을 이수할 수도 있습니다. 현 선생은 인류의 대표로 손색이 없는, 박사 학위를 지닌 임무전문가로서 우주선에 탑승할 것이며, 귀환 후엔 전 세계 어느 대학, 어느 해양 연구소에서든 초빙하고자 줄을 서는 석학이 될 겁니다. 그뿐이겠소? 성공보수금만 생각해도, 충분히 뛰어들 만하지요! 그 돈으로 현 선생이 원하던 해녀 후계, 복지 사업을 펼칠 수도 있고, 요트를 사서 양 선장과 오대양을 누빌 수도 있지 않겠습니까? 지구에서 무슨 일을 하더라도 그 정도 돈을 벌어 꿈을 이루기는 결코 쉽지 않을 겁니다."

유로파에서의 물질이라는 엄청난 유혹이 해린을 도망갈 수 없을 정도로 강력하게 끌어당겼다. 그에 더하여, 평생 벌수 있으리라고는 꿈도 꾸지 못했던 금전적 보상도 거절하기 힘든 미끼였다.

테일러의 분석은 틀림없었다.

해녀들은 경제관념이 남달라 돈에 대한 집착이 강했다. 수천 년 전부터 가족의 생계를 위해 저승길을 오가고, 돈을 벌어 오기 위해 러시아로, 중국으로, 일본으로 물질을 나갔던 것이다. 해녀들이 부르는 노동요에는 돈벌이에 대한 한탄이 빠짐없이 들어있었다.

서귀포의 밤바다에 누워 테일러가 용왕신이었다는 사실을 깨달은 순간 이미 마음은 기울어져 있었다. 하지만 해린이 서두를 이유가 없었다. 칼자루는 해린이 쥐고 있었고, 밀당의 패는 해린에게 있었다.

해린이 평소보다 더 큰 목소리로 모두에게 잘 들리도록 또 막 또박 테일러에게 질문했다.

"테일러 박사님. 박사님은 내가 여기까지 올 수밖에 없도록 구멍을 하나 뚫어 놓고 토끼몰이를 했습니다. 박사님. 도대체 왜 저인가요? 나의 물질쯤은 제주도에서는 80대 할머니도 하는데 말이죠."

예전에 외할머니 생전에 제주도에서 상군 해녀들과 세계적인 프리다이버와의 수중 무호흡 시합이 열린 적이 있었다. 서귀포 밤섬 앞에서 열린 시합의 출전 요청을 외할머니는 타협의 여지가 없이 싹 잘라 거절했다.

"해녀가 물숨을 참는 것은 먹고 살기 위한 것이다. 남보다 숨을 오래 참는다고 해녀가 되는 것이 아니다."

외할머니는 절대로 물질을 자랑하거나, 남 앞에 서지 않았다. 해린의 어릴 적부터 귀에 못이 박히도록 되풀이 해 말하곤 했다.

"남에게 자랑하려고 물질하면 안 된다. 남보다 물질을 잘한다고 뽐내서도 안 된다. 물질이 저승길이란 것을 잊지 마라. 저승길을 장난질로 오갈 수는 없는 것이다."

서귀포에서의 해녀들과 프리다이빙 세계 선수권자 자안루카 제노니와의 대결은 당연히 제노니의 일방적인 승리일 수밖에 없었다.

외할머니와 같은 전설적인 대상군 쯤 되어야 수심 20m 아래까지 내려가고 삼분 이상 작업할 수 있지만, 15m 정도에서 이 분 정도만 작업해도 훌륭한 상군 해녀인 것이다.

제노니는 물갈퀴를 차고 수심 125m까지 내려가 3분 5초를 견디고 수영장에서는 7분 40초까지 숨을 참는, 어마어마한 세계 기록 보유자였다

외할머니의 철학으로는 하릴없이 물속에 깊이 들어가 숨을 오래 참는 것은 해녀가 할일이 아니었다. 물속에서 돈을 건져 오지 않으면 해녀가 아닌 것이다.

제노니 뿐 아니었다.

러시아의 몰차노바는 무호흡 수심 100m를 돌파한 최초의 여성으로 프리다이빙 세계 기록을 41번이나 경신한 위대한 다이버였다.

물갈퀴를 차지 않고도 수심 91m까지 내려가고 한번 들이킨 숨으로 237m를 헤엄치고, 물속에서 숨을 쉬지 않고 9분 2초를 견딘 사람이었다.

그러나….

초인 몰차노바도 결국은 물숨 한번으로 바다 속에서 영영 나오지 못했다. 세계적인 프리다이버로 성장한 아들과 스페인 앞 바다에서 다이빙하던 중 실종되어 시체도 찾지 못한 것이다.

해린은 바다에 관한 기록과 바다에서 살아가는 사람들의

이야기는 빠짐없이 모으고 연구했으나 다이빙 선수가 되고픈 마음도, 기록을 경신하고 싶은 마음도 없었다.

해린에 대한 기록도 양지우가 작성한 것일 뿐이었다. 지우의 간청에도 불구하고 해린은 '할 일' 없는 잠수는 하지 않았다.

테일러가 해린이 아닌 모두를 보고 대답했다.

"우리는 임무의 성공확률을 높여 줄 선수가 필요했습니다. 프로 스포츠를 보십시오. 뛰어난 스타 플레이어의 역할을요! 스타 한 사람이 우승과 흥행을 좌우하기 때문에 구단은 스타를 스카우트하기 위해 천문학적인 돈을 아끼지 않습니다. 나사는 현 선생을 스타 플레이어로 지목했습니다."

해린이 표정과 목소리를 굳혀 말했다.

"그렇다면, 잘못 짚으신 거네요. 저에게는 특별한 능력이 없답니다."

테일러는 해린의 말을 귓전으로 흘리며 할 말을 계속했다.

"연습과 노력 만으로서는 스타가 될 수 없습니다. 뛰어난 재능과 신체 조건을 타고 나야 합니다. 하지만, 많은 사람들이 자신의 타고난 재능을 발견하지 못하고 인생을 헛되이 살다 갑니다."

테일러가 리모컨을 건드리자, 모니터에 빛바랜 흑백사진이 한 장 나왔다. 테일러가 맨 처음 박서영에게 보여준 해린의 외증조할머니와 외조모 사진이었다.

그 사진 아래에는 박서영에게 보여준 사진에는 없었던 알파벳이 몇 자 적혀 있었다.

"현 선생에게 일어난 모든 일은 이 사진 한 장에서 비롯된 겁니다."

"처음보는 사진인데… 누구…"

해린은 말을 하다 말고 벌떡 일어났다.

"외할머니! 그렇다면 옆에 계신분이 외 증조할머니!"

"그렇습니다. 현 선생의 모계 조상이요."

"어떻게 이 사진이 여기에 있습니까? 외증조 할머니 사진은 나도 처음 보는데! 그렇다면 당신들이 외증조 할머니를 데려간 건가요?!"

해린의 얼굴에 떠오르는 경계의 빛을 보고 테일러가 재빨리 나섰다.

"아니요! 우리도 지금 현 선생의 외증조모인 이숙자 씨의 행적을 찾고자 노력을 아끼지 않고 있습니다."

"그럼 이 사진이 어디서 나온 건가요?"

"1961년 제주 해녀에 대한 연구가 처음 시작되었을 때 수석 연구원 중 한 사람인 제이슨 리가 찍은 겁니다."

"그럼 외증조할머니는 어떻게 되신 건데요?"

"제이슨 리가 하와이 대학 해양 연구소의 보조 연구원 자격으로 이숙자씨를 초청해 미국으로 데려왔다가 곧바로 프랑스로 함께 건너가 캡틴 쿠스토의 필립호에 합류했다는데 거기서부터 숙자 씨의 행방이 묘연해졌어요. 우리는 전 채널을 열어 숙자 씨의 흔적을 찾고 있습니다."

해린에게 있어서 사랑의 화신인 외할머니는 자신이 결혼한 해에 외지 물질을 떠나 돌아오지 않은 어머니에 대한 그리움과 회한을 해린에게 이야기하곤 했었다.

"어머니가 제주도를 떠날 때 말했어. 절대로 돌아오지 않을 것이니 오늘이 이별이라고! 나도 울지 않았어. 내가 뱃속에 있는데도 악마들이 아버지 앞에서 어머니를 윤간 하고 결국에는 칼을 쥐어 주며 아버지를 죽이도록 했지. 내가 어머니 뱃속에 들어있지 않았다면 어머니는 그때 혀를 깨물고 죽었다고 했어. 나도, 아침 식전에 사람을 죽지 않으면 입맛이 나지 않는다는 악마들이 벼락을 맞지 않고 오히려 출세를 한, 지옥 같은 제주도에 절대로 돌아오지 말고 어디서든 한국 사람이라는 걸 숨기고 잘 사시라고 오히려 등을 떠밀어 보냈어."

그 악마들의 후손이 지금도 잘 살고 있는 나라가 대한민국인 것이다. 그들의 존재 자체가 선한 사람들에 대한 모독이었다.

해린은 외증조모의 사진을 보며 치밀어 오르는 분노에 온몸을 부르르 떨었다.

테일러는 해린에게 진정할 시간을 주려는 듯 설명을 멈추고 기다렸다.

잠시 후, 마음을 가라앉힌 해린이 물었다.

"이 사진을 가지고 나를 찾아 낸 겁니까? 어떻게 그런 일이 가능하죠?"

"우리는 유로파 유인 탐사 계획의 임무 전문가 선발의 최우선 기준을 수중 작업 능력자로 한정했습니다. 기준에 따라 제일 먼저 한국의 해녀를 주목하고 관련 연구 기록을 검색하던 중 이 사진을 찾아내게 되었습니다. 우리가 주목한 것은 바로 이 사진에 적힌 알파벳이었습니다."

테일러는 사진 하단의 영문자를 확대시켰다. 휘갈겨 쓴 글씨이지만 CCHEHT라고 확실히 알아볼 수는 있었다.

"제이슨 리 박사가 촬영해 분류하며 적어 놓은 것입니다만, 무슨 뜻인지 해독하는데 상당히 애를 먹었습니다. 제이슨이 사망 한 지 20년이 넘었기 때문입니다. 하지만 결국 CIA의 암호해독 컴퓨터가 추출해낸 광범위한 추정 단어들 속에서 그 뜻을 찾아냈습니다. CCHEHT는 Counter Current Heat Exchange Heredity Target. 열역류교환 유전 가능 인자라는 뜻이었습니다."

"열역류 교환이라뇨?"

"현 선생! 체온이 사십 도가 넘는 조류들이 깡마른 다리로 얼음 호수에서 잠을 자고 먹이를 구하는 것을 보았겠지요? 종종 발목에 얼음을 달고 다니는 새들도 있습니다. 체온이 40℃인 조류들이 어떻게 해서 발은 동상에 걸리지 않으면서도 체온을 유지할 수 있을까요?"

"그건 조류의 발목에는 동맥과 정맥이 서로 얽힌 열역류 교환 시스템이 있기 때문이잖아요. 차갑게 식은 정맥의 피를 동맥이 덥혀주고 반대로 동맥피의 과열을 정맥이 식혀주는 것이고요."

"바로 그 열역류 교환을 말하는 겁니다."

"그런 능력이 외증조할머니에게 있었다고요?"

"리 박사는 그렇게 생각하고 미국을 넘어 프랑스까지 이숙자씨를 데리고 간 것 같습니다."

해린은 실소를 터트렸다.

"말도 아니네요. 그런 능력을 인간이 가졌을 리 만무하고 설혹 외증조할머니가 오랜 물질로 그런 능력을 획득했다 할지라도! 획득형질은 유전되지 않습니다!"

"제이슨 박사의 생각은 달랐던 모양입니다. 그래서 이렇게 이니셜을 적어 놓았던 것이겠지요. 현 선생. 이제 이 사진을 보십시오."

화면에 얼음장 위에 서 있는 두루미의 사진이 나오더니 두루미의 다리가 확대되고 이어서 피부가 엷어지면서 혈관이 드러났다.

"이해를 돕기 위해 동맥은 붉은 색, 정맥은 파란색으로 그래픽으로 처리된 사진입니다. 동맥과 정맥이 서로 그물의 씨줄과 날줄처럼 정교하게 얽혀 있는 것이 보이지요? 이렇게 조류는 뜨거운 동맥피와 차가운 정맥피가 서로 교환되는 아주 효과적인 열역류 교환 시스템 덕분에 동상에 걸리지 않고 얼음 위에서 생활 할 수 있는 겁니다."

테일러가 잠시 말을 멈추고 모니터에 다른 사진을 올렸다.

"보통 사람들의 다리 혈관 사진을 보십시오. 새들과는 다르
게 동맥과 정맥이 얽혀 있지 않고 말단의 혈관에서만 변환 교
류하고 있지 않습니까? 하지만!"

테일러가 목소리를 높이며 다른 사진을 제시했다.

"이 사진을 보십시오. 이 자료는 삼차원 입체 영상으로 올리
겠습니다. 모세혈관까지 조영된 인체의 Full HD 영상입니다."

마치 눈앞에 실물이 떠 있는 것처럼 사람의 다리 사진 두
장이 나란히 떠올랐다. SF 영화처럼 피부가 엷어지며 혈관이
드러났다. 그 영상 속 혈관은 조류처럼 동맥과 정맥이 얽혀
있었다.

"누구를 찍은 사진이겠습니까? 바로 현 선생 모녀의 다리
혈관입니다!"

누구보다도 당사자인 해린이 크게 놀랐다. 해린의 놀란 얼
굴을 지켜보며 테일러가 회심의 미소를 지었다.

"다리 뿐 아닙니다. 어깨도 똑같습니다."

다리 사진이 어깨 사진으로 바뀌었다. 똑같이 동맥과 정맥
이 얽혀 있었다. 충격을 받아 말문을 닫아 버린 해린에게 브
라운 박사는 설명을 계속했다.

"제이슨 리의 예측이 맞았습니다. 당시에는 CT나 MRI등
혈관을 미세 조영할 수 있는 장비가 없었기 때문에 실증하지

못해 인정받지 못했던 것이었습니다. 현 선생의 신체가 열역류 교환 시스템에 맞추어 진화된 것을 보면 이 유전자는 상당히 오래전, 어쩌면 수 백 세대 전에 나타난 것 같습니다. 현 선생의 신체 대사능력은 놀랍습니다. 팔과 다리에서 열교환이 일어난 만큼 몸체의 체온이 급격하게 하강하게 되는데, 체내의 모든 대사기관이 재빨리 모든 가용 에너지를 열로 바꾸어 체온 하강을 막습니다. 얼마나 뛰어난 엔진인지 우리는 현 선생이 헤엄치는 수조의 수온이 상승하는 것을 측정해 냈습니다.”

“어, 어떻게 이런 돌연변이 유전자가 우리 모계에!”

놀란 해린과는 달리 테일러는, 여유 만만한 미소와 느긋한 말투로 설명했다.

“현 선생의 집안에는 물론, 인류에게도 축복입니다. 우리 의료진들은 빙하기 때 생존을 위해 일어난 돌연변이 유전자를 가진 현 선생의 조상이 제주도로 흘러내려가 대상군이 되어 유전자를 보존해 왔다고 추정하고 있습니다.”

“그렇다면! 처음부터 그 사실을 확인하려고 머시 호를 보내어 어머니와 나의 혈관을 조영했네요!”

“그렇습니다. 내가 이 사진을 가지고 제주도에 가서 박서영의 도움을 받아 현 선생을 찾아냈습니다. 그리고는 현 선생과 자연스럽게 접근하려고 할리우드 시나리오 작가의 자문까지 구한 작전 끝에 오늘에 이른 것입니다.”

테일러의 부연 설명이 이어졌다.

"진화에 있어서 우월 유전인자의 위력이 얼마나 큰지는 현 선생도 잘 알겁니다. 현생 인류도 진화 과정에서 돌연변이의 우월적 생존 기능의 선택에 따라 현재의 지위를 획득한 것에 불과하지요. 우월 돌연변이 유전자의 출현은 한 종의 사멸과 생존을 결정짓는, 우주적 사건입니다. 현 선생은 인류의 진화를 위한 신의 선물에 다름 아닙니다. 지구에서의 생존 뿐 아니라 우주에서의 생존까지 가능하게 하는 위대한 신의 은총에 다름 아닙니다. 아마도, 내한 유전자의 존재가 알려지면, 전 세계적으로 현 박사를 데려가려는 스카우트 작전이 벌어질 겁니다. 왜냐면 유전자만 가지고는 인체를 복제할 수 없기 때문입니다. 현 선생과 같은 사람을 복제하려면, 현 선생의 난자가 있어야 합니다. 수정된 지 4일 후의 난자 배아 줄기세포가 있어야 인간 복제가 가능합니다. 그 외에는 현 선생이 결혼하여 딸을 임신하는 수밖에는 이 유전자를 보존할 방법이 없습니다."

해린이 놀란 표정과 목소리를 감추지 않고 소리쳤다.

"그, 그렇다면! 중국에서 이 사실을 알고 나를!"

"CIA도 그렇게 결론을 내렸습니다. 지금 중국은 우주 및 해양 개발을 미래의 생존 전략으로 내걸고 그 분야에서 세계를 선도 하려고 갖은 짓을 다하고 있으니까요. 현 선생. 모계 유전인자가 얼마나 무서운 것 인지는 현 선생도 잘 알고 있을 겁니다. 유전학자들이 모든 인류의 어머니인 미토콘드리아 이브까지 모계 유전자를 추적해 냈잖습니까? 정자는 수정될 때 세포핵만 난자 속으로 들어가고 꼬리에 있는 미토콘드리아는 들어가지 못해서 부계 유전자는 사라지만, 모계 유전자는 수 십 만년, 수 천 세대 이상 유전되지 않습니까?"

"박사님의 말씀이 사실이라면 저 말고도 제주도의 어머니도 같은 유전자를 가지고 있을 건데! 어머니까지 위험한 거잖아요!"

"현 선생 어머니는 오래전에 폐경되어 난자 생산이 불가능합니다. 다른 관점에서 보면 현 선생에게는 아주 좋지 않은 일일 수도 있습니다. 진화에 있어서 생존에 유리한 돌연변이 유전자의 출현이 적자생존에 절대적으로 유리하지만, 그건 열성 개체수가 적었을 때의 이야기입니다. 오늘날 인류처럼 엄청난 개체수가 정보를 공유할 시, 절대다수의 열성 유전자는 소수의 우월 유전자를 절대 용납하지 않을 것입니다. 그것은 그 우월 유전자가 자신들의 생존을 위협하기 때문입니다. 무슨 말인지 알겠습니까?"

해린은 충격을 받아 머리 회전이 정지한 사람 모양, 멀뚱히 테일러의 입만 쳐다보고 있었다.

테일러가 회심의 미소를 지으며 설명을 이었다.

"현 선생. 우월 유전자가 자신들은 물론 자신의 후손을 도태시키고 멸망시킨다면, 그들은 당연히 자신들의 생존을 위해 우월 유전자를 말살시키려고 하지 않겠습니까? 생각해 보세요. 현 선생의 유전자가 세상에 알려졌을 때 얼마나 많은 나라와 연구기관에서 현 선생의 유전자를 원하겠습니까? 그리고 그 유전자에서 태어난 아이들에게 특이 유전자라는 분류 딱지가 평생 붙어 있겠죠. 결코 몸과 마음이 정상적으로 성장 할 수 없도록 말입니다. 현 선생! 그러한 유전자를 가지지 못한 절대 다수가 그 유전자를 어떻게 통제할지는 불 보듯 빤하지 않습니까? 이건 인류 역사상 다시없을 무시무시한 생체 실험, 인권 유린의 서막이 될 수도 있는 겁니다! 그래서, 지금까지 현 선생의 유전자에 대한 비밀을 지키려고 했던 겁니다."

해린은 잠시 숨을 고르며 생각을 정리한 다음 말을 내 놓았다.

"나를 어떻게든 굳이 닐라칸타에 태우려는 이유가 유로파에서의 작업 이외에도 나의 유전자를 지구와 격리시켜 미국이 독점하려는 의도인가요?"

"여러 가지로 추측을 할 수 있겠지만, 우리는 현 선생을 보호하려고 최선을 다하고 있습니다… 더불어 현해린의 유전자가 인류에게 던질 충격을 어떻게 흡수하여 인류의 공영에 이바지 할 수 있을까 고민하고 있습니다. 그 점만은 믿어도 될 겁니다. 뿐만 아니라, 결코 우리가 현해린을 독점할 수 없다는 사실도 알고 있습니다. 현 선생이 그렇게 되도록 허용하지 않을 테니까요."

"지금까지 이 비밀을 알고 있는 사람이 몇 명이나 되나요?"

"처음 현해린 모녀의 혈관 조영 사진을 받은 나사의 최상위 의료진 몇 명과 미국 대통령, CIA 국장과 나, 자스민입니다."

"중국측도 있지 않습니까?"

"그쪽도 극비로 분류한 듯 합니다."

해린이 현재 심정을 솔직하게 말했다.

"지금 나는 저 사진을 믿을 수 없고, 내게 그런 유전자가 있다는 사실도, 그리고 그 유전자가 박사님 말처럼 그렇게 중요한지도 실감할 수 없네요. 그리고! 나는 내 유전자를 내 의사에 반하여 제공할 뜻이 전혀 없습니다. 내가 사랑하는 사람과 결혼하여 딸을 잉태한다면 혹 모르겠지만."

"당연합니다. 현 선생의 유전자에 대해서는 그 누구도 간섭하지 못하겠지요. 지금 현재 상황에서 우리가 주목하는 것은 현 선생이 알렉산더 프로젝트를 성공시킬 확률이 인류 중에서 가장 높은 사람이라는 사실입니다."

테일러가 서류를 내 놓았다. 바탕에 독수리 문장이 깔려 있는 종이에 인쇄된, 두툼한 미국 정부의 공식 문서였다.

"미국 연방 특수직 공무원 임용 승낙 서류입니다. 이미 블랙과, 이사벨은 사인했습니다."

해린은 가슴이 뭉클했다. 테일러가 행한 모든 일을 되짚어 보건대 한 가지라도 테일러가 사심을 가지고 한 일은 없었다. 어떻게든 해린을 닐라칸타에 태우려는 나름대로의 공무집행이었을 뿐이었다.

마침내 물러설 수 없는 선택의 순간이 온 것이었다.

해린이 애써 의식적으로 부인하고 있지만, 닐라칸타, 그리고 유로파는 해린에게 있어서 치명적인 유혹이었다.

유로파에서의 물질!

해린이 살아오면서 해왔던 모든 물질과 모험의 블록버스터 IMAX 4D확장판이었다.

그 길을 가다가 죽어도 여한이 없을 만큼, 말 그대로 치명적인….

눈을 지그시 감고 해린은 생각을 정리했다.

기실, 서귀포 바다에 누워 밤하늘의 별을 바라보았을 때부터 마음은 이미 기울어 있었다. 정보를 더 모으기 위해서 테일러를 자극하고 시간을 끌었을 뿐이었다.

해린은 원래 망설이는 사람이 아니었다. 잘못된 결정을 내릴지언정 우유부단하게 망설여 본 적이 없었다.

테일러가 무표정한 얼굴로 해린을 망연히 지켜보고 있었다. 할 수 있는 모든 것, 자신이 가진 패를 다 보여준, 최선을 다하고 결과를 기다리는, 노년에 접어든 사내의 공허한 얼굴이었다.

이것은 누가 이기고 지는 게임이 아니었다. 테일러도 해린이 유로파에 갈 때 까지 멈추지 않을 것이고, 해린 또한 이보다 더 가슴 뛰는 일, 더 많은 돈을 벌 수 있는 일을 찾을 수 없을 터였다.

해린은 서류를 끌어당기며 말했다.

"박사님. 드디어 성공하셨네요. 박사님 뜻대로 닐라칸타에 승선하겠습니다. 하지만 박사님의 뜻이 이루어진 만큼 제 뜻도 반드시 이루어주셔야 합니다."

서명과 함께 나사에 팔린 몸, 나사가 부여하는 그 어떤 임무라도 최선을 다해 수행해야하는 매인 몸이 되겠지만, 막상 마음을 먹은 이상 해린은 토를 달지 않고 시원하게 서명을 해 테일러를 기쁘게 했다.

해린이 서명을 마치자, 자스민이 기쁨이 스며든 목소리로 한층 밝게 PT를 이어갔다.

"알렉산더 프로젝트는 유로파 유인 탐사 계획 전체를 아우르는 별칭입니다. 유로파 탐사의 정식 명칭은 '유로파 유인 기지 건설 계획'이며, 탐사선의 이름은 '닐라칸타'입니다. 유로파에 심어둔 우리의 기지가 언젠가는 인류를 구원하게 될 거라는 의미로 제가 추천한 이름입니다."

해린은 모르는 것을 그냥 넘어가지 못하는 평소의 습관대로 곧바로 질문했다.

"닐라칸타라뇨? 무슨 뜻입니까?"

"시바신의 여러 이름 중 하나입니다."

자스민의 말에 따라 모니터에 떠오른 시바신의 만다라 하단에 닐라칸타Nilakantha라 적혀있었다. 만다라 속의 시바 신은 얼굴 전체와 목이 파란색이었다.

"멸망과 창조의 양면신인 시바신이 이 만다라에서는 목부터 얼굴부분이 새파랗습니다. 왜 그렇게 그려졌는지 아십니까?"

시바신의 만다라를 유심히 본적도 없는 해린이 알 수 없는 질문이었고, 다른 사람도 마찬가지인 듯 대답하는 사람이 없었다.

자스민이 화면에 여러 모습으로 그려진 시바신의 초상을 슬라이드 쇼처럼 보여주며 설명했다.

"시바신은 여러 모습으로 현신하는데 그중 하나의 모습이 바로 닐라칸타! 힌두어로 파란 목의 시바신입니다."

해린이 물었다.

"왜 하필 파란 목의 시바신인 거죠?"

"인류를 구원하기 위해서 였습니다."

"인류를 구원하기 위해서라뇨?"

"네. 베다 전설에 의하면, 단 한 방울로도 인류를 전멸 시킬 수 있는 독약이 지구에 떨어지기 전에 시바신이 삼켜서 닐라칸타가 되었다고 합니다. 닐라칸타에 대한 더 이상의 설화는 검색해 보시기 바랍니다."

블랙이 현실적인 질문을 했다.

"닐라칸타에 몇 명이 탑승합니까?"

자스민이 블랙의 질문을 기다렸다는 듯, 테일러 박사에게 마이크를 넘겼다.

"지금까지의 모든 외계 탐사는 비행전문가 팀과 임무 전문가 팀으로 나뉘어 진행되었으나, 자동 항법 기술과 인공 지능, 제어 기술의 발달로 비행 중에는 인간의 보조가 전혀 필요가 없게 되었습니다. 사실 이전에도 비행팀은 발사에서 귀환까지 하는 일이 없어서, 닐라칸타에는 비행전문가팀 대신에 임무 지원팀이 탑승합니다. 여러분이 닐라칸타의 승선에 동의하고 비밀 준수 서약을 했으므로 여러분과 함께 탑승해 여러분들의 생명을 보호하고 임무 수행을 견인해 줄 대원을 소개하겠습니다."

화면에 삼 십 대 후반의 백인 남자가 나왔다. 테일러의 소개가 이어졌다.

"미하일 인쥐니아는, 러시아 태생으로 핵물리학, 컴퓨터 공학, 기계 공학, 전자 공학, 화공학. 다섯 분야의 박사 학위 소지자인 천재중의 천재로서 자스민 박사가 알렉산더 프로젝트의 소프트웨어라면, 미하일 박사는 하드웨어인 셈입니다. 미하일 박사는 삼 년 전부터 닐라칸타의 설계와 시공을 주도하고 있습니다. 미하일 박사가 동행하는 한 닐라칸타에서는 기술상의 문제가 발생하지 않을 것입니다. 미하일 박사는 극비 장소에서 외부와 격리되어 닐라칸타의 설계와 기술 자문을 하고 있지만, 건조가 시작되면 지구 궤도에 올라가 전체 공정을 감리, 감독한 후 곧바로 탑승해 지상에서는 여러분과 만나지 못할 것입니다. 일단 화상으로 인사를 나누십시오."

미하일이 모니터에 나왔다. 금발머리, 푸른 눈동자, 하얀 피부, 붉은 입술의 잘생긴 미남이었다.

"만나서 반갑습니다. 여러분들의 신상 명세는 이미 받았습니다. 닐라칸타에서도 임무 지원팀과 임무팀은 숙소가 서로 격리되어 있고 협업해야 할 업무도 없어 실제로 만날 일은 거의 없을 것입니다. 만약에 유로파에서 우리가 만나야 할 일이 생긴다면 중대한 문제가 발생한 것이니, 만나는 일이 발생하지 않기를 바랍시다."

해린은 미하일의 언행에서 타인의 지능을 무시하는 천재들의 똘기를 보았다. 잘생긴 외모에도 불구하고 전반적으로 재수 없는 느낌이었다.

미하일이 화면에서 사라지자 테일러가 말했다.
"미하일은 약간의 대인 기피증과 자폐적 성향이 있으니 양해해 주시기 바랍니다. 이제 닐라칸타의 선장을 소개하겠습니다. 미국을 비롯한 모든 핵미사일 탑재 잠수함은 독자적인 전쟁 수행 권한까지 부여 받은 대령이 함장이었지만, 닐라칸타에는 파격적으로 투 스타, 소장이 탑승합니다. 미공군 드론 부대 사령관으로 퇴역한 다니엘 풀턴 선장님과 인사를 나누시죠."
각이 진 얼굴에 눈꼬리가 우울하게 처진 오십대 중늙은이가 별 두 개 계급장이 달린 공군 정복을 입고 나와 간단하게 인사만 하고 사라졌다.

해린의 머릿속에 반짝 하고 불이 켜졌다. 다니엘 풀턴. 낯설지 않는 이름이었다. 곧바로 테일러에게 물었다.

"IS 멸살 작전 때, 드론으로 민간인 마을을 융단 폭격해 홀로코스트를 자행한, 바로 그 풀턴 장군 말이에요?"

테일러가 예민하게 반응했다.

"민간인 마을이 아니었습니다. IS군사 기지로 테러의 진원지였지요. 미국을 위협했던 거의 모든 테러리스트를 훈련시키고 폭탄을 쥐어 준, 악의 소굴이었습니다. 그 날 이후, 전세계적으로 줄어 든 테러가 증명하고 있지 않습니까? 그리고 그 곳은 여성들의 지옥이었습니다. 납치된 세계 각국의 여성들이 태평양 전쟁 때의 일본군 위안부 보다 더 심하게 성을 착취당했습니다. 비록 그 일로 강제 전역을 해야 했지만, 풀턴 장군의 최종 승인은 잘못된 것이 아니었습니다."

해린은 등골이 오싹했다. 블랙과는 비교도 할 수 없는 대량 살인마가 닐라칸타에 탑승하는 것이었다.

해린의 얼굴 색이 변하는 것을 본 테일러가 말을 보탰다.

"풀턴 장군은 명예로운 노블레스 집안의 태생으로 훌륭한 인품의 소지한 자입니다. 악에 대한 응징에는 가차가 없지만, 참으로 모범적인 군인이자, 가장입니다. 반드시 여러분을 보호하고 닐라칸타를 이끌어 임무를 완수할 것입니다."

풀턴이 닐라칸타에서 할 일이 무어 있겠는가? 풀턴이야말로 얼굴 마담에 불과한 사람이었다. 임무를 완수하고 지구로 돌아오면 미국 대통령 선거에 출마할 게 뻔했다.

6

지우는 고영신의 용신당 주변에 고해상도 CC-TV를 빙 둘러 설치하고 그 사실을 알리는 경고판을 사방에 붙였다.

그와 별도로 민간 방범 업체의 서비스에도 가입을 했고, 간이 사무실로 개조된 컨테이너를 하나 사서 용신당 대문 옆에 가져다 놓고 방범 초소로 기증했다. 그리고는 선창으로 내려와 버렸다.

지우는 해린호 갑판에 앉아 깡 술을 마시며 최근에 일어난 모든 일을 되새기고 또 되새겼다.

그리하여 해린호의 개조에서부터 서영의 태블릿, 그리고 어선 해린호의 발견으로 이어진, 결코 우연의 일치가 될 수 없는 긴 끈의 존재를 깨달았다.

부두로 내려 온지 사흘 째 되는 날 늦은 저녁, 지우는 서영에게 만나러 간다는 전화를 하고 신당으로 올라갔다.

지우가 가져다 놓은 방범 초소 컨테이너에 있던 순경과 자율방범대원들이 인사를 했다. 모두가 지우의 선, 후배로 아는 사람들이었다.

서영은 응접실에서 속이 훤히 들여다보이는, 모기장 같은 천으로 지어진 잠옷을 입고 혼자 기다리고 있었다. 일이 고된 지 최근 들어 더욱 비쩍 말라 뼈만 남은 모습이 안타까울 지경이었다. 티 테이블에 와인 병과 고급 위스키 병이 과일 안주와 함께 놓여 있었다.

"어머님은?"

"철야 기도하러 오름에 있는 산신당에 가셨어요."

지우는 잠자코 서영의 잔에 와인을 따르고, 서영이 따라주는 위스키를 한 모금 마셨다.

서영은 와인에 입술 만 적시고 내려놓고 오른 쪽 눈을 동그랗게 뜨고 왼쪽 눈을 반 쯤 감아 지우를 쳐다보았다. 오른 쪽으로는 눈앞의 현실을, 왼 쪽 눈으로는 지우의 내면을 보는 것 같은 모양새였다.

지우는 애써 목소리를 딱딱하게 굳혀 말했다.

"박서영. 너는 해린이 어디에 있는지 알 수 있지? 바다 속의 용왕신에게 물어보든, 바다 건너 테일러에게 물어보든 너는 해린이 어디 있는지 알 수 있지 않겠어? 해린이가 어디에 있는지 가르쳐 줘. 제발 복채는 달라는 대로 줄게."

"언니가 어디에 있는지 가르쳐 주면, 찾아가려고요?"

"그래. 일단 만나서 어떻게 된 일인지 오해를 풀어서 데리고 올 거야."

"지우 씨! 그 이상은 멈춰요. 더 이상 해린 언니에게 다가가면 지우 씨와 나는 물론 어머니까지 다 죽어요."

"나는 죽이기 쉽지 않은 사람이야. 그리고 나는 내 자신은 물론 너와 어머니까지도 보호할 능력이 있어. 해린을 데려간 흑인 따위쯤은 얼마든지 대적할 수 있는 훈련도 받았고."

"내일 해가 뜨면 오세요. 지금은 아무것도 보이지 않아요. 그냥 술이나 한 잔 마시고 가셔요."

서영이 잔에 남은 와인을 홀짝 마시고 술병을 들어 자신의 잔에 술을 채웠다. 지우도 위스키 잔을 비웠다. 와인을 한 잔 더 물마시듯 단숨에 비운 서영이 잔을 내려놓자, 지우는 와인 병을 들어 잔을 채워 주려다 멈췄다.

서영의 눈에서 눈물이 솟아 뺨을 따라 흘러 내려 잔에 뚝뚝 떨어지고 있었다.

머쓱해진 지우는 와인 병을 내려놓고 위스키를 병나발로 몇 모금 마셨다. 서영은 흘러내리는 눈물을 닦을 생각도 하지 않고 떨리는 목소리로 말했다.

"아무도, 아무도 내가 얼마나 힘들고 무서운 지 묻지 않아요. 지우 씨. 내가 하루하루를 얼마나 힘들게 넘기고 있는지 아세요? 신을 내 몸 안에 받은 그날부터 내 가슴 속에 불이 들어와 단 한 순간도 가슴이 타들어가는 고통에서 벗어나지 못하고 있어요. 지우 씨. 내 눈에 뭐가 보이는지, 용왕신이 무얼 보여주는지 안다면 나에게 차라리 죽으라고 할 거에요."

"진짜로 네 눈에 사람들의 미래가 보인단 말이냐?"

"미래뿐이 아니죠. 모든 것이 다 보이지만, 말을 해 줄 수가 없어요. 말을 하면 너무나 많은 사람들이 죽으니까요. 지우 씨. 해린이가 어디 있는지 말하면 나도 지우 씨도, 어머니도 죽는 것이 눈에 보이는 데 어떻게 말을 하겠어요. 그것만 보일까요? 아니요! 해린 언니에게 우리 목숨만 걸린 게 아니라고요."

서영은 말을 마치자마자 온몸을 마구 떨더니 눈을 까뒤집고 쓰러지며 티 테이블의 술병과 술잔을 쓸어 엎어 버렸다. 순간에 응접실이 난장판이 되어버렸다. 놀란 지우는 쓰러진 서영을 흔들며 외쳤다.

"박서영! 박서영. 너 왜 이러는 거야."

서영은 축 늘어져 헝겊 인형처럼 맥없이 흔들거렸다. 지우는 서영의 목을 잡아 경동맥을 만져 보고 코에 귀를 대 보았다.

"이, 이런!"

황급히 신당 밖으로 뛰어 나간 지우는 대문 앞의 방범 초소에 대고 소리쳤다.

"박사 심방이 쓰러졌다! 호흡정지! 심박 정지! 119! 119를 불러! "

튕겨진 스프링처럼 다시 거실로 돌아온 지우는 서영을 바닥에 반듯이 눕혔다.

지우를 따라 들어 온 사람들이 눈을 휘둥그레 떴다. 붉은 포도주가 질펀한 가운데 깨진 와인 병과 잔이 널려 있는 거실은 무슨 일이 벌어진 사건 현장처럼 과장되어 보이기에 충분했다.

그 통에도 지우는 시계를 힐끗 보고 외쳤다.

"저녁 아홉시 십오분. CPR 실시! 하나, 둘, 셋…"

지우는 서영의 가슴을 압박하며 숫자를 세었다. 심장을 압박하다가 서영의 고개를 뒤로 젖혀 기도를 확보한 다음 코를 잡고 입에 숨을 힘차게 몇 번 불어 넣고 다시 심장을 압박했다.

순경이 도우려 하자, 고참 방범대원이 말렸다.

"양 선장은 심폐소생술 교관이야. 실제로 해마다 여름이면 해수욕장에서 몇 사람 씩 살려낸다고."

요란한 사이렌 소리로 동네를 뒤집으며 응급구조대와 경찰차가 도착했다.

응급 구조대가 들것을 서영의 옆에 놓고 산소 호흡기를 부착하려 할 때, 서영이 몸을 부르르 떨다가 숨을 내쉬었다. 그제야 서영의 몸에서 손을 뗀 지우가 안도의 한숨을 내쉬며 이마에 흐른 땀을 손으로 닦았다.

현장을 지켜본 순경이 따로 보고를 했는지 경찰들이 현장 사진을 촬영하고 구조대도 비디오로 전 과정을 찍고 있었다.

지우가 혼자서 응급처지를 하지 않고 사람들을 부른 것은 대단히 현명한 행동이었다.

　지우는 서영과 함께 응급차를 타고 병원으로 갔다. 응급실에 도착하자 서영이 의식을 차린 듯 호흡기를 치우려고 버둥거렸다. 지우가 서영의 손을 잡았다.
　"서영아! 걱정 마! 네가 쓰러져서 병원에 온 거야! 내가 옆에 있으니까 마음 놓아!"
　서영은 눈을 가늘게 떠서 지우를 보고는 이내 몸부림을 그쳤다.
　"혈액 검사 결과가 나와야 확실한 것을 알겠지만, 아직 혈압도 낮고 맥박도 고르지 못해서 집중 관찰을 해야 할 것 같습니다."
　응급실 당직 의사는 갓 서른 살 쯤 되어 보이는 수련의였다. 지우는 당직 의사가 미덥지 않아 목소리를 높여 말을 쏘았다.
　"쓰러지면서 바닥에 머리를 심하게 부딪쳤기 때문에 뇌출혈 가능성도 있고, 심폐소생술 시행 중에 늑골이 손상되었을 수도 있습니다. CT나 MRI로 정밀 검진해야 합니다. 지금 당장!"
　당직의는 지우의 날카로운 눈빛과 단호한 말투에 주눅이 들어 곧바로 간호사에게 지시했다.
　"영상의학 팀을 비상 호출하세요."

　오래 기다리지 않아 영상의학과에서 서영을 데리고 가 머리와 가슴을 찍었다. 이내 검사 결과가 나와 과장이 지우를 불러 설명해 주었다.

"예측한대로 왼쪽 4,5,6번 늑연골과 흉골이 골절 되어 있지만, 복합골절이 아니고 단순 미세 골절입니다. 환자의 상태로 보아 아주 적절하고 훌륭한 CPR이었다고 판단됩니다. 혈액내 산소 포화도가 낮은 걸 보니, CPR이 아니었다면 생명을 잃었을 겁니다. 정작 문제는 대뇌입니다."

의사가 컴퓨터 화면을 확대해 지우에게 보여주었다.

"바닥에 부딪쳐 생긴 피하 출혈은 아주 미미해서 무시해도 좋을 정도지만, 여기를 보십시오."

의사가 손가락을 가리키는 곳에 백 원짜리 동전 크기의 회색 부분이 있었다.

"종양으로 의심됩니다. 정밀 검사를 받아야 합니다. 오늘 쓰러져 조기 발견된 것은 다행이지만, 위치로 보아 오늘의 기절과도 연관이 있을 듯합니다."

응급실로 돌아오니 서영이 잠들어 있었다. 지우는 꼼짝없이 서영의 침대 곁에 앉아 날을 새워야 했다. 잠들어 있는 소영을 지켜보며 지우는 한숨을 푹 내쉬었다. 젊고 건강한 남자가 자신을 미치도록 사랑하는 어여쁜 여인의 잠자는 모습을 보고도 가슴이 뛰지 않는 다는 것은 서로에게 비극이었다…

먼동이 틀 무렵 고영신이 소미 둘을 데리고 응급실에 왔다. 방범 초소에서 알려준 모양이었다.

지우는 고영신에게 경과를 말해주었다.

"물어 볼게 있어서 신당에 올라갔는데. 서영이가 이야기 도중에 쓰러졌습니다. 그런데, 숨도 쉬지 않고 맥도 뛰지 않아서 인공호흡을 해서 숨을 살리고 구조대 불러 데려 왔습니다."

고영신은 지우의 말을 귓전으로 흘리면서 서영의 얼굴을 쓰다듬었다.

머쓱해진 지우가 말을 이었다.

"어머님이 오셨으니까 저는 그만 가보겠습니다. 제가 조심 스럽게 심폐 소생술을 했지만, 서영이 몸이 너무 말라서 갈비뼈 세대에 금이 갔습니다. 그리고 뇌에 의심스러운 점이 있다고 하니까 의사 말을 다시 들어 보시고 서영이 가족에게 연락해 정밀 건강진단을 받도록 하세요."

그제야 고영신이 얼굴을 지우 쪽으로 돌렸다.

"쓸데없는 짓을 했어. 멀쩡한 아이 갈비뼈만 부러뜨렸네. 신을 받았으니, 숨 끊어지고 맥이 떨어지는 일쯤은 하루에도 수십 번 겪는다네. 서영이와 나는 산목숨이 아니라 죽은 목숨인 게야."

병원에서 곧바로 부두로 내려온 지우는 시끄러워진 마음을 가다잡으려 배를 떼어 용왕여로 나가 닻을 넣고 하루 종일 갑판에 앉아 있다가 석양이 되어서야 돌아왔다.

배를 묶고 갑판에 소주병을 놓고 앉아 있는데 양길동 부부가 찾아왔다.

"이제 그만 집으로 들어와라!"

아버지의 명령에 지우는 대꾸하지 않았다.

"한심한 놈. 아직도 그 잡년을 못 잊어서 이 꼴로 깡 소주를 마시냐. 그 년이 괴물 같은 깜둥이를 따라가는 것을 네 눈으로 보고도 그러냐!"

지우는 대답하지 않고 물끄러미 바다 만 바라보았다. 양길동의 아내가 아들에게 제법 부드럽게 말을 건넸다.

"네가 어제 저녁에 박사 심방을 입으로 불어서 살려냈다는데 사실이냐? 시내에 소문이 쫙 났더라."

그제야 지우는 어머니에게 눈길을 주었다.

"그 소문 듣고 오셨어요? 내가 심방 좋아할 까봐서요? 나는 박서영이를 싫어하니까 걱정 마세요. 어머니, 아버지 두 분 모두 심방은커녕 심방 딸이라고만 해도 벌벌 떠는 데, 설마 내가 심방 각시 얻겠습니까? 심방 며느리 볼 일 없을 테니 걱정 마시고 돌아 가세요."

그런데

양길동이 난데없이 호통을 쳤다.

"이런 바보 같은 놈! 굴러 들어온 복을 발로 차는 한심한 놈!"

어머니도 거들고 나섰다.

"너 박사 심방처럼 돈 잘 버는 각시 만나면 평생 놀고먹는다."

지우는 측은한 눈빛으로 부모님을 보았다.

"해린이는 심방 딸이라서 싫다더니, 심방 며느리라니요?"

"요즘 세상에 심방이면 어떠냐? 돈이 양반이지."

"저는 결혼할 생각 없습니다. 특히 서영이와는 더 더욱이요."

"이 자식 봐라. 너 서른다섯 살 나이 어디로 쳐 먹었냐. 이 멍청한 놈아. 박사 심방 각시 삼으면 너는 쌀 창고에 들어 간 쥐가 되는 거야. 평생 너 편히 먹고 살며 하고 싶은 거 다 하고 살 수 있단 말이다. 아닌 말로 박사 심방이 네 맘에 차지 않는 구석이 있다고 해도 일단 결혼해서 그 돈 차지하고 앉아서 한 다발 씩 꺼내 서울 강남 가서 세상에 예쁜 여자들 한번 씩 보듬고 오면 될 것 아니냐."

지우는 입술을 꽉 깨물었다가 말했다.

"아버지. 저는 평생 아버지처럼 살지 않으려고, 절대 아버지를 닮지 않으려고 노력하며 살아왔습니다."

"뭣이라고! 이놈의 자식이!"

"혼자 잘 살자고 남 못 살게 하고, 내 욕심 채우려고 남의 눈에 눈물 흘리게 한 그 많은 죄를 어찌하려고 이러십니까. 이제는 제발 좀 그만두세요."

"이 자식이! 네가 뭘 안다고! 어쩌다 내가 이렇게 뒤무른 놈을 낳았을꼬. 이 자식아! 사내놈 마음이 그렇게 약해서 어디다 써먹겠냐. 그러고도 니가 UDT냐? 너, 평생 남에게 굽실 거리며 살 거냐?"

"그런 짓 안 해도 살만큼 살 수 있고, 굽실거리지 않고도 멋지게 살 자신도 있습니다."

"그렇게 잘난 놈이 너 싫다고 떠난 년 못 잊어 질질 짜고 있냐? 남 부끄러운 줄 알아라. 너 이러다 몸 상하겠다. 좋은 집, 좋은 음식 다 놔두고 배에서 깡 소주라니! 당장 집으로 가자."

어머니가 잡아끄는 손을 지우는 냉정하게 뿌리쳤다.

"저는 이대로 놔두시고요. 아버지 건강이나 챙기셔요. 당뇨에 고혈압에, 복부 비만에 심장 스텐트까지! 아버지야 말로 종합병원 시한폭탄 아닙니까? 제발 욕심들 좀 내려 놓으셔요. 욕심을 내려놔야 몸이 편해질 거 아닙니까?"

"이놈의 자식이! 절로 큰 줄 알고 애비를 훈계하려고 들어!"

"오늘은 그만 돌아가세요."

지우는 냉정하게 잘라 말하고 바다 쪽으로 등을 돌렸다. 양길동이 지우의 등 뒤에 대고 말을 던졌다.

"며칠 내로 우리가 박사 심방 직접 만나서 담판 지을 테니까 그렇게 알아라!"

하지만 양길동은 서영을 만나지 못했다.

서울 대검찰청에서 특파된 수사관들이 들이닥쳐 살인, 살인 미수, 공갈, 협박, 성폭력 범죄에 관한 특례법 위반, 탈세, 금융거래법 위반, 환경보호법 위반, 공금유용, 사기, 등의 나

열하기도 숨찬 혐의로 사전구속영장을 제시하고 양길동을 서울로 압송했다.

양길동이 서울로 압송되어 이번에는 제주도, 제 세력권에서처럼 유야무야 돈으로, 배경으로 뭉개고 나와 고소, 고발한 사람들에게 보복을 할 수 없을 것이라는 소문이 퍼지자 그에게 당한 억울함을 호소하는 제보와 투서가 빗발쳤다.

워낙 오랫동안 지역의 권력층과 상호비리로 공생하던 토호인지라, 지역사회에서는 양길동의 비리를 고발해보아야 정의 실현은커녕 거꾸로 보복을 당하는 일이 다반사였기에 입을 다물고 있었던 사람들이 수 백 명이었다.

양지우도 금융실명제법 및 전자금융거래법 위반, 증여세 탈세 혐의로 입건되었다. 양길동이 지우 몰래 아들의 명의로 통장을 만들어 온갖 비리 자금을 관리하고 남의 땅을 불법으로 이전했던 것이다. 따라서 양지우도 출국이 금지되어 해린을 찾아갈 수 없게 되었다.

명백한 증거와 증인에 의해 곧바로 양길동의 아내도, 수족이던 김길수 내외도 구속기소 되었다.

해린의 나체사진 유포에 대한 수사도 급물살을 탔다.

압수 된 컴퓨터 속에 결정적인 증거가 들어 있었다.

김길수의 외아들, 해린의 제자 김만철이 해린의 블로그에 태그된 외국인들의 블로그에서 사진을 다운 받고 야동에서 따온 나체 사진에 해린의 얼굴을 합성해 컴퓨터에 보관해 둔 것을 김길수가 아들의 컴퓨터를 뒤져보다가 발견해 양길동에게 보고했고, 양길동이 옳거니 쾌재를 부르며 앞뒤 없이 인터넷에 뿌린 것이었다.

양길동과 김길수가 감당해야 할 것은 형사 처벌 뿐만 아니었다.

해린이 엄청난 수임료를 주고 국내 최고의 로펌에 의뢰해 김길수와 양길동에게 천문학적인 액수의 손해배상을 청구하는 소송을 건 것이다.

뒤이어 조작 사진에 얼굴이 나온 외국인들도 자신들의 명예 훼손에 대해 어마어마한 금액의 손해 배상을 청구했다.

증거가 명백한데다, 전직 법무장관, 검찰청장을 비롯한 법조계 거물들로 이루어진 해린 측 변호인단의 주도면밀한 재판 진행은 시골 논두렁 건달에 불과했던 양길동이 대항 할 수 있는 수준이 아니었다.

법정 최고형의 형사 처벌은 당연하고, 손해배상 청구 금액이 양길동이 가진 재산의 수 십 배를 넘어 감옥에서 나온들 길바닥에 나 앉을 것이라는 소문에 서귀포 사람들은 박수를 치며 술잔을 부딪쳤다.

양길동에 대한 해린의 응징은 가차 없었다. 정상참작의 여지가 없도록 테일러를 통한 정치권력의 압박까지 동원해서 양길동의 대항을 헛되이 만들었다.

7

미국은 알렉산더 프로젝트의 추진 배경을 우주 탐사 보다
는, 최근 인구 절벽과 소비 절벽이라는 막다른 골목에 몰려
공황에 직면한 미국의 경제 위기를 벗어나기 위한, 뉴딜 정책
의 '후버 댐'과 같다고 여론을 몰아가 예산 낭비라는 미국 내
의 부정적인 여론을 잠재웠다.

실제로 거의 모든 학문과 기술 분야에 천문학적인 자금이
풀리기 시작해 문을 닫기 직전이던 증시가 단박에 회복되고
미국 사회에 활력이 넘치기 시작했다.

할리우드 블록버스터 급으로 만들어 공개된 알렉산더 프로
젝트 '홍보 영화'는 훌륭했다. 톱스타의 미모를 능가하는 자
스민이 세계 각국어로 해설하는 나사의 웅장한 30분짜리 SF
영화는 순식간에 수십 억 회 다운로드 되었는데, 알렉산더 프

로젝트가 아닌, 자스민을 보기 위해서였다.

그 와중에도, 인도는 우마 자스민이란 이름 자체가 달리트로서 신성 모독이라며 자스민의 존재를 부정했다.

나사는 영화 속에 알렉산더 프로젝트에 대한 모든 설명을 다 담았고, 홈페이지를 개설해 누구나 관련 정보에 접근할 수 있도록 했다. 영화와 홈페이지의 설명이 아주 자세하고 명료해서 거의 모든 질문에 대한 답이 들어 있었다.

호기심을 충족한 사람들은 더 이상 알렉산더 프로젝트에서 관심을 거두어 버렸다. 호기심에 대한 확실한 대답으로 더 이상의 다른 호기심을 잠재운 나사의 노림수는 적중하여 거추장스런 언론의 검증이나 태클을 피해 계획은 조용히, 차질 없이 착착 진행되었다.

거대과학 프로젝트가 예정대로 진행된 적은 인류 역사상 한 번도 없었다. 예산 확보 난항, 인력 수급 차질, 실험 및 기술 개발 실패, 사건 사고, 정치적 변수 등등의 다양한 변수로 계획이 변경되고 축소되고 늦어지는 것은 당연지사고, 때로는 중도 폐기되는 경우도 많았다.

그러기에 일정보다 앞서 나가는 알렉산더 프로젝트의 진행은 놀라운 것이었다.

해린과 이사벨은 미국 공무원 GS 15등급 5호봉의 파격적인 대우로 채용되었다. 미국 일반 공무원이 평생 과실 없이 성실하게, 남들보다 빼어난 임무수행 능력을 보여야 성취할 수 있는, 한국의 일급 공무원 수준의 대우였다.

공무원 임용장이 도착한 날. 테일러가 축하 꽃다발을 들고 와 슬쩍 지나가는 말투로 물었다.

"현 선생의 유전자는 수 만년에 걸친 호모사피엔스의 진화에 의한 결과입니다. 결코 현 선생 혼자의 소유가 아닙니다. 외계로 떠나기 전에 난자를 제공할 용의는 없는지요?"

예상한 일이었다. 그리고 그에 대한 답도 벌써 준비해 둔 터였다.

"저번에 분명히 내 뜻을 밝혔잖아요?"

"나 혼자만의 개인적 의사가 아니라, 인류에 대한 책임감에서 묻는 겁니다."

"박사님. 아직 내가 외계로 나가지도 않았고, 또 나간다 해도 살아 돌아올 것이란 전제하에 떠나는데, 왜 난자를 두고 가야 합니까?"

"우주적 생존의 열쇠를 안전하게 보존하고 싶어서 그럽니다."

"나는 아직 내게 그런 유전자가 있고, 또 그 유전자가 그렇게 유용한 것인지 확신이 서지 않아요. 그리고 나의 난자에서 태어난 나의 아이가 돌연변이로 관리되는 것은 더더욱 용납할 수 없고요."

"현 선생의 허락이 없는 한 임의로 난자를 해동할 수 없도록 법적 장치를 하겠어요."

해린은 테일러의 잔꾀에 또 속아 넘어가기 싫었다.

"내가 죽을 지도 모른다는 전제하에서 난자를 내 놓으라면서 내 뜻에 따르겠다니요? 내가 죽으면 누구의 허락이 필요하죠? 파라독스네요. 내가 난자에 대한 유언장이라도 쓰란 말이에요? 그리고 정자와는 달리 난자를 장기간 냉동 보존하는 기술은 아직 완벽하게 개발되지 않았는데, 나사가 보유 기간을 넘기지 않으려고 비밀리에 수정할 경우 외계에 나가 있는 내가 어떻게 막겠어요?"

해린은 다소 무리한 트집을 잡아 테일러의 입을 막았지만, 과학자로서의 양심이 마음 속 한 구석에서 해린을 아주 불편하게 찔러대었다.

해린과 이사벨, 블랙은 한 팀이 되어 일주일에 오 일씩 오전에는 총기 사용 및 사격, 호신술 등의 군사적 의미의 훈련과 함께, 구명구급과 응급처치를 비롯한 의료 훈련을 받았다.
오후는 고스란히 수중 작업 훈련으로 채워졌다.
해린은 모든 훈련에 적극적으로 앞장섰다.
일단 급여를 받으니까 그에 상응하는 일을 해야 한다는 의무감이 앞섰고, 또한 임무 수행에 필요한 교육을 완벽하게 이수 할수록 생존 귀환 확률이 높아질 것이었다… 그뿐 아니라, 의료, 군사, 호신 등 모든 것이 해린이 평소 익히고 싶었지만, 여건상 호기심으로만 간직하고 있던 일이었다.
해린은 스펀지가 물을 빨아들이듯, 지식을 흡수하고 실기를 익혔다. 특히 외과치료와 처치에 대해서는 뛰어난 자질과 집중을 보여 의사들을 놀라게 했다.

해린의 하버드 대학 박사과정 등록은 해린 스스로의 힘으로 이루어졌다.
바다의 기원에 대해 해린은 우주에 수분이 분포하는 지역이 존재할 수 있다는 '우주 수분설', 이른바, '스팍티움 아쿠아 티오리아spatium aqua theoria'를 주장했다.
비록 지구의 비구름처럼 밀도가 높지 않아서 관측이나 실증이 어렵지만, '우주적 관점'에서 본다면 어마어마한 양의 수분이 우주 공간에 물 분자 형태로 존재하는 지대가 있다는 이론이었다.
혜성을 비롯한 천체가 그 부분을 통과 할 때 중력에 의해 물 분자가 천체에 유입된다는 해린의 주장은 태양 접근 시에 꼬리형태로 분사되고 소모된 혜성의 수분과 질량 회복 및 지구 바다 형성에 대한 참신한 접근이었다.
해린의 가설은 무수한 논란을 불러일으킬 수 있는 거대 담론의 여지가 있어서 지도 교수들이 아주 좋아했다.

존슨 센터의 풀장에서 이루어지는 수중훈련은 반복 숙련이었다.
직경 100m의 거대 구조물을 지구에서 조립해 가져 갈 수는 없었다. 조립해 접어서 가지고가 우산처럼 펼칠 수 있는 구조도 아니었다. 천상, 부품으로 나누어 가지고 가 유로파 현지에서 조립해야 했다.

사방 1m, 두께 2cm의 티타늄 중합금판은 무게가 100kg이었다.

지구 궤도로 이송하기 위한 로켓의 적재 공간과 외계의 중력을 감안해서 나눈 최소단위였다. 유로파 현장에서는 중력이 낮아 17kg 정도로 느껴질지는 몰라도, 지구상에서는 100kg 그대로인, 체적이 작고 비중이 높은 쇳덩어리였다.

따라서 실물을 가지고 훈련을 할 수는 없었다. 알루미늄 합금으로 모양은 똑 같으나 무게를 17kg으로 맞추어 만들어진 훈련용 판으로 조립 공정을 반복했다.

페타볼의 구조는 간단했다. 티타늄 막대기를 조립해 지오데식geodesic구조물을 만들어 직경 100m의 거대한 공으로 조립하고 그 표면에 패널을 용접해 붙여 밀폐된 구체 공간을 만드는 것이었다.

정삼각형을 기반으로 오면체, 육면체를 조립해 만드는 지오데식 돔은 간단한 경량 구조이면서도 완벽한 무게 분산이 이루어지는, 벅민스터 플러의 우주적인 발명품이었다. 하긴 생전의 아인슈타인이 감탄을 하며 플러에게 칭찬을 아끼지 않았다는 일화도 있었다.

하지만 직경 100m의 페타볼을 사방 1m 크기의 패널로 덮으려면 3만 1천 4백 조각을 이어 붙여야 했다. 하루에 백 조각 씩 쉬지 않고 조립한다고 해도 314일. 십 개월 이상 걸리는 일이었다. 외계의 -2℃의 수중에서 하루에 몇 조각이나 붙일 수 있을까?

패널을 붙일 지오데식 구조물을 먼저 조립해야 했다. 정밀하게 재단된 티타늄 파이프를 오각형과 육각형 소켓에 끼워서 맞추면 되는 단순한 작업이기에 어려운 일은 아니었다. 하지만, 무수한 손놀림이 필요한, 말 그대로의 반복 중노동이었다. 더욱이, 크기와 무게가 지상 작업으로 감당할 수 없기 때문에 수중에서 조립해 점차적으로 물속으로 가라앉히는 공법을 택할 수밖에 없었다.

블랙과 이사벨이 수상에서 닐라칸타의 화물칸에서 파이프와 패널을 운반용 로봇에 실어와 수중으로 내려주면, 해린이 받아 작업 로봇과 함께 지오데식 골조를 조립하고, 패널을 골조 위에 용접해 나가는 공정이었다.

최고의 잠수부과 장비를 동원한다고 해도 수중 작업은 하루 네 시간 이상 해낼 수 없었다. 하루 이틀의 일이라면 무리를 해서라도 종일 일을 할 수도 있겠지만, 계속해서 장시간 수중 작업을 하는 것은 불가능했다. 여러 팀을 동원해서 교대로 작업을 한다면 빠른 시일 내에 완성이 되겠지만, 인적 자원이 한정된 외계에서는 한 팀이 모든 일을 해 내야 한다.

네 시간에 백 조각. 시간당 25조각의 조립이 해린 팀의 일차 목표였다. 2분 30초 안에 한 조각을 붙여야 한다! 각종 보조 로봇과 연장을 수족처럼 다루지 않고서는 해낼 수 없는 일이었다.

일주일도 되지 않아, 해린의 생태적 우월성이 빛을 발했다. 해린은 다른 사람들보다 한 시간 일찍 잠수하여 전일 작업의 결과를 검수하고, 작업을 끝마칠 때도 한 시간 더 물 속에 머물며 잔업을 해 뒷마무리를 하곤 했다. -2℃로 과냉각된 풀장에서 해린의 신체는 테일러의 말처럼 우주적 생존 도구일지도 몰랐다.

해린의 팀은 능률적인 작업 공식을 구하기 위해 몸부림 쳤다. 나사의 공학 팀도 날을 새워 공정을 연구하고 새로운 로봇을 만들어냈다. 로봇도 학습을 하고 사람도 학습을 해야 했다.

일 년 후.

해린의 임무전문가 팀은 북극해로 이동했다.

존슨센터의 풀장이 페타 볼을 감당할 만큼 크지 못했고, 수온 뿐 아니라, 기온까지 영하인 환경에서의 임무를 수행을 실증하기 위한 고행이었다.

북극해에 온 것을 기뻐하는 사람은 해린 혼자뿐이었다.

어렸을 때 소원대로 마침내, 지구상의 오대양을 모두 들어가게 된 것이었다.

유빙이 떠다니는 북극해 한 쪽에 궤도상의 우주선과 비슷한 모양의 거대한 선체가 놓여 있었다.

닐라칸타는 국가급 발전소에 버금가는 강력한 원자로로 가동되기 때문에 외부에 태양광 전지판을 펼칠 필요가 없었다.

따라서 핵 잠수함과 90% 일치하는 모습이었다.

북극해에 놓인 닐라칸타의 지상 복제품은 궤도상에 조립되고 있는 우주선의 뒤쪽 절반을 잘라 가져다 놓은 모습이었다.

"업무 보조팀 탑승 공간과 엔진, 원자로 부분을 제외한 실물입니다. 실제로 유로파와 비슷할 것으로 추정되는 환경에서 닐라칸타의 외피를 분해하여 페타볼을 조립하는 훈련을 하려고 합니다. 구체는 반구로 자르고, 그 반구를 사 등 분 한, 8분의 1 조각이 모여서 이루어지므로 실습 과제는 8분의 1 조각 조립입니다."

테일러의 설명을 들으며 해린은 페타 볼의 자재를 살펴보았다. 한 눈에 보기에도 새물 티가 나지 않았다.

"다른 팀이 먼저 조립했다가 분해했나 보죠?"

테일러가 고개를 끄덕였다.

"8분의 1을 완성하는데 얼마나 걸렸나요?"

"최선을 다하는 모습을 보였는데도 세 달이 걸렸습니다."

"세 달이나요? 그럼 페타볼 조립에만 24개월이 걸린다는 말인데, 유로파 체류 기간을 두 배로 늘려야 한 다는 말입니까?"

테일러가 한숨을 푹 내쉰 후 대답했다.

"그래서 현 선생만 믿습니다."

해린의 팀은 실제 우주에서처럼 바다 위에 떠있는 가설 우주선 내의 거주 캡슐에서 생활하며 우주복을 입고 에어록을 통해 바깥으로 나와 닐라칸타의 화물칸에 겹겹이 채워진 자재를 꺼내 영하의 수중에서 조립했다.

지상과 수중에서 견딜 수 있는 시간에서 해린이 절대적으로 우월했고 두껍고 투박한 장비로 중무장한 블랙과 이사벨은 수중 작업 능률이 해린의 5분의 1도 되지 않았다. 둘의 작업량을 합해도 해린의 반도 되지 않았다.

해린의 억척과 밀어붙이기로 한 달 반 만에 페타 볼의 8분의 1을 조립했다.

조립이 끝난 날, 과업 수행 평가에서 테일러가 해린에게 물었다.

"작업 속도를 더 앞당길 수는 없겠소?"

"아쉬운 부분이 있어서, 며칠은 더 앞당길 여지가 없지는 않아요. 현지 작업 여건에 따라야 하겠지만요."

"유로파 일 년 체류가 절대적인 것은 아니니까, 일단은 목표에 접근 한 것으로 간주하고 철수 합시다."

"이대로 두고 바로 철수하자고요?"

"그래요."

"그럼 해체는요? 다른 팀이 하는 건가요?"

"아니요. 외부 골격이 완성되면 내부 시설을 해야 하는데, 그 일은 로봇이 전담할 겁니다. 그래서 이 시설을 내부 시설 로봇을 훈련시키는 데 사용해야죠. 어차피 유로파까지 가려면 3 년 6개월이 걸리니까, 그 사이에 로봇을 딥 런닝 시켜 닐라칸타가 유로파에 도착 할 쯤 싣고 간 로봇에 내부 시설 공정 소프트웨어를 업데이트 할 계획입니다."

지상에서의 훈련도 가혹했지만, 궤도상의 닐라칸타 건설도 미친 듯 한 극한 작업이었다.

닐라칸타의 외피가 되어 우주를 비행할 때는 보호막이 되었다가 유로파의 수중에서 분해되어 폐타볼이 될 티타늄 판의 무게 만해도 3천 1백 40톤이었다. 닐라칸타 전체 무게의 4분의 1에 육박하는 것이었다.

핵잠수함을 건조할 조선소를 지구 궤도에 만들고 또, 거기에서 핵 잠수함을 통째로 조립하는 것과 같은 일이었다. 작업 인부들의 숙소와 기계, 공구 등, 전체적으로 삼만 톤에 달하는 물자를 지구 상공 600km의 중간 궤도에 올려야 했다.

미국의 경제 공황 위기를 극적으로 모면하게 한 뉴딜 정책의 후버 댐 건설과 맞먹는 대역사가 아닐 수 없었다.

기계, 전자, 화학, 컴퓨터를 비롯해 산업 전 분야에 걸쳐서 나사가 발주해 집행한 예산은 원폭을 제조한 맨하탄 프로젝트의 열 배에 달했다.

그와 함께 미국의 인력 풀이 비워질 정도로 많은 물리학, 수학, 화학, 천문학 분야 천재들이 소집되었다.

나사는 또, 그 옛날 프랑스에서 '에펠'이 에펠탑의 건설에 서커스 단원들을 고용했듯 지구 궤도에서 닐라칸타를 조립할 겁 없는 재주꾼들을 모집했다.

불과 몇 시간의 지구 궤도 관광 비행에도 수억을, 며칠간의 우주 정거장 체험에는 수십억을 내야 하는데, 최고의 일당을 받으며 지구 궤도에서 숙식을 하며 몇 달 씩 일을 하고, 또 그 경력이 평생을 좌우할 것인 바, 지원자가 수십만, 경쟁률이 수천대 일이었다.

그 모든 인력들에게 지급되는 인건비 또한 천문학 단위였다.

그들 모두를 각종 보험에 가입 시켜야 했고, 특히 지구 궤도 일꾼들의 특수 생명 보험은 하루 단위 였다. 당연히, 보험 업계까지 술렁거렸다.

미국의 경제는 순식간에 공황 직전에서 유턴하여 호황으로 바뀌었다. 당연히 미국인들은 알렉산터 프로젝트를 '신의 한 수'로 찬양했다.

알렉산더 프로젝트를 군사적 목적이나, 사기극, 혹은 모종의 음모로 지켜보던 중국과 러시아도, 첩보망을 축소했다.

궤도상의 닐라칸타가 완성되기 까지 이 년 동안 임무 팀의 페타볼 조립 시간 단축 훈련은 계속되었다.

그 와중에도 짬짬이 박사 과정 연구를 소홀히 하지 않던 해린은 이 년 만에 박사학위를 취득했다.

닐라칸타가 완성되고 발사 예정일이 다가오자, 해린은 테일러에게 청탁했다.

"어머니와 양지우, 박서영을 만나고 싶습니다."

테일러가 곤혹스런 표정을 지으며 잠시 자리를 벗어났다가 돌아와 대답했다.

"어머님은 오신다고만 하면 모셔 올 수 있지만, 양지우는 범죄의 집행 유예기간이 끝나지 않아 한국 법무부에 의해 출국 금지되어 있고, 박서영씨는 건강 문제로 장시간 비행이 불가능합니다."

"서영의 건강이 그렇게 나빠요?"

"대뇌에 종양이 있는 것 같습니다."

"그럼 수술해야죠."

"박서영씨와 고영신 씨가 반대하고 있습니다."

"설마요."

"최소한 알렉산터 프로젝트가 마무리 될 때까지만이라도 박서영 씨를 생존시키기 위해 수술을 종용했지만, 소용없었습니다."

"서영이가 박사님 말을 거역하다니요?"

"고영신 씨의 말에 따르는 것 같습니다."

"상태가 많이 안 좋나요?"

"조직 검사를 해봐야 알겠지만, 악성이라 할지라도, 그 정도는 얼마든지 깨끗하게 제거할 수 있습니다."

"비행기를 못타면 미군 함정에 태워서라도 데려와서 치료하세요."

"데려올 필요도 없소. 한국 의료 기술과 시설이 더 좋습니다. 지금 한국의 암전문 병원에 있는 레이저 로봇 수술 시스템으로도 충분합니다."

"제가 설득해 볼게요."

테일러가 G700를 보내 고영신을 미국으로 데리고 왔다. 이 년 육 개월 만의 만남이었다.

고영신은 대심방이 아닌 회갑을 넘긴 여염집 할머니 모습 이었다. 해린은 왠지 풀이 죽어 보이는 어머니의 모습을 보니 가슴이 아렸다. 얼굴의 주름살도 늘었고, 있던 주름살도 더 깊어 보였다.

"네가 제주도를 떠날 때 짐작은 하고 있었지만, 오면서 비행 기 안에서 네가 어디를 갔다 오려는지 확실하게 들었다. 해린 아. 지금이라도 가기 싫으면 안가도 된다. 그냥 같이 제주도로 돌아 갈 수도 있고, 내가 여기에 와서 함께 살 수도 있어."

해린은 어머니의 눈 속을 한참 동안 들여다보다가 고개를 저었다.

"엄마. 정말로 내가 가고 싶어서 가는 거야. 이제야 내가 이 세상에 왜 태어났는지 알 수 있을 것 같아. 엄마 걱정하지 마. 나 엄마 다시 보고 싶어서라도 무사히 돌아올게. 엄마나 몸조 심 해."

고영신이 손을 내밀어 해린의 얼굴을 감쌌다. 난생 처음이 었다. 해린은 어색했지만, 어머니의 손을 내칠 수도 없었고, 어머니의 손길이 너무 따뜻해 가만히 있었다. 고영신이 부드 럽고 자상하게 '엄마'의 목소리로 말을 했다.

"쉽지는 않겠지. 정말 무섭고도 힘든 여행이 되겠지. 해린 아. 미안하다. 내가 너를 보듬었으면, 네가 지구를 떠날 생각 까지 하지 않았을지도 몰라. 하지만, 해린아. 엄마는 내 딸이

심방이 될까봐 정말 무서웠다. 너의 태몽도 수심방이 들어설 꿈이었고, 너는 젖먹이 때부터 다른 애들과는 너무 달랐어. 나에게 초신질을 해 준 스승님도 네가 세상에서 제일 큰 심방이 될 거라고 예언했어. 그래서 너와 정을 쌓지 않으려고 했어. 너를 키우면서도 네가 뉘울면 어쩔까 하루도 마음 편한 날이 없었다. 제주도에서 해녀로 태어나는 것보다, 심방으로 태어나는 것이 더 힘들고 천하지 않느냐."

"엄마. 내 태몽 없었다고 말하셨잖아요?"

"말하면 그대로 이루어질까봐 무서워서 지금까지 감추고 있었다."

"이제 가르쳐 주세요."

"내 품에 안겨있는 아기를 용신이 빼앗아가는 꿈이었어."

"뭐, 꿈일 뿐이잖아요."

"내게는 끔찍한 꿈이었어. 그래서 죽기 살기로 너를 가르쳤고, 너는 내 바람대로 선생이 되어 주었다. 말을 하지 못해서 그렇지 나는 너를 보는 재미로 살았었다. 이제 네가 아직까지 사람이 간 적이 없는 머나먼 우주로 간다니 애미 마음이 무너지는 것 같다만. 나는 내 딸을 믿는다. 너는 모든 일을 다 해내고 꼭 돌아올 것이다. 나도 네가 돌아올 때까지 죽지 않고 기다리마."

"엄마. 어렸을 때는 엄마가 심방인 것이 부끄러웠어. 그래서 외할머니를 따라 불턱을 맴 돌았어. 그렇지만, 이제는 해녀의 손녀, 수심방의 딸인 것이 자랑스러워. 엄마는 신과 함께 사는 수심방이야. 사람 엄마 역할은 안 어울린다. 엄마, 아직은 아니야. 내가 돌아 올 때까지 용왕님과 함께 살아. 그러다가 내가 돌아오면 사람 엄마되어 나랑 살아. 응? 엄마, 우리 서로 약속하자."

해린은 어머니의 눈에 어리는 눈물을 보았다. 고영신이 떨리는 목소리로 해린의 귀에 속삭이듯 말했다.

"너는 아직도 믿지 않겠지만, 나는 알고 있다. 용왕신이 너를 불러서 간다는 것을. 해린아. 걱정마라, 엄마가 너를 저 멀고도 험한 우주로 혼자 보내겠느냐? 반드시 너를 보살펴 줄 사람이 있을 것이다."

해린은 고영신의 '신'과 맞서지 않기로 작정한지 오래였다.

"엄마. 걱정 하지 마. 나사의 모든 사람들이 나를 보살펴 주기 위해 존재하는 거야. 엄마. 미국의 과학과 기술과 동료들이 나를 지켜 주고 있어. 하지만 엄마의 용왕신까지 나를 지켜 준다면 더욱 더 안심이지. 엄마, 여기 미국 최고의 의사들이 그러는데, 서영이 한국에서 뇌수술해도 충분히 살 수 있다고 해. 엄마, 서영이 수술 시켜서 지우랑 엄마랑 함께 살아. 꼭!"

"알았다. 의논해 보마."

헤어지기 전에 고영신은 지우에게서 받아 온 약혼 반지를 해린의 손에 쥐어 주었다.

마침내, 그날이 다가 왔다.

동면을 준비하기 위해 일주일 전부터 감식을 하다가 사흘

전에는 물만 먹고 하제를 복용하고 관장을 하여 장을 완전히 비웠다. 다이어트를 하거나 끼니를 거른 적이 없었던 해린에게 장청소는 고통스러웠다. 힘들어하기는 이사벨과 블랙도 마찬가지였다.

금식에 들어가자 테일러 박사가 세 사람에게 아주 얇아 착용감이 거의 없는 손목시계를 주었다.

"닐라칸타에서도 지구의 그리니치 표준시를 사용합니다. 외계로 나가면 밤과 낮의 구별이 지구와는 다르기 때문에 이 시계에 맞추어 기상과 취침, 식사, 과업 시작과 종료가 진행됩니다. 또, 이 시계에는 대원들의 심장 박동과 호흡, 혈압 등 간단한 바이탈 사인을 측정해 건강을 살피고, 위험에 처할시 신속하게 구조할 수 있도록 위치 추적 신호도 발신합니다. 그러니 가급적 시계를 벗지 마십시오."

삼 년 육 개월의 잠이 시작되는 날,

머리카락과 눈썹은 물론 온몸의 체모를 제거한 해린에게 브라운 박사가 플라스틱 마스크를 씌우며 설명해 주었다.

"휘발성 흡입 마취제 엔플루렌enflurane입니다. 비폭발성에 간장 장애를 일으키지 않는 가장 안정적인 마취제죠. 숫자를 셀 때마다 숨을 크게 들이 쉬었다가 내쉬면 됩니다. 보통 세븐 이전에 의식을 잃게 됩니다. 수면 내시경 시술을 받는다고 생각하세요. 이제 잠이 들면, 3년 6개월 후에 깨어나겠지만, 어제 저녁에 잠든 것과 같을 겁니다. 왜 병원에 왔는지조차 잊어버린 사람들처럼 말입니다."

나사는 닐라칸타의 발사 이벤트를 하지 않았다. 더욱이, 예고 없이 발사 예정 공고 보다 하루 일찍 발사해 언론에의 노출을 원천적으로 차단했다. 발사 성공 후 관제센터의 환호 장면 사진조차도 제공하지 않았다.

닐라칸타는 태양의 중력으로 가속하기 위해서 태양을 향해 발사 되었다. 따라서 태양의 방해로 발사 직후부터 추적이 불가능했고, 태양을 지나서도 태양의 뒤편에 있어서 나사가 공개하는 항행 전파 신호 외에는 지상에서 추적을 할 수 없었다.

닐라칸타는 항행 중에 우주선과 우주인 모두 잠들어 어떠한 뉴스도 생산해 내지 않아, 매스컴은 물론 사람들의 관심에서 멀어졌다.

8

해린이 좋아하여 즐겨 듣는 비발디의 사계 중 봄의 연주을 배경음으로 귀에 익은 자스민 박사의 서정적인 음성이 속삭이듯 귓속에 감겨들었다.

"현해린 박사님. 박사님은 알렉산더 프로젝트의 우주인으로서 닐라칸타 우주선을 타고 삼 년 반 동안 항해하여 유로파에 도착하였습니다. 닐라칸타는 일주일 전 유로파의 지표면에 안착하여 4일 동안 얼음을 녹이며 내부로 들어와 내해에 착륙하였습니다. 내해의 환경을 사흘 동안 지구에서 모니터한 결과 예상보다 훨씬 더 임무 수행에 우호적이라 판단되어 임무 팀을 깨우기로 하였습니다. 박사님께서 내 말을 여기까지 들었다면 해동이 순조롭게 진행된 것입니다. 이제 수면 캡슐을 개방하겠습니다. 일어나 허니콤의 개인별 거주 캡슐로 들어가서 샤워를 하고 옷을 입기 바랍니다."

몸이 너무 더운 것을 빼면 모든 것이 다 좋았다. 하긴, 기온을 체온과 똑같이 올린 다음 온도 중추의 기능을 정상화시키기 때문에 공기 온도 36.5℃는 더울 수밖에 없었다. 자스민의 말처럼 푹 자고 일어난 날의 아침처럼 몸이 아주 개운했다.

해린은 동면 드럼에서 일어나 3년 6개월 동안이나 곁에 걸려 있던 가운을 입고 동면실을 둘러 보았다. 선장과 미하일의 드럼은 벌써 열려 있었고, 이사벨과 블랙의 드럼에는 해동 중임을 알리는 붉은 불이 깜박이고 있었다. 그리고 가장 안쪽에 라우라Raura라고 적힌 드럼 하나가 파란 불을 깜박이며 잠들어 있었다.

허니콤honecomb, 벌집이라 명명된 임무팀의 거주구역은 낯설지 않았다. 지구상의 모듈에서 최종 리허설을 할 때 이 주간 거주 하다가 그대로 동면에 들었기 때문이었다.

허니콤의 구조는 간단했다.

거실과 식당, 회의실, 작업실 등 다용도로 사용하는 거실 공간의 양쪽 끝에 동면실에서 들어오는 에어록과, 선외로 나가는 에어록이 설치되어 있고 나머지 벽면에는 다섯 개의 주거 캡슐이 벌집처럼 오각형으로 배치되어 있었다. 하나는 의료실, 나머지 네 개는 개인용 수면실이었다.

거실에는 두 대의 푸드 프린터와 스크린, 컴퓨터, 수납장 등이 빼곡이 설치되어 있었다. 의자와 테이블은 거실의 가운데에 붙박이로 설치되어 있지만, 언제든지 바닥으로 접어 넣을 수도 있었다.

해린은 배고픔과 함께 약간의 현기증을 느꼈지만, 먼저 샤워를 하고 옷을 입기 위해 자신의 이름표가 붙어있는 캡슐로 들어갔다.

"현 선생. 다시 만나서 반가워."

'마고'가 인사를 했다.

마고의 인사를 받은 순간, 지구에 그대로 있는 것 같은 느낌이 들어 마음이 편해졌다.

동면에 들 때 모조리 잘라냈던 머리카락과, 눈썹, 체모가 그 사이에 지구에서의 대 여섯 달 만큼 자라 있었다. 샤워를 하고 옷을 입고 나니 기분이 한결 더 좋아졌고, 배고픔이 심해졌다.

거실로 나온 해린은 푸드 프린터의 버튼을 터치했다. 프린터가 자동으로 유동식을 내 놓았다. 해린이 미처 예상하지 못한 기능이었다. 각자의 상태에 맞춘 음식만 내놓도록 통제되어 있는 모양이었다. 유동식은 누룽지 미음 맛이었다.

미음을 마신 후 간단한 체조로 몸의 상태를 점검하는데, 멜로디가 울리며 에어 록이 열리고 이사벨 박사가 들어와 해린에게 슬쩍 목례를 하고 자신의 캡슐로 들어갔다.

잠시 후에 나온 이사벨 박사를 보고 해린은 미소를 지었다. 박사가 입고 나온 옷은 지급된 실내복이 아니었다. 화사한 꽃무늬가 프린트 된 실크 드레스였다.

"나에게 할당 된 개인 소지품 20kg을 거의 옷으로 채웠어. 바깥은 직장이고 이곳은 집으로 삼고 싶었거든. 그래야 일 년을 버티지 않겠어?"

잠시 후, 블랙이 가운을 입고 들어와 해린과 이사벨에게 말했다.

"나는 유로파에 무사히 도착하게 해준 조상신에게 감사하는 우리 부족 전통 행위를 할 것이니 놀라지 마시오."

하고, 자신의 캡슐에 들어갔다 나왔다.

블랙은 옷을 입지 않고 코뿔소 뿔로 만든 링감에 자신의 페니스를 넣어 묶고, 기린 정강이 뼈 지팡이를 들고, 목에 사자 송곳니가 주렁주렁 달린 목걸이를 걸고, 얼굴 가운데에 세로로 흰 칠을 한 모습이었다.

블랙은 거실 가운데에서 괴성을 지르며 한바탕 춤을 춘 다음 사방에 큰절을 하고 자신의 캡슐로 들어가 실내 우주복을 입고 나와 말했다.

"나는 내게 할당된 20kg을 선친으로부터 물려받은 대추장의 성물로 채워 가지고 왔소. 내게서 떼어 놓을 수 없는 나의 정체성이니 현 박사와 이사벨도 성물을 존중해 주기 바라오."

해린의 살림은 자신의 태블릿과 약혼반지, 어린 시절 아버지가 선물한 장난감 오르골 하나. 그리고 손때 묻은 바이올린 뿐이었다.

이사벨 박사가 간단한 건강 검진을 했다. 지구에서 6억 2천 8백만 km 떨어진 곳에서 청진기라니!

"가장 간단하고, 가장 고장이 없고, 건전지가 필요 없는 진단 도구입니다."

이사벨은 신중하게 해린과 블랙의 숨소리를 듣고 가슴, 등을 두드려 청진을 하고 눈꺼풀을 뒤집어 보고 맥박을 세었다. 이상이 있는 사람은 없었다.

건강 검진이 끝나자 벽면의 대형 모니터가 켜지고, 풀턴 선장이 나왔다.

"제군들의 무사한 모습을 보게 되어 행복하다. 우리는 사흘 전에 유로파의 바다에 안착했다. 대원들이 알다시피 임무 지원팀은 선장인 나와 기관 담당 미하일 인쥐니아, 두 사람이다. 나머지 한 명의 예비 대원은 여러분의 신상에 문제가 생기지 않는 한 그대로 동면에서 깨어나지 않고 지구로 돌아갈 것이다. 향후 임무 지원은 미하일이 진행할 것이다."

해린이 선장에게 요청했다.

"선장님. 지금까지 관측된 이곳 상황을 알려 주세요."

선장은 해린이 머쓱할 정도로 무뚝뚝하게,

"지엽적이거나, 기술적인 문제는 미하일에게 질문하라."

하고는 화면에서 나가 버렸다.

미하일 인쥐니아가 화면을 넘겨받았다. 사면이 컴퓨터로 가득 한 컨트롤 룸이었다.

"유로파에서 다시 만나게 되어 반갑습니다. 미샤라고 부르세요. 무엇이든 고장이라고 생각되면 망설이지 말고 바로 호출하세요. 하지만, 그 전에 제가 다 고쳐 놓을 겁니다. 그리고 이곳 상황 자료는 나사가 정밀 분석을 한 다음 공개 한다고 합니다… 단순 계측 상으로는 지상에서의 예측대로 중력은 지구 대비 약 육분의 일, 대기 중 산소 농도는 10%, 대기 중 독성 물질은 검출되지 않았습니다."

해린이 대꾸했다.

"산소농도 10%라면, 지구상 1만 2m 상공의 산소 농도와 같고, 독성 물질이 없다면, 대기 호흡이 불가능하지 않다는 말이네요."

미샤가 경고 했다.

"산소 농도가 14%로만 떨어져도 보통 인체는 오 분 이내에 호흡곤란과 저산소증으로 의식불명 상태에 빠집니다. 따라서 10%에서는 즉시 사망 할 수도 있습니다."

"에베레스트 정상의 산소 농도가 14% 수준이지만, 무산소 등반한 사람도 여럿이고 산소통을 메고 갔어도 정상에서 마스크를 벗은 사람도 많은데 10%에서도 즉시 사망하지 않을 수도 있잖겠어요?"

미샤는 해린의 말에 동의하지 않았다.

"10%에서 몇 분간 생존할 수는 있을지는 몰라도 산소를 소모해야 하는 일은 할 수 없습니다. 우리는 관광을 온게 아니라 일을 하러 왔습니다."

이사벨이 미샤에게 요청했다.

"외부 카메라가 잡은 영상을 올려 줘."

"바깥은 빛이 거의 없는 암흑입니다. 닐라칸타가 비추는 인공의 빛이 이곳의 환경에 어떠한 영향을 끼칠 것인지 휴스턴에서 분석해 명령하기 전에는 불을 켤 수 없답니다. 휴스턴에서 선외활동을 허가할 때까지 최대한 체력을 회복해 주기 바랍니다."

미샤가 카메라를 끄고 들어갔다.

텅빈 화면을 해린은 한참동안 물끄러미 바라보았다. 마음이 아주 편치 않았다. 이사벨도 같은 느낌인 모양이었다.

"휴스턴 핑계로 정보를 공개하지 않는 것 같아 기분이 좋지 않아."

해린도 같은 생각이었다.

"이곳에 착수한지 사흘이나 되었다면 해저 탐사 무인 잠수정도 투하했겠고, 지형 탐사 드론도 날려 보내어 해저 자료는 물론 수상의 지형자료도 다 모았지 않겠어요?"

"그러게 말이야."

이사벨이 이마에 주름을 잡으며, 편치 않은 표정을 숨기지 않았다.

"뭔가 아주 마음에 들지 않아."

이사벨의 표정을 범상치 않은 시선으로 지켜보던 블랙이 물었다.

"뭐가 그렇게 마음에 들지 않습니까?"

"이곳 환경이 너무 평온 한 것이 수상하단 말이야."

"평온하면 좋은 것 아닙니까? 고생하지 않고 임무를 빨리 수행하고 돌아갈 수 있잖습니까?"

"블랙 상사. 나는 해양 학자야. 달이 하나 뿐인 지구의 바다도 밀물과 썰물로 요동을 치는데, 목성이라는 거대 행성의 인력권 안에서 이오, 가니메데, 칼리스토 등과 중력 다툼을 하는 유로파의 바다가 이렇게 평온 할 수는 없어!"

해린도 말을 보탰다.

"지금까지 지구에 보고된 유로파의 무인 탐사에 의하면 중력의 영향이 극심해 그 마찰열로 얼음이 녹아 내부에 물이 존재한다는 것이 밝혀졌죠. 또한 핵폭탄으로도 깰 수 없는 엄청난 두께의 얼음까지도 조석의 알력이 부수어 가끔씩 표면이 균열을 일으켜 바닷물을 분출하는 모습이 관찰되지 않았습니까?"

해린과 이사벨의 심각한 반응에는 관심이 없다는 듯, 블랙이 심드렁하게 대꾸했다…

"지구에서의 추측은 그랬지만, 현실이 이러하니 지구에서의 원격 탐사가 얼마나 우스운 장님 코끼리 만지기인지 다시 한 번 증명된 거 아니오? 어찌되었든 우리로서는 두 손을 들어 반겨야 할 일이요. 바깥일은 나가서 걱정하기로 하고, 우선 선장의 명령대로 체력 회복에 주력합시다."

이사벨이 블랙을 한심하다는 눈으로 쏘아 보았다.

해린이 심각한 목소리로 말했다.

"그렇게 간단하게 넘어갈 일이 아니에요! 뭔가 우리가 모르는 사실을 블랙이 알고 있다면 절대로 용서하지 않겠어요."

분위기가 싸늘해졌다. 이사벨도 떨리는 목소리를 냈다.

"블랙! 우리는 지금 놀러 온 게 아니야. 이 우주에선 그 어떤 사소한 문제라도 우리의 목숨과 직결되어 있다고!"

두 사람의 우려에도 블랙은 까닥하지 않았다.

"지구에서의 예상과 다르다고 해도 이제 우리를 도울 수 있는 사람은 우리 밖에 없으니 바깥의 환경이 어찌되었든 힘을 합하여 임무를 완수하고 돌아가야 합니다."

이사벨은 결코 만만한 사람이 아니었다.

"마음이 불안한 상태에서 어떻게 임무를 수행한다고! 이 혹성에 대한 의문이 풀리지 않으면 일에 전념 할 수 없을 것 같아."

블랙의 얼굴에 기묘한 표정이 떠올랐다.

해린은 본능적으로 여기서 더 나아가서는 안 된다는 것을 깨달았다.

"벨 박사님. 일단은 체력을 회복하고 외부에 나가서 판단합시다."

해린의 말에 이사벨이 한 걸음 물러났다.

"현재로서는 선택이 여지가 없지만, 절대로 그냥 물러서지 않을 거야."

저녁 때, 지구에서 송신한 메시지가 열렸다. 메시지 개방 전에 미샤가 설명했다.

"전파 왕복 시간은 칠십 분 남짓이지만, 심우주 공간을 건널 수 있는 정보의 양에 한계가 있습니다. 음성 및 영상 통화 데이터를 비트 단위로 풀어서 양자 암호화해 전송하는데 상당한 시간이 걸리고 또 지구에서 수신해 암호를 해독 조합하는데도 시간 지연이 발생합니다. 따라서 가급적 정보량이 적은 문자 메시지를 이용하고 조속한 답장을 기다리지 않는 것이 현명할 것입니다."

미샤의 말끝을 따라 거실의 모니터 화면이 열렸다.

먼저 닐라칸타 탑승을 축하하는 문자 메시지가 자막으로 스크린 아래에 줄줄이 흐르고, 무사 항해 기원 기도회, 무사 도착 축하 흑백 영상이 하나의 화면에 여러 장을 모아 놓은 모자이크 편집으로 화면을 채웠다. 최대한 작은 용량 속에 많은 메시지를 전달하려는 의도의 편집이었다.

그리고 개인별 메시지는 각자의 개인 계정으로 수신된다는 자막이 떴다. 공개를 원하면 거실의 스크린에 불러 올 수도 있지만, 하나같이 각자의 캡슐로 들어갔다.

해린도 자신의 캡슐로 들어와 마고에게 메시지를 열도록 했다.

닐라칸타가 출발한 후 탑승자가 공개된 뉴스를 필두로 대한민국 대통령을 비롯한 정치가들, 과학자들의 격려사와 신문 방송기사가 편집되어 나왔다.

해린은 고속 보내기를 해서 보고 싶지 않은 장면들을 흘려 보냈다.

이윽고 어머니의 얼굴이 나왔다. 나사는 오직 고영신과의 통신만을 허용했기 때문에 해린이 수신한 메시지는 그뿐이었다.

그나마 고영신의 동영상은 흑백으로 아주 짧았다.

"보고 싶다. 용왕신이 지켜 주어 꼭 돌아올 것이니 걱정 말고 일이나 잘 마치고 오너라. 지우도 서영이도 잘 있다."

해린도 답신을 녹화해 보냈다.

"엄마, 무사히 잘 도착해서 동면에서 깨어났어. 아직은 정상적인 식사를 하지 못해서 현기증이 약간 있고 또 바깥에 나가지 못해 이곳이 어떤 곳인지 알지 못해 좀이 쑤신다는 점만 빼면 아주 좋아. 선장의 말과 선체의 안정 상태로 보아 생각보다는 더 안전한 곳인 것 같기도 하고. 좌우지간 자주 연락할게. 지우와 서영이에게도 안부 전해 줘."

사흘간, 모두 푸드 프린터가 내놓는 개인별 스프를 먹었다. 끼니가 거듭될수록 농도가 점점 진해지고 단단해질 뿐 아니라 맛도 다양해서 질리지는 않았다.

약하기는 해도 중력이 있다는 것은 신의 축복이었다. 똑바로 설 수 있고, 위, 아래를 분간 할 수 있는 것이다. 음식물도 테이블에 놓여 있고, 화장실 사용도 불편하지 않았다.

세 사람 모두 시간이 날 때마다 이를 악물고 고무줄을 당겨 체조를 하고 양 다리에 잠수용 납덩이를 묶고 줄넘기를 해서 다리뼈와 허리뼈를 다졌다. 겉으로는 건강유지를 위한 매뉴얼에 따른 의무적인 운동으로 보였지만, 모두가 지구 귀환 후의 행복한 생활을 꿈꾸고 있는 것이다. 해린도 물론이었다.

나흘째 아침, 열 번째 끼니부터 푸드 프린터가 모든 메뉴를 개방해 누구든 원하는 음식을 먹도록 했다. 아침을 맛있게 든든히 먹은 임무 팀에게 선외 활동이 허가되었다.

먼저 블랙이 선외로 나가고, 뒤이어 이사벨과 해린이 일반 아파트의 현관문 같은 문을 열고 거실에서 나갔다.

현관문이 에어 록 해치였다. 에어 록에서 모든 옷을 벗고, 두툼한 기저귀가 붙어 있는 팬티를 먼저 입었다.

외계에서의 작업 중 오줌이 마려 올 때 에어 록을 통해 실내로 들어와 우주복을 벗고 화장실에서 일을 보고 다시 나가 일을 할 수는 없었다. 기저귀 팬티 위에 이사벨은 우주복 내의를 입었다. 냉, 온수가 순환하는 파이프가 누벼진 두꺼운 내의였다.

내의 위에 우주복을 입고 생명유지 장치를 등에 지는 중무장이었다. 그러나 해린은 기저귀 팬티만 입고 실내에서 입던 내의 위에 그녀만을 위해 특별히 제작된 얇은 밀폐형 잠수복을 입었다.

마침내 바깥으로 나가는 에어 록이 열렸다. 칠흑 같은 어둠 속에 먼저 나가 서 있는 블랙의 불 켜진 헬멧 속 얼굴만이 번들거리고 있었다.

해린은 조심스럽게 선체의 갑판에 발을 내딛었다. 신발 바닥에 흡판이 붙어 있어 마치 지상에서 걷는 거와 별반 다르지 않아 마음이 편했다. 중력 편차에 의한 행동 과잉으로 사고가 일어날 확률을 줄이기 위한 장치였다.

해린은 검은 선체 위를 걸어가 블랙의 곁에 서며 헬멧의 외부 마이크 스위치를 켰다. 약하기는 하나 바람 소리, 물 흐르는 소리도 들렸고, 닐라칸타의 자세 제어 워터제트 펌프가 물을 쏘는 소리도 들렸다.

"선체 조명등을 켜겠습니다."

미샤의 음성이 헬멧의 스피커를 울렸다.

닐라칸타의 주변에 불이 켜졌다. 선체의 외곽을 따라 면상 발광체가 빛를 내고 함교에 켜진 편광 라이트가 갑판을 밝혔다. 물 위에 수평으로 떠서 함교를 위로 밀어 올린 닐라칸타의 모습은 영락없는 잠수함이었다.

"주변을 비추기 위해 닐라칸타가 가지고 있는 가장 강력한 광원을 켜겠으니 헬멧 창의 빛 투과도를 낮추세요."

헬멧 스스로 빛을 감지해 즉각 선글라스처럼 눈을 보호하도록 만들어졌지만, 미샤의 경고는 마음의 준비를 하라는 뜻이었다.

원자로가 생산한 강력한 전기가 밝히는 서치라이트가 켜졌다. 놀라운 밝기의 서치라이트가 닐라칸타의 외곽을 따라 한 바퀴 돌았다. 몹시도 투명한 바다였다. 서치라이트의 불빛이 끝없이 바다 속으로 들어갔다. 선체 주위를 한 바퀴 돈 서치라이트가 고개를 들어 하늘을 비추었다.

그 순간, 해린은 하마터면 선체에서 미끄러져 떨어질 뻔 했다. 예상과는 달라도 너무 다른 충격적인 광경에 다리가 휘청거렸다.

없는 것처럼 맑은 공기 탓인가 거침없이 날아간 광선이 저 하늘 위 얼음 천정을 비추었다. 2km 위의 얼음 하늘이 방안의 천정처럼 가까이 보였다.

얼음 하늘에 쏘아진 태양 같은 서치라이트 불빛의 원이 천정의 얼음에 거대한 원을 그리며 산란되어 그 빛을 아래로 반사했다.

숨이 막히고도 남을 장관이었다.

천정에 태양이, 아니 태양만큼 큰 거대한 샹들리에가 켜진 것 같았다. 벌어진 입을 다물 수 없는 엄청난 장관이었다. 지구에서 태어난 인간으로서는 그 누구도 보지 못했던, 놀라운 광경에 어안이 벙벙해 말문이 막혀 버렸다.

미샤의 목소리가 다시 들렸다.

"곧 천정에서 큰 소리가 날것이니, 놀라지 마세요. 지구와의 통신을 위해 천정에 박아 놓은, 전파를 음파로 바꾸어 얼음을 진동시키는 컨버터가 내는 소리입니다. 음파는 얼음을 매질로 표면의 컨버터로 전달되고 다시 전파로 환원, 증폭되어 지구로 발신됩니다."

'쿵'하는 소리가 하늘에서 묵직하게 내려왔다. 그리고 그 소리와 함께 천정에서 얼음가루가 쏟아졌다. 얼음가루는 서치라이트의 불빛을 받아 수 천 수 만 개의 무지개가 되어 봄날의 벚꽃 잎처럼 쏟아져 내렸다.

컴퓨터 그래픽으로 그려 낸다고 해도, 천재 시인이 지어 낸다고 해도 결코 이토록 아름다운 광경은 표현 할 수 없을 것이었다. 아름다움을 넘어선 외경스러운 광경이었다.

하지만 해린은 기쁨보다는 두려움을 느끼며, 이사벨의 표정이 궁금해 고개를 돌려 이사벨을 보았다. 이사벨의 얼굴에도 경탄이 아닌 두려움이 어려 있었다.

해린과 눈을 마주친 이사벨이 해린의 손을 잡아 끌었다. 이사벨을 뜻을 알아챈 해린이 고개를 끄덕였다.

이사벨이 전체 수신 모드로 마이크를 켜고 말했다.

"미샤! 선내로 철수하겠다. 오늘 일정이 있었다면, 뒤로 미루자."

미샤가 즉시 대답했다.

"오늘의 과업은 외부 관찰이었습니다. 여러분들이 처한 환경을 이해했다면 복귀하세요."

세 사람은 실내복으로 갈아입고 거실의 테이블에 모여 앉았다.

블랙이 자못 밝은 목소리로 말했다.

"지옥일 줄 알고 왔는데 천국이요. 외부환경이 이리 좋으니 빠른 시일 내에 임무를 완수하고 돌아갈 수 있겠소. 빨리 임무를 해치우고 지구로 돌아갑시다. 지구로 돌아 갔을 때를 생각해 보세요. 유명하겠다. 돈 많겠다, 또래보다 십 년이나 젊겠다. 지구가 우리 것이 될 거요. 자 힘을 냅시다!."

하지만, 해린은 결코 웃을 수가 없었다. 이사벨도 찌푸린 얼굴이었다. 해린은 거두절미하고 블랙에게 말을 던졌다.

"여기가 정말로 유로파라고 생각을 하나요?"

블랙이 멈칫하며 표정을 심각하게 바꾸었다. 이사벨도 거들었다.

"솔직하게 대답해 봐. 아무리 군인이라지만, 블랙도 대학 교육을 받은 지성인이잖아? 블랙, 정말로 여기가 유로파라고 생각해?"

블랙이 감정을 걸러낸 목소리로 담담하게 대꾸했다.

"유로파가 아니라면, 영화 세트장이란 말이요? 달 착륙이 나사와 미국 정부의 사기극이라는 말처럼."

해린과 이사벨이 동시에 고개를 흔들었다.

"영화 세트는 아니야. 이토록 거대한 얼음 하늘과 바닷물을 어떻게 가짜로 만들겠어. 특히, 육분의 일 중력을 어떻게 만들겠어."

블랙이 이사벨과 해린의 얼굴을 번갈아 보다가 말을 내놓왔다.

"나는 군인이오. 명령받은 임무를 수행하는 군인이란 말이오. 여기가 유로파든 유럽이든 상관이 없소. 페타볼을 완성하고 복귀하는 임무를 수행할 뿐이요. 그 과정에서 내 목숨이 필요하다면 주저 없이 내 놓아야 할 군인이란 말이오."

이사벨이 블랙에게 말했다.

"블랙, 잘 들어. 현 박사와 나는 과학자야. 과학자는 이해할 수 없는 상황에서는 일에 전념할 수 없어. 블랙. 이곳은 절대로 유로파 일 수가 없어. 지구에서 발사해 유로파에 근접해 관측한 모든 탐사선의 자료는 최고의 천문학자들과 물리학자들이 검증한 것이었어. 유로파는 엄청난 조석과 인력의 불균형으로 핵폭탄으로도 가를 수 없는 100km에 달하는 얼음 외피가 균열을 일으켜 우주 공간으로 물이 분출하기도 하는 역동적인 천체야. 절대로 이렇게 조용할 수가 없다고!"

블랙은 흔들리지 않았다.

"설사 이곳이 유로파가 아니라 할지라도 그게 우리랑 무슨 상관이요? 이렇게 일하기 좋은 곳이라면 오히려 유로파가 아닌 것이 큰 복이지!"

이사벨이 블랙을 한심하다는 눈빛으로 바라보며 말했다.

"블랙. 이곳 환경이 문제가 아니라, 나사가 우리를 속였다는 것이 큰 문제야. 이렇게 엄청난 사실을 숨겼다면, 이 이외에 또 얼마나 많은 것을 속였겠어? 블랙. 시치미 떼지 마. 당신은 무언가를 알고 있어. 내가 경고했잖아. 숨기거나 속이는 것이 있으면 함께 일을 할 수 없다고."

블랙이 침중한 목소리로 대답했다.

"제가 답할 수 있는 사안이 아니오. 이런 질문은 선장이나 휴스턴에 하시오."

해린이 몸을 뒤로 물려 의자에 깊숙이 앉으며 말했다.

"선장은 다 알겠네! 선장에게 물어봅시다."

이사벨이 고개를 저었다…

"블랙도 말을 하지 않는데, 선장이 가르쳐 주겠어? 사실을 밝히지 않으면 일을 하지 않겠다고 버티면 혹시나 가르쳐 주지 않을까?"

블랙이 심각한 얼굴로 또박또박 말을 내놓았다.

"나는 군인이기 때문에 여러분과 다른 규칙을 따라야 한다는 사실을 이해해 주시오. 그리고 여러분은 복무 계약서에 사인을 했소. 성실하게 그 어떤 과업이라도 수행하겠다고 말이오. 지금까지 우주인이 파업했다는 말을 들은 적이 있습니까? 생각해 보시오. 여기는 외계요. 여기서 작업을 거부한다면 여러분은 존재가치를 상실하게 되는데, 지구 같으면 가방을 들고 집으로 가면 그만이지만, 여기서는 그럴 수 없소. 나는 물론 여러분이 숨 쉬고 먹고 자고, 화장실에 가는 것 까지, 즉 우리의 생존 자체에 천문학적인 자원이 소모되는데, 지구와는 달리 이곳에서는 그 자원이 한정되어 있소. 무슨 말인지 알겠소? 일을 하지 않으면 생존 자원을 일을 할 사람에게 넘겨줘야 한다는 말이오."

해린이 발끈, 블랙에게 쏘아붙였다.

"우리 목숨을 담보로 공갈 협박하는 거예요? 이제 보니 블랙은 우리를 보호하러 온게 아니라 죽이러 왔나보네요."

블랙이 즉각 대답했다.

"그런 뜻으로 한 말이 아니오. 일을 하지 않겠다면 나사에서는 두 사람을 재 동면 시키고 예비 대원을 깨울 것이란 말이오."

목숨의 위협보다도 더 효과적인 협박이었다.

여기까지 와서 해린이 물질을 포기하겠는가, 이사벨이 외계 생명체 탐사를 포기하겠는가.

회심의 일격을 날린 블랙이 자리에서 일어나며 말했다.

"지구와 개인적인 교신이 있어 나는 먼저 들어가겠소."

하릴없어진 해린도 캡슐로 들어와 고영신에게 미샤의 당부대로 짧은 동영상을 보냈다.

"어머니! 걱정허지 맙써. 유로파렌허는디에 펜안히 도착해신디, 이디가 우리가 생각헌 것 보담 막 좋안 일허는디 위험허지 안허쿠다. 어머니 손 심엉 국민혹교 들어간 날 고추룩 가심이 탕탕 뛰엄쑤다. 그때도 무신일이 나신디 생길건고? 허영 막 지꺼져나신디, 지금도 매 혼 가지우다."

(엄마. 걱정 하지 마. 유로파에 무사히 도착했는데, 여기가 지구에서 예상했던 것보다 환경이 아주 좋아서 일하는데 위험하지 않겠어. 엄마 손 잡고 초등학교 입학식에 갔던 날처럼

마음이 설렌다. 그때도 어떤 일이 내 앞에 펼쳐질까 신이 났었어.)

우선 송신을 신청해 놓고 음악을 들으며 기다렸다.
답신은 빨리 오지 않았다. 기다리다 잠이 들어 알람 소리를 듣고 눈을 떴다. 아침 여섯시였다. 모니터에 지구에서 온 영상이 있다는 문자가 떠올라 있었다.

고영신의 답신이었다.
"아이고 요망지다. 나 똘!살기 좋덴허난 이 어멍이 안심되엄져. 국민혹교 들어가는 날 는 막 지꺼졍 들러키었주. 그때 고추룩 지꺼지게 일 모청 오라이! 어멍허고 지우, 서영이 몬딱 잘 이시난 이디 이신 사름덜 걱정은 당최 허지말라."
(장하구나, 내 딸. 환경이 좋다니 마음이 놓인다. 초등학교 입학식 날 너는 정말 신이 났었지. 그때처럼 신바람나게 일마치고 오너라. 엄마와 지우, 서영이 다 잘 있으니 여기 걱정은 조금도 하지 말거라.)

분명히 어머니의 모습이었고, 목소리였지만, 해린은 심장이 덜컹거려 손으로 가슴을 움켜 쥐었다.
고영신의 제주말이 아니었다. 고영신의 제주말은 운명 상담 때문에 서울말투로 오염된 지 오래였다.
그리고…

초등학교 입학식에 해린은 외할머니 손을 잡고 갔었다.

해린의 머릿속에 붉은 신호등이 켜졌다.
 '여기서 멈추자!'

9

해린이 테일러를 따라 제주도를 떠난 날.

지우는 발사된 로켓처럼 튀어 달아나는 테일러의 차를 쫓아갈 방법을 찾지 못해 망연자실, 스스로의 한계에 가슴을 칠 수 밖에 없었다.

테일러의 차가 시야에서 사라지자마자, 하늘 가득히 헬리콥터가 날아 들었다. 맨 먼저 미군의 대형 군용 헬리콥터에서 중무장한 특수전 대원들이 레펠을 타고 내려와 시체를 확보하고, 적십자가 그려진 의료 헬기가 착륙해 사체를 수습해 바디 백에 담아 싣고 떠나자, 대기 하고 있던 화생방전 헬기가 지상에 바짝 붙어 물과 약품을 살포해 핏자국을 지우고 일대를 소독했다.

불과 십분 사이에 대량 살육현장이 지워진 것이다.

할리우드의 액션 블록 버스터 영화도 그보다 더 완벽하고 재빠를 수는 없었다.

지우는 눈앞에서 펼쳐진 '작전'을 보고 절망했다. 항거할 수 없는 지구상 최고의 절대 파워가 해린을 데려간 것이다.

경찰은 제주도의 차이나 타운 조성 이권을 노린 삼합회와 신생 폭력 조직간의 전쟁으로 인한 살인극이라 발표하고 살인 용의자인 흑인을 인터폴을 통해 전 세계에 지명 수배했다며 사건을 종결했다.

또한, 자국인이 일곱 명이나 타국에서 비명횡사를 했건만, 중국은 아무런 논평도 하지 않았다.

기가 막혀 죽을 일은 따로 있었다.

그날 그 순간에 해린이 증발 해 버린 듯 그 어떤 매체나 국가도 해린에 대해 언급하지 않는 것이었다.

그리고, 그날 이후 지우의 신변에서 일어난 사건은 인간으로서는 차마 견디기 어려운 일이었다.

양길동은 20년 유기 징역을 선고 받고 전 재산이 추징되었다. 그는 빈털털이 개털이 되어, 옥살이를 삼 개월도 견디지 못하고 급성 심근경색으로 옥중에서 사망했다. 지우의 어머니는 집행 유예로 구속을 면하고 남편의 옥바라지를 하다가 남편이 죽자 유골을 서귀포 앞바다에 뿌리고 바다에 뛰어 들어 남편 뒤를 따라 갔다. 가난은 물론, 예전에 자신이 수족처

럼 부렸던 사람들로부터의 인격 모독을 견디어 낼 자신이 없
었던 것이다.

지우의 해린호도 압류되어 경매에 붙여졌지만, 서영이 낙
찰 받아 지우에게 관리를 맡겼다.

박서영은 고영신의 젊은 시절의 명성을 뛰어 넘어 위대한
만신, 대심방의 길로 들어서 자신만의 세계를 구축했다. 무제
한의 돈을 쏟아 부어 오름에 호화찬란한 용왕 신전을 건축한
것이다.

용왕당은 바닷가에, 산에는 호랑이 만다라를 모신 산신당
을 세우는 것이 상식이다. 따라서 저 멀리 바다가 아스라이
보이는 1,000m 고지에 용왕당은 모두의 고개를 갸웃하게 만
들었지만, 고영신과 박서영은 아랑곳하지 않고 밀어 부쳤다.
건물 착공과 함께 신전을 장식할 만다라와 조각품, 집기등을
인간문화재급 장인들에게 미리 주문해 건물 완공과 함께 내
부 인테리어도 끝났다.

신전 외부의 단청 장식도 밑그림을 나누어 동시 다발적으
로 여러 팀이 진행을 해 며칠 만에 다 그렸다.

불과 몇 달 사이에 그 자체만으로도 관광자원이 되고도 남
을 웅장하고 거대하고 호화로운 신전이 오름 위에 우뚝 선 것
이다.

용왕당의 낙성식은 대단했다.

제주도 내의 모든 심방들이 모여 굿판을 벌이고 박사 심방
의 추종자들이 전국에서 몰려와 축하연에 참석했다.

그리고 공교롭게도 그날 닐라칸타가 지구를 떠나고, 탑승자 명단이 공개되었다.

하지만, 지우는 절망하지 않았다.

십 년이 아니라 백 년일지라도, 해린이 지구가 아닌 저 우주 저편에서라도 살아만 있다면 기다릴 자신이 있었다.

용왕당의 조직이 고영신과 박서영을 충분히 보호할 수 있게 되자 지우는 용왕당에서 물러나 부두로 내려가고 싶었다.

그러나, 고영신이 지엄하게 명령을 했다.

"서영이는 신의 딸이 된 순간, 여자로서 구실을 포기했다. 서영이가 너를 의지하는 것은 지아비로서가 아니다. 서영이는 벌써 용왕신이 데려갈 아이였지만, 해린과 너를 위해 이 지상에 존재하는 것이다. 해린이가 돌아오면 그때에 모든 일이 해린이의 뜻대로 해결 될 터이니, 신당을 떠나지 마라!"

서영도 지우를 풀어줄 생각이 전혀 없었다.

"용왕당을 세운 것도 다 지우씨를 위한 거야. 지우 씨. 우리는 용왕당에 있어야 앞으로의 세상에서 살아남을 수 있어. 용왕당은 용왕의 세계가 올 때를 대비해 만든 노아의 방주야. 지우 씨. 절대로 용왕당에서 멀리 떠나지 마. 세상이 무너진다고 해도 여기로 오면 살 수 있으니까."

지우도 벌써 눈치 채고 있었다. 자신에 대한 서영이의 집착은 이미 남녀 간의 정분을 넘어선 것이라는 것을.

서영이 주석하는 신당은 황제의 집무실과 흡사했다. 이층 높이의 커다란 방 전면에 용신 만다라가 걸려있었다. 가로 6m, 세로 3m는 되어 보이는 벽 면 전체를 차지하는 용왕신의 모습은 호화찬란했다. 만다라 기능 보유 인간문화재가 순금을 개어 비늘을 그리고 보석을 갈아 채색을 한 용왕신은 살아 움직이는 듯 휘황하게 빛났다.

그 만다라 앞의 황금색 보료에 시퍼런 눈동자에 서린 귀기를 내쏘는 서영이 기대 앉아 있었다. 좌우에 소미가 시봉하고 있었다.

누구나, 서영 앞에 오면 등골이 서늘해지면서, 신의 영역에 들어 선 것 같은 공포를 동반한 심장이 떨리는 신비 체험을 한다고 한다. 서영의 눈을 마주하는 순간 뱀 눈 앞의 쥐처럼 공포 최면에 걸리게 되는 것이다.

하지만, 지우의 눈에 서영은 몸과 마음이 병든 노처녀일 뿐이었다.

접신한 영매들은 몸과 마음을 모두 신에게 바쳐 성적 욕망이 사라진다고 한다. 서영 또한 심방이 된 후로는 지우에게 육체적 접촉을 시도하지 않았다. 하지만 그 욕망이 고스란히 질투와 소유욕으로 옮겨간 듯해 지우를 힘들게 했다.

서영이의 처지가 너무 안쓰럽게, 애잔하게 보여 어느 날 지우는 서영에게 청했었다.

"서영아. 네가 나에게 집착하듯, 나도 해린에게 매여 있어. 그러니 서로의 마음을 부수지 말고, 그냥 친구하자."

서영이 그 커다란 눈에 눈물을 담으며 대답했었다.

"나는 지우 씨 친구가 될 수 없어. 신의 딸이 된 후 신 이외에 나에게 남은 인간은 지우씨 뿐이야. 내가 돈을 벌기 위해서 여기서 점을 치고 있는 것이 아니야. 오직 지우 씨가 이 세상에 존재하기 때문에 내가 이승에 남아 있을 뿐이야. 그냥, 내 눈 앞에만 있어줘."

서영은 지우가 눈앞에서 한 시간 만 보이지 않아도 불안에 떨며 소미를 보내 소재를 파악하고, 용왕당의 그 누구도 지우에게 거슬리지 않도록 단속했다.

지우는 스스로의 목숨을 담보로 하는 서영의 스토킹에서 벗어나려는 생각을 일찌감치 포기했다. 어차피 해린이 와야 끝장이 날 일이었다.

기실, 지우가 행사하려고 하지 않아서 그렇지, 용왕당에서 지우의 지위는 대단한 것이었다. 신과 같은 서영을 움직일 수 있는 유일한 '절대자'로 마음만 먹으면 용왕당의 모든 재산을 가질 수도 있었다.

하지만, 지우는 눈 앞에서 부모들의 재산이 티끌로 사라지는 것을 보고 벌써 물질에 대한 욕심을 포기했기에 그냥, 용왕당의 불목하니를 자청해 서영을 달래며 세월을 낚고 있을 뿐이었다.

10

유로파에서의 과업 개시 첫날. 아침 일곱 시.

아침 식사를 출력해 식탁에 모여 앉았다.

블랙이 입을 열었다.

"오늘부터 일을 시작해야 합니다. 어떡할 거요?"

해린이 사무적으로 대답했다.

"근본적으로 우리는 임무를 위해서 고용된 용병인 셈이니까, 죽더라도 임무를 수행해야죠. 그길 만이 한 시간이라도 빨리 지구로 돌아갈 수 있는 길이고요. 그 어떤 의혹이나 음모일지라도 지구로 돌아가면 다 밝혀지지 않겠어요?"

이사벨도 한숨을 푹 쉬고 나서 말했다.

"어차피 나사의 거짓말을 우리가 이곳에서 검증을 할 수 는 없겠지. 내 지식을 총 동원해 스스로 추론 해 휴스턴 외에 지구와 통신할 수 있는 방법을 찾아 봐야겠어. 이렇게 통조림 깡통 속에 들어 있어서는 우리가 여기서 죽은들 지구에서 어떻게 알겠어."

해린이 이사벨에게 말했다.

"현명하지 못한 행동은 하지 맙시다. 어차피 우리의 모든 통신은 검열이 되고 있지 않아요? 우리는 결코 이곳에 대한 정보를 나사 밖으로 내 보낼 수 없을 겁니다."

이사벨은 수긍하지 않았다.

"뭔가 방법이 있을 거야. 꼭 찾아내고야 말겠어."

식사를 끝내자 아침 8시가 되었고, 거실 벽의 모니터가 켜졌다. 미샤였다.

"작업을 개시하겠습니까?"

블랙이 지휘자처럼 나섰다.

"작업을 시작하기로 의견의 일치를 보았다."

미샤가 할 일을 알려주었다…

"지구에서 연수한 매뉴얼에 따라 먼저, 페타볼을 건설할 플랫폼을 만들어야 합니다. 작업과정과 역할 분담은 현장 상황에 따라 현 박사가 배분하세요. 작업 공정이 헤드 업 디스플레이 될 것이니 참조하시고요. 자재창고를 개방하고 작업 보조 로봇을 활성화시키겠습니다."

닐라칸타의 갑판 한 쪽이 열리고, 여행용 슈트케이스 크기의 로봇이 줄줄이 튀어 나오더니 팔을 내밀어 창고 속에서 자재를 꺼냈다.

로봇이 꺼낸 물건은 가로 세로 1m에 두께가 20cm, 질량이 100kg에 달하는 압축된 고무자루였다. 개미가 자기 체중의 몇 배가 되는 물건을 불끈 들어 올리듯, 장난감 같은 로봇이 큼직한 물건을 달랑 들어 등에 올려 균형을 잡으며 갑판 위를 조르르 달려오는 모습이 신기했다.

블랙이 고무자루에 압축공기 노즐을 꽂아 부풀렸다. 고무자루는 순식간에 열 배로 부풀어 가로, 세로 10m, 두께 2m짜리 매트리스 모양의 튜브가 되었다. 블랙이 부풀어 오른 튜브를 바다로 밀어 내리고 다시 두 번 째 로봇이 가져온 튜브에 공기를 넣었다.

해린이 튜브 위로 내려가 연이어 내려오는 튜브를 받아 연결했다. 이사벨은 갑판의 고리에 튜브를 고정시키는 일을 맡았다.

헬멧의 앞 유리에 떠오르는 작업 공정을 확인 할 필요도 없는 단순 노동이었다.

플랫폼은 페타볼이 조립되어 가는 크기에 따라 함께 키워가기 때문에 시작은 크지 않았다. 가운데 한 장 크기, 10m 사방의 공간을 여덟 장의 튜브로 에워 싸는 간단한 구조라서 금방 조립이 끝났다.

해린은 튜브 사이의 연결 상태를 살펴보고 혹시라도 새는 곳이 있는지 엎드려 헬멧을 튜브에 대고 외부 마이크를 켜 소리를 들어 보았다. 모든 구조물의 제작과 검수도 해린의 임무 중 하나였다. 물론 로봇이 지나다니며 해린보다 몇 백 배의 고감도 센서로 점검을 했겠지만, 그래도 인간의 최종적인 사용승인이야 말로 인간을 안심시키는 것이었다. 검수를 하면서 해린은 해류의 흐름을 눈으로 보고, 해녀의 예민한 감각으로 바닷물이 부풀어 오르는 미세한 느낌을 가늠해 보았다.

해린이 튜브의 조립이 완전하다는 클리어 사인을 보내자 로봇이 가로, 세로 1m, 두께 2cm, 질량 100kg 짜리 티타늄 중합금 패널을 지고 달려왔다. 해린은 로롯에게 방해되지 않으려고 한 걸음 옆으로 물러섰다. 중력이 낮아 17kg 정도의 무게로, 두 손으로 쉽게 들 수 있겠지만, 질량의 운동 에너지는 그대로 지니고 있어서 이 센티 두께의 모서리에 맞으면 큰 부상을 입을 수도 있기 때문이었다.

로봇이 가지고 온 강판은 결국 다시 수거하여 페타볼의 외피가 될 것이었지만, 작업 중에는 무겁고 날카로운 자재로부터 튜브를 보호할 깔판이 되었다.

여덟 개의 튜브 전체에 800장의 강판을 이음새 없이 깔아 나가는, 단순한 작업이었다. 하지만 한 장 한 장 검수를 하면서 이어나가기 때문에 시간이 걸릴 수밖에 없는 작업이었다.

로봇은 대여섯 장을 깔아 나가는 사이에 해린의 작업 순서와 방법을 학습해 강판을 제자리에 들고 대기 했다가 정확한 위치에 내려놓아 주었다. 강판을 페타볼의 외피로 재사용해야 하므로 이음새는 용접하지 않고 접착제로 붙여 나갔다. 이사벨이 틈새가 생기 않도록 붙잡고 해린이 접착제를 주입했다. 작업용 플랫폼에 불과하기 때문에 페타볼처럼 정밀할 필요가 없었지만, 해린은 빈틈을 용납하지 않았다.

이사벨은 기대했던 대로 일머리가 나쁘지 않아서, 해린과 일손이 맞았다. 열장 쯤 붙여 나갔을 때 벌써 가장 빠른 동선과 공정을 찾아냈다.

그렇지만, 개당 일 분의 속도로 작업한다고 해도 팔 백장을 붙이려면 팔백 분, 열 세 시간이상 걸릴 수밖에 없었다. 더구나, 외계 공간에서 방한 우주복을 입고서는 한 시간 이상의 연속 작업도 수행하기 어려웠다.

겨우 오십 장을 붙였을 때 미샤가 작업을 중지 시켰다.

"선내로 귀환하여 휴식을 취하고 점심 식사를 하세요."

한참 작업에 열을 올리던 해린은 계속하고 싶었고 블랙도 피곤한 표정이 아니었으나, 이사벨의 얼굴과 행동에서 피로의 기색이 역력해 멈추어야 했다.

점심시간을 포함 두 시간을 쉬고 다시 작업을 개시 했지만, 오후에 내내 백 장도 붙이지 못했다.

다음날 아침, 침대에서 내려오니 아킬레스건이 당기고 팔도 활발하지 않았다. 이사벨도 시무룩한 얼굴이었다. 블랙도 편치 않은 표정이었다.

해린이 말했다.

"600장이나 남았어요. 본 작업은커녕 패널 까는데 이 모양이라니요! 이러다가는 며칠이 걸릴지 모르겠네요. 페타볼이 최대 직경에 이를 때까지 계속해서 패널을 붙여나가야 하는데 말이예요, 힘을 냅시다."

선외로 나가기 전에 미샤가 말했다.

"어제의 작업을 분석하여 로봇들을 딥 러닝 시켰으니, 힘쓰는 일은 로봇에게 시키십시오."

무거운 몸을 이끌고 선외로 나갔는데, 다들 깜짝 놀랐다.

로봇들이 움직임이 몇 배나 더 빨라지고 정확할 뿐 아니라 힘을 쓰는 작업은 모조리 대신하는 것이었다. 예정된 일정에 맞출 수 있겠다는 희망이 생긴 해린은 근육의 고통을 잊어버렸다.

로봇이 흠잡을 데 없이 일을 해치우니, 통신 음파가 발생하면 하늘 쳐다 볼 여유가 생겼다.

얼음 천장에서 쏟아져 내리는 무지개 꽃비는 외계의 바다라는 냉엄한 현실을 잊게 만드는 환각제나 다름 없었다.

작업을 할 바지선이 완성 되자, 페타볼의 조립이 시작되었다. 지상에서 훈련받은 바도 있었고, 현장의 중력과 우주복, 로봇, 연장에 적응이 되기 시작해 며칠 되지 않아 세 사람은 손발을 척척 맞추어 작업 중에는 말을 할 필요도 없이 로봇처럼 일사천리로 일을 해 나갔다.

일이 자리를 잡자 단조로운 일상이 시작되었다.

일과가 끝나면 블랙은 컴퓨터와 카드게임을 하거나 운동을 했다.

이사벨은 대단했다. 쉼 없이 자료를 수집하고 기록하고 저녁이면 보고서와 논문을 써서 저장하고 지구로 송고했다.

해린은 제주도의 일상으로 돌아간 것 같았다. 학교에 출근해 일을 하듯 선외 임무를 수행하고 허니콤으로 돌아와 씻고 밥 먹고 책 보고 바이올린을 연주하며 마음을 안정시켰다.

그리고 잠이 일찍 깬 새벽에는 개인 태블릿을 꺼냈다. 네트워크에 접속이 되지 않아 프라이버시가 지켜지는 유일한 물건이었다. 해린은 태블릿에 일기를 쓰고 대학시절부터 꿈꿔왔던 해양 동화를 집필했다. 아직은 발표할 용기가 없었지만, 언젠가는 자신의 어린 시절을 채색한 바다 소녀 이야기를 책으로 내고 싶었다.

페타볼이 커져감에 따라 해린의 수중 작업량도 늘고 잠수 깊이도 늘어났다. 로봇 대신에 인간을 투입한 나사의 판단은 현명했다. 변화가 없는 반복적인 작업 같았지만, 막상 현장에서는 임기응변으로 대처하거나 잔꾀로 해결해야 할 일들이 매일 발생했고, 용접 로봇의 용접 결과가 만족스럽지 못할 때도 많았다.

테일러가 읍소에 이를 정도로 공을 들여 현해린을 설득한 것은 나사가 둔 '신의 한 수'였다. 수영 선수나, 잠수부가 아닌 '일꾼'은 테일러의 기대를 열 두 배로 충족 시켜 주었다. 수중 작업을 이사벨과 교대로 하기는 하지만, 체온 유지 장치를 넣은 두꺼운 잠수복을 입고 있는 이사벨의 몸놀림에는 한계가 있을 수밖에 없었다. 특히 세 손가락장갑 끼고서는 연장을 다룰 수가 없었다. 얇은 잠수겸용 우주복을 입은 채로 물로 뛰어 들어 열 손가락을 다 움직이는 해린의 작업능력은 이사벨과 블랙, 열 명을 합쳐 놓아도 따라오지 못할 지경이었다.

그뿐이 아니었다. 해린이 실제 작업을 하면서 수정에 수정을 거듭해 만들어 내는 페타볼 조립 전용 공구는 대단히 편리해서 일의 능률 향상은 물론 작업자의 노동 강도와 위험 부담을 파격적으로 낮춰주었다.

닐라칸타에는 상당한 크기의 티타늄 분말 3D프린터가 있어서 해린이 설계한 전용공구를 세 개 씩 출력해서 블랙과 이사벨에게도 지급했다. 지구에서도 해린의 설계를 받아 지상 재현 팀에게 지급했고, 그 편리함에 감탄했다.

그뿐 아니었다. 해린은 커다란 악어 클립이나, 고무 밴드를 이용해 부품을 붙잡거나 끌어당기는 아주 간단한 아이디어도 날마다 생산해 내 결국에는 나사의 조립 매뉴얼을 근본적으로 바꾸었다. 창조력이 없는 로봇이나, 상상력이 부족한 피동적인 작업자는 절대로 하지 못할 일이었다.

하지만, 해린의 진가는 다른데 있었다. 외계의 바다 속에서도 해린은 '가르치는 교사'였다. 용접 로봇을 비롯한 모든 작업 보조 로봇은 인공지능 양자 칩이 내장되어 스스로 학습을 해 나갈 수 있었다. 해린은 로봇을 가르치는데도 뛰어난 사람이었다. 자신의 행동을 따라하도록 훈련시키고, 로봇이 더 빠르고 정확한 작업 공식을 찾도록 유도했다. 로봇들은 해린의 입력에 따라 스스로 딥 러닝을 거듭해 기능이 일취월장했다. 오래지 않아 사람의 일을 거의 대신하고 속도도 몇 배나 빨라져 해린은 물론 블랙과 이사벨에게 쉴 시간을 주었다.

물론, 이사벨의 능력도 보통 사람들을 훨씬 뛰어 넘는 것이었고, 블랙은 무한 충전이 되는 로봇처럼 지칠 줄 모르는 체력으로 전체 일정을 끌어 나갔다.

사람과 로봇이 혼연일체가 되어 일이 척척 진행되었다. 작업 환경이 지구의 훈련 때보다 더 편안하고 기후 조건도 변동이 없어 지루할 정도로 작업이 수월했다. 그렇다고 해서 긴장을 늦출 수는 없었다.

한 조각이라도 놓치면 1,000km 해저로 가라앉아 다시는 회수 할 수 없었다. 3만 1천 4백 조각 중 단 한 개의 분실로 임무수행에 실패할 수는 없었다. 물론 그럴 경우에 대비해 여분을 가지고 오기도 했고, 3D프린터로 몇 조각은 출력해 낼 수도 있겠지만, 실수를 용납할 수 없는 작업이었다. 무조건 용접만 해서 잇대어 가기만 하는 것도 아니었다. 중간 중간 에어록과 기계 설비, 현창으로 쓸 자리는 볼트와 너트로 조립해 나중에 열수 있도록 만들어야 했다. 작업 시간이 늘어날수록 익숙해지기는 했어도 1/6 중력 또한 힘 조절에 실패하면 몸이 튀어 오르거나, 과속 충돌을 일으키곤 했다.

임무팀의 작업 속도가 빨라지자 미샤가 로봇을 추가시켰다.

화물칸에 빈틈없이 쌓여 있던 자재를 꺼내고, 결국에는 닐라칸타의 껍질까지 벗겨 내어 가져오는 일이 쉽지 않아 해린의 작업 속도를 따라가기 위해 한 대 더 투입한 것이었다.

그럭저럭 좌충우돌하며 70일 만에 사분의 일을 완성하고 하루를 쉬며 수행 평가를 했다. 누구보다도 작업에 열정적인 해린이 모두 발언을 했다.

"페타볼을 완성한다고 해도 원자로와 에어 록 등 부대설비를 장착하는 잔업이 한 달 분량은 될 거예요. 세 달 간 학습 효과가 누적되어 작업 속도가 조금씩 빨라지고는 있지만, 계속해서 당겨가야 당초의 목표인 유로파 채재 일 년 기한을 맞출 수 있잖겠어요? 좀 더 분발합시다!"

이사벨의 생각은 달랐다.

"페타볼 건설만이 우리의 임무가 아니야! 그에 못지않은 임무를 우리는 부여 받았어. 바로, 외계 생명체의 탐사야. 그걸 잊으면 안 돼! 나는 페타볼 건설보다, 외계 생명체 탐사를 위해 지원했어. 하지만 지금까지 나사는 외계 생명체 탐사에 대한 과업지시를 한 건도 내리지 않았어. 현 박사. 아무래도 나사는 외계 생명체 탐사라는 큰 수건으로 지구인의 눈을 가리고 오직 페타볼 건설을 위해 알렉산더 프로젝트를 추진한 것 같지 않아? 이제 나사의 예상보다 페타볼의 건설이 앞서 가고 있으니, 이제부터 우리는 외계 생명체 탐사에 시간을 나누어야 해."

해린도 수긍했다.

"그러고 보니, 휴스턴에서 지금까지 페타볼 건설 이외, 외계 생명체 탐사에 대한 본격적인 임무를 하달 한 적이 없네요."

"지금까지 채집한 플랑크톤이 수 백 종이야. 그것 자체만 해도 지금까지 해 온 외계 생명체 탐사 성과 중 최고인데, 나사는 나의 보고를 묵살하고 지구에 그 사실을 공표하지 않고 있어. 지구에 존재하거나 존재했던 미세 생물이라서 특별히 외계 생명체라고 분류할 수 없다는 옹색한 구실로 좀 더 진화된 생명체의 출현을 기다리라는 답신인데…, 나도 내 이름을 붙일 만큼 새로운 종을 발견하지 못해 참아주고 있기는 하지만…"

말끝을 흐리던 이사벨이 갑자기 블랙에게 공을 던졌다.

"블랙은 이 점에 대해서 어떻게 생각하나?"

블랙이 귀찮다는 듯 가볍게 대답했다.

"생각해 본 적이 없어요. 생각할 필요도 없고요. 나는 명령대로 하는 군인일 뿐이라니까요."

"도대체 블랙이 받은 명령이란 게 뭐야?"

블랙이 군대식으로 짧게 대답했다.

"대원들을 보호해 페타볼을 완성하라."

"외계 생명체 탐사에 대한 명령은 없었나?"

"그건, 박사님 과업이 아닙니까? 그리고… 솔직히 저는 외계 생명체 탐사로 인해 지구 귀환이 늦어지는 것이 달갑지 않아요. 왜냐면 지구 귀환 일정이 앞당겨서 얻을 수 있는 이익이 너무 크기 때문이오. 물을 전기 분해해 산소를 얻고 있기는 하지만 우리를 생존케 하는 것은 지구에서 가지고 온 한정된 자원이잖소? 하루라도 빨리 귀환하면 그 만큼 그 자원에 여분이 생기게 되고, 그 잉여 자원은 우리의 생존 확률을 높여 주는 절대 가치가 될 것이오. 또한 우리 몸이 이곳 중력에 적응하고 있는데, 적응이 진행될수록, 건강은 물론 지구에서의 재활에 장애가 될 거요. 그뿐 아니라 공기와 물, 음식이 모두 멸균된 생활이 길어질수록 우리의 면역력이 떨어져, 결국 지구에서 무균실 생활을 해야 할지도 모르오. 그리고… 우리가 이곳을 오염시키는 것이 우주적 관점에서는 대 재앙이 될 수도 있지 않겠소?"

나름 사려 깊은 말이었으나, 이사벨을 설득시키기에는 부족했다.

굳어진 얼굴을 펴지 않고 이사벨이 독백처럼 말했다.

"여전히 이곳이 어디인지도 모르고, 이곳에서 행해지고 있는 일이 지구에 제대로 알려지지 않고… 나사를 믿을 수 없어… 어떻게든 지구에 이곳 일을 필터 없이 전달할 방법을 찾아야 해."

해린에게는 이사벨의 말이 묘하게도 불편하고 불안하게 느껴졌다.

"벨 박사님. 플랑크톤이라는 식량이 있으니 분명 고등 생물체가 존재할 겁니다. 어쩌면 조만간 채집망에 맛있는 참치가 걸려 스시를 먹게 될지도 몰라요. 그때까지는 페타볼 건설에 전념해야죠."

해린의 장난스런 말에도 이사벨은 웃지 않았다.

아무런 사건 사고가 없어서 지루할 만큼 평범한 노동의 반복이었다. 미샤와도 하루 종일 대화가 없을 정도로, 스위스 시계 속의 부품들이 돌아가듯 작업이 진행되었다. 임무 팀은 다음 사분의 일을 육십 일 만에 완성했다. 오 개월 만에 페타볼의 반을 완성한 것이다.

페타볼 반쪽의 위용은 대단했다. 수면 위에 직경 100m의 거대한 원이 떠올랐다. 물속에 잠겨 있는 반구의 정 가운데 깊이는 수심 50m였다. 지구상 조선소의 드라이 독에서 조립했다면 크게 어려운 일이 아닐 수도 있었다. 하지만, 외계의 수심 1,000km의 바다 위에서 한정된 자원과 인력으로, 해냈다는 것은 기적에 가까운 일이었다.

미샤는 감성이 부족한 듯, 감탄은커녕 메마른 목소리로 말했다.

"페타볼은 지금이 가장 취약한 상태입니다… 구체의 나머지 반이 완성되어 완벽한 공이 되어야 내력이 분배되어 공 모양을 유지할 수 있다는 사실을 모두 잘 알고 있지 않습니까?

아무리 티타늄 골조와 지오데식 구조라 할지라도 현재는 원의 외부에서 힘을 가하면 쉽게 원형이 어그러지게 됩니다. 이제 작업이 분수령을 넘은 만큼 더욱 더 긴장하고 더욱더 힘을 내 주세요."

해린은 지휘자인듯한 미샤의 말투가 마음에 들지 않아 통명스럽게 대꾸했다.

"걱정하지 마세요. 팀워크가 완벽에 이르렀고, 그간의 학습 효과에 숙련이 되어 눈감고도 나머지를 조립할 수 있어요. 특히 각종 보조 로봇들이 수 만 회의 작업으로 숙달되어 대단히 효율적으로 움직이니까 앞으로의 작업은 더욱 더 빨라지고 더 안전해 질 거예요."

다음 날.
작업을 시작하기 위해 물속으로 산소 호스를 끌고 들어가던 해린은 깜짝 놀랐다.

생명체가 있었다!

새끼손가락 크기의 물고기가 떼를 지어 헤엄치고 있었다!
해린은 즉각 이사벨 박사를 불렀다.
"박사님. 물속에 생명체가 있어요. 작은 물고기 떼요."
블랙이 헤드 랜턴의 광도를 올려 해린 주변을 비추었다. 과연, 송사리처럼 작은 물고기가 떼를 지어 새카맣게 몰려다니고 있었다.

작은 물고기 떼였지만, 그 존재가 의미한 바를 모두들 다 잘 알고 있었다. 지구 외에서 고등 생명체가 발견된, 인류사적 사건이었다. 이번 탐사의 중요한 목적 중의 하나가 달성되는 순간인 것이다. 이 순간을 위해 이사벨 박사를 태우고 온 것이다. 미생물 수준이 아닌, 진화된 완벽한 동물이라니! 물론 지상에서 이런 경우에 대한 교육도 받았고 대처 방법도 숙지했었다.

이사벨이 마이크에 대고 외쳤다.

"채집망의 위치!"

모두의 헬멧 유리창에 채집망과 채집 병의 위치가 투사되었다. 블랙이 허리에 두른 중량 추를 풀고 닐라칸타의 위쪽에 있는 장비 창고를 향해 점프했다. 거의 날아가는 수준이었다.

블랙이 가져온 뜰채로 이사벨이 물고기를 잡아 병에 담았다. 선장의 목소리가 들렸다.

"물고기의 위해성이 판단될 때까지 작업 중지! 현장을 정리하고 철수 하시오!"

이사벨은 물고기가 담긴 병을 불빛에 비춰보았다. 해린과 수이렌도 함께 들여다 보았다.

"에구. 이 물고기가 우리를 죽일까봐 무서운 게 아니라, 우리가 이걸 죽일까봐 걱정해야지! 안 그래요? 현 박사? 치어 상태의 물고기 종을 구분하기가 어렵기는 하지만, 대충 지구의 어떤 물고기와 비슷한지 짐작이 가지 않아요?"

물고기의 모습이 해린의 눈에 익었다.

"명태, 알라스카 폴락 같은데요?"

"그래, 틀림없어."

거주 공간으로 철수한 일행이 지켜보는 가운데 이사벨은 현미경으로 물고기를 관찰하고 고해상도 카메라로 촬영하여 확대해 보고, 한 마리를 해부하여 속을 살펴보고 척수액을 뽑아 DNA를 분석했다. 이 모든 자료는 사령실의 메인 컴퓨터를 통해 지구로 실시간 송신되었다.

지구에서의 회신을 기다릴 필요도 없었다. DNA가 지구의 명태와 똑같았다.

"오호츠크 해역의 저온에서 서식하는 대표적인 한류성 어족 이니까 이곳 차가운 물속에서 살고 있다고 해도 놀랍지는 않아. 하지만, 이게 왜 다섯 달 만에 나타났느냐가 문제야. 어쩌면 우리가 이곳에 도착하여 불을 켜는 순간 부화되었는지도 몰라."

블랙은 물고기가 발견된 순간부터 굳어진 표정을 풀지 못하고 명태 새끼만을 마냥 들여다보고 있다가 말을 꺼냈다.

"명태는 잡식성 폭군이 아닙니까? 큰 입으로 뭐든 다 잡아먹지요. 그렇다면 이 물 속에 명태의 먹이가 되는 다양한 해양 생물이 있다는 말이고, 내 경험 상으로 보아 작은 물고기는 반드시 큰 물고기를 불러요. 그리고 부화를 시킨 것이 아니고, 우리가 여기 올 때처럼 저체온 동면하고 있던 물고기들을 깨웠거나, 깊은 바다 속에 있는 것을 수면으로 불러올렸다면 간단한 문제가 아니잖소?"

이사벨이 블랙의 말에 동의했다.

"다섯 달 동안, 지구의 오징어잡이 배 집어등보다 몇 배 더 강력한 불을 켜 놓았고, 원자로의 열기를 바닷물로 냉각시켰으니 분명 유로파 전체까지는 아닐지라도 이 해역의 생태계에는 영향을 미칠 만큼 빛도 비추었고 수온에도 변화를 주었을 거야. 어찌되었든 한정된 공간에서 에너지를 사용하면 결국은 온도가 상승한다는 열역학법칙은 우주 공통이니까."

"큰 물고기가 공격을 할 경우에 대비해야겠습니다."

수중 작업을 거의 전담하다시피 하고 있는 해린도 반대하지 않았다.

"휴스턴의 지시를 기다려 봅시다."

다음 날 아침, 미샤가 휴스턴의 결정 사항을 알려주었다.

"외계에서의 고등 생명체 존재가 현실적으로 확인된 인류 사적 발견이지만 지구상과 똑같은 생명체의 존재는 지구의 생명체의 유래에 대해 엄청난 파장을 몰고 올 위험한 발견인 만큼 휴스턴에서 결정할 때까지 발견 사실은 당분간 비밀에 붙여질 것이다."

예상했던 답변인 듯, 이사벨은 휴스턴의 통보에 아랑곳 하지 않고 해린과 블랙의 도움을 받아 그물을 쳤다.

바다 속에 수평으로 커튼처럼 길게 늘어뜨려 오가는 물고기를 잡는 자망그물이었다. 지구에서는 사용이 금지된, 작은 고기부터 큰 고기까지 싹쓸이 하는 삼중망으로 철보다 열 배는 더 강하다는 슈퍼 나일론을 꼬아 만든 단단한 그물이었다. 이사벨은 그물의 부표에 살림망과 채집망까지 달아 두었다. 인류문명의 결집체인 최첨단 우주선을 타고 외계의 바다까지 와서 가장 원시적인 고기잡이를 하고 있는 셈이었다.

이튿날, 작업에 몰두 하던 해린은 등 뒤에서 평소에 느끼지 못했던 물의 파동을 감지하고 뒤를 돌아보았다. 이사벨 박사가 물속으로 들어와 그물 쪽으로 헤엄쳐 가고 있었다. 그물에 무언가가 과일처럼 주렁주렁 매달려 있었다. 해린은 궁금하기도 하고 도와 줄 일이 있나 하여 이사벨에게 다가 갔다.

그물에는 커다란 사과 크기의 공 모양 물체가 달려 있었고, 주변에는 나무 잎사귀처럼 생긴 장방형의 생명체가 새우처럼 작고 가는 발로 헤엄치고 있었다. 이사벨이 조심스럽게 그물에 달린 생명체를 살펴보다가 그물 사이로 채집망의 손잡이를 넣어 그물 밖의 생명체를 툭 쳤다. 손잡이에 맞은 생명체가 쥐며느리처럼 몸을 둥글게 말았다. 그물에 걸린 것이 바로 그 생명체였다.

"손상을 입힐 만큼 날카로운 이가 보이지 않아."

하며, 이사벨이 두툼한 세 손가락 장갑을 낀 손으로 그물에 걸린 생명체를 잡아떼었다. 공처럼 완전히 몸을 사린 생명체는 꼼짝도 하지 않았다. 일단 대여섯 마리를 떼어 채집망에 담고 이사벨은 한 마리를 두 손으로 잡아 폈다. 그 생명체를 펴서 배를 살펴 본 순간 이사벨이 눈을 동그랗게 뜨며 소리를 질렀다.

"세, 세상에! 이, 이런! 현 박사!"

해린도 한눈에 그 생명체를 알아보았다. 더듬이까지 합한다면 50cm는 족히 되어 보이는 장방형의 생명체는, 가운데 배를 중심으로 양쪽으로 정확하게 대칭을 이루는 세 조각을 세로로 이어 붙인 것 같았다.

"삼엽충! 틀림없는 삼엽충!"

"그래요! 해부할 것도 없어요. 삼엽충이 틀림없어요! 2억 3천만 년 전 페름기 말 대멸종 때 모조리 사라진!"

"그러네요! 5억 4천 년 전부터 3억 년 간 지구상에서 가장 번성했던 생명체!"

"세상에, 살아있는 삼엽충이라니!"

블랙도 가까이 와서 말을 넣었다.

"삼엽충은 해저에서 기어 다녔던 것으로 알고 있는데, 수면에서 잡히다니, 삼엽충이 확실해요?"

이사벨이 블랙의 관심이 반가운 듯 친절하게 설명해 주었다.

"아무래도 해저에 서식했던 종류가 가라앉아 화석화될 확률이 높아서 일반적으로 그렇게 알려졌지만, 수면에서 생활했던 것으로 추정되는 종류도 여럿 발견되었어."

블랙은 삼엽충의 출현을 심각하게 받아 들었다.

"이 바다 속에 과거 지구에서 멸종된 생명체가 온전히 살아 있을 수도 있겠네요."

"그럴 가능성이 높지."

"벨 박사. 고생대의 바다는 거대 상어의 천국이었다던데요?"

"삼엽충이 살아있다면, 멸종된 거대 상어도 살아 있을 가능성이 높지. 쥬라기 월드에서 스필버그가 그려내었던 그런 거대 상어가."

"설혹, 상어 류가 존재한다고 해도 해수면 온도가 낮아서 부상할 확률이 거의 없겠지요?"

"무슨 말을! 지구의 그린랜드 상어는 북극의 얼음 아래 -1℃ 수온에서, 그것도 수심 1km 해저의 거의 빛이 없는 곳에서도 잘 살고 있어. 이곳과 거의 같은 환경에서 말이야."

블랙의 얼굴이 굳어졌다.

"지구로 보고 했습니까?"

"우리 헬멧에 달린 카메라의 영상은 시간차는 있어도 지상에 모두 전송이 되잖아. 일단, 오후 작업은 블랙과 현 박사, 둘이서 해. 나는 삼엽충을 가지고 가서 해부하고 DNA를 분석해 지구로 보고할게."

다음 날 아침.

전에 없이 활기 찬 목소리 이사벨이 앞장서 선외 작업복을 입으며 말했다.

"이제야 여기에 온 보람이 느껴져 너무 행복해. 오늘은 과연 어떤 생물체를 발견할 수 있을까!"

블랙은 삼엽충의 출현이 마뜩찮은 듯, 냉정하게 말을 받았다.

"우리의 생명을 위협할 수 있는 생명체가 나타나지 않으리라는 보장이 없으니, 오늘부터는 더 조심합시다."

해린이 가볍게 말을 받았다.

"뭐, 삼엽충이 우리를 죽이기야 하겠어? 블랙이 지켜주는데."

해린이 수중에서 용접 부위를 비파괴 검사하고 있을 때, 이사벨의 목소리가 헬멧의 스피커를 울렸다.

해린이 뒤를 돌아보니 2m는 되어 보이는 커다란 물고기가 그물에 걸려 몸부림치고 있었다. 곧바로 이사벨이 물로 들어오고 해린도 가까이 가보았다.

무시무시하게 생긴 물고기 한 마리가 이빨로 그물을 끊어 내려고 이를 박박 갈고 있었다. 해린도 예전에 지구에서 복어류가 이를 가는 소리를 들은 적이 있었지만, 이 물고기는 차원이 달랐다. 육상 동물의 이빨과 턱을 가지고 있었다. 마치 고양이과 동물의 머리에 상어의 몸통을 붙여 놓은 모습이었다.

"에일리언 영화의 외계 크리처가 따로 없네."

하며, 이사벨이 고기의 몸통에 얽힌 그물을 벗기려는 찰나, 고기가 그물에서 벗어나 아가리를 딱 벌리고 이사벨에게 달려들었다. 정말로 사자가 입을 벌리고 달려드는 것 같았다. 비수 같은 송곳니와 칼날 같은 앞니였다. 혼비백산한 이사벨이 뒤로 물렀났지만 물고기는 이사벨의 헬멧을 한 입에 덥석 물었다. 끔찍한 광경이었다. 헬멧이 아니었다면! 그때 작살이 날아와 물고기를 관통했다. 블랙이 가스 압력으로 쏘는 살상용 작살 총을 쏘아 맞춘 것이다.

해린은 기절한 이사벨을 한 손으로 붙잡고 헤엄쳐 바지선으로 데리고 갔다. 블랙이 이사벨을 물 위로 잡아당겨 바지선 위에 눕혔다. 다행히 이사벨은 이내 정신을 차려 선내로 옮기려는 손길을 뿌리쳤다.

"고기, 그 고기는 어디 있어요?"

블랙이 작살에 달린 줄을 끌어당겨 고기를 바지선 위로 끌어 올렸다.

이사벨의 상기된 목소리가 고막을 울렸다.

"놀라기는 했지만, 이제야 비로서 외계 행성이라는 실감에, 나는 거의 오르가슴 지경이야. 블랙, 이거 의료 캡슐로 옮겨줘."

블랙이 고기를 들고는 말했다.

"패널 한 장 무게와 거의 엇비슷해. 100kg은 됨직한 대어야. 생명을 위협하는 생명체가 나타났으니 대책을 세울 때까지 작업은 중지요."

신바람을 숨기지 않으며 이사벨은 고기를 해부했다.

이사벨이 메스로 물고기의 배를 가르다가 깜짝 놀란 표정으로 말했다.

"세상에, 살이 따뜻해! 그렇다면 항온 동물이란 말이잖아!"

이사벨은 해부를 계속하며 중얼거렸다.

"파충류의 다리가 지느러미로 진화하는 과정 같기도 하고… 해저에서 기어 다니기 위해 다리가 생기지는 않을 것이고, 그렇다면 이곳에 육지가 있다는 말인데…, 이거 정말. 포유류와 어류가 믹스된 생명체 같아. 지구상에서는 화석으로든 현생으로든 이런 유전자 결합이 발견된 적이 없어. 심장 구조와 생식기로 보면 항온 포유류 같은데, 아가미와 꼬리지느러미라니! 상체만 사람 모양이라면 인어 아냐? 신화 속에 나오는 이종교배종이 실제로 있을 줄 꿈에라도 생각했겠어? 이 녀석 이빨 보게. 상어도 물어 죽이겠어. 그래. 이 녀석 이름을 티라노 벨이라고 붙이자. 드디어 내 물고기를 가지게 되었어."

이사벨은 티라노 벨의 혈액을 뽑아내고 살코기와 장기의 샘플을 채취해 생체 성분 분석기에 넣고 돌렸다.

분석기는 이내 결과를 모니터에 올렸다. 이사벨의 얼굴에 미소가 피어올랐다.

"오호! 예상대로 독성은 없고, 이거 정말, 쇠고기와 참치의 구성 요소가 고루 섞였네. 그렇다면 맛을 봐야지! 푸드 프린터 복제 음식은 플라스틱에 불과하잖아. 진짜 음식 먹게 생겼네."

이사벨이 티라노 벨의 살코기를 메스로 한 점 베어내 맛을 보았다. 그러고는 눈을 동그랗게 뜨고 말했다.

"우와! 어류와 포유류의 맛이 함께 들어있네! 세상에! 고래와 쇠고기를 같이 먹는 거 같다!"

해린도 이사벨이 잘라 주는 고기를 한 점 맛보고, 이사벨의 감탄이 과장이 아니라는 사실을 알게 되었다.

블랙이 입맛을 다시며 말했다.

"나는 스시를 먹지 않으니까, 구워 주시오."

이사벨이 즉시, 열광 램프로 티라노 벨의 고기를 익혔다.

익힌 고기의 맛은 더 좋았다. 블랙이 감탄하며 말했다.

"이거, 그물을 많이 쳐서 잡아 냉장합시다. 푸드 프린터가 고장 나도 여기서 굶어 죽을 일은 없겠소."

해린이 티라노 벨의 고기를 꼭꼭 씹어 맛을 보며 말했다.

"정말! 세상에나! 이런! 이거 진짜로 지구에 가져다 팔수만 있다면!"

이사벨이 맞장구 쳤다.

"그러게. 지구의 모든 생선이 미세 플라스틱에 오염이 되었으니 이토록 청정한 고기라면 열 배의 값을 내고라도 사 먹을 거야. 특히, 일본인들!"

블랙도 말을 보탰다.

"여기에 고래보다 더 큰 물고기가 있다면 잡아서 지구로 보내는 거 생각해 볼만한 투자 같소. 시스템 구축에 천문학적인 투자가 필요하겠지만, 일단 통로만 열리면! 물이라는 연료가 있고, 이곳 인력이 약해 적은 연료로도 지구로 발사할 수 있지 않겠소? 우주의 극한에 냉동은 거저 일테니까 경제성이 있을 것 같지 않소."

"여기가 외계로 향한 징검다리가 아니라 인류의 식량 창고가 될 수도 있겠어. 현 박사! 블랙! 여기가 정말로 인류의 닐라칸타가 될 것 같아. 식수와 연료로 쓸 수 있는 물이 무한정 있고, 또 인류가 섭취할 수 있는 식량이 자생하고 있어. 환상적이야. 우주가 인류 생존과 은하계 진출을 위해 안배 해 놓은 곳 같아."

해린도 고개를 끄덕였다.

"조석의 마찰이 미미한 정도인데도 바다가 얼지 않는 걸 보면, 내핵이 발열을 하고 있는 것이 분명해요. 그렇다면 심층부로 내려갈수록 수온이 올라가 난대성 어류도 존재할지도 몰라요. 행성 공학으로 인공 태양을 설치하고 녹조류의 씨를 지구에서 가져와 뿌리면 광합성을 해 대기 중 산소 농도도 올라갈 거고요. 그렇다면 페타볼을 만들 필요도 없지요. 유로파 자체가 얼음 갑옷을 입은 거대한 페타볼이 되겠잖아요?"

"그러게. 그런데 현 박사. 이곳의 환경이 이토록 좋다니! 처음에는 생존에 유리해서 대충 수긍했지만, 갈수록 의문점이 많아. 지구상의 추론과 이토록 다를 수가 있다는 사실이 정말 충격이야."

"저도, 우리 태양계에 이런 곳이 있다는 게 믿기지 않아요. 유로파가 아니라 웜홀을 통해서 다른 은하계의 은하 유전자은행 별로 온 것 같다는 생각을 떨칠 수가 없어요. 이 별이 생명의 씨를 뿌리며 우주를 돌아다니고 있다는 생각이 들어요. 이 별이 우주의 종자은행이 아닐까요?"

"현 박사. 이제야 말로 지구를 발칵 뒤집을 만한 역사적인 발견을 했으니 휴스턴도 더 이상 내가 보낸 보고서를 감추지 못할 거야. 이젠 더 이상 기다릴 수 없어. 휴스턴이 발표하지 않으면 내가 터트릴 거야."

"정말 그럴겁니까?"

블랙이 물었다.

"그래."

"꼭 그래야 할 이유가 있소?"

"나는 꼭 모든 사람들이 알도록 발표하고야 말겠어. 내 눈으로 직접 보고 조사 정리한 우주적 사건을 나사가 사장시킬 수는 없지! 지금 인류가 뒤집어질 이 엄청난 사실을 나사가 독점하고 지구인들에게 숨기고 있어. 왜 그럴까? 궁금하지 않아? 그리고!"

이사벨은 말을 멈추고 해린과 블랙의 눈을 번갈아 맞추어 본 후 말을 이었다.

"이 사실을 나만 본 게 아니지. 그러니까 나사가 이 사실을 영원히 숨기려고 작정했다면 우리 모두를 죽일 거야. 나는 죽는 한이 있더라도 이 사실을 지구인 모두에게 내 이름으로 공표하고야 말겠어."

틀린 말이 아니었다. 이사벨은 외계 생명체 발견과 연구를 위해 알렉산더 프로젝트에 자원한 사람이었다. 그리하여 호모사피엔스의 역사를 바꿀 위대한 발견을 한 것이었다. 하지만 그 연구가 사장될 위기에 처한 것이다. 입장을 바꾸어 놓고 생각해도 목숨을 걸 만한 일이었다.

하지만, 이사벨답지 않은 선부른 발언이었다. 해린은 등골이 서늘해지는 것을 느껴 한마디 보태지 않을 수 없었다.

"벨 박사님. 지금 우리의 상황에서는 어떤 수를 써도 휴스턴 밖으로 정보를 유출 할 수가 없어요. 그냥 돌아갈 때까지 증거 자료나 충분히 수집하죠."

블랙도 이사벨을 달랬다.

"휴스턴도 언제까지나 이 사실을 숨길 수 없을 거요. 발표 시점의 차이일 뿐이니 휴스턴이 우려할 만한 행동을 자제하는 것이 좋겠소."

이사벨이 블랙 쏘아보며 물었다.

"블랙, 다시 한 번 묻겠는데, 정말로 우리가 모르는 게 뭐지?"

블랙이 자못 진지한 얼굴로 대답했다.

"지구에서 테일러 박사를 수행해서 당신들 보다 더 많은 정보를 알고 있을 것 같겠지만, 사실 나도 유로파에서 페타볼을 건설한다는 과업이외의 사항은 추측 이상의 정보를 가지고 있지 않소."

"그럼, 그 추측을 말해봐"

"나는 과학자가 아니라서 내 추측을 증명하는데 한계가 있기 때문에 선불리 말하기 싫소."

해린도 대답을 하는 블랙의 눈동자를 지켜보았다. 흔들리거나 망설이는 빛이 없었다.

이사벨이 결의에 찬 얼굴로 선언하듯 말을 맺었다.

"나는 죽는 한이 있더라도 나사가 내 발견과 연구를 사장시킬 수 없도록 공표하고 전인류가 공유하도록 하고야 말거야."

해린은 이사벨이 아닌 블랙의 표정을 살폈다. 블랙이 애써 포커페이스를 만들고 있었다. 블랙이 심각한 얼굴로 이사벨에게 물었다.

"벨 박사. 정말로 나사 밖으로 이곳 자료를 내 보낼 수 있다고 생각하오?"

이사벨이 의미심장한 미소를 띠며 딴전을 피웠다.

"나는 지구로 돌아가기 싫어. 이곳에 남을 수만 있으면 혼자서라도 다음 팀이 올 때까지 연구를 계속하고 싶어. 여기에는 지구상에 현존하는 해양 생물은 물론 고생대 생물이 살아 있고, 더 기가 막히게도 지구에서와는 전혀 다른 계통으로 진화한 생명체까지 있다고! 나는 우주적 진화를 연구할 기회를 놓치고 싶지 않아."

해린은 이사벨의 마음을 이해할 수 있었다.

"불가능하지는 않겠죠. 지구로 돌아갈 때 필요 없기도 하지만, 다음 올 팀의 거주 공간으로 허니콤을 통 채로 이곳에 떼어 놓고 가니까 허니콤에 페타볼의 전력을 끌어다 붙이면 얼마든지 생활 할 수 있겠지요. 바다에서 단백질과 지방을 공급받을 수 있으니까 푸드 프린터의 식재료에 탄수화물만 넉넉하다면 몇 년이든 생활이 가능할 겁니다. 또한, 페타볼에 지구와 직접 교신할 수 있는 통신시스템이 있을 테니까 마음만 먹으면 얼마든지 다음 탐사대가 올 때까지 혼자만의 바다 왕국을 꾸려놓고 살 수도 있을 거예요. 페타볼의 건설 목적이 바로 인류의 주거 거점 확보 아닙니까?"

이사벨이 진중한 표정으로 대답했다.

"현박사, 나는 정말로 이곳에 남는 것을 진지하게 고려하고 있어. 이곳에 보존 된 유전자라면 지구에서 멸종되었던 생명체의 복원이 가능할 거 같아. 이건 현 박사의 말대로 우주의 종자은행이라고."

해린도 이사벨의 의견에 동의했다.

"바닷물의 성분이 지구의 바다와 거의 일치하고, 공기의 구성 성분도 비율만 다를 뿐 지구와 거의 흡사해요. 아무래도 새로운 논문을 써야 할까 봐요. 어쩌면 여기의 바다가 지구의 바다의 원천인 것 같지 않아요? 여기 물이 어떤 방식으로든 지구로 흘러들어 바다가 생긴 것 같다고 유추 할 수 있잖아요? 물과 함께 생명체의 유전자까지 한꺼번에 흘러들었다면, 진화론이 뒤집어지지 않겠어요? 외계의 생명체가 지구에서 진화한 게 아니라 퇴화 되었을 수도!"

이사벨이 계속해서 해린의 말에 맞장구를 쳤다.

"이곳의 물이 지구로 흘러들어가는 통로만 증명할 수 있다면! 바다의 기원을 밝혀낸 사람으로 현 박사는 인류사에 기록 될 것이야. 하지만! 이 모든 사실을 나사가 독점하고 지구인들에게 알리지 않는다면! 우리의 모든 노력은 물론, 존재 자체가 사라지고 말겠지."

잠자코 듣고 있던 블랙이 말을 넣었다.

"사라지다뇨?"

"블랙! 눈치재지 못했다고 시치미 떼지 마. 나사가 우리 모두를 죽이고 우주 사고로 위장한들 그 누가 알겠냐고!"

블랙은 부정하지 않았다.

"그건 닐라칸타에 탑승 서약을 할 때 이미 각오한 것이오. 나는 항상 임무에 나설 때마다 죽을 각오를 했기 때문에 새삼스럽지 않소."

"블랙. 기다려 봐. 나사가 조만간 나를 지구의 매스컴과의 인터뷰를 주선하지 않을 수 없도록 할 테니까."

티라노 벨의 고기를 포식한 그날 저녁 해린은 꿈을 꾸었다.

어머니의 신당이었다.

예전처럼 고영신과 박서영이 '용왕대신'을 연호하며 용왕의 만다라에 끝없이 절을 하고 있었다. 해린은 팔짱을 끼고 당당하게 서서 만다라 속의 용을 노려보고 있었다. 이까짓 한낱 그림에 불과한 환상의 동물에게 절을 하다니! 과학자로서 용납할 수 없는 일이었다.

고영신과 박서영의 부름에 용이 응답을 하였는가! 화룡점정! 그림 속 용의 눈에 불이 켜진 듯 총기가 서리더니 용이 살아서 꿈틀거리다가 그림 속에서 빠져 나와 해린을 휘감았다.

'으악!' 해린은 스스로의 비명에 놀라 눈을 떴다.

그와 함께 침실의 불이 자동으로 켜지고 바이탈 이상 사인이 켜졌다. 비명 소리에 반응한 컴퓨터가 이사벨에게 알린 듯, 스피커에서 이사벨의 목소리가 들렸다.

"현 박사. 무슨 일이야?"

"악몽을 꾸었네요. 괜찮아요."

"거실로 나와서 얼굴을 보여줘."

"잠시 기다리세요."

해린은 일어나 몸을 살펴보았다. 식은땀에 내의가 축축했다. 두통도 심하고 현기증까지 있었다. 머리카락을 추슬러 나이트캡에 쓸어 담고 뒤뚱뒤뚱 거실로 나갔다. 이사벨이 걱정스런 얼굴로 기다리고 있다가 의료 캡슐로 해린은 데리고 들어갔다.

"현 박사의 맥박과 호흡이 증가하고 비명소리가 나 컴퓨터가 나에게 통보했어."

"별일 아니에요. 악몽을 꾸었는데 덕분에 꿈속에서나마 어머니를 뵈었어요."

"일단 매뉴얼에 따라서 현 박사를 검진해야 해."

이사벨은 해린을 의자에 앉히고 청진기와 혈압계, 체온계, 펜 라이트 등 골동품들을 꺼냈다. 선택의 여지가 없었으므로 해린은 이사벨을 검진을 순순히 받아들였다.

"이곳에는 바이러스가 없기 때문에 지구처럼 감기에 걸릴 수가 없는데 증상이 감기와 비슷해."

"지구에서도 감기에 거의 걸리지 않았고, 걸려도 의료적 처치를 한 번도 하지 않고 그냥 이겨냈어요. 지금 내 스스로 느끼는 증상도 없고요. 괜찮을 거예요."

"내일 아침까지도 이렇게 체온이 높으면 지구에 보고 해야 해."

"아침까지 쉬고 나면 괜찮을 것 같아요."

"수면제를 처방해 줄까? 인체에 무해한 수면 유도제가 있어. 나도 가끔씩 먹는데 효과가 아주 좋아."

"몇 개 주세요."

이사벨은 해린에게 약을 한 갑 주면서,

"오늘은 내가 특별한 수면제를 따로 줄게."

하고는 약장에서 플라스틱 병을 꺼내고 비이커를 두 개 가져왔다.

"의료용 99% 에틸 알코올이야. 희석하면 술이라는 거지."

해린도 깜짝 반겼다.

"한국의 소주를 그렇게 만들어요. 저는 20%로 희석해서 마실래요."

"나는 40% 코냑을 만들어 스트레이트로 한 잔 씩 하곤 해. 오늘은 티라노 벨 스시를 안주로 한 잔 하자고."

정말로 소주 맛이 나서 해린은 감동을 했다.

"벨 박사님, 이거 몇 리터나 있어요?"

"일 리터 병 네 개가 있는데, 내가 좀 마셨지."

"박사님. 이거 있는 거 블랙이 알면 절대로 안 돼요."

"왜?"

해린은 라스베가스에서의 사건을 이야기 해 주었다.

소주를 세 잔이나 마시고 자신의 캡슐로 돌아온 해린은 수면 유도제를 먹지 않고도 단잠에 들었다.

아침에 미샤가 휴스턴의 조치 사항을 알려 주었다.

"휴스턴의 지시에 따라, 맹수성 수중 생명체의 존재를 예측해서 가져온 그물을 닐라칸타 둘레와 해저까지 드론을 이용해 설치했습니다. 그물눈은 5cm각입니다. 따라서 그보다 더 큰 물고기는 들어 올 수 없습니다. 또한, 어뢰 및 폭뢰의 사용이 승인 되었습니다. 이에, 음파와 영상 탐지 수준을 최상위로 올려 닐라칸타 반경 2km 이내로 접근하는 모든 물체를 실시간 감시하여 위험 요소로 판단되면 수중과 공중 드론이 사살합니다. 안심하고 페타볼 건설에 집중하세요."

이사벨은 휴스턴의 이번 조치에는 크게 반발했다.

"채집하고 포획하여 조사 연구하지 않고, 접근을 금지시키고 사살하겠다고! 이게 말이 되는 거냐! 더 이상은 참을 수 없다!"

이사벨의 분노에 마음이 불안해진 해린이 이사벨을 달랬다.

"박사님 말대로 알렉산더 프로젝트는 외계 생명체 탐사가 아니라, 페타볼 건설인 것 같아요. 그러니까 일단 페타볼을 완성해 주고 함께 생명체를 연구합시다. 지금 페타볼 건설이 일정을 앞서 가고 있으니까, 완성 후에 시간이 남을 겁니다. 그때는 저도 협조할 테니까 지금은 휴스턴을 건드리지 맙시다."

하지만, 이사벨은 고개를 흔들었다.

페타볼이 4분의 3 완성되었다.

그간의 경험을 바탕으로 찾아낸 가장 효율적인 작업 방식은 한꺼번에 두 장의 패널을 세로로 세우면서 가로로 진행해 원을 완성해 나가는 것이었다. 빙 둘러 2m 높이의 장벽을 쌓아 원을 이루면 페타볼이 2m 씩 가라앉는 것이다.

해린은 용접 로봇을 끌고 수면과 2m 수중을 오가며 패널을 붙여 나갔다. 페타볼의 최대 직경인 100m 까지는 점점 늘어나는 작업량 때문에 일의 성과가 눈에 보이지 않아 지칠 때도 있었지만, 이제부터는 거꾸로 점점 줄어들어 하루하루 작업을 한 결과가 눈에 보여서 작업 분위기가 무척 고무적이었다. 정점을 향해 오그라드는 공을 보면서 모두들 더욱 힘을 내고 더 자발적으로 활기차게 움직였다.

이사벨은 페타볼의 조립보다 그물을 살펴보는데 더 신경을 썼지만, 선체를 에워싸는 그물 외에도 수중 생명체 접근 방지를 위한 수중 초음파 대포의 효력 때문인지 명태의 치어떼도, 삼엽충, 티라노 벨도 접근하지 않았다.

이사벨은 그물 너머로 나가 생명체 채집하고자 시도했지만, 번번이 블랙에게 붙잡혔다.

"나사가 페타볼 완성 이전에는 이사벨 박사와 현해린 박사의 그물 밖 탐사를 막으라는 명령을 내렸소."

그물을 넘어갈 수 있는 사람은 블랙 뿐이었다.

블랙은 가끔씩 그물을 넘어가 티라노 벨을 한 마리씩 잡아왔다. 티라노 벨을 잡아 온 날은 스테이크 파티가 열리곤 했다. 해린은 남은 티라노 벨의 고기는 각을 떠서 진공 포장해 냉장고에 비축 했다.

그물 밖 출입을 통제당한 이사벨의 분노는 해린이 감당할 수 있는 수준을 넘어섰지만, 솔직히 해린은 생명체 탐사보다도 페타볼을 빨리 완성해 지구로 돌아가고 싶었다.

해린의 속마음을 간파한 이사벨이 못을 박았다

"현 박사! 나에겐 페타볼 보다 외계 생명체가 더 중요하다는 사실을 잊지 마. 이제 더 이상은 참지 못하겠어. 조만간 지구 방송국과의 인터뷰가 이루어지지 않으면 내 개인 통신 속에 심어 놓은 암호를 해독할 열쇠를 보내야겠어."

해린이 이사벨을 말렸다.

"그러지 마세요. 제가 일을 더해서 박사님이 연구할 시간을 빼볼게요. 자료를 더 수집하고 보완해서 지구로 가져가면 되잖아요."

블랙도 나섰다.

"페타볼 완성이 눈앞이오. 경거망동으로 일을 그르치지 말고 조금만 더 참고 페타볼을 완성합시다. 나도 현 박사와 손을 맞추어 일을 끌어 내 박사님이 연구할 시간을 벌어 주겠소."

하지만, 이사벨은 고개를 가로 저으며 뭔가 결심한 듯, 입술을 깨물고 주먹을 쥐었다.

다음날 아침.

언제나의 시간에 거실로 나간 해린은 놀라운 광경을 목격했다.

이사벨이 벌거벗고, 역시 벌거벗은 블랙의 품안에서 자고 있었다. 테이블에는 텅빈 에틸 알콜병과 술잔, 먹다 남은 티라노 벨 고기가 뒹굴고 있었고, 술 냄새가 진동했다.

화들짝 놀라 캡슐로 되돌아온 해린은 놀란 가슴을 진정시킨 후, 문을 빠끔히 열고 거실을 내다보았다.

한참 후, 블랙이 일어나 이사벨의 경동맥을 짚어 보고 옷을 주섬주섬 걸쳤다. 해린이 문을 열어젖히고 뛰어가 이사벨의 심장에 귀를 대어 보았다. 심장이 뛰지 않았다.

"블랙! 이사벨을 죽이다니! 어떻게 이런 짓을!"

"이사벨 스스로 판 무덤이요."

"뭐라고요!"

"나사의 명령에 따라 동면을 시키려 했지만, 죽어버렸소."

"세상에! 나사에서 이사벨을 겁탈하라고도 지시 했나요!"

"이사벨이 술상을 차려놓고 나를 불렀소. 몸을 줄터이니 그물 밖 탐사를 허용해 달라고 말이요. 나는 섹스보다는 무리 없이 자연스럽게 이사벨을 잠재울 기회라 생각하고 함께 마셨소. 이사벨은 내게 고마워해야 할 거요. 취중에 절정을 느끼고 잠이 들었을 때 엔플루렌 거즈를 덮었는데 아침에 일어나 보니 죽어 있었소. 거실 카메라의 영상을 재생해 보면 내 말에 거짓이 없음을 알거요."

해린은 눈에 독기를 올리며 블랙에게 소리쳤다.

"나사의 명령이라면, 내게도 이런 짓을 하겠네! 블랙! 나는 당신에게 겁탈 당하느니 혀를 깨물고 죽을 테니까 그렇게 아세요!"

"이사벨 박사는 나사와의 계약을 어기고 해서는 안 될 짓을 했소. 이사벨 박사가 개인 메시지에 숨긴 암호가 풀려, 그 암호를 해독한 사람들이 격리 수용되었소. 현 박사, 나사와의 계약 조건을 어기는 어리석음을 저지르지 마시오."

"나사가 무얼 원하는지 이제는 확실히 알았어요. 더 이상, 이곳이 어디인지, 여기에 어떤 생명체가 있는지, 여기서 우리가 하는 일의 목적이 무엇인지 의문을 갖지 않겠어요. 블랙, 최대한 빠른 시일 내에 페타볼을 완성하고 지구로 돌아갑시다."

"정답이요! 그길 만이 우리가 살 길이요! 현 박사! 동면실 수납장에서 시체를 담는 바디 백을 가져 오시오. 나는 이사벨의 사체를 닦겠소."

바디 백을 들고 나오면서 예비대원인 라우라의 드럼에서 파란 등이 깜박거리는 것을 보았다. 드럼이 벌써 해동을 진행하고 있었다.

블랙이 우주복을 입고 바디 백에 담긴 이사벨을 들고 선외로 나가자, 해린이 미샤를 불러 물었다.

"어젯밤 거실에서 일어난 일을 알고 있어요?"

"새벽에 이사벨의 바이탈 사인이 멈추었다고 컴퓨터가 경고해 일어나 영상을 돌려 보았어요. 블랙의 말에 거짓은 없습니다."

"휴스턴에서도 알고 있겠네요."

"거실의 영상을 다섯 시간 전에 보냈어요. 아직 그에 대한 답신은 오지 않았고요."

"예비 대원을 해동시키기 시작했는데, 어떤 사람입니까?"

"라우라의 신상 정보는 한 줄 입니다. 파리 나이트클럽 댄서."

"뭐라고요? 나이트클럽 댄서라고요? 전공은요?"

"전공도, 학위도 없습니다."

테일러는 어떻게든 해린에게도 박사 박위를 붙여서 닐라칸타에 태우려고 했었다. 그런데, 학위도 없는 나이트클럽 댄서를 태우다니! 이해 할 수 없었다.

"다른 정보는 요?"

"나사에는 있겠지만, 닐라칸타 컴퓨터에는 이것뿐입니다. 깨어나면 본인에게 직접 물어 보세요."

라우라가 깨어나 작업에 나서려면 일주일은 걸릴 것이었다. 그 시간을 허송할 수는 없었다. 해린은 블랙과 둘이서 작업에 나섰다.

하루 일과를 마치고 귀환 할 때면 해린은 공 모양으로 좁혀지는 페타볼의 꼭대기를 지켜보며 난생처음 어머니에게 빌고 또 빌었다.

'엄마. 나를 꼭 지구로 데려가줘.'

라우라가 깨어나기 전날, 작업을 마치고 물속에서 나오려던 해린은 평소 보다 유난히 거센 물의 파동에 뒤를 돌아보다가 심장이 얼어붙는 것 같은 공포감을 느꼈다.

그물 저편에서 거대한 수중 생명체가 해린을 지켜보고 있었다. 보아 뱀처럼 긴 몸통에 손바닥 만큼 커다란 황금색 비늘이 가지런히 덮혀 있었다. 독수리의 발처럼 날카롭고 긴 발톱을 가진 세 갈래 발가락을 달고 있는 짧은 다리. 이마의 뿔과 입 가의 하얀 긴 수염! 그것은 고영신의 신당에 있는 용왕만다라에서 바로 튀어나온 것 같은 동양의 용이었다.

그물에 바짝 붙어서 핏발이 선 붉은 눈동자로 해린을 딱 마주 보던 용이 유유히 몸을 틀어 수심 1,000km의 바다 속으로 사라졌다. 유로파 바다의 맑기는 감히 지구의 바다와 비교할 수 없었다. 해린은 예전에 지구에서 가장 청정한 바다라고 서로 내세우는 마다가스카르 해역과 카리브 해, 남태평양 산호초 등에서 다이빙을 했었다. 하지만, 부유물질이 전혀 없는 유로파의 바다와 비견할 수는 없었다.

수정보다 더 맑은 바다 속으로 거대한 생명체가 황금빛 점으로 사라질 때까지 해린은 굳어진 몸으로 지켜보았다. 몇

km를 내려갔는지, 얼마나 시간이 걸렸는지 모르겠으나 해린은 자신의 눈이 본 것을 인정할 수 없었다. 이것은 환상이었다. 절대 현실일 수 없었다. 해린의 기억 속에서 튀어나온 환각일 뿐이었다.

겨우 정신을 차려 선내로 돌아 온 해린은 개인 캡슐에 들어가 침대에 누웠으나, 눈 앞에 떠오르는 용의 모습을 지울 수가 없었다. 해린은 정신을 가다듬어 최근 자신에게 일어나는 시각적 환상에 대해 분석했다.

사람은 눈으로 사물을 보는 것이 아니라 뇌로 본 다는 것을 해린은 잘 알고 있었다. 눈이 본 영상을 뇌가 판단하기 때문에 듀공을 인어로 보기도 하고 공동묘지의 나무를 귀신으로 보기도 하는 것이다. 한 낮에 본 어머니의 환상도, 오늘의 용도 해린의 판단으로는 분명 '헛것'이었다.

정신적으로 나약해 진 것일까? 아니면 두뇌에 뭔가 결핍된 영양소가 있어서 화학적 이상반응이 일어나는 것일까? 아니면! '뉘우는' 것일까!

평생 가장 끔찍하게 여기고 절대적으로 두려워했던, '뉘울지도 모른다.'는 생각에 침대에서 벌떡 일어난 해린은 개인 통신으로 미샤를 불러 물었다.

"오늘 오후 작업 종료 시간 무렵, 닐라칸타 주변에 큰 생명체가 유영한 것 같은데 포착된 데이터가 있습니까?"

"현재, 수중 음파 레이더의 해상도는 반경 1,000m 이내 1cm입니다. 1m이상의 큰 생명체라면 수 십 km 전방에서부터 경보가 발령되어 추적했을 겁니다. 현 박사. 오늘 오후에 닐라칸타 곁에 아무것도 접근하지 않았습니다."

해린은 엄마에게 개인 메시지를 보내려다가 포기 했다. 지금은 오해를 받을 일은 하지 않는 것이 상책이었다.

다음날.

오전 여덟시. 해린과 블랙은 거실에서 라우라가 깨어나기를 기다렸다. 가운을 입고 들어온 라우라는 자신의 캡슐에 들어가 샤워를 하고 나와 프랑스어로 뭐라 말을 하는데 알아 들을 수가 없었다. 해린이 통역 이어폰을 갖다 주었다.

"내가 닐라칸타에 승선했나 봐. 여기가 유로파의 바다 속이야?"

"네. 저는 현해린입니다. 육 개월 전에 깨어나 페타볼을 조립 중입니다."

블랙도 라우라에게 인사를 했다.

"나는 미라클 블랙이요. 만나서 반갑소."

"내가 깨어난 걸 보니, 사고가 있었나 본데 무슨 사고야?"

라우라는 곱슬머리가 아니고, 동양인처럼 새카만 직모였고, 손의 마디가 굵고 상처가 많아 결코 안온한 삶을 산 사람으로 보이지 않았다. 인공지능이 통역하는 말이기는 하지만, 말투도 거칠고 퉁명스러웠다.

해린이 대답했다.

"대원 한 사람이 사망했어요. 그래서 라우라를 일찍 깨운 거고요."

라우라가 눈동자에 경계의 빛이 떠올리며 말했다.

"작업이 얼마나 남았는데?"

"죽은 이사벨 박사 수준으로 저를 도와준다면 세 달 이내에 페타볼을 완성할 수 있을 거예요."

"일에는 나도 자신이 있으니 그 일정을 맞추게 될거야."

"제발, 좀 부탁해요."

라우라는 사흘 만에 자신의 캡슐을 비웠다. 보식이 끝나서 기력을 회복하자마자 블랙의 캡슐로 들어간 것이다.

해린은 의료실에 블랙이 쓰던 섹스 리얼 돌이 반납되어 걸려 있는 것을 보았다. 해린은 블랙에 대해 육체적인 욕망을 느껴본 적이 없었기 때문에 오히려 다행스럽게 생각했다. 그간 말은 하지 않았지만, 블랙이 강간을 시도한다면 방어할 길이 없어 저녁마다 문단속을 몇 번 씩이나 확인하곤 했던 것이다.

막을 수도 없었겠지만, 블랙과 라우라의 동거에 대해 휴스턴은 물론 선장도 아무런 말을 하지 않았다.

선외에 나간 첫날, 라우라는 얼음 하늘에서 쏟아지는 무지개 꽃송이를 보고도 감탄하지 않았다. 심지어는 페타볼의 자재로 뜯겨 나가 흉한 몰골이 된 닐라칸타를 둘러보지도 않았다. 그녀는 눈을 반짝이며 오직 해린과 블랙이 하는 일을 한나절 지켜보고만 있다가 들어와 점심을 먹고는 바로 작업을 돕겠다고 말했다.

블랙이 친절하게도 라우라의 장비가 수납된 상자를 가져다 주었다.

밖에 먼저 나가 라우라가 나오기를 기다리던 해린은 충격을 받았다. 라우라가 자신과 똑같은 경량 잠수복에 다섯 손가락장갑을 끼고 나와 거침없이 영하의 물속으로 뛰어 든 것이었다.

그리고는 곧바로 로봇이 건네주는 파이프를 조립하고 패널을 붙여 나갔다. 한 번 본 일을 100% 재현해내는 능력자의 출현에 어안이 벙벙할 지경이었다. 블랙도 놀라 벌어진 입을 다물지 못했다.

이사벨이 아무리 숙달되었고, 열심이었다고 해도 무거운 방한 잠수복에 세 손가락 장갑으로는 절대적 한계가 있었다. 하지만 라우라는 또 한 명의 해린이었다.

그제야 해린은 깨달았다.

라우라는 이사벨의 대체 요원이 아니라 해린의 대체 요원이었다.

라우라도 내한 유전자를 타고난 것이 틀림없었다. 자스민 박사의 말처럼 빙하기에 인류가 획득한 돌연변이 유전자라면 추운 북구에서 먼저 발생했을 수도 있었다.

해린은 크게 만족했다. 이대로 나간다면 지구 귀환 일정에 차질이 없을 것이었다.

블랙의 경호 중심이 라우라에게 옮겨간 것도 서운하지 않았다. 한 시간이라도 빨리 지구로 돌아갈 수만 있다면!

희망에 부푼 해린은 앞장서 작업을 독려하며 결승선을 향해 치달았다. 하루가 급했다. 페타볼이 완벽한 구체를 이루어 갈수록 바다가 어수선했던 것이다.

물속의 생명체를 쫓는 음파 대포가 자주 발사되어 바닷물이 진동을 하고, 드론이 날아가 소형 폭뢰를 떨어트려 커다란 파도가 밀려오기도 했다. 물론 미샤가 미리 경고 방송을 해 선상의 안전 구역으로 철수 하기는 했지만, 결코 마음이 편한 일이 아니었다. 한 번은 거대한 생명체를 죽였는지 피가 페타볼 주위를 벌겋게 물들이기도 했다.

그럴수록 마음이 더 다급해진 해린은 죽을힘을 다해 작업에 매달렸다. 블랙과 라우라는 대놓고 속옷 바람으로 거실을 돌아다니며 해린의 눈을 아랑곳하지 않고 거침없이 애정행각을 벌렸지만, 해린의 눈에는 그것도 들어오지 않았다.

마침내.

페타볼의 정수리에 사방 세 장 씩, 아홉 장의 패널을 용접으로 고정 시키지 않고 경첩을 달고 패킹을 해 열고 닫을 수 있도록 사방 3m의 출입구를 만들어 덮었다. 공이 완성된 것이다.

페타볼에게 자재를 다 내주어 4분의 1도막이 된 닐라칸타의 갑판에 서서 해린은 물속의 페타볼을 내려다보았다. 서치라이트가 수정보다 더 맑은 물속을 거침없이 내리 쏘고 있었고 페타볼 둘레에 붙여놓은 램프도 점점이 불을 밝히고 있었다. 이 일을 주도해서 해냈다는 사실이 믿기지 않을 지경이었다.

블랙과 라우라도 감개무량한 듯, 갑판에 나란히 서서 말없이 페타볼을 내려다 보고 있다가, 과업 종료, 허니콤 귀환 벨소리를 듣고 서야 선내로 들어가 저녁을 먹었다.

"마침내, 페타볼이 완성되었어."

좀처럼 감정을 드러내지 않는 블랙의 목소리에도 약간의 감동이 섞여 있었다.

해린은 마음을 놓지 않았다.

"겉만 완성되었을 뿐이에요. 내부 설비가 끝나야 완성되었다고 할 수 있죠."

"그건 미샤의 일이오. 설비를 궤도에서 모듈 덩어리로 조립해 컨테이너 채로 밀봉해 가져왔으니 아마도 시간이 오래 걸리지는 않을 거 같소."

"그래도 매뉴얼을 보니 일주일 일정이네요. 그 사이에 우리는 닐라칸타를 지구 귀환 형으로 재조립하고 수리해야죠. 그일도 보통 일이 아닐 거예요."

"무슨 일을 해야 해?"

라우라가 물었다.

"지구에서 훈련 받지 않으셨어요?"

"받기는 받았지만, 신경 쓰지 않았어. 나는 일머리와 눈썰미가 좋으니까 뭐든 닥치는 대로 하면 되겠지 했어."

"닐라칸타가 지구로 돌아갈 채비를 해야 해요. 일단 귀환에 불필요한 모든 짐을 내려 놓고 닐라칸타의 외부를 바둑판처럼 나누어 정밀 촬영, 확대해 바늘 끝만큼의 흠까지 모두 찾아내 때워야죠. 여기까지 오면서 우주 먼지로 상처를 많이 받아서 육안으로 식별되는 흠집도 여러 군데 있잖아요? 그런 다음 얼음 천장이 열릴 곳으로 몰고 가 수직으로 세운 다음 천장을 폭파하여 구멍을 뚫고 밖으로 뛰쳐나가야죠."

다음날.

닐라칸타의 동체에서 사방 10m 높이 5m 크기의 육면체 다섯 개가 분리되었다. 발사 당시부터 방사능 위험 표시로 도배되어 접근이 금지된 컨테이너였다.

육면체 다섯 개가 모두 분리되자, 닐라칸타 전체가 물 위로 불쑥 솟아올랐다.

블랙이 굳은 얼굴로 말했다.

"닐라칸타의 총 질량 1만 5천톤에서 페타볼의 외피 패널과 내부 파이프 등 자재 질량 8천 톤을 빼면 7천 톤 정도 남았는데, 저 다섯 개의 컨테이너를 내려 놓으니 선체가 물 위로 불쑥 떠 올랐어. 아마도 5~6천 톤은 분리된 거 같아. 도대체 저 속에 무엇이 들어 있기에 저렇게 무거울까?"

해린이 대답했다.

"페타볼 내부를 인간이 생활 할 수 있는 온도로 유지하려면 어지간한 도시 하나에 들어가는 에너지가 필요 하겠지요. 그만큼의 전기를 생산할 원자력 발전소와 가온 설비, 산소 발생기, 콘트롤 타워, 통신 설비 등등이겠죠."

블랙이 혼자 말처럼 중얼거렸다.

"직열 온도차 발전이라는 차원이 다른 신기술과 도포만으로도 방사능을 차폐할 수 있는 획기적인 신물질을 적용한 제칠 세대 원자로는 기가 와트 급이라고 해도 저 정도 크기 컨테이너 두 개 면 충분히 들어가고 남을 건데… 하나는 컨트롤 타워이겠고… 그럼, 나머지 두 개에는 무엇이 들어 있을까?"

해린도 블랙과 같은 의문을 가졌지만, 지구 귀환이 코앞으로 다가온 시점에서 부질없는 의문으로 집중력을 분산시키고 싶지 않았다.

"지구에 가면 다 알거니까 우리 일이나 마칩시다."

11

세계 각국의 전파 망원경이 닐라칸타가 발신하는 항행 신호beacon를 추적했다. 닐라칸타는 나사의 예상 괘도를 따라 한 치의 오차도 없이 비행해 3년 6개월에 걸친 스윙바이 괘도를 돌아 유로파에 도착했다.

유로파 표면에 꽂힌 비콘은 쉼 없이 정해진 주파수로 닐라칸타의 존재를 알려서 지구의 소형 사설 전파 망원경에서도 수신할 수 있었다.

나사는 닐라칸타 발사 이후 후속 보도를 일체 하지 않았다.

발사 초기에는 세계 각국의 언론 매체들이 종종 취재를 시도 했으나, 유로, 중국, 인도, 일본, 파키스탄까지 우주에서 놀고 있는 마당에서 닐라칸타 뿐 아니라, 우주개발 자체에 대한 세계인들의 관심이 시들해 더 이상 뉴스거리가 되지 못했다.

그래도 몇몇 과학 전문 채널에서 나사에 정보 제공을 요청했다. 하지만, 나사는 알렉산더 계획 발표 당시, 자스민 출연 영화 이상의 정보를 제공하지 않았다. 나사의 홍보관은 어떻게든 관심을 끌어 보려 했던 예전의 태도와는 정반대로 닐라칸카는 한 치의 오차도 없이, 당초 계획대로 비행하고 있으므로 큰 사고가 나지 않는 한 후속 정보 제공을 없을 것이라고 못을 박았다.

특히 탑승 우주인이 모두 잠든 상태에서 예정된 궤도 비행 중이라는 정보 외에는 나올 것이 없는 침묵의 3년 6개월 사이에 닐라칸타는 모두의 관심사에서 벗어 나 잊혀졌다.

그래도, 유로파 착륙 소식은 언론의 성화로 내놓아야 했다. 나사는 삼십 초 정도의 거친 흑백 영상을 공개했다.

유로파 현장 상황은 지구의 과학자들이 예측한 대로 거칠고 험했다. 산더미 같은 파도가 몰려오고 조수간만의 차이가 수 백 미터에 달해 닐라칸타는 거대한 롤러 코스터를 타고 있는 것처럼 보였다.

과거에 알래스카의 게잡이가 지구상 최악의 극한 직업이라고 다큐멘터리 시리즈로 방영된 적이 있었으나, 유로파의 작업에 비하면 어린애들 장난에 불과했다. 그토록 위험한 외계 환경에서 빙벽을 오르는 등반가처럼, 에펠탑을 조립했던 곡예사들처럼 악전고투하는 임무 팀의 처절한 전투는 모두의 가슴을 아프게 하고 대원들을 영웅의 반열에 올리는데 부족함이 없었다. 대원 모두 선외 우주복을 입고 파도와 싸우고 있어서 누구인지 식별할 수는 없었다.

하지만,

유로파에 존재하리라 기대했던 고등 생명체에 대한 보고는
없었다. 물론, 생명체가 존재한다는 발표는 있었으나, 플랑크
톤과 녹조류 정도의 미생물 뿐이며, 고등 생명체의 존재는 계
속해서 탐색 중이라는 발표였다.

알렉산더 계획의 핵심 동력이었던 유로파의 생명체 탐사가
무위로 돌아가 인류가 행한 가장 거대한 모험이 실패했다는
사실에 지구인은 그나마 조금 남아 있던 호기심조차 버렸다.

닐라칸타가 유로파에 착륙한지 일 년이 다되어가는 추석
무렵, 지우는 서영의 신당에 올라가 말했다.

"추석날 해린호를 몰고 나가 바다에서 달맞이 할 테니까 찾
지 마."

서영이 안쓰러운 눈으로 지우를 보면서 말했다.

"해마다 추석 때면 해린 언니랑 둘이서 바다 가운데서 달맞
이 했던 거 알고 있어요."

"그래서 나 혼자 있고 싶어."

슬픈 눈으로 지우를 보던 서영이 말했다.

"지우 씨. 해린 언니가 그렇게도 보고 싶어요?"

지우는 대답 대신 고개를 돌려 창밖을 보았다. 저 멀리 해린
과 놀던 서귀포 앞바다가 보였다.

서영이 한숨을 푹 내쉬고 나서 말했다.

"지우 씨. 비밀을 지킨다면 해린 언니의 근황을 알려 줄 수

있어요."

지우는 천천히 고개를 내려 서영의 얼굴로 시선을 옮기며 말했다.

"너의 용왕신이 알려주는 그런 소식은 듣고 싶지 않다."

"아뇨. 미국 용왕신, 테일러 박사가 알려주는 소식이예요."

"정말이냐? 그럼 너는 지금도 테일러와 교신 중이야?"

"가끔씩 안부는 살피고 있어요."

"그럼, 테일러가 해린의 소식도 알려 주는 거냐?"

"아뇨. 나사가 대원들과 가족 간의 메시지 채널을 열어 놓았어요. 그마저도 없으면 어떤 사람들이 가족을 사지와 다름없는 우주로 내 보내겠어요? 대원들도 지구와의 최소한의 끈마저 없으면 정서적으로 문제가 생기지 않을 수 없을 것이고요."

"그럼, 그 메시지를 네가 열 수 있다는 것이냐?"

"아뇨. 나사에서 가족에게 지급한 노트북은 지정한 사람의 홍체와 지문, 동시 인식으로만 열려요."

"어머니가 보여줄까?"

"보여줄 거예요. 내가 어머니에게 지우 씨에겐 오직 해린 언니 밖에 없다고 벌써 말씀 드렸고, 어머니도 지우 씨가 부모님이 돌아가신 후에도 변함없이 우리를 돌보는 것을 보고 마음을 돌리신 느낌이예요."

지우는 서영과 함께 고영신의 처소로 올라갔다. 고영신은 담담하게 지우를 맞이하고 순순히 노트북을 열어 보여주었다.

특별히 살가웁거나 길지는 않았지만, 해린은 일주일에 한 번 꼴로 안부 인사를 동영상으로 보내고, 가끔씩 허니콤 내부 생활 모습과 선외 작업 장면도 보여주었다.

가장 최근 것은, 엊그제 들어 온 추석 인사였다.

"어머니! 건강허시지예? 나도 맡은 일 잘 허염쑤다. 추석인디 촛아 뵙지 못허영 죄송허우다. 일 빨리 모처뒁 건강허게 강 큰 절 올리쿠다. 지우야 서영아! 느네도 잘 있지이? 어머니 잘 모시라이? 가걸랑 보게이!"

그 동영상을 본 서영이 밝은 목소리로 지우에게 말했다.

"잘 봤죠? 해린 언니는 건강하게 일 잘하고 있어요. 이제 곧 일을 마치고 돌아 올 겁니다. 사년 후면 언니를 만날 수 있으니, 어머님 잘 보필하면서 기다리자고요."

하지만 지우는 큰 충격을 받은 사람처럼 눈을 동그랗게 뜨고 숨이 막힌 듯 노트북을 보고 있다가 말했다

"이거 다운 받을 수는 없겠지?"

"당연하지요. 어머니가 우리에게 보여 준 사실 만 발각되어도 닫히고 말거예요"

"그럼 다시 한 번 재생해서 휴대폰으로 녹화하자."

서영의 신당으로 돌아온 지우가 서영에게 부탁했다.

"서영아. 해린이가 보낸 추석 인사를 표준말로 바꿔봐."

"어머니! 어디 아픈데 없이 건강하게 잘 지내시죠? 저도 회사일 잘하면서 지내고 있습니다. 낼 모래가 추석인데 찾아뵙

지도 못해 죄송합니다. 여기일 빨리 끝내고 가서 큰절도 드리고 맛 있는거 사 드릴게요. 지우야! 서영아! 너희들도 잘 지내고 있지? 어머니 잘 모시고 있어라. 그럼 가서 보자."

"맞는 말이긴 한데⋯ 뭔가 이상해."

"뭐가 이상하다는 거예요? 틀림없는 해린 언니 얼굴에 목소리인데요."

"그건 그런데⋯ 해린이 말에 정이 들어있지 않아. 꼭 낯선 사람에게 표준말을 하는 거 같단 말이야. 너와 어머니는 해린이와 정감 있는 대화를 한 적이 없기 때문에 모르겠지만, 해린이와 나는 보기 보다 더 다정다감했어."

"그게 무슨 말이에요?"

"해린이가 편하게 말했다면 '어멍! 어디 아픈디 어시 잘 계시꽈? 나도 회삿일 잘 허멍 지냄쑤다. 닐 모리 추석인디 촞아 뵙지 못허영 죄송허우다. 이디 일 혼저 허영뒁 강 큰절 안내곡 맛 좋은거 사 안내쿠다. 지우야! 서영아! 느네도 잘 살암지이? 어머니 잘 모셤시라! 게민 가건 보게이.'이런 투로 말했을 거라고."

서영이 고개를 가로 저었다.

"그건 둘이 있을 때 이야기지. 이건 나사를 통해서 보내는 거니까 언니가 신중하게 말을 골랐겠죠. 그리고⋯ 지우 씨와는 이미 마음을 정리하고 갔기 때문에 감정이 없을 수도 있고요."

"아니야. 이 동영상 뿐 아니라, 외부 작업 중인 동영상 속에도 해린이 없어."

"그게 무슨 말이에요?"

"아무리 우주복을 입었다고 해도 나는 해린의 몸짓을 알아
볼 수 있어. 그런데 해린이 없었다고."

"어떻게 해린 언니를 알 수 있다고 그래요. 모두 똑같은 로
봇처럼 움직이는데요."

"아냐. 나는 어두운 밤에 눈을 감고 있어도 해린이가 곁을
스쳐 가면 알 수 있어."

"그래서 지우씨가 내린 결론은 뭐에요?"

"어쩌면 나사의 모든 동영상이 그래픽이거나 연출일지도
모른다는 거야. 양자 칩이 나온 이후 실사와 그래픽의 경계가
무너져 버렸잖아."

서영은 수긍하지 않았다.

"해린 언니에게 무슨 일이 있었으면 어머니는 물론, 나도
느낌으로 즉각 알아 챌 건데, 오늘 아침 기도 중에도, 해린 언
니는 아무 일 없었다고요."

지우는 어이가 없어서 서영을 쏘아 보며 말했다.

"해린의 목숨이 걸린 일인데, 너는 끝까지 세상에 없는 용
왕신을 믿는다는 말이냐. 그래, 좋다. 그럼 해린에 대해서 너
의 미국 용왕신에게 물어봐줘. 정말로 잘 있으면 일대일 화상
통화하게 해달라고 말이야."

"사실은 나도 해린 언니가 보고 싶어 테일러에게 시간차이
가 있더라도 화상 통화 한번 하고 싶다고 사정했다가 된통 당

했어요."

"된통 당하다니?"

"목숨이 아깝거든 다시는 그런 말 입 밖에도 꺼내지 말라고
했어요."

지우는 숨을 크게 쉬어 마음을 가라앉힌 다음 딴에는 부드
러운 목소리로 서영에게 말했다.

"몇 년 사이에 하도나 큰일을 연달아 당해서 마음이 무뎌져
이제는 아무도 원망하거나 미워하지 않게 되었어. 우주선 탑
승 대원 중, 블랙이라는 사람이 바로 해린이를 데리고 간 흑
인이었고, 총 책임자라는 테일러가 그 은발 백인이었다는 것
을 나사 홈 페이지에서 보고, 서영이 네가 테일러와 짬짜미해
서 해린을 우주선에 태웠다는 사실을 깨달았어. 처음에는 해
린이를 사지로 내몬 네가 죽이고 싶도록 미웠어. 하지만 이제
는 다 용서했어. 서영아. 테일러가 블랙을 믿고 까부는 모양
인데, 나는 언제든 블랙을 만나면 목을 따려고 그 날부터 오
늘까지 내 체력 관리를 쉬지 않았어. 박서영. 걱정마라. 너를
보호하겠다는 해린이와의 약속은 지킬 테니까."

서영이 고개를 흔들었다.

"지우 씨가 블랙과 일 대 일이면 이길 수 있을지 몰라도, 블
랙의 뒤에는 테일러, 테일러의 뒤에는 미국이라는 나라가 버
티고 있어요."

서영의 말끝에 지우는 문득, 미국에 대항 할 수 있는 나라가
있다는 사실을 깨달았다. 특히, 우주 개발에서 있어서는 이미

미국을 능가하고 있는 나라.

중국.

생각을 거듭한 끝에 지우는 컴퓨터를 켜서 CNSA를 검색했다.

CNSA, 중국 국가 항천국(China National Space Administration, 中國國家航天局)은 중국에서 행하는 국가 우주 계획과 우주 활동 계획 및 개발을 책임지는 기관이었다.

지우는 CNSA의 홈페이지를 찾아 열린 공간에 질문을 올리고 비공개 비번을 걸었다.

"7년전 제주도의 중국인 살인 사건 현장에 있었던, 닐라칸타 탑승 우주인 현해린 박사의 약혼자 양지우입니다. 현 박사가 지구의 어머니에게 보낸 메시지에서 중대한 사실을 발견했습니다. 잭임자 급괴의 대화를 요청합니다."

이틀 후.

지우의 휴대폰에 문자 메시지가 들어왔다.

"중국 국가 항천국 소속 장청입니다. 전화를 받아 주세요."

지우가 메시지를 수신하자마자 벨이 울렸다.

"양지우 선장님이시죠?"

중년 여성의 완벽한 한국어였다.

선장이라고? 지우가 가장 좋아하는 호칭으로 바로 다가서는 걸 보니, 이미 지우에 대해 사전 조사를 마친 듯 했다.

"네. 그렇습니다."

"선장님이 항천국에 남긴 메모를 보고 직접 찾아왔습니다. 잠깐 뵐 수 있을까요?"

"어디 계시죠?"

"용왕당 주차장입니다."

고급스런 쓰리피스 양장을 갖추어 입은, 현명하게 반짝이는 눈을 지닌 중년 여성이 덩치가 산만큼 큰 바디 가드를 양 옆에 세우고 지우를 기다리고 있었다.

저 정도 포스의 바디 가드가 보호할 정도의 인물이라면 어쩌면 지우의 질문에 대답할 정도의 위치에 있을지도 몰랐다. 지우는 장청에게 다가가면서 기대에 부풀었다.

"제가 양지우입니다."

장청이 잘 아는 사람처럼 편하게 한국말로 대답했다.

"제가 전화를 드린 장청입니다. 저는 고등학교까지 한국에서 다닌 화교입니다. 그러니 한국어로 어떤 말이든 편하게 하세요. 차 안에서 이야기를 하는 것이 좋을 듯합니다."

그들 곁에는 중형 버스 크기의 승합차가 세워져 있었다.

응접실처럼 마주보고 이야기 하도록 세팅된 좌석에 앉으며 지우가 입을 열었다.

"편하게 말하라고 하니까 먼저 묻겠습니다. 장청 씨의 신분부터 밝혀 주십시오. 솔직히 제 질문에 대답할 만한 지위와 책임이 있는 사람과 이야기하고 싶습니다."

"중국 항천국에서 외부인이 만날 수 있는 가장 고위직이라고 생각하세요. 제가 대답할 수 없는 일은 그 누구도 대답하지 못한다고요."

"그럼, 과학자입니까?"

"아뇨, 항천국의 정보를 통제하는 정부 파견 행정 요원입니다. 하지만, 천문학과 우주 공학 관련 정보통이니 걱정 마세요. 양지우 씨. 먼저 묻겠습니다. 어떤 의문점을 발견했습니까?"

"해린을 데려간 미국을 믿었는데 최근 미국이 거짓말을 하고 있다는 사실을 알게 되었습니다."

"의심의 근거가 있습니까?"

지우는 휴대폰을 열어 해린의 영상을 보여주며 자신의 생각을 말했다.

장청이 심각한 표정에 눈빛을 더하여 영상을 몇 번이나 되돌려 보면서 지우가 지적한 부분의 화면을 정지시켜 확대해 보았다. 그리고는 자신의 태블릿을 열더니 손가락이 보이지 않을 정도의 속도로 장문의 메시지를 입력한 후 말했다.

"지금 당장 전문가들이 분석하도록 지시했습니다. 양 선장님의 말대로 이 영상이 조작된 거라면 상당히 심각한 일이 아닐 수 없습니다."

"영상이 내 휴대폰에 있는데 어떻게 전문가들이 분석한다는 겁니까?"

장청이 거침없이 대답했다.

"나사의 홈피에 개인 메시지 존재한다는 사실을 알았으니 해킹해 원본을 확보해 분석하도록 지시했습니다. 휴대폰 재

촬영 보다는 해상도가 월등하겠지요."

장청이 격의 없이 솔직하게 대응하자 지우도 곧바로 마음을 열고 걱정하던 바를 말했다.

"이 영상들이 가짜라면, 나사의 유로파 탐사가 사기일지도 모릅니다."

"아니요, 우리 측 관측과 추적에 의하면 지금 닐라칸타 호는 유로파에 있는 것이 확실합니다. 닐라칸타 호는 당초 나사가 발표한 스윙바이 궤도를 따라 비행하여 유로파에 착륙, 출발 당시 등록한 주파수로 유로파에서 생존 신호를 보내고 있고, 대용량의 정보가 유로파에서 나사로 송신되고 있습니다."

"그, 그럼, 왜 나사가 유로파 내부 영상을 조작하고 있을까요? 뭔가 엄청난 흉계를 꾸미고 있는 것이 분명합니다."

"아직은 추정이니까, 영상을 정밀 분석하고 정보를 취합해 사실을 밝혀내야죠."

"결과를 알려 주시겠습니까?"

"국가 기밀이 사항으로 분류되면 제가 어쩔 수 없습니다."

지우의 표정에서 커다란 실망을 읽었는지, 장청이 지우의 눈을 들여다보며 말했다.

"십중팔구, 지금 쯤 미국에서 양 선장과 우리가 접촉하고 있다는 사실을 인지했을 겁니다. 이제 양 선장은 미국이냐, 중국이냐를 선택해 합니다."

"그럼, 메시지를 빼낸 나의 행동이 해린의 목숨을 위협할 수 있다는 말입니까?"

"미국은 전에 없이 알렉산더 프로젝트에 대해서는 엄청난 보안 장벽을 구축하고 정보 유출에 과민 반응을 보이고 있습니다. 유로파와의 통신에도 이례적으로 레이저 광통신을 사용하고 있어요. 레이저 광통신을 해킹하려면 거울이나 렌즈를 넣어야 하는데, 그 순간 교신 단절이 일어날 수밖에 없어서 사실상 해킹이 불가능합니다. 그리고 삼 개월 전, 이사벨 박사와 공동 과업을 추진하고 있던 프랑스 해양 연구소 직원 다섯 명이 행방불명되었는데, 아마도 이사벨의 메시지를 해독했기 때문에 격리 수용된 것으로 추정됩니다. 현 박사의 메시지가 유출된 사실이 발각되면 양 선장도 격리 수용될 겁니다."

"저는 쉽게 제압당할 사람이 아닙니다."

"현박사의 목숨을 담보로 하는데도 맞설 수 있겠어요?"

"조만간 테일러 박사에게 해린에 대한 납득 가능한 정보를 요구할 계획입니다. 그때 나사의 대응을 보면 뭔가 나오겠지요."

"납득 가능한 정보라뇨?"

"해린과의 직접 화상 통화요"

"어떤 정보든지 미국은 자체 생산해 낼 수 있습니다. 현박사와 직접 대면 화상 통화라 할지라도 행성간 전파 지연 시간을 이용해 얼마든지 조작할 겁니다. 그 정도 그래픽은 시판용 상용 프로그램으로도 가능합니다."

"고위급으로서 여기까지 한 달음에 오신 것을 보니, 제게 뭔가 원하시는 것이 있는 것 같습니다."

장청이 기다렸다는 듯 곧바로 말을 했다.

"그럴 가능성은 희박하지만, 만에 하나 우리가 나사를 우회해서 현 박사와 정보를 교환 할 채널을 열었을 때 현 박사의 신뢰를 얻을 사람이 필요합니다."

그제야 지우는 중국이 닐라칸타에 대한 나름의 계획을 진행 중이라는 사실을 눈치챘다.

"해린이 믿고서 정보를 제공할 사람을 찾는 겁니까?"

"그렇습니다."

그때, 장청의 태블릿이 '팅'소리를 냈다. 태블릿을 열어 메시지를 확인한 장청이 지우에게 말했다.

"지금, 테일러가 제주도에 착륙해서 서귀포 해군기지로 들어갔답니다. 아마도 양선장 때문에 온 것 같습니다만."

"내려서 상대를 해줘야지요."

장청이 심각한 표정으로 진중하게 말을 했다.

"테일러가 군대를 동원할 것 같은데, 양 선장에게는 무기가 없잖습니까. 양 선장, 이대로 우리 중국으로 가는 것이 안전할 것 같습니다. 저희와 함께 있으면 닐라칸타와, 현 박사에 대한 정보도 공유할 수 있고요. 양 선장이 원한다면 편의를 제공하죠."

해린을 빼앗긴 날의 악몽을 잊을 수 없는 지우였다.

두 시간 후, 양지우는 중국 단체 관광객 속에 장청일행과 섞여서 제주 국제공항 검색대를 통과해 상해 행 전세기를 탔다.

장청과 나란히 앉아 상해로 날아가며 지우가 물었다.

"칠 년 전, 어떤 이유로 해린을 중국으로 데려가려고 했습니까?"

"그 사건은 제가 관여하지 않아서 자세한 것은 잘 모릅니다만, 어제 간단하게 브리핑을 받았습니다. 현해린 박사가 가지고 있는 유전자를 확보하기 위한 작전이었는데 어설픈 진행으로 요원들만 죽이고 말았다더라고요."

"해린이의 유전자요?"

"자세한 것은 저도 모릅니다만, 상해에 가서 좀 캐보죠."

"저와 정보를 공유한다고 했죠?"

"국가 기밀 사항이면 양 선장이 비밀 서약을 해야 합니다."

장청은 지우를 상해의 해군기지 내 안전 가옥으로 데리고 갔다.

"사령관의 공관으로 사용했던 귀빈관이니 생활하는데 불편은 없을 겁니다. 한국어 해독이 가능한 사병들을 차출하여 배치하였으니 당분간 여기서 생활하시면 됩니다. 둘러보면 알겠지만, 이 공관 내에 실내 수영장, 체력 단련실, 오락실 등이 갖추어져 있습니다."

"그래도 바깥으로 나갈 수 없도록 양팔 간격으로 보초를 세워 놓지 않았습니까?"

"오래 걸리지 않을 겁니다. 저도 양 선장이 제기한 의혹에 대한 답이 나올 때까지 상해에 머무를 겁니다. 상해는 중국 과학의 중심지입니다. 벌써 세계적인 두뇌들이 나사의 영상을 분석하고 닐라칸타의 궤적을 추적하기 시작했습니다. 오래지 않아 결과가 나올 겁니다. 휴가를 왔다 생각하고 며칠 쉬세요."

이틀 후 장청이 지우를 찾아왔다.

지우가 대뜸 물었다.

"뭔가 알아냈습니까?"

"양 선장님의 의혹을 규명하려다 충격적인 사실을 발견해 우리 중국이 배출한 천문학자와 우주 공학자들을 모조리 긴급 귀국시켜 닐라칸타의 건조 과정에서부터 발사 후의 항적을 정밀 분석하고 있습니다."

"그래서 닐라칸타가 어디에 있는지? 해린이 어떤 상황에 처했는지 알아냈습니까?"

"그렇습니다만, 양선장님. 마음을 단단하게 잡아야 할 것 같습니다. 양 선장님 뿐 아니라 인류 모두가요."

"세상에나! 그렇게나 큰일입니까?"

"미국이 미증유의 흉계를 꾸미고 있는 것 같습니다. 지금 러시아와 일본, 인도를 비롯한 제3국의 국가 원수들과 핫라인을 구성하여 미국을 압박하고 있지만, 미국 측이 응답을 하지 않고 있습니다."

"정말입니까?"

"그렇습니다. 인류의 존망이 걸린 우주적인 사건을 미국이 자국의 이익을 위해서 독점하려는 것을 막아야 합니다."

이 무슨 황당무계한 말인가? 하지만, 장청의 표정과 말투에 담긴 묵직한 진정성이 지우를 압도했다.

"도대체 무슨 일입니까!"

"양 선장님, 중국 측에 현 박사의 정보를 제공하신 판단, 정말 현명했습니다. 미국 측이 알았다면 미국은 주저 없이 양선장과 대심방을 즉시 사살하여 입을 막았을 겁니다."

"도대체 무슨 일입니까!"

"숨긴다고 해서 될 일이 아니고, 또 지금 양선장이 외부와 격리 되어 있으니까 정보를 공유하겠습니다. 양선장의 의혹을 규명하고자 의심의 눈으로 나사 측의 영상 자료를 정밀 분석한 결과, 현 박사의 영상은 인공지능이고. 유로파에서의 작업 장면은 지상 재현 팀의 영상에 그래픽을 입힌 것이었습니다. 그래서 알렉산더 프로젝트 전체를 원점에서 재검토하게 되었습니다. 그 결과, 닐라칸타가 유로파가 아닌 다른 곳에 있다는 증거를 잡았습니다."

"닐라칸타, 아니 해린이는 지금 어디에 있습니까!"

"정확한 위치는 지금 정밀 추적중입니다만, 유로파보다 훨씬 먼 곳에 있는 것만은 확실합니다."

"닐라칸타 호의 비이콘이 유로파에서 깜박거리고 있다면서요!"

"그것은 사실입니다. 그래서 전 세계가 속은 겁니다."

"어떻게 그런 일이?"

"닐라칸타가 태양 뒤에서 유로파로 가는 중계 위성을 발사하고 정작 본체는 다른 궤도로 들어간 겁니다. 그리고 지금까지 취득한 정보를 레이저에 담아 유로파에 있는 위성에 핀 포인트로 쏘고 유로파 위성이 지구로 중계해 왔기 때문에 모두가 닐라칸타가 유로파에 있다고 속은 겁니다."

"어떻게 그렇게 큰일을 감쪽같이 속일 수 있었을까요?"

"태양이라는 절대 방패 뒤에 숨어서 저지른 겁니다."

"그런데 어떻게 알아냈나요?"

"다행하게도 우리에게는 패스트가 있습니다."

"패스트라뇨?"

"패스트 FAST.Five-hundred-meter Aperture Spherical radio Telescope. 직경 500m 짜리 전파 망원경이죠. 미국의 300m 짜리 아레시보의 몇 배에 달하는 능력으로 우주의 탄생까지 거슬러 추적할 정도의 성능이지만, 닐라칸타 발사 당시에는 갓 개통, 시운전 중으로 정비와 보완을 하는 통에 닐라칸타를 주목하지 못했습니다. 당시에 의심을 해서 추적했다면 곧바로 눈치 채고 미국을 압박했을 겁니다."

"그럼 패스트에 닐라칸타가 잡힌 겁니까?"

"양 선장의 의혹을 해명하기 위해서 5년 전 닐라칸타 발사 당시에 패스트가 수신한 자료를 되돌려 분석했습니다. 패스트가 양자 슈퍼컴퓨터로도 실시간 분석이 불가능할정도로 많은 자료를 생산해 내고 있기 때문에 특정되지 않은 정보는 모래사장의 모래 한 알로 묻힐 수밖에 없었던 거죠, 미국도 허블 궤도 망원경이 생산하는 자료를 분석하기 위해 고다드에 전담팀을 구성했지만, 거의 대부분의 자료가 아직도 잠자고 있지 않습니까?."

"그래서 패스트가 5년 전에 잡은 자료를 분석해서 현재의 위치를 알아냈다는 겁니까?"

"그렇게 간단한 문제가 아닙니다. 전파 망원경이 수신하는 자료는 여러 대역에 걸쳐서 거의 무한할 정도로 광범위 합니다. 하지만, 우리는 5년 전 태양의 뒤에서 핵폭발 시에 발생하는 EMP, 전자기 충격파를 패스트가 기록한 것을 찾아냈습니다. 결코 우주에서 자연적으로 발생할 수 없는, 인간에 의해 발생한 전파였지요."

"핵폭발이요?"

"우리 측 과학자들은 미국이 닐라칸타의 추진에 초소형 핵폭탄을 사용한 것이라고 추정하고 있습니다."

"핵연료 추진이 아닌 핵폭발 추진이라고요? 핵폭탄이 터지면 닐라칸타 자체가 부서지는 거 아닙니까?"

"현재의 핵무기 기술의 정점은 실전에 사용할 수 있는 전술용 소형 핵탄입니다. 전략용 핵탄은 폭발력이 너무 커서 국지전에 사용할 수 없어 공갈 협박 외에는 사용할 수 없다는 한계를 극복하기 위해서요."

"그렇다고 해도 핵 아닙니까?"

"닐라칸타 건조 시에 수집한 정보를 보면, 페타볼 제작에 사용될 티타늄 패널을 꽁무니에 모조리 적재 했더라고요. 수

십 겹의 티타늄 합금판을 장갑으로 사용한 겁니다. 그리고 그 위에 내열 타일을 겹겹이 붙였는데, 매 폭발 시 마다 한 겹씩 허물 벗듯 벗을 수 있도록 한 후 초소형 핵탄을 수 십 km 후방에 터트려 폭발력의 일부만을 추력으로 흡수한 겁니다. 1만 5천 톤급 거대 함선을 심우주까지 행성의 인력에 의지하거나 끌려가지 않고, 최단 거리 직진 동력 비행 시킬 힘을 얻으려면, 현재의 인간의 기술로는 핵폭발 밖에 없지 않겠어요?"

"뭐라고요? 행성 간 동력비행이요? 정말입니까?"

"미국 측의 시나리오가 상당히 정교했습니다. 유로파까지 스윙바이 궤도를 따라 가는 시간과 자신들의 목적지까지 동력 비행해 가는 시간을 절묘하게 맞춘 겁니다."

"중국의 과학도 대단하네요. 며칠 사이에 닐라칸타를 추적해 내다니요."

장청이 슬쩍 웃으며 대답했다.

"행성간 핵폭발추력 동력비행 아이디어는 나사에 근무하던 중국인 과학자의 아이디어였습니다. 지금 그 과학자가 항천국에서 근무하고 있고요. 그래서 우리는 패스트가 지난 오년 동안 수집한 자료 중 핵폭발에 의한 EMP만을 검색했습니다. 검색 범위를 특정하고 슈퍼컴으로 자료를 걸러냈더니, 이거 뭐 어두운 우주에 등대처럼 핵폭발의 징검다리가 북극성처럼 찬란하게 점점이 이어져 있었습니다. 태양 후면 폭발 이후 육 개월 뒤 목성 궤도에서의 폭발을 시작으로요."

"육 개월 사이에 목성까지 갔다고요?"

"태양에서 목성까지 거리는 평균 6억 2천 8백 km입니다. 시속 20만 km로 가면 육 개월에 갈 수 있어요. 그러니까 닐라칸타는 태양의 인력으로 취득한 속도가 최고점에 이르렀을 때 핵폭탄을 터트려 가속해 시속 20만 km가 넘는 속도를 획득해 목성으로 직진해 간 겁니다. 더욱이 닐라칸타는 거기서 멈추지 않고 거대 행성 목성의 인력을 이용해 속도를 높이고 계속해서 핵 추력으로 가속을 거듭해 태양계 끝으로 날아갔습니다."

"아무리 소형 핵폭탄이라고 할지라도 태양계를 가로지르며 터트렸다면, 중국의 패스트 뿐 아니라 전세계에 산재한 전파 망원경과 광학 망원경에 한 번 쯤은 포착이 되었지 않겠습니까?"

"닐라칸타의 발사에 즈음하여 전 세계의 좀 커서 쓸 만하다는 망원경을 가진 천문대에 거액의 연구비가 지원되는 과제가 뿌려졌습니다. 하늘의 특정 지역에 대한 특별한 자료를 구한다는 명목으로 그 지역 외의 곳에 망원경을 들이 댈 수 없도록 한 겁니다. 아시다시피 천문대는 소득 사업이 아니기 때문에 국립이든 공립이든 사설이든 전세계의 모든 천문대가 연구비는커녕 유지 보수 예산에도 쩔쩔매고 있습니다. 돈가뭄에 죽어가는 천문대에 거액을 지원하는 미끼가 얼마나 잘 먹혔겠습니까? 모두들 미국의 과제를 받아 미국이 원하는 권역의 하늘을 관측하느라, 곁눈질 할 겨를이 없었습니다. 우리

측 과학자들이 미국이 발주한 과제를 통합하여 하늘에 그래 픽을 해보니 지난 5년간 그 어느 천문대도 들여다보지 못한 교집합 구멍이 하늘에 뚫려 있었습니다. 닐라칸타가 가는 길에 전파 망원경이든, 광학 망원경이든 들이대지 못하도록 미국이 작업을 친 겁니다."

"그럼, 닐라칸타가 핵폭탄을 연속 터트리면서 어디까지 간 겁니까?"

"발사 후 3년 동안 100억 km 이상을 항행해 태양계의 끝 카이퍼 벨트 내부에 도달 한 것으로 보입니다."

"100억 km라고요! 어떻게 삼 년 육 개월 사이에 그 거리를!"

"시속 30만 km 이상으로 달리면 갈 수 있습니다."

"시, 시속 30만 km라니요! 그게 가능한 일입니까?"

장청이 친절하게 설명해주었다.

"보이저가 태양계를 벗어 날 때의 최종 속도가 시속 7만 km였는데 그 정도 속도는 우주에서는 거북이걸음에 불과합니다. 헬리 혜성이 시속 19만 5천, 하쿠다케 혜성이 31만, 코후테크 혜성은 40만 km입니다. 우리 태양계는 우리 은하계 중심을 시속 80만 km로 돌고 있고요. 닐라칸타는 발사 후 3년 6개월 동안 일곱 번의 핵 추진을 했는데, 다섯 번째가 가장 먼 곳이었고, 나머지 두 발은 오히려 태양계 안쪽이었습니다."

"그렇다면?"

"먼저의 네 번 추진으로 카이퍼 벨트 권역까지 날아간 다음 다섯 번째로는 역추진 감속을 하여 멈춘 다음 마지막 두 발로 다시 태양을 향해 가속한 것으로 추정됩니다."

"그렇다면 지금 닐라칸타가 지구로 돌아오고 있다는 겁니까?"

"어떤 의미에서는 그렇다고 볼 수도 있습니다."

"도대체, 미국은 닐라칸타로 무슨 흉계를 꾸미고 있는 걸까요?"

"우리도 그것이 알고 싶어서 미국을 압박하고 있습니다만, 양지우씨. 정말로 큰 문제는… 다른데 있습니다. 저도 믿을 수 없었고, 우리 측 과학자들도 아직까지 믿지 못하고 있습니다."

"도대체 무슨 일을 입니까!"

"사안이 워낙 중대하여 미국 측이 오늘 자정까지 답을 주지 않으면 내일 정오에 우리가 전세계에 터트릴 겁니다. 양 선장도 내일 정오에 TV를 켜 놓으세요."

"우주 개발 주도권 싸움입니까?"

"그런 국가적 이권 다툼 수준이 아닙니다. 인류사적인 사건을 미국이 마음대로 주무르다가 일을 그르칠까 걱정하는 겁니다."

12

페타볼이 완성된 다음날. 선외에서 페타볼과 닐라칸타 주변의 부유물을 건저 내고 있는 임무팀에게 선장이 명령했다.

"방사능 피폭 위험이 있다. 현장 작업을 진행하는 미하일을 제외한 전 대원은 선내 대기하라."

허니콤으로 돌아온 블랙과 해린, 라우라는 거실의 대형 모니터로 선외 작업 과정을 지켜보았다.

미샤가 선외 우주복을 입고 닐라칸타의 갑판 나왔다. 모니터 상이기는 하지만, 미샤의 선외 작업 모습을 모두들 처음 보았다. 미샤가 감독하는 가운데 여러 대의 드론이 작업 현장을 다각도로 잡아 작업 과정을 몇 분 간격으로 시뮬레이션 검증한 다음 작업 로봇들이 컨테이너를 움직였다.

컨테이너 하나가 페티볼의 정수리 위에 올려 지자, 로봇들이 달려들어 페타볼과 컨테이너를 결합하는 볼트를 조이고 용접을 했다. 이어서 정수리의 정방형 컨테이너의 사방으로 나머지 컨테이너 네 개가 결합되어 드론이 상공에서 찍은 조감으로 보니 폭 10m, 길이 30m의 십자가가 페타볼 위에 그려진 모습이었다.

컨테이너 설치가 끝나자, 미샤가 올라가 십자가의 정 가운데의 해치를 열고 들어갔다.

미사가 십자가 속으로 들어가자 모니터에 선장이 다시 나와 경고했다.

"원자로가 가동되어 페타볼에 전력이 들어가면 자체 방어 시스템이 가동된다. 따라서 페타볼에 접촉하면 수백만 암페어의 전기 충격으로 즉시 사망하게 된다. 이점 명심하고 페타볼에 접근하지 않도록 하라. 이 시간부로 지구 귀환 시퀀스가 시작된다. 매뉴얼에 따르라."

또다시 반복 중노동이 시작되었다. 선체 외부를 사방 30cm 바둑판으로 나누어 촬영하고 비파괴 검사하여 수리해 나가는 것이었다.

로봇이 초음파와 자기 스캐너로 선체 금속의 피로도와 변형 여부를 비파괴 검사하고 표면을 고해상 촬영하여 메인 컴퓨터로 보내 분석, 수리할 곳을 실시간대로 선체 위에 투사하면, 흠집에 용융 금속 본드를 바르고 방청 도장을 하는 작업의 반복이었다.

세 사람이 각자 구역을 나누어 각기 로봇 한 대 씩을 데리고 개별 작업을 했다. 물론 해린의 작업 속도가 발군이었지만, 라우라와 블랙도 보통 사람의 몇 배 능력으로 녹슨 고철덩이 같았던 닐라칸타가 점차 새옷을 입기 시작했다.

사흘 째 되는 날.
사이렌이 울리면서 선장의 목소리가 선외 스피커를 통해 들려왔다.
"페타볼이 자가 발전을 시작한다. 대원들은 잠시 허니콤으로 철수하라. 방어시스템 작동 후 선외 작업의 안정성 검증이 끝난 후 작업을 재개하라."
세 사람은 선장의 지시대로 선내로 철수 해 모니터를 통해 닐라칸타를 지켜보았다. 모니터에 하단의 카운트다운이 제로가 되자 닐라칸타의 내부에서도 들릴 정도로 '옹'하는 둔중한 소리와 함께 선체가 흔들렸다. 페타볼 주위의 물에도 파문이 일었다.
곧이어, 각종 센서를 장착한 로봇이 갑판 위로 나와 대원들의 작업 반경 내를 선회하며 방사능과 전자기파, 자기장, 파생 전파와 음파 등의 정보를 수집해 모니터에 올렸다.
잠시 후, 선장이 작업 재개를 명령했다.
"페타볼의 방어망이 작업 반경에 인체에 유의미할 정도의 영향을 미치지 않는다는 분석결과에 따라 선외 작업을 허가한다. 이제 경고가 아닌 실제 상황으로 페타볼에 접근할 시 생명을 잃게 된다는 사실을 명심하여 주의하기 바란다."

해린과 블랙, 라우라는 쉬지 않고 곧바로 선외로 나가 달리기를 하듯 작업에 매진했다.

사흘 후 정오.

마침내 해린 팀은 선체 보수 작업을 마치고 선장에게 미션 완료를 보고했다.

"미하일도 미션 완료 사인을 보냈다. 대원들은 선내에서 대기하라. 미샤의 귀환을 위해서 페타볼의 방어망을 일시 해제한다. 하지만, 페타볼의 방어에 공백을 허용할 수는 없다. 따라서 수중과 공중에 피아 구별 없이 페타볼 위협 요소를 공격하여 제거하도록 프로그램 된 공격용 드론이 출격한다. 페타볼의 보호와 대원 여러분의 안전을 위해 선내로 귀환하라."

선장의 말끝을 따라 사령실 하부의 드론 출입구에서 드론이 줄줄이 튀어 나와 공중과 수중으로 배치되었다.

세 사람은 즉각 허니콤으로 귀환했다.

라우라가 선외 우주복을 벗어 던지고 속옷 바람으로 깡충깡충 뛰면서 좋아했다.

"이제 동면에 들어가 잠에서 깨어나면 지구겠네. 아이 좋아라. 애들아 기다려라. 엄마가 간다!"

해린은 교양도 없고, 몸도 막 굴리는, 어린애처럼 단순한 라우라가 어떻게 닐라칸타에 탑승했는지 궁금했다.

"라우라, 어떻게 닐라칸타 대원으로 선정되었어요?"

"파리의 클럽에서 춤을 추고 있는데 테일러 박사가 찾아왔어."

"테일러 박사는 어떻게 라우라가 추운 물속에서 일을 이렇게 잘 할 수 있는지 알았을까요?"

"응. 테일러 박사가 나도 본적이 없는, 삼 십 년 전 신문 기사를 보여 주었어."

"무슨 기사였어요?"

"그때, 겨울에 북해에서 작은 여객선이 뒤집혀 수 십 명이 죽었는데, 엄마와 나, 둘이서만 살아났거든. 그게 신문에 제법 크게 났었더라고."

"북해의 겨울 바다에서!"

"엄마와 함께 어려서부터 차가운 바닷물에서 일을 해서 단련이 되었었나 봐."

"무슨 일을 했는데요?"

"그때 우리 집은 북해 연안에서 홍합 양식장을 했는데, 나는 어려서부터 찬물 속에 들어가 엄마를 도와주곤 했어. 하지만, 그날 배에 함께 타고 있던 아빠와 오빠가 죽었어. 그래서 먹고 살길이 막막하여 엄마와 둘이서 파리로 와서 모진 고생을 하다가 열여덟, 불장난으로 쌍둥이를 낳아 엄마에게 맡겨 놓고 엄마와 아이들을 먹여 살리려고 온갖 짓 다했어. 수영에는 자신이 있어서 아쿠아리움에 취업해 돌고래와 함께 쇼를 했는데, 급여가 많지 않아 밤에는 클럽에 나가 야한 춤을 추면서, 남자들을 따라 나가 돈을 벌어 가족을 부양했어. 그런데 돌고래 쇼가 동물 학대라며 폐지되고, 나도 나이가 먹어 남자들에게 팔리지 않아 형편이 어려워졌어. 그래도 나이트

클럽에서 청소라도 하라며 적게나마 월급을 주더라고. 젊은 댄서들이 결근할 때 대타로 펑크를 때울 수 있어 붙들어 놓은 거지. 다른 돈벌이를 찾지 못해 참 어려울 때였는데, 테일러가 찾아왔어."

"어려운 가운데서도 애들을 포기하지 않았네요! 대단해요. 제주 해녀들 빼고는 라우라처럼 강인하고 부지런한 여성은 처음 봅니다. 더구나, 목숨을 걸고 닐라칸타 우주인으로 자원하다니요!"

해린은 새삼스러운 눈으로 라우라를 보았다. 해린의 칭찬에 라우라는 겸연쩍은 미소를 지으며 말했다.

"테일러가 내 평생 구경도 할 없는 엄청난 돈을 약속하고 또, 프랑스의 대학입학 자격시험인 바칼로레아에 떨어져 나와 똑같은 하층민이 되고 말 쌍둥이 딸들의 미국 명문대 유학을 약속하는 통에, 그런 조건이라면 죽어도 괜찮겠다 싶어 뒤도 돌아보지 않고 사인을 하고, 훈련을 받는데 너무 신나고 재미있더라고."

"테일러 박사가 제일 먼저 건강 검진을 하자고 했죠?"

"그래. 두 딸과 함께 영국에 있는 미 해군 기지에 가서 받았어."

해린은 라우라의 얼굴을 자세히 뜯어보았다. 라우라를 이렇게 가까이서 유심히 보기는 처음이었다.

해린은 라우라의 흑인 같지 않은 곧은 머리카락과 튀어나온 광대뼈의 윤곽에서 그 어떤 유전적 동질성을 발견했다. 머릿속에서 폭죽이 터진 것 같아 심장이 덜컹거릴 정도였다.

"라우라, 혹시 외가 쪽 할머니에 대해서 아는 것이 있어요?"

"외할머니가 일찍 돌아가셔서 어머니도 외가에 대해서 별로 아는 것이 없었는데, 외할머니가 동양인이었다고 했어. 프랑스에는 다국적 다인종 혼혈이 흔해서 어느 나라 출신인지 관심도 없었고, 어머니도 꼭 집어 말해주지 않아서 중국계인지 일본계인지도 몰라."

해린은 다리가 떨리는 것을 가까스로 진정시키고 질문을 계속했다.

"외할아버지는요?"

"모로코의 진주조개잡이 잠수부계의 전설이었다고 어머니가 자랑스럽게 이야기한 적이 있어."

"전설이요?"

"그래. 얼마나 뛰어난 잠수부였는지, 캡틴 쿠스토가 필립스호로 초청했는데, 외할머니를 거기서 만났다나."

해린은 뒤통수를 한 대 얻어맞은 것 같은 충격을 느끼며 마음속으로 뇌까렸다.

'테일러! 결국 성공했구나. 라우라의 딸들에게서 내한 유전자를 확보했기에 미련 없이 나를 닐라칸타에 실었구나.'

해린은 흑인 이모를 물끄러미 쳐다보았다. 고영신의 말이 귓속에 울렸다.

"너는 아직도 믿지 않겠지만, 나는 알고 있다. 용왕신이 너를 불러서 간다는 것을. 해린아. 걱정마라, 엄마가 너를 저 멀고도 험한 우주로 혼자 보내겠느냐? 반드시 너를 보살펴 줄 사람이 있을 것이다."

그 사람이 라우라 당신이란 말인가. 하지만 쉽사리 진실을 밝힐 수는 없었다. 블랙과 그렇게 쉽게 잠자리를 하는 사람을 믿을 수 없을 뿐 아니라, 테일러가 라우라에 대해 해린에게 숨긴 이유도 없지 않을 것이었다.

모니터에 페타볼에서 나오는 미샤가 보였다. 미샤가 사령실로 돌아가자 페타볼에 불이 켜지고 드론들도 몇 기만 남고 돌아갔다.

마침내 일이 끝난 것이다.

이제 지구 귀환만이 남았으나, 임무 팀은 동면에 들면 그만일터였다.

오래지 않아 모니터가 열리며 선장이 아닌 미샤가 나타났다.

"내가 닐라칸타 호의 선장이다. 너희들은 내 명령을 따르라."

이 무슨 헛소리인가? 해린은 픽 웃으며 말했다.

"조금도 재미없는 장난이요. 선장님께 카메라를 돌리세요."

"현 박사. 닐라칸타에 선장은 없다. 나는 이곳에 도착해 제일 먼저 동면에서 깨어나 사령실을 활성화 시키고 선장이 깨어나기를 기다려 즉시 사살해 바디 백에 담아 밤중에 드론으로 가져가 먼 바다에 버렸다."

블랙이 자리에서 껑충 튀어 일어나며 소리쳤다.

"뭐라고! 미샤 네놈이 선상 반란을!"

미샤의 말이 믿기지 않은 해린이 침착하게 물었다.

"그럼 조금전까지 모니터에 나온 선장은 누구요?"

"내가 만든 AI 영상이다 이제부터 내가 너희들에게 알렉산터 프로젝트의 총체적 진실을 알려주겠다."

해린이 무의식적으로 반문했다.

"총체적 진실이라고?"

"그렇다. 이곳이 어디인가, 우리는 무엇을 하려고 이곳에 왔는가. 페타볼은 무엇인가? 과연 알렉산더 프로젝트의 목적은 무엇인가? 내가 이 모든 것에 대한 답을 주겠다. 하지만, 그전에 안테나의 초점을 지구로 돌리고 송신 출력을 증강하여 나사를 통하지 않고 지구의 누구라도 직접 수신할 수 있도록 암호화 프로그램을 풀어 내가 닐라칸타를 접수하였다는 사실을, 페타볼이 내 것이라는 사실을 선포해야겠다."

블랙이 신음하듯 말했다.

"도대체 페타볼이 무엇이기에 죽음의 문을 여느냐! 나사의 명령이 아닐 지라도 페타볼을 건드리면 너는 이미 내 손에 죽는다."

"블랙. 너 따위는 내가 마음 만 먹으면 손짓 한 번에도 너를 죽일 수 있다. 어차피 곧 죽을 테니, 벌써부터 명을 재촉하지 마라. 그래, 죽이기 전에 알려 주마. 페타볼은 유사 이래 인류가 만든 모든 물건 중에서 가장 비싼 것이다. 그래서 내가 접수하여 지구인에게 그 값을 받아 내려고 하는 것이다. 현박사! 블랙! 현실을 받아들여라. 내가 아니면 너희들은 지구로 돌아갈 수 없다. 내가 지구 귀환 시퀀스를 제어할 것이다. 그러니 꼼짝 말고 그대로 서서 나의 명령을 기다려라."

블랙이 얼굴이 더욱 검어져 번들번들 빛이 나면서 눈에 광기가 올랐다. 하지만, 블랙이 미샤에게 할 수 있는 일은 아무것도 없었다.

미샤는 홀로그램 입력 보드를 확장하여 손아래로 끌어 두고 눈에 보이지 않을 정도로 현란하게 손가락을 움직였다.

13

상해의 중국 해군 기지 사령관 공관에서 지우는 TV를 켰다. 중국 중앙 텔레비젼 방송이었다. 하지만 화상과 소리가 나오지 않고 파란 화면에 '국가 항천국 발표 중대 뉴스'라는 한자 자막이 떠올라 있었다.

지우는 리모컨을 눌러 한국 방송으로 채널을 돌렸다. 한국 중요 공중파 방송 모두의 화면에도 '중화인민공화국 국가항천국 발표 중대 뉴스' 자막 아래 '한국어 자막 동시 방송'이라 쓰여 있었다.

계속해서 채널을 바꿔 보았다. CNN도, BBC도 중국 국가 항천국 긴급 뉴스 China National Space Administration, Emergency news.라는 붉은 자막을 내보내고 있었다.

상해가 정오라면 미국의 동부는 새벽 세 시 일터인데, 전 세계가 현지 시간대를 무시하고 동시 보도를 하는 전무후무한 일이 벌어지고 있었다.

그제야, 지우는 장청의 말이 황당무계한 SF가 아닌, 현실이라는 사실을 깨닫고 긴장했다.

지우가 한국 공중파 채널로 돌아가자, 화면이 열리며 정장을 한 장청이 '장청, 중국 국가 항천국 대외담당 부주석'이라는 자막을 달고 나왔다.

장청은 납처럼 굳은 얼굴로 침중하게 입을 열어 또박또박 천천히 책을 읽듯 말했다.

"달과 비슷한 크기의 초거대 혜성이 태양계에 진입해 현재 지구에서 60억 km 떨어진, 옛 명왕성인 소행성 134340 플루토 부근에서 시속 20만 km의 속도로 태양을 향해 돌진하고 있다."

장청의 말에 따라 패스트가 찍은 전파 영상을 가시역으로 채색한 혜성의 사진 나왔다.

"중국 항천국은 이 혜성에 미국이 유로파로 발사 했다는 닐라칸타 호가 착륙해 있다는 명확한 증거를 제시한다."

화면에 닐라칸타호의 궤적이 그려졌다.

"닐라칸타 호는 태양의 배면에서 고유 식별 비이콘을 장착한 중계 위성을 유로파 스윙바이 궤도로 발사하고 정작 본체는 핵폭발 추진력으로 태양계 외곽으로 돌진해 최종적으로 왜소행성대에서 거대혜성과 조우하여 착륙, 혜성과 함께 태양을 향해 되돌아오고 있다. 나사는 닐라칸타 호에서 생산된 정보를 레이저로 변환 유로파 궤도에 있는 중계 위성으로 보내 지구로 재전송하는 수법으로 현재까지 닐라칸타호가 유로파에 있는 것처럼 전 인류를 속이고 있다. 미국은 닐라칸타호를 거대 혜성에 착륙시키기 위한 알렉산더 프로젝트를 12년 전부터 추진했다. 따라서 미국은 이 혜성이 오르트 구름에서 튀어 나왔을 때부터 인지하고 추적을 해왔을 것으로 추정된다. 이정도 크기의 천체라면 카이퍼 벨트를 횡단할 때 지구상의 거대 망원경들이 초점을 맞추었다면 가시적으로 발견을 할 수도 있었을 것이며, 태양계 외곽의 왜소행성대에 들어섰을 즈음에는 나사의 지구근접물체센터Center for Near-Earth Object Studies, CNEOS의 슈퍼컴퓨터가 자동으로 추적해 냈을 것이다. 하지만, 미국은 알렉산더 프로젝트의 목표가 유로파라며 인류를 기만하고 전 세계의 고등 천문대와 일급 천문학자들에게 거액의 연구비를 지원하는 프로젝트를 발주해 망원경의 초점을 혜성 쪽으로 향하지 못하도록 하여 혜성의 접근을 의도적으로 은폐했다."

장청은 패스트가 촬영한 영상을 비롯해 중국의 궤도 망원경이 촬영한 광학 사진, 그리고 메이저 천문대의 관측 일지 등을 제시하며 조목조목 미국의 거짓말을 폭로 했다. 장청은 자신이 한 말의 어마어마한 의미를 사람들이 이해할 시간을 주려는 듯 잠시 말을 멈추고 물 한 컵을 천천히 마신 후, 더욱 단호한 표정과 목소리로 말을 계속했다.

"나사의 지구근접물체센터Center for Near-Earth Object

Studies, CNEOS는 지구에 근접한 소행성 가운데 지름이 140m 보다 크고 지구와의 거리가 750만km보다 가까운 경우 '지구위협소행성PHA'로 분류하여 특별히 관찰한다. 하지만 우리 측, 관측 자료와 천문학자들의 계산에 다르면 거대 혜성의 직경은 3천 m 급이며, 지구 최근접시의 거리는 100만 km 이내로 추정되어 지구근접물체센터가 감지하지 못했다는 변명 또한 있을 수 없다. 이 사실을 인지한 중국은 미국에 정보의 공개를 요구했으나, 현재까지 묵묵부답인 바, 이에 우리 중국은 인류에 대한 위협을 자국의 이익을 추구로 이용하려는 비도덕적이며 비양심적인 자본주의 미국과는 달리 모든 정보를 공개하여 거대 혜성의 도래가 일으킬 그 어떤 위험과 수익도 인류와 함께 하고자 오늘 이 사실을 발표하는 바이다. 중국은 이미 여섯 시간 전에 전 세계 모든 국가의 수반에게 이 사실을 사전 주지시켜, 경찰, 군사력을 결집해 종말의 공포로 기인한 무정부적 폭력 사태와 사이비 종교들의 준동을 차단케 했다. 중국은 이미 우주 개발 기술과 업적, 천문학에 있어서 인적, 물적 자원이 미국을 능가한지 오래되었으므로 세계 각국은 중국의 관측 성과를 신뢰해도 후회가 없을 것이다. 거대 혜성은 절대로 지구와 충돌하지 않을 것이며, 시속 20만 km로 태양을 향해 돌진하고 있지만, 지구 궤도 접근 까지는 삼년 육 개월의 시간이 있다. 따라서 우리 중국을 중심으로 인류가 지혜를 모은다면 얼마든지 혜성의 위협에 대비할 수 있다. 지금 지구인의 안녕을 위협하는 것은 거대 혜성이 아니라, 미국의 독선이다. 차제에 경고하건대, 미국은 결코 이 사태를 혼자서 해결 할 수도 없고, 그 결과를 독차지 할 수도 없다. 이제 중국은 인터넷 상에 지구인 누구라도 제한 없이 접근할 수 있는 공간을 마련해 거대 혜성에 대한 모든 자료를 공개할 것이다. 우리 중국은 인류의 집단 지성을 믿는다. 반드시 현명한 해법이 도출 될 것이며, 그 해법을 기술적으로 뒷받침 할 것이다. 다시 한 번 미국에 경고한다. 이토록 중차대한 우주적 대사건은 결코 미국이 홀로 감당할 수 있는 수준이 아니다."

중국은 이번 사태를 계기로 중국을 신뢰할 수 있는 국가로 끌어 올리고 미국을 믿을 수 없는 국가로 전락시켜 바야흐로 지구의 패권을 쥐려는 뜻을 분명히 했다.

세계 각국의 언론 매체가 자국의 천문대와 학자들에게 중국 측의 주장에 대한 검증을 요구하고 그 결과를 대서특필하기까지는 한 시간도 채 걸리지 않았다.

핵폭탄이 전 세계 곳곳에서 동시 폭발 한 것과 같은 엄청난 후폭풍이 지구를 뒤흔들었다.

아침에 출근을 하던 사람도, 저녁에 퇴근을 하던 사람도, 모두 걸음을 멈추고 일하던 사람들 모두 일손을 멈추었다. 깨어 있는 사람은 잠든 사람을 깨우고 가족들은 서로 서로 전화를 해 거의 모든 인류가 TV 앞에 모여 앉아 미국 측의 답변을 기다렸다.

이윽고, 중국이 그랬던 것처럼 전 세계 TV 동시 중계로 '미국 대통령의 공식 발표'가 있을 예정이라는 예고가 떴다.

하지만

미국 대통령보다 먼저 자스민이 나타났다.

그녀가 인도 전통의상을 입고 뭄바이 외곽의 쓰레기 산 속 불가촉천민들의 움막촌 앞에서 휴대폰 실시간 동영상을 올린 것이다. 그녀는 상상할 수 없는 해킹 실력으로 전 세계의 휴대폰과 컴퓨터에 자신의 동영상이 켜지도록 했다. 모든 이들의 휴대폰과 컴퓨터 모니터, TV에 그녀의 생방송이 열리는, 중국 측의 방송과는 비교할 수 없는 파괴력을 지닌 충격적인 퍼포먼스였다.

"나는 지금 나사의 대변인이 아니라, 인도의 달리트로서 이 자리에 서있다. 내 뒤에 보이는 쓰레기 산이 바로 내가 태어나 열 살까지 자란 곳이다. 나는 이곳에서 이십 년 전 시바신의 계시를 받고 지혜의 문이 열려 우주적 질서를 수리적으로 이해하게 되었다. 그리하여 미국으로 건너가 거대 혜성의 존재와 도래를 십 이 년 전, 천문학적으로 증명해 냈으며, 미국은 태양계 밖 심우주를 항행하는 탐사선의 자원을 최대한 집중하여 거대 혜성을 관측하고 궤도를 계산하여 마침내 거대 혜성이 시바행성이라는 결론에 도달했다."

〈1996년 뉴욕 대학의 램피노M.R.Rampion 교수와 해거티 B.M.Haggerty교수는, 지구 역사에 반복되어 온 대멸종을 설명하기 위해 '시바 가설'을 발표했다. 램피노와 해거티는 지난 5억 4천 만 년 동안 오르트 구름이 토해 낸 혜성이 다섯 차례 지구에 접근하여 엄청난 기상이변을 일으켜 대멸종을 일으켰다고 주장했다.〉

　그녀는 자막이나, 동시통역 어플을 쓰지 않고 영어로 시작한 말을 즉석에서 힌디어, 영어, 스페인어, 중국어로 바꾸어 말하며 시바 가설을 간략하게 설명하고 말을 이었다.
　"시바행성은 직경이 3천 2백 km로 달과 유로파 중간 크기이며, 유로파처럼 100km에 달하는 얼음 외피 속에 수심 1,000km의 거대 바다를 가지고 있는 수행성 즉. 물혹성이다. 따라서 태양에 가까워지면 얼음 외피가 녹아서 지구 궤도를 지날 때면 매번 천문학 단위의 수증기를 뿜어 내 지구에 대홍수를 일으켜왔다."

　서른을 갓 넘긴 그녀는, 농염하게 무르익은 천상의 미모 속의 불 켜진 눈동자로 그 누구도 항거할 수 없는 카리스마를 뿜어내 전 인류의 눈길을 사로잡았다.
　"시바행성은 46억년 지구 역사상 지구와 가장 가깝게 지나가는 바, 이전 다섯 번의 멸종 때와는 비교할 수 없는 양의 물을 지구에 쏟아 넣을 것이다. 바야흐로 지구의 육상 생명체는 여섯 번 째 대멸종에 직면한 것이다."

말이 계속 될수록 자스민의 몸체에서 안개와 같은 아우라가 흘러 나와 몸을 에워싸 그녀는 비현실적인 모습이 되었다. 그녀는 과학자가 아니라 시바 신이 빙의한 무당이었다. 자스민은 목소리에 더욱 극적인 감정을 실어 전 인류의 마음을 쥐고 흔들었다.

"시바 신의 강림은 16세기 영국의 전설적인 예언가였던 마서 쉽턴Mother Shipton도 일찍이 예언했다."

이 대목에서 자스민은 목청을 가다듬어 목소리에 더욱 극적인 감정을 실어 쉽턴의 예언을 낭송했다.

"불을 토하는 용이 여섯 번째로 하늘을 가로질러 오면
이 지구는 죽음을 맞이하리라.
이 여섯 번째 죽음의 사자 때문에
인류는 공포에 떨게 되리라.
이레 낮과 이레 밤 동안
인간은 끔찍한 광경을 지켜보게 되리라.
파도가 그 끝이 어디인지 모를 만큼 높이 솟아올라
해안을 할퀴어대고
산들은 우르르 포효하기 시작 할 것이며
지진이 평야를 갈라놓으리라.
넘쳐나는 물이
우레 같은 소리를 내며 온 땅을 휩쓸고
인간은 진창 속에 웅크린 채
동료 인간들을 향해 으르렁거리리라."

자스민은 잠시 말을 멈추어 쉽튼의 예언이 인류의 마음속에 공포를 불러일으킬 시간을 주고 나서 말을 맺었다.

"인간들이여. 너희들은 지금, 시바신의 강림을 목격하고 있는 것이다 나, 우마 자스민은 시바신의 계시를 받은 날에 내 평생을 시바 신에게 헌신하기로 맹세했다. 이제 시바 신에 대한 미국 사역을 끝낸 바, 고국으로 돌아와 시바신의 사제로서 신을 영접하는데 신명을 다하고자 한다."

장청의 발표가 원자 폭탄이었다면, 자스민의 동영상은 수소 폭탄이었다.

단 두 시간 사이에 지구가 뒤집어졌다.

하지만, 중국 측의 사전 정보 제공으로 치안 공백 상태가 일어난 나라는 없었고, 무엇보다도 장청과 자스민의 이야기가 SF영화에서 무수히 다루어졌던 지구 종말의 다른 버전인 것 같은 비현실로 들려, 아직은 실감하지 못한 사람들은, TV앞에서 미국의 현실 증명을 기다렸다.

마침내, 미국 대통령이 TV에 나왔다.

혼자가 아니었다.

극장 화면 크기의 모니터 전면에 떠오른 성조기 앞에 마련된 기다란 단상 뒤로 미국 정부의 모든 각료와 군 장성들이 도열해 있었고, 한 가운데의 강단에 미국 대통령이 서 있었다.

미 대통령은 거두절미하고 당당하게, 무소불위 능력자의

말이니 너희들은 듣기만 하라는 투로 말문을 열었다.

"미국은 오래 전부터 나사를 통해 심우주로부터 태양계로 진입할 수도 있는 거대 혜성의 접근을 가장 먼 거리에서 조기 발견 해 내고자 노력해 왔다. 1972년도에 발사된 파이어니어 10호와 11호는 1983년도에 벌써 태양계 외곽에 도달했고, 1977년에 발사된 보이저 1호와. 3호는 2004년에 태양계를 벗어나 현재도 심우주를 항행하며 관측 자료를 보내고 있다. 미국은 1991년 시바 가설이 발표되기 이전부터 거대 혜성의 도래를 예측하고 있었고, 십 이년 전 자스민 박사가 그 위치를 정확하게 산출해냈다. 미국은 파이어니어와 보이저의 관측 자료, 제임스 웹 궤도 망원경, 그레이엄 거대 쌍안 망원경, 초거대 전파 망원경 알마, 등의 모든 자원을 동원하여 지구에서 160억 km 떨어진 오르트 구름 가운데에서 이른바 '시바 행성'의 실체를 확인했다. 그리하여 시바행성의 태양계 진입이 지구에 미칠 영향을 소멸시킬 해법을 찾은 후에 그 존재를 발표하기로 했다. 유사이전부터 인류는 모르는 것, 이성적으로 이해할 수 없는, 불가항력적인 무지에 맞닥뜨릴 때 자멸적 집단행동을 해 왔다는 것을 역사가 증명하고 있기 때문이었다. 이에 미국은 시바행성이 지구에 위협을 가할 수 없는 불가역적인 방법을 찾아야 했다."

대통령이 잠시 말을 멈추고 고개를 돌려 좌에서 우로 쓸어보았다. 눈앞이 아닌, 세계를 쓸어보는 듯한, 나름대로의 위엄을 보인 행동이었다. 그리고 목에 힘을 주어 말을 이었다.

"따라서 미국은 시바행성을 태양계 외곽에서 파괴하기로 결정하고 그 방법을 찾았다. 하지만, 인류가 가진 모든 핵무기를 쏟아 부은 들 100km 두께의 얼음 외피도 깨뜨릴 수 없다는 결론에 도달했다. 이에 미국은 시바행성의 얼음 외피를 뚫고 들어가 시바행성의 내부에 작은 태양에 버금가는 핵융합 폭탄을 설치해 시바행성을 부숴버리고자 알렉산터 프로젝트를 기획하여 닐라칸타를 시바행성으로 보냈다. 지구 상 가장 선진된 우주과학 기술과 경제력 등이 복합된 하이퍼파워 hyperpower를 지닌 미국만이 할 수 있는 일이었다. 미국은, 지구와 인류를 보호해야 한다는 막중한 책임과 의무를 다하고자 한 것이다."

대통령의 등 뒤에서 미국기를 보여주고 있던 거대 모니터에 닐라칸타가 근접하여 찍은 시바행성이 나왔다. 이어서 닐라칸타에서 발사된 중계위성이 시바행성을 선회하며 잡은 화상으로 전환되었다.

태양이 '창백한 파란 점'인 솔라 시스템의 끝에서, 중계 위성의 원자력 전지가 서치라이트에 빛을 밝혀 닐라칸타의 착륙 장면을 인간의 눈에 보이도록 광학 촬영했다.

유사 이래 그 어떤 인간도 목격하지 못한 장대한 퍼포먼스에 인류는 넋을 놓았다.

닐라칸타가 시바행성에 착륙하여 온몸을 달구어 얼음 표피로 파고들자 어마어마한 양의 수증기가 피어올랐지만, 곧바로 얼어, 검은 우주에 하얀 구름처럼 떠돌았다.

닐라칸타가 얼음 속으로 사라지자 이번에는 시바행성 내부에서 드론이 잡은 영상이 공개되었다.

눈을 깜박일 수도, 벌어진 입을 다물 수도 없는, 인류의 역사가 바뀌는 장면, 장면이 연이어지고 있었다.

여기서부터는 해린의 무대였다. 해린이 페타볼을 완성하는 과정이 고속으로 압축되어 마침내 완성된 페타볼에서 화면이 정지했다.

대통령이 다시 입을 열었다.

"미국은 하이퍼파워를 결집하여 인류 문명의 결정체를 시바행성의 내부에, 한국 출신 해녀 현해린 박사의 초인적인 작업에 힘입어 완성했다. 현해린 박사에게 인류를 대표하여 이 자리에서 깊은 감사의 인사를 전한다."

배경 화면에 페타볼의 전체 모습이 떠오른 가운데 미국 대통령의 설명이 이어졌다.

"전 세계 여러분! 닐라칸타는 단 한 방울로 전 인류를 죽일 수 있는 독약을 삼켜 파란 얼굴이 된 시바 신을 지칭하는 말입니다. 그리고 미국이 만든 페타볼이 바로 그 한 방울의 독약입니다. 하지만, 이번에는 독약이 아닌 전 인류를 살리는 신의 약이 될 것입니다. 여러분! 안심하십시오! 페타볼의 완성으로 시바행성은 인류의 것이 되었습니다. 미국은 인류는 물론 우리 지구를 지켜 낼 것입니다."

다분히 중국 측의 공격을 뒤집고, 아직도 미국이 세계 경찰 국가, 지구상 유일의 절대 극강대국, 하이퍼파워라고 주장하는 정치적인 쇼였다.

대통령의 등 뒤 화면에 수중 드론이 찍은 페타볼의 웅장한 겉모습이 비추어 지고, 수면에 설치된 십자형의 컨테이너에 대한 설명이 이어졌다.

"수면의 시설물은 제7세대 원자로와 케미컬 플랜트입니다. 이 화학 공장은 시바행성의 바닷물에서 향후 일 년에 걸쳐 5억 2천 300만 리터의 중수와 삼중수소, 리튬, 우라늄 등을 추출해 페타볼을 채울 것입니다."

이어서 페타볼의 내부가 공개되었다.

페타볼의 내부에는 표피를 따라 검은 원 뿔이 정 가운데를 향해 정교한 간격으로 배열되어 있었다.

"페타볼의 내부에는 360개의 핵탄두가 세팅 되어 있습니다. 핵탄두는 화학 공정이 끝나 페타볼에 핵융합 물질이 가득 채워지면 지구에서 40억 km 이상 떨어진 심우주에서 동시 폭발하여 다이너마이트 환산 1000조 kg의, 페타급에 이르는 핵융합의 방아쇠가 될 것입니다. 핵폭탄에 의해 점화된 페타볼은 삼 단계 핵융합으로 시바행성을 깨트려 영원히 인류를 위협하지 못하도록 할 것입니다."

미국 대통령은 인류의 구원자는 미국이라는 득의만만한 표정으로 대미를 장식했다.

이때.

공교롭게도 절묘한 타이밍으로 미샤의 메시지가 지구에 도착했다.

미국 대통령이 나오던 화면이 한동안 흔들리다가 닐라칸타의 사령실에 있는 미샤가 나타났다.

"닐라칸타의 기관사 미하일 인쥐니아가 지구에 통보한다. 닐라칸타 호는 예정대로 목적지에 착륙하여 주된 임무인 페타볼의 건설 과업을 완수했다. 페타볼 건설은 나의 철저한 감리 하에 설계도와 시방서를 100% 준수, 완공되었다. 원자로와 케미컬 플랜트는 내가 직접 시공해 중수 추출을 시작했다. 이 메시지의 시차는 네 시간 십 분이다. 따라서 지구에서 이 메시지를 수신했을 때는 닐라칸타에서는 모든 상황이 네 시간 십 분 전에 종료되었다는 사실을 먼저 인지하기 바란다. 이 메시지는 미국에게 보내는 것이 아니다. 전 인류에게 보내는 것이다. 인류여! 나 미하일 인쥐니아가 닐라칸타를 접수했다. 따라서 페타볼은 나의 것이며, 내게서 페타볼을 돌려받으려면, 인류는 그 값을 치러야 한다."

미샤는 영어로 말을 했고, 모니터 아래에는 러시아어와 중국어, 스페인어, 프랑스어 자막이 동시에 흐르고 있었다.

중국이 벌려 놓은 무대에서 자스민이 춤을 추었듯, 이번에는 미국이 펼쳐 놓은 레드 카펫 위를 미샤가 엉덩이를 흔들며 걷고 있었다.

미샤가 사파이어처럼 빛나는 푸른 눈동자를 반짝이며 또박또박 말을 새겨 내었다.

"이것은 협상이 아닌 통보다. 인류에게 고한다. 나 미하일 인쥐니아가 지구상 모든 물적 인적 자원의 징발권을 요구한다. 즉 모든 국가의 중앙은행 보유 금괴는 물론 모든 화폐를 내가 원하는 대로 쓸 수 있으며, 남녀노소를 불문코 내가 지정한 사람은 내게 봉사를 해야 한다. 나의 이 요구를 수용한다는 명문화된 서류에 미국, 중국, 러시아, 일본, 유럽 연합은 물론 제3세계의 모든 국가의 수반이 서명하여 한 시간 이내로 전송하라. 닐라칸타의 목적과 페타볼의 정체를 알면 나의 이 요구가 무리하지 않다는 것을 알 것이다. 미국은 페타볼의 정체를 밝혀라."

14

지구에 일방적인 통보를 한 미샤가 송신 스위치를 끄고 블랙과 해린, 라우라에게 말했다.

"우리가 왜 여기에 왔는지 궁금하겠지. 과연 여기가 어디인지? 페타볼이 뭔지 말이야. 이제부터 내가 너희들의 궁금증을 속 시원히 풀어주마."

미샤는 현란한 손놀림으로 홀로그램 키보드를 두드려 메인 컴퓨터 속의 항행일지를 불러와 그래픽으로 현재 위치를 보여주고, 페타볼의 내부와 중수소를 비롯한 화학 물질의 추출 과정과 함께 페타볼의 폭발 예정 지점까지 보여주었다.

해린은 충격을 받지 않았다. 정확하지는 않았지만, 이미 유로파가 아니라는 사실을 짐작했고, 시차가 네 시간이 넘는다는 것도 알고 있었고, 페타볼이 거주시설이 아니라는 사실도 짐작하고 있었기 때문이었다. 곁눈질로 블랙을 보니 블랙 또한 미샤의 폭로에 큰 의미를 두지 않는 눈치였다. 라우라는 그런 사실이 나와 무슨 상관이냐는 듯 무심한 표정이었다.

미샤가 말을 이었다.

"나는 닐라칸타와 페타볼을 설계하면서부터 내 것이라고 생각했다. 따라서 심혈을 기우려 설계하고 제작에 참여하였으며 목숨을 걸고 탑승해 여기까지 왔다. 블랙! 현해린! 라우라! 지구로 돌아가고 싶은가? 그럼 내 말에 복종하라."

해린은 미샤의 입에서 복종이란 단어가 나오자 블랙의 얼굴을 살폈다. 블랙은 숫제 바위덩이가 된 듯 굳어져 모니터를 불꽃이 이는 눈으로 보고 만 있었다.

라우라가 떨리는 목소리로 미샤에게 말했다.

"나는 그 어떤 시비에도 휘말리고 싶지 않아요. 과업을 완수했으니 지구로 돌아가 수당을 받아 내 사랑하는 쌍둥이 딸들과 행복하게 살겠어요. 지구에 홍수가 난다면 산 꼭지에 살거예요. 나는 그냥 지금이라도 동면에 들겠어요. 제발…"

미샤가 해린을 불렀다.

"현해린 박사. 나는 현 박사와 함께 닐라칸타를 몰고 지구로 돌아가 영웅으로 살고 싶다. 동면에 들지 않고 나를 도운다면 상상할 수 없는 돈과 지위를 주겠다."

해린은 갑자기 두근거리는 심장을 쓸어내리며 혹여라도 통역에 의해 오해가 발생할 단어를 피해 침착하게 대답했다.

"지구와의 시차가 4시간 10분이라면 미샤의 요구에 대해 지구에서 즉각 응답한다고 해도 8시간 20분 후가 되겠네요.

한 시간 유예 시간 까지 합하면 늦어도 9시간 20분 후면 지구의 대답이 도착하겠지요. 나는 지구의 반응을 들은 후에 우리 모두가 지구로 돌아갈 수 있는 길을 선택을 하겠어요. 나는 돈에도, 사람에게도, 명예에도 욕심이 없어요. 다만 내 고향 제주 바다에서 헤엄치다가 가고 싶은 날에 물숨 한 모금으로 떠나고 싶을 뿐, 이 냉혹한 우주에서 죽고 싶지는 않아요."

미샤는 카메라 너머 이기는 하지만 잠시 동안 해린의 눈을 이윽히 들여다보다가 블랙에게 말을 돌렸다.

"블랙 상사! 선택해라!"

블랙이 쉰 목소리로 낮게 으르렁 거리듯 말을 내놓았다. 오랫동안 블랙의 목소리를 딥러닝한 통역 칩이 아니었다면 못 알아 들었을 정도였다. 다른 사람은 몰라도 그 목소리 속에 숨은 뜻을 아는 해린은 자신도 모르게 몸서리를 쳤다.

"나는 아프리카에서 가장 높은 곳에 사는 태양족의 왕자다. 나의 고향은 4천 m 고원 지대다. 따라서 대홍수쯤은 겁나지 않는다. 오히려 대홍수가 일어나 내 민족을 핍박하는 강대국들을 쓸어버리기를 바란다. 미샤! 내 고향으로 돌아 갈 수 만 있다면 네가 무슨 짓을 하든지 상관하지 않겠다."

미샤가 만족한 표정을 지으며 명령했다.

"너희들의 주거를 허니콤 내로 한정한다. 선외로 나갈시 즉각 드론이 사살할 것이다. 지구와의 통신이 재개 되면 너희들에게도 송신 기회를 주겠으니 여덟 시간 후부터 대기해라."

해린은 캡슐로 들어와 천천히 공을 들여 샤워를 하고 예전에 이사벨이 처방해준 수면 유도제를 먹었다. 불가항력적인 일에 애를 태우며 체력과 정신력을 낭비 할 이유가 없었다.

7시간 후. 알람이 해린을 깨웠다. 동면에서 깨어난 후 최장 시간 수면이었다. 머리도 맑고 몸도 개운했다. 세안을 하고 공들여 화장을 한 다음 가슴에 나사의 로고가 선명한 새하얀 실내 정복을 입고 거실로 나갔다.

블랙과 라우라가 기다리고 있었다.

블랙은 실내 우주복을 단정하게 입고 있었지만, 라우라는 입술을 붉게 칠하고 날씬한 몸매가 멋지게 드러나는 화사한 꽃무늬 원피스를 입고 있었다.

거실의 모니터가 켜지고 편안한 실내 활동복을 헐렁하게 입은 미샤가 의자 등받이에 몸을 깊숙이 묻은 거만한 모습으로 나왔다. 모니터 화면 아래에는 미샤가 지구를 향해 전파를 발사한 후의 시간이 세어지고 있었다. 8시간 20분, 전파 왕복 시간이 경과하고 마이너스 카운터가 플러스 카운터로 바뀌어 올라가는 초조한 순간이 계속되었다.

십 분, 이 십 분이 경과 되어도 지구에서는 응답이 없었다. 미샤가 한 시간의 유예를 주었기에 그 시간 안에 미샤의 요구를 수용할 협의가 쉽지 않은 모양이었다.

삼십 분이 경과했을 즈음!

수신 신호가 켜지면서, 테일러가 나와 거두절미하고 통보했다.

"미하일 인쥐니아. 당신의 요구 조건을 수용하기 전에 블랙, 현해린, 라우라의 생존을 확인해야겠다. 네 사람이 한자리에 모인 모습을 보이라. 미하일의 조건이 용납되려면 나머지 대원들을 살해하지 않았다는 확실한 증거가 필요하다. 네 사람 모두 허니콤 거실의 카메라 프레임 안에 있는 모습을 보이라. 미하일 인쥐니아! 대원들의 생사가 불명확하면 닐라칸타를 자폭시키겠다. 너의 선상반란도 물거품이 되겠지"

미샤가 잠시 침묵하다가 블랙을 겨냥해 말을 했다.

"허니콤으로 안전핀을 뽑은 수류탄을 들고 간다. 내 몸을 건드리는 순간 모두가 죽는다."

미샤가 동면실을 통하여 허니콤의 거실로 들어서 블랙을 향하여 수류탄을 쥔 손을 흔들었다. 블랙이 말없이 옆으로 비켜서 미샤가 거실 가운데 서도록 해주었다. 해린이 카메라가 잡은 영상이 지구로 생방송 되도록 세팅하고 미샤의 바로 뒤에 서 있는 블랙의 옆에 섰다.

미샤가 목에 힘을 주고 테일러를 불렀다.

"테일러 박사. 이 모습이 보이는가? 나는 대원 모두의 자유의지에 따른 지지를 받고 있다. 지구가 나의 요구를 수용하면 대원들과 닐라칸타를 온전한 모습으로 지구로 데려가…"

미샤가 말을 마치기도 전에 블랙이 눈에 보이지도 않는 속도로 수류탄을 움켜쥐고 있는 미샤의 손을 크고 억센, 강철 갈고리 같은 오른 손으로 움켜쥐고 왼손으로는 미샤의 목을 잡아 나뭇가지 부러뜨리듯 꺾었다.

해린은 비명을 지르지도 않고, 크게 놀라지도 않았지만, 라우라는 비명을 지르며 자신의 캡슐로 도망갔다.

"현 박사. 테이프를 가져와 미샤의 손과 수류탄을 묶으시오."

해린이 의료 캡슐에서 롤 반창고를 가져와 미샤의 손과 수류탄을 둘둘 감아 블랙이 손을 떼도록 해주었다.

블랙은 미샤의 시체를 장난감 들 듯, 한 손으로 번쩍 들어 우주복을 입지도 않고 에어록을 열어 선외로 던져 버리고 들어와 카메라 앞에 섰다.

블랙은 푸른 불꽃이 이는 눈으로 인류를 쏠어 보며 육중하게 말을 던졌다.

"지구는 들어라. 나의 고향, 내 부족의 영지를 원상 복귀시키고 내 부족을 본디 땅으로 돌려보내라. 나의 땅에서 나의 부족외의 모든 외부인들은 지금 당장 떠나라. 그리고 억류했거나, 타국에 있는 부족들을 나의 땅까지 에스코트하여 귀환시켜라. 내 부족에 대한 모든 위협을 제거하고 전원에게 의식주를 제공하여 구호하라. 나는 당초 내 부족의 해방을 위해서 닐라칸타에 승선했고, 그 목적은 변함이 없다. 나는 닐라칸타에 승선하기 전에 부족 공동체를 구성하고 내각을 선임해두었다. 너희들이 내 땅에서 물러가고 부족이 모이면 곧바로 국가의 모습을 갖출 것이다. 그러면 너희들은 내 나라에 너희들이 내 땅에서 훔쳐간 다이아몬드와 금과 우라늄을 돌려주고 현존하는 모든 국가는 내 나라에 대한 불가침 조약에 서명하라. 나는 페타볼로 사욕을 채울 생각이 없다. 내 부족을 해방

시키고 도둑맞은 자원을 되찾고, 평화와 안정을 원할 뿐이다. 협상은 없다. 나의 요청이 단 한 가지라도 거부되면 페타볼을 파괴하여 지구에 대홍수를 선물하겠다. 어차피 우리 부족의 땅은 4천 m 고원지대이므로 대홍수의 영향을 받지 않는다. 따라서 내가 페타볼의 파괴를 망설일 이유가 없다."

할말을 다했다는 듯 블랙이 옆으로 비켜서자 안달하고 있던 라우라가 서둘러 말했다.

"나의 메시지를 누구든 내 아이들에게 전해 주세요. 얘들아. 지구에서 닐라칸타와 페타볼에 대해서 무슨 말들이 오고 가든 상관 말고 산꼭대기 높은 곳으로 이사가서 엄마를 기다려. 엄마가 돌아가면 평생 일을 하지 않아도 너희들과 행복하게 살 거야. 그러니까 너희 둘이 꼭 붙어살면서 4년만 기다려. 나사에게 부탁합니다. 나는 당신들과 약속한 일을 다 마쳤습니다. 그러니 약속대로 나를 지구로 데려가서 약속한 돈을 주세요. 나는 지금 동면에 들어가 그 사이에 무슨 일이 일어나든 상관없이 지구에서 눈을 뜨고 싶습니다."

이어서,

해린은 카메라 앞에서 머리카락을 쓸어 올리고 옷깃을 잡아 당겨 옷매무새를 바로하면서 왼쪽 가슴의 나사 로고를 자연스럽게 쓸어내린 다음 입을 열었다.

"나는 페타볼 건설이라는, 나사로부터 용역 받은 물질을 완수했습니다. 블랙을 비롯하여 그 누가, 그 어떤 나라가 페타볼로 무슨 짓을 하든 나는 관심이 없습니다. 최대한 빠르게 최대한 안전하게 지구로 돌아가 나의 보수를 수령하는 것이 내게 남은 일입니다. 나사가 닐라칸타를 시바행성에서 탈출시키지 못하면 우리는 페타볼을 파괴하고 시바행성과 함께 최대한 지구로 가까이가 페타볼의 얼음 외피가 태양열에 녹아 얇아지면 자력으로 탈출 하겠습니다. 페타볼은 자체 방어 능력을 가지고 있으며, 유지 보수에 관한 모든 경우에 대비한 해법을 작업 로봇들이 딥러닝했으므로 우리가 지금 떠나도 차질 없이 예정대로 폭발할 것입니다. 따라서 지금 나사가 할 일은 약속대로 우리를 지구로 데려가는 것입니다."

해린이 말이 끝나기 무섭게 지구에서 송신한 영상이 도착했다. 양지우였다.

"해린아. 나야 지우! 지구에서 가장 강력한 중국의 텐안 전파 망원경으로 송신하고 있어."

여기까지 말을 하고 목에 메인 듯 지우는 잠시 말을 멈추었다.

지우가 단박에 쉬어 버린 목소리로 말을 이었다.

"해린아. 조금 전에 미국 측에서 미샤의 요구를 수용할 수 없다고 선언했어. 닐라칸타로 전송하지 않고 지구에 대고 한 말이지. 미국은 선상반란을 일으킨 테러범과 타협하지 않는다. 미국은 페타볼에 대한 통제권을 여전히 가지고 있으며, 페타볼은 지구에서든 닐라칸타에서든 그 누구도 건드릴 수 없도록 설계되어 있다. 미하일 인쥐니아에게는 특단의 조치

를 취해 대원들과 분리시켜 대원들과 페타볼을 보호하겠다고
선언했어."

그제야 해린은 지구와의 시차를 생각했다. 지구에서는 네
시간 쯤 후에야 미샤의 죽음을 알게 될 것이었다.

"해린아. 네가 내 말에 대해 바로 회신한다고 해도 네 시간
이후가 되겠지만, 나는 여기서 한발자국도 움직이지 않고 기
다릴게. 그리고 내가 지구에서 벌어지고 있는 일을 닐라칸타
에 알려야 한다고 중국 측에 강력하게 주장했어. 이제부터 매
시간 업데이트 된 지구의 뉴스가 송신될 거야."

지우가 카메라 렌즈의 가운데를 똑바로 보았다. 마치 눈앞
에서 해린을 보는 느낌이었다.

"해린아. 너는 나의 영원한 사랑이야. 네가 돌아오기만을
기다리고 있어. 지금이라도 내가 시바행성으로 너를 데리러
가고 싶다. 해린아. 모든 지구인들이 그곳 상황을 알고 싶어
하니까. 가능하면 곧바로 답신을 줘."

지우와의 통신이 끝나자 곧바로 또 다른 영상이 들어왔다.
해린이 지구에서도 가끔씩 시청했던 CNN 방송의 앵커였다.

"우리는 합동 미디어 센터를 유엔 본부 내에 개설해 닐라칸
타와의 통신을 일원화 하기로 했다. 닐라칸타의 대원 누구든
응답하라."

해린이 응답했다.

"우리의 현 상황은 십 분 전에 이미 발신했다. 그에 대한 답
신이 온 다음에 통신에 응하겠다."

블랙은 해린의 답신이 마음에든 듯, 다른 말을 보태지 않고 카메라 앞을 떠나 거실의 의자에 앉아 명령했다.

"이제부터 닐라칸타의 선장은 나다. 내 말을 따라야 한다."

해린은 노골적으로 블랙을 비웃으며 존칭을 생략했다.

"여기서 대장을 하고 싶어? 하고 싶으면 맘대로 해. 닐라칸타에는 처음부터 선장 따윈 필요 없었으니까 네가 대장을 한들 뭐가 달라지겠어."

"의견을 통일해 지구로 생환하기 위해서다."

"그럼, 선장으로서 의견을 말해봐."

"현 박사가 나보다 컴퓨터와 우주공학, 천문학에 조예가 깊으니까 사령실의 운영을 맡는다."

"사령실은 당초의 프로그램과 나사의 명령에 움직이니까 운영을 할 필요도, 할 수 도 없어. 아무것도 우리의 뜻대로 움직일 수 없다고."

블랙은 해린의 말에 아랑곳하지 않고 라우라에게 명령했다.

"라우라는 지금까지처럼 내 말에 복종하겠는가?"

"나는 지구로 돌아갈 수만 있다면 어떤 일이든 상관하지 않겠다고 이야기 했잖아."

해린이 블랙에게 말했다.

"블랙. 부족의 왕자라고 했지? 그럼 왕으로서의 위엄과 풍모를 지구인에게 보여줘. 그러면 부족들은 자연스럽게 너를 따르고 지구인들도 너를 왕으로 인정할 것이야. 나는 네가 지구를 구한 영웅이 되어 네 스스로가 아닌, 지구인의 추대와 복종으로 네 왕국의 황제가 되도록 도와줄게."

블랙은 해린의 말을 곱씹는 모양 눈을 내리 깔고 생각에 잠겼다.

15

미샤의 닐라칸타 접수 소식에 나사는 경악을 했고, 미국은 서둘러 진화에 나서 페타볼을 여전히 통제하고 있으며, 미샤를 제압할 자신이 있다고 선언했다. 하지만, 닐라칸타에서 선상반란이 일어났다는 사실 그 하나만으로도 미국은 세계인들을 실망시키고 신뢰를 잃어 버렸다.

미샤의 터무니없는, 말 그대로 공상 과학 적인 요구를 미국은 한 마디로 거절했지만, 러시아는 미샤를 통하여 페타볼을 접수하려는 속내로, 미국의 선언이 끝나자 곧바로 미샤의 요구를 수용하자며 동맹국 설득에 들어갔다.

하지만

아홉 시간 후 도착 한 닐라칸타의 영상은 러시아의 꿈을 산산이 부수었다.

블랙에 의한 미샤의 살해 장면이 현장 생중계로 지구인 앞에 펼쳐진 것이다.

미국은 즉각 성명을 발표했다.

"미라클 블랙의 임무는 페타볼과 대원들의 생명을 보호하는 것이다. 블랙은 본연의 임무를 수행했다. 블랙의 요구 중 상당 부분은 인류가 태양족에게 진 빚이다. 우리는 그 빚을 갚아야 한다. 또한 현해린 박사가 가슴의 로고를 쓰다듬은 것은 여전히 나사를 신뢰하고 있다는 표현이다. 미국은 여전히 닐라칸타와 페타볼에 대한 통제를 유지하고 있다."

하지만, 시민들은 페타볼을 미샤에 이어 블랙에게 빼앗기는 미국을 더 이상 믿을 수 없었다.

결국, 중국은 지구 전체가 정보를 공유하고 대원들을 응원할 수 있도록 닐라칸타에서 발신되는 통신을 월드 와이드 맵에 연결했다. 시차가 불편하겠지만, 누구든 SNS를 통해서 닐라칸타에 상호간 메시지와 메일을 보낼 수 있게 된 것이다.

미샤의 광적인 요구와는 달리 블랙의 요구는 제3세계의 전폭적인 지지를 받았고, 블랙의 부족 땅에서 자원을 약탈 하지 않은 미국으로서는 옳다구나, 프랑스, 영국, 중국 등 관련 국가를 압박하고, 블랙의 요구를 수용하기 위해 안전보장이사회를 소집했다. 블랙의 요구를 들어주었다는 기여도를 미끼로 블랙에게 영향력을 행사하려는 속셈이었다.

이미 신망을 잃어버린 미국 대통령 대신에 유엔 사무총장이 블랙에게 답신을 보냈다.

"유엔 안전보장이사회에서 의결한 사항을 태양족의 후계자인 블랙 추장에게 통보합니다. 하나, 유엔은 태양족의 영토를 수복하기 위한 유엔군을 파병한다. 둘, 유엔은 태양족이 내각을 구성하여 개국할시 즉각 국가로 인정한다. 셋, 유엔은 태양족의 영토에서 자원을 발굴해간 이해 당사국을 설득하고 지원하여 최대한 빠른 시일 내에 원상을 회복토록 한다. 넷, 유엔은 닐라칸타 대원의 생명과 지구 귀환을 해치는 그 어떤 시도도 용납하지 않는다. 이에, 미 해군 상사 미라클 블랙은 안심하고 닐라칸타의 대원들을 보호하여 지구로 귀환하기 바랍니다…"

추장의 모습이 아닌. 무수한 훈, 포장으로 가슴을 도배한 미 해군 정복을 입은 위엄 있는 모습으로 지구에서의 응답을 들은 블랙은 바로 답신을 하지 않고 종이를 가져와 연필로 메모를 한 후 여러 번 고쳐 쓴 후에 송신 채널을 열었다.

"유엔은 육 개월 이내에 결의 사항을 이행하라. 결의 사항 이행이 완료되면 안전보장이사회는 내 나라에 대한 영구불가침을 선언하고 유엔군을 철수 시키라. 그때까지 페타볼에 대한 통제권을 가지고 시바행성에 머무르겠다."

블랙의 요구가 수용되고, 미국은 라우라의 마음을 잡기 위해 그녀의 쌍둥이 딸들을 원 마일 시티, 해발 고도 1,600m에 위치한 콜로라도의 덴버로 이사시키고 직장까지 구해 주었다.

한국은 해린에게 국립대학의 종신 교수직과 해녀 연수원 건립과 해녀 연금제를 보장했다.

거의 모든 나라가 국가 비상사태를 선언, 군대를 동원해 치안을 유지해 소요 사태를 원천 봉쇄하고 권위 있는 천문학자와 위성연구가들이 시바행성으로 인해 일어날 홍수의 규모가 과대평가되고 있으며 시바행성의 파괴가 실패할 지라도 인류는 이겨 낼 수 있다고 연일 발표했다. 그리하여 시민들은 일상으로 돌아가 매일 저녁, 유엔 본부의 통합 미디어 센터에서 방송하는 시바행성의 위치, 페타볼 현지 상황. 태양족 국가 건설의 진행 등을 지켜보며 대홍수에 대한 불안감을 달랬다.

16

닐라칸타에서 블랙은, 태양족의 나라가 건국되는 것을 흐뭇하게 지켜보면서 가끔 씩 훈수를 두기도 했다.

블랙은 갓 구성된 내각에 의해 잠정적으로 국가수반인 의장으로 선임되고, 한편으로는 부족의 원로들에 의해 추장으로 공식 추대되어 소원대로 재정일치 부족국가의 황제가 되었다. 블랙은 매일 내각회의를 주관하며 황제로서의 위엄을 보이기 위해 옷차림을 정갈하게 하고, 말을 신중하게 했다. 하버드에 요청하여 정치외교학 석사과정에 등록해 나름 공부도 했다.

본디, 태양족은 일곱 개 씨족이 모인 공동체로서, 씨족의 분열을 막기 위해 대추장은 일곱 개 씨족에서 각기 한 명 씩, 일곱 명의 아내를 거느리는 것이 전통이었다.

빨라야 사 년 후인 블랙의 귀환에 맞추어 열 대여섯의 어린 여성들이 각기의 부족에서 선발되어 블랙에게 선을 보였다. 블랙은 날마다 앳된 미녀들을 고르는 놀음에 흠뻑 빠져 행복에 겨운 모습이었다.

장차의 왕비들을 고르면서도 저녁마다 자신을 불러 동침을 요구하는 블랙의 행태에 라우라는 심한 배신감을 느낀 듯, 웃음을 잃고, 해린에게 자꾸만 동면에 들게 해달라고 졸랐다.

해린은 며칠간 생각한 끝에 라우라를 자신의 캡슐로 불렀다.

"라우라. 잘 들어요. 동면에 들어간다고 해서 안전하다는 보장이 없어요. 오히려 영문도 모르고 죽을 수도 있어요."

"고통 없이 죽을 수도 있겠지 뭐."

"라우라. 그런다면 우리의 이 모든 노력이 너무나 헛되지 않겠어요?"

"현 박사. 나는 어려서부터 너무나 험한 세상을 살았고, 배운 것 없이 하루하루 연명하느라 바빠 내 삶의 의미 같은 것은 생각해 본적이 없어."

"라우라. 그러니까 지구에 있는 딸들에게는 삶의 의미를 찾아 줘야죠. 지금부터 내 말을 잘 들어야 합니다. 지금 우리 둘이 마음을 모으지 않으면 나사는 물론 블랙으로부터도 우리를 지킬 수가 없어요."

해린은 태블릿을 열어 테일러가 보여준 외증조 할머니와 외할머니가 함께 찍은 사진을 보여주었다.

라우라가 사진을 들여다보며 물었다.

"누구야?"

해린이 외증조할머니를 가리키며 말했다.

"이분이 라우라의 어머니의 어머니일 겁니다."

"뭐라고?"

"그리고 옆에 분이 라우라의 할머니의 딸이며, 나의 외할머니죠."

라우라가 눈을 동그랗게 뜨고 해린을 새삼스런 눈으로 보았다.

"70년 쯤 전에 대한민국 제주도의 해녀였던 외증조할머니가 미국적 의사를 따라가 필립호에 승선했어요."

"저, 정말이야?"

"그것을 테일러 박사가 추적해 라우라를 찾아 낸 겁니다."

"세상에. 정말! 왜 나를 찾은 거야?"

해린은 자신과 어머니의 혈관 조영 사진을 보여주며 테일러의 음모를 이야기 해주었다.

"그러니까, 페타볼을 만들기 위해 내한 유전자를 찾은 거야?"

"그래요. 승률을 높이기 위한 도박이었지요. 그리고 성공한 거고요. 라우라. 당신은 나의 이모랍니다."

"이모라고?"

"예. 그래요. 당신의 언니이며, 나의 어머니인 고영신씨를 보여줄게요."

라우라는 고영신의 사진을 한참 동안 뚫어지게 들여다보다가 물었다.

"언니도 바다 능력자야?"

"아뇨, 어머니는 해녀일을 배우지 않았어요. 어머니에게는 다른 능력이 있어요."

"무슨 능력?"

"어머니는 유명한 예언자예요. 나는 물론 어머니도 이모의 존재를 알지 못했는데, 내게, 외계에서 너를 도울 사람이 있다고 했어요. 그때는 그 말이 무슨 말인지 몰랐어요."

"내가 이모인 것을 언제 알았어?"

"할아버지가 할머니를 필립호에서 만났고, 얼음물에 빠져도 견뎌 냈다는 말을 들은 순간에요."

"왜, 그때 말하지 않았어?"

해린은 솔직하게 말했다.

"블랙하고 동침하는 것을 보고 믿을 수가 없었어요."

라우라가 해린의 손을 잡으며 말했다.

"블랙이 동침을 하면 돌아가서 왕비로 삼겠다고 했어."

"그 말을 지금도 믿어요? 태양족의 일곱 씨족 여자들이 기다리고 있는데?"

"그 말을 액면 그대로 믿지는 않았어. 그냥 내 딸들과 너무 멀리 떨어진 이곳이 너무 무섭고 불안해서 믿음직한 블랙에게 의지 한 거야."

"라우라, 이사벨도 블랙이 죽였어요. 블랙은 눈썹 하나 까닥이지 않고 사람을 죽이는 살인기계죠. 그러니 지구로 돌아갈 때까지 긴장을 늦추면 안돼요. 특히, 블랙에게 우리가 친척이라는 사실을 숨겨야 해요. 그렇지 않으면 우리가 서로를 도울 수 없게 될 겁니다."

"알았어. 나는 어머니가 죽은 후, 이 세상에는 내 딸과 나밖에 없는 줄 알았어. 그런데, 나보다도 내 딸들에게 가족이 있다는 사실이 너무 행복해. 너와 함께 지구로 돌아가 언니를 만나고 싶다. 해린아. 만약에 내가 지구로 돌아가지 못하면 네가 우리 딸들을 지켜 줘."

"이모, 나는 꼭! 이모와 함께 지구로 돌아가 내 어린 동생들이 자신의 삶을 살 수 있도록 지켜볼 거예요."

라우라가 해린을 덥석 안으며 말했다.

"우리 딸들에게 너처럼 훌륭한 언니가 생겨서 정말로 좋구나."

"그러니까 블랙 따위 의지하지 말고 마음 굳세게 먹어요. 그리고 이모, 내가 이모와 내 동생들을 정말로 큰 부자로 만들어 줄 수 있는 아이디어가 있어요."

"어떻게? 내가 가진 재주라고는 찬물에서 헤엄치는 거와 봉춤 뿐인데."

"바로 그 봉춤이요."

"어떻게? 그 봉춤도 썩 잘추지 못하는데?"

"아뇨. 저번에 이모가 심심풀이로 봉춤을 추는 것을 봤어요. 중력이 육분의 일인 이곳에서 추는 이모의 봉춤은 절대로 지구상에서는 출 수 없는 환상적인 것이었어요. 한 손으로 봉을 잡고 봉과 수평 직각을 이루기도 했고, 물구나무로 천정에서 봉을 잡고 스파이더 맨처럼 슬금슬금 내려오기도 했고요."

"지구에서는 몸이 무거워 할 수 없었는데, 참 재미있더라."

"이모, 지금 전 세계가 우리를 지켜보고 있어요. 지금 우리가 어떻게 살고 있는지 전 세계 사람들이 궁금해 하고 있는데, 이모가 환상적인 봉춤을 춘다는 사실을 알아봐요. 난리가 날겁니다."

"그럴수도 있겠지만, 그걸로 어떻게 돈을 벌어?"

"내가 이모 봉 춤을 촬영하여 유튜브에 올릴게요. 지금 지구에선 우리가 밥 먹고 방귀 뀌는 것을 올려도 금새 수 천만 뷰가 찍힐 건데. 닐라칸타 우주인의 봉춤이라니요! 모르긴 해도 이모는 금새 은행을 사게 될 거예요."

해린은 거실에 봉을 세우고 라우라의 봉춤 동영상을 찍어 지구의 메이저 공연 기획사에 보냈다.

기획사는 안무가를 붙여 라우라의 춤을 다듬고, 디자이너로 하여금 실내 우주복으로 섹시한 코스튬을 그리게 했다. 해린이 이사벨의 실내복을 잘라 코스튬을 만들어 입히고 기획사가 보낸 시뮬레이션 애니메이션 영상을 참조하여 동영상을 찍었다. 그렇게 제작된 라우라의 유튜브는 순식간에 수 십 억 뷰를 찍어 라우라를 억만장자로 만들었다.

해린도 닐라칸타 찬스를 쓰기에 주저하지 않았다.

해린이 쓴 '아기 해녀의 모험' 동화는 문학적 평가를 떠나서, 발간 후 삼 개월 만에 일억 부가 팔려 라우라 보다 더 많은 돈을 벌었다. 동화가 성공하자, 해린은 '닐라칸타 승선기'의 집필을 기획해 출판사로부터 백지 수표를 받았고, 영화 판권을 초고액 선수금과 환상적인 조건의 스톡옵션으로 계약했다.

불과 육 개월 사이에 블랙은 왕국과 그 땅의 무진장한 자원을 얻었고, 해린과 라우라는 영국 여왕 부럽지 않은 돈과 명예를 얻었다.

라우라는 웃음을 되찾고 블랙이 아닌 해린을 신처럼 믿고 떠 받들었다.

그리고, 마침내.

블랙이 정한 여섯 달이 지나고, 닐라칸타가 시바행성을 탈출할 날이 다가왔다.

닐라칸타는 지구 귀환을 위해, 사령실과 기계실, 동면실, 연료탱크, 엔진만으로 재구성해 점검을 이미 다 마쳐 놓았기에 쾌속정처럼 시속 100km, 50knot가 넘은 속도로 이틀 동안 4천 8백 km를 달려 페타볼의 정반대편에 있는 탈출구 아래에 정박했다.

닐라칸타의 서치라이트가 2km 상공의 얼음 천정에 박혀 있는 표식을 비추었다. 닐라칸타 전 항정 중에서 가장 위험하면서도 극적인 순간이 눈앞에 다가온 것이다.

닐라칸타는 탈출구에서 쏟아질 얼음을 피하기 위해 멀리 비켜나 지난 일 년 간 물 위에 누워 있던 몸을 일으켜 세웠다. 이제 천정이 열리면 그대로 날아오르는 것이다.

하지만 지구에서 발신한 탈출구 폭파 신호가 시바행성에 도착할 시간이 지났으나, 천정은 그대로 있었고 닐라칸타는 움직이지 않았다.

그리고

몇 시간 후.

침통하다 못해 사색이 된 테일러가 모니터에 나타났다.

"블랙, 현 박사, 라우라. 좋지 않는 소식을 전하게 되어 미안하다. 진입 시 심어 놓은 핵탄의 위치가 바뀐 사실을 이제야 알았다. 시바행성의 껍질을 이루고 있는 얼음이 여러 층으로 나뉘어 빙하처럼 흘러 일 년 동안 일곱 개의 핵탄이 수 십 km 엇갈리게 이동해 흩어져 버린 것을 이제야 알게 된 것이다. 하지만 나사는 물론 전지구인이 지혜를 모아 결단코 닐라칸타를 탈출시키겠으니 동요하지 말고 대기하라."

이 무슨 말인가!

페타볼 폭발까지 여섯 달 밖에 남지 않았는데! 지구 귀환은 커녕 시바행성에서 나갈 수조차 없다니!

세 사람은 귀를 믿을 수가 없었다.

한 동안 서로의 얼굴도 쳐다보지 못한 체, 멍하니 모니터만 쳐다보았다. 금방 테일러가 아닌 미국대통령, 아니 유엔사무총장이 나타나 핵탄을 정렬해 탈출통로를 열수 있다고 말해 줄 것 같았다.

서로 간 대화는커녕 얼굴도 보지 못하고 얼어붙은 채로 멍하니 모니터만 쳐다 보고 있어야 했다.

얼마나 시간이 흘렀을까.

모니터가 열리더니 양지우가 나왔다. 침통한 얼굴이었다.

"해린아. 닐라칸타를 꺼낼 수 없다는 나사의 발표를 보고 기절할 뻔 했어. 해린아.지금 나사가 아닌 유엔에서 전 세계의 우주, 행성, 기계, 컴퓨터, 원격 조정 석학들을 소집하고 인터넷에 사이트를 열어 누구라도 닐라칸타 구출 도움이 될 아이디어를 올려 달라고 했어. 해린아. 지구인의 모든 지혜를 모아 반드시 너를 귀환 시킬 거야. 내가 달려갈 수만 있다면! 해린아! 사랑한다."

해린은 지우의 얼굴과 말 속에 숨은 절망을 느꼈다.

이어서, 합동 취재 본부의 뉴스 화면이 중계되었다.

세계 각국의 이름난 천재들이 속속 도착하고 화면 아래 자막에는 인터넷에 올려진, 검토할 만한 아이디어가 흘러가고 있었다.

세 사람은 애써 현실을 외면하며 일 주일 동안 실행 가능한 구출 계획을 기다렸다. 하지만 그 어떤 천재적인 아이디어일지라도 시간과 거리상 불가능했다.

해린은 이미 테일러가 나타났을 때 불가항력적인 일이 일어났다는 사실을 직감했었다.

지금 여기에 시바신이 강림한다고 해도 닐라칸타를 꺼낼 수는 없었다.

해린은 현실을 인정했다.

무릇 역사상의 대 항해를 보건대, 선원은 물론 선장까지 희생이 따르지 않은 적이 없었다.

태양계를 가로지르는 우주사적인 대모험에 어찌 희생이 없을 것인가.

어쩌면 지금까지 생존해 임무를 완수한 것이 기적 속의 기적이었다.

자신의 왕국을 세우고 부족을 구한 영웅이 되어 황제로 추대되었다 한들,

가난과 핍박과 질시, 고된 노동의 밑바닥, 고통의 바다에서 헤엄치다가 부와 명예와 아름다운 삶의 길을 찾았다 한들,

무릇, 해녀로 태어나 지구의 오대양을 건너 외계의 바다까지 물질을 하고 거만의 부와 영광의 미래, 사랑하는 사람과의 결혼을 앞두고 있다고 한들.

모항으로 돌아가 못한 항해는 실패한 항해인 것을!

해린의 삶은 이곳, 태양마저 빛을 잃어버린, 신도, 인간도 구원의 손길을 내밀 수 없는 깊은 우주에서 난파한 것이었다.

그리고

지구상 그 누구도 페타볼의 폭발을 늦추어 닐라카나 탈출 아이디어를 실행할 시간과 거리를 벌수도 있다는 말을 꺼내지 않았다.

마침내,

블랙이 지구에 대고 말했다.

"페타볼의 폭발을 지연시키고, 지금 당장 핵미사일에 보조 로켓을 붙여 시바행성으로 쏘아라. 지금 서둘러 쏘면 일 년 반 후, 해왕성과 천왕성 사이에서 시바행성을 만나게 된다. 그리하여 열 개의 핵미사일이 시간차를 두고 한 곳을 공격하면 심어 놓았던 핵탄두가 폭발 한 것과 똑같이 탈출구가 열릴 것이다. 이 계획을 실행하기 위해 페티볼의 폭발이 육 개월 더 지연된다 한들 지구에 그 어떤 영향도 미치지 않는다. 지구에 통보한다. 페타볼의 작동을 중지시키지 않으면 닐라칸타를 몰고 돌아가 페타볼과 충돌시켜 물리적으로 파괴하겠다."

하루 뒤, 또다시 테일러가 닐라칸타의 모니터에 얼굴을 내밀었다.

"페타볼은 충격을 받으면 자폭하도록 설계되어 있다. 현재, 이억 리터의 핵융합 물질이 확보 되어, 현 상태에서 폭발을 해도 시바행성을 부술 수 있다. 또한, 페타볼은 모든 경우수에 대비한 방어능력을 갖추고 있다. 페타볼을 수호하고 있는 드론의 미사일로도 100km 전방에서 닐라칸타를 격침시킬 수도 있다. 최악의 경우 닐라칸타를 자폭 시킬 수도 있다. 블랙은 어리석은 선택을 하지 마라. 지금 여러 가지 대안들이 논의 되고 또 시뮬레이션되고 있으니 기다려라."

테일러의 통보에 블랙은 분을 삭이지 못해 괴성을 지르며 주먹으로 테이블을 내리쳐 부수고 의료 캡슐의 벽을 발로 무너뜨렸다. 해린과 라우라는 독이 오른 블랙을 자극하지 않으려고 동면실로 피신했다.

잠시 후, 이어폰에서 블랙의 목소리가 들렸다. 화를 진정시킨 모양 차분했다.

"테일러가 대외비 암호화 통신으로 연락했어. 세 사람이 한꺼번에 들으라고 한다."

해린과 라우라가 거실로 나가니, 메인 컴퓨터가 암호를 풀어 화상을 재생했다.

"블랙의 비윤리적이고 일방적인 요구에 분노하는 지구인들이 많다. 역대 우주개발이나 모험에서 인류를 위해 숨져간 이들에 대한 모독이라는 말까지 나오고 있다. 블랙, 현 박사, 라우라. 당신들을 닐라칸타에 태운 나로서는 지구상 그 누구보다도 더 당신들의 생환을 바라고 있지만 세 사람을 위해서 70억에게 위험을 감내하라 설득할 수가 없다. 하지만! 절망은 없다. 지금 닐라칸타와 페타볼은 직선거리로 3천 km가 떨어져 있고 그 사이를 2천 km의 물과 1천 km의 철질 내핵이 가로

막고 있다. 당금 지구의 관련학계 최고의 두뇌들이 현 상태에서 페타볼이 폭발했을 때의 상황을 나사의 슈퍼컴퓨터로 예측한 결과 시바행성의 외피가 충격파에 의해 터져 나갈 때 닐라칸타도 외계로 멀리 튕겨 나갈 것이며 핵 융합폭발의 열기도 내핵과 물이 막아 주어 생존할 가능성이 높다고 한다. 따라서 나사에서는 닐라칸타가 외계로 튕겨져 나감과 동시에 귀환용 소형 핵탄을 터드려 페타볼의 열 폭풍으로부터 도망쳐 지구로 직항하도록 프로그램 중이다. 블랙, 현 박사, 라우라. 어차피 닐라칸타에 승선할 때 감수하기로 한 위험의 연장선상일 뿐이다. 현 상태에 대기하는 것이 최상의 생존대책이다."

테일러는 마른 입술에 침을 바른 다음 말을 이었다

"블랙, 현 박사, 라우라. 요청 사항이 있다. 당신들이 희생될 지도 모른다는 사실에 정서적으로 과민 반응하는 사람들도 많다. 따라서 세 사람이 인류의 번영과 지구의 안녕을 위해 페타볼의 폭발을 허용한다고 말해 달라. 이에 대해 당신들이 얻는 정신적 대가는 참으로 지대 할 것이며 나아가, 생존해 지구로 돌아왔을 때 받을 수 있는 보상은 상상을 불허할 것이다."

전형적인 테일러의 수법, 토끼몰이였다. 속이 빤히 들여다보이는 수작이었지만, 빠져 나가기가 쉽지 않았다.

해린이 블랙과 라우라에게 말했다.

"우리가 허용하든 말든 페타볼은 폭발할 것이고, 어쩌면 시바신의 도움으로 우리가 살아 날 수도 있을 거야. 그러니 죽을 때가 아니라, 살아남을 때를 대비해 나는 비굴하게 목숨을 구걸하는 모습을 보이지 않을 거야. 두 사람도 잘 생각해서 결정해."

자신의 요구가 묵살되고 테일러의 뜻을 따라야 하는 상황이 마음에 들지 않는 듯, 블랙은 한참 동안 코를 씩씩 불어 대다가 마지못해 고개를 끄덕였다.

해린이 블랙을 카메라 정면으로 끌어당기며 말했다.

"블랙. 네가 대표로 말해, 그러면 너의 부족들은 네가 죽더라도 지구를 구한 영웅으로 영원히 추앙하지 않겠어?"

눈을 끔벅거리며 할 말을 생각하던 블랙이 카메라 켰다.

"나, 태양족의 대추장이며, 파에톤 국의 황제인 미라클 블랙은 심사숙고한 결과, 나의 목숨이 나 혼자의 것이 아닌 내 부족, 나아가 인류에서 파생된 것이라는 사실을 깨달았다. 이에 인류의 공영과 지구의 안녕을 위하여 페타볼 폭발 지연 요구를 철회한다. 미국은 페타볼에 핵융합 물질이 가득 차는 대로 폭발시키라."

해린은 블랙과 대비되도록 밝은 표정에 명랑한 말투로 짧게 말했다.

"나, 현해린은 내 스스로의 자발적인 의지로 미라클 블랙의 의견에 동의한다."

라우라는 눈물이 글썽한 얼굴, 떨리는 목소리로 말했다

"나는 지구로 돌아가고 싶어요. 제발 내 쌍둥이 딸과 함께 살게 해주세요. 지구의 과학자 여러분. 최선을 다해 주셔요. 그 다음은 하늘에 맡길게요."

닐라칸타가 다시 몸을 물위로 눕히고 불안 속의 일상이 다시 시작되었다.

블랙은 팬츠만 입고 하루 종일 고무줄을 몇 겹으로 겹쳐 웨이트 트레이닝을 했다. 블랙의 검은 육체가 뿜어내는 열기와 남성 호르몬 냄새가 싫은 해린은 낮 시간에는 동면실에서 생활하며 바다의 기원에 대한 논문 작성에 몰두했다.

시간이 나자 해린은 이사벨의 죽음이 헛되지 않도록 그녀와의 약속을 지키고, 시바행성이 우주의 종자 은행이라는 사실을 지구에 알려 무조건적인 파괴는 비이성적이며 비과학적이라는 것을 상기시키고 싶었다.

해린은 이사벨의 연구 결과를 뒷받침할 자료를 찾고자 메인 컴퓨터의 외부 녹화 기록에서 티라노 벨의 포획 장면과 해부 장면을 찾아냈다. 그리고, 해린을 지켜보던 용의 영상과 페타볼에 접근하는 용을 드론의 어뢰가 갈갈이 찢어 놓는 장면도 찾아 냈다.

해린은 인간의 폭력에 무력한 용을 보고 깨달았다. 용은 그냥 수생 동물, 커다란 물고기에 불과했다. 어쩌면 먼먼 과거의 대홍수에서 시바행성에서 물과 함께 내려 간 용이 인간의 눈에 띄어 전설이 되고 신이 된지도 몰랐다.

해린은 이 모든 영상 자료와 자신의 티라노 벨 고기 시식 후기까지 덧붙여 지구로 보냈다.

하지만

외계에서 고등 생명체가 발견되었다는 경천동지할, 예전 같으면 지구를 바글바글 끓게 만들 초유의 대사건을 언론사는 단신으로, 학계는 검토조차 하지 않고 시민들도 화제 삼지 않았다. 오로지 시바, 시바행성을 어떻게 부수느냐, 그것만이 인류의 관심사였다.

해린은 깨달았다.

우주에서 가장 잔인한 것이 인간의 생존 욕구라는 것을.

인간의 생존을 위해서는 그 어떤 것도 죽여 없애야 할 적일 뿐이었다.

드디어.

페타볼에 핵융합 물질이 가득 찼다.

나사의 지시에 따라 세 사람은 충격에 대비했다. 모든 물건들을 서랍에 넣어 봉인하고 움직이거나 떨어져 나갈 수 있는 시설물은 땜질하고 묶어서 고정시켰다.

최후의 날.

지구에서는 모든 국가의 수반이 컴퓨터 앱을 통하여 격발 암호를 발신하는 퍼포먼스가 펼쳐졌다. 찬성이 과반을 넘어야 격발 암호가 발신될 수 있다는, 인류를 위해 외계까지 나가 모진 고생을 한 탐사대원들을 살인하는 행위에 대해 전 지구적인 동의를 구했다는 미국과 나사의 꼼수에 불과했지만, 일 년 사이에 시바행성과 지구 사이의 거리가 20억 km이상 가까워져 인류의 불안도 그만큼 증폭된 시점에서 그 어떤 나라도 동의하지 않을 수 없었다. 100% 찬성으로 격발 암호가 텐엔을 통해 발신되었다.

거리가 가까워 진 만큼 전파 시차도 짧아져 세 시 간 후면 페타볼의 핵탄두가 격발되고 360개의 핵분열 폭탄이 터지고 그 힘으로 페타급 핵융합이 일어날 것이었다. 그 폭발은 다시 세 시간 후 지구에서 육안으로도 보일 것이었다. 따라서, 인류는 모든 일손을 놓고, 잠에서 깨어 여섯 시간을 초조하게 기다려야 했다.

화살은 시위를 떠났고 돌이킬 수 없는 종말의 시간이 세 시 간 앞으로 다가왔다.

해린은 그 세 시간 동안에 완성된 논문과 회고록을 송고하고, 지우의 메일에 유언을 남겼다.

"지우야. 내가 사랑했던 유일한 남자, 나의 지우야. 내가 살아남을 확률은 천만 분의 일도 되지 않고, 또한 살아남는다 해도 지구로 돌아갈 확률도 제로에 가까워. 나는 어머니의 예언을 믿지 않기로 했어. 이제 우리가 영원히 이별을 해야 할 때가 되었네…. 양지우. 너에게 한 가지 비밀을 알려 줄게. 지구에서 출발하기 전에 나사에서 나의 난자를 요구했어. 하지만 난 거절했어. 그리고, 나는 뉴욕 대학 병원의 난자은행에 익명으로 나의 난자를 냉동 보관시켜놨어. 내가 떠나고 나면 그 난자에 네 정자를 수정시켜 서영의 자궁에 착상시켜 나의 유전자를 보전해줘. 박서영. 뇌종양을 수술해서 건강해진 몸으로 나의 아기를 낳아서 지우와 키워주기를 부탁한다. 시바 행성을 파괴하려는 모든 행위가 무산되어 지구가 물바다가 된다 해도 너와 나, 지우, 우리 모두의 아기는 그 바다에서 살아남을 거야."

자식으로서 고통스러운 일이지만, 고영신에게도 작별인사를 남기지 않을 수 없었다. 그나마 마음이 편한 것은, 고영신은 이 상황에서도 절대로 딸이 죽지 않고 살아서 돌아 올 것이라 믿고 해린의 메시지를 유언이라고 생각하지 않을 것이라는 사실이었다.

"어머니, 나의 어머니. 어쩌면 이제 엄마와 이별을 하게 될지도 몰라요. 어머니, 저는 어머니의 예지력을 믿지 않은 것이 아니라 이해하지 못할 뿐이죠. 저는 여전히 신을 믿지 않지만, 어머니의 예지력을 이해하기 시작했습니다. 어머니의 능력은 신에서 온 것이 아니라, 인류가 아직 발견하지 못한 인간의 능력이며, 어머니는 그 능력이 특별하게 발달한 사람이라는 사실을 이해하게 되었습니다. 어찌되었든, 저는 어머니를 무한하게 사랑합니다. 어머니. 어머니를 사랑하는 마음을 가득 담고 이 태양계에서의 물질을 마칩니다."

유언을 마친 해린은 나사의 지시에 따라 선외 우주복을 입고 자신의 캡슐에 들어가 침대에 누워 안전벨트로 몸을 묶고 마고에게 천정의 모니터를 켜도록 했다.

해린은 마음의 평안을 얻기 위해 눈을 감고, 입속으로 가만히 아버지를 불렀다. 해린의 일생에서 가장 행복했던 그 추억의 순간들이 파노라마처럼 눈앞에 펼쳐졌다. 해린은 독백했다. '아빠, 나는 내생을 믿지 않지만, 내가 죽어서 아빠를 만날 수만 있다면 좋겠어요. 아빠. 안녕.'

모니터가 삐익 소리를 내며 카운터을 종료했다. 격발 신호가 페타볼에 수신된 것이다.

지구 과학을 전공한 해린은, 폭발로 인해 발생한 인공 지진의 충격파가 얼음 외피를 타고 반대편까지 도달할 시간을 어림 계산해 보았다. 얼음을 매질로 시속 5천 km면 약 15분이었다. 15분 후면 닐라칸타 위의 얼음 천정이 터지고 닐라칸타가 외계로 튕겨나갈 것이었다.

수중 파동은 시속 600km쯤 되니 아홉 시간 후에야 닐라칸타를 덮칠 것이나, 그때는 이미 닐라칸타는 시속 20만 km로 지구를 향해 날아가고 있을 것이었다.

하지만, 십 분, 이 십 분이 지나도 닐라칸타는 꿈짝도 하지 않았다. 아홉 시간 후 쓰나미가 덮치기를 기다려야 하는가? 아니다. 충격파가 없으면 쓰나미도 발생하지 않을 것이다.

해린은 뭔가 잘못된 듯한 느낌이 들었지만, 격발이 지연되어 뒤늦게라도 터질까봐 바로 일어나지 못하고 안전벨트를 맨 채 누워 천정의 텅 빈 모니터만 쳐다보고 있었다.

폭발 예정 시간이 사십 오 분 쯤 지났을 때 모니터에 테일러가 나왔다.

"닐라칸타. 응답하라. 폭발 후 30분이 지났다. 생존을 확인한다. 블랙! 현해린! 라우라! 응답하라. 전 지구인이 당신들의 생존 신호를 기다리고 있다!"

안전벨트를 풀고 거실로 나간 해린은 메인 컴퓨터에 접속해 감지된 지진파가 있는지 검색했다. 감지 기록이 없어, 페타볼과 접속했다. 페타볼은 여전히 정상적으로 생물체 방어 하이퍼소닉을 뿌리고 있었다.

블랙과 라우라도 거실로 나왔다. 상황을 파악한 블랙이 테일러에게 답신을 했다.

"페타볼은 정상적으로 작동하고 있으나, 폭발하지 않았다. 격발 신호는 닐라칸타에도 수신되었으므로 페타볼도 수신했을 것이나, 폭발하지 않았다. 프로그램 오류 아니면, 페타볼의 인공지능이 격발 신호를 묵살하고 있는지 점검하라."

해린이 두 사람에게 말해주었다.

"페타볼이 폭발하여 여기까지 충격파가 오려면 십 오 분 정도 걸리니까 자유롭게 있게 있다가 격발 신호가 다시 수신되면 그때 우주복을 입고 캡슐로 들어가도 될거야. 나는 여기에 있겠어."

지구에서는 두 시간 후에야 페타볼이 불발된 것을 알게 될 것이고, 다시 재 격발을 시도 한다 해도 두 시간에 더하여 세 시간, 도합 다섯 시간 후에 시바행성에 도착할 것이었다. 해린이 우주복을 벗자 두 사람도 우주복을 벗었다. 세 사람은 평소처럼 음식을 먹고 운동을 하고 춤을 추었다.

다섯 시간 후, 비화 통신으로 테일러가 들어왔다.

"첫 번째 격발이 실패했다. 나사에서 다각도로 점검한 결과 페타볼이 격발 신호를 수신하지 못했다는 결론을 내리고 페타볼을 정밀 검색한 결과 페타볼이 핵물질을 완전 충전한 후 잠수해 수심 1,000m 아래 시바행성의 내핵에 내려앉아 있는 것을 확인했다. 따라서, 닐라칸타가 격발 신호를 수신해 음파로 바꾸어 페타볼로 쏘아 격발시키도록 프로그램을 했다. 이 통신 후 십 분 후에 2차 격발 신호를 발신하겠으니, 대비하라."

해린은 다시 계산했다. 현재 페타볼과 닐라칸타와의 직선 거리는 2천 km. 음파의 수중 속도는 약, 초속 천 500m. 따라서 내핵을 우회 한다 해도 25분 쯤 걸릴 것이었다.

십 분 후, 닐라칸타가 최고 출력으로 음파를 발사 한 듯 둔중하게 흔들렸다. 해린은 서두르지 않고 천천히 꼼꼼하게 선회 우주복을 입고 산소탱크를 등에 매지 않고 손에 들고 가 침대 곁에 두고 누웠다.

하지만,

이번에도 페타볼은 폭발하지 않았다.

17

페타볼 폭발 실패는 지구 전역에 걸쳐 엄청난 후폭풍을 불러 일으켰다.

미국은 양치기 소년이 되어, 국격이 형편없이 떨어지고 미국 기업의 주가는 하루 사이에 곤두박질 쳤다.

이번 기회에 미국을 끌어 내리고 지구의 패권을 차지하고자 대륙간 탄도 미사일을 보유한 나라들이 중구난방으로 시바행성 공략계획을 발표했다.

유럽 연합과 중국이 자체적으로 거대 미사일에 수소폭탄을 탑재 해 목성 궤도에 대기시켜 페타볼 파괴하겠다고 발표했다. 러시아도 현존하는 대륙간 탄도탄에 조그만 보조 로켓만 달아도 쉽게 지구 궤도를 이탈하여 시바행성을 요격할 수 있다며 보조 로켓의 표준 모델과 요격 프로그램을 공개했다. 아프가니스탄과 남아프리카 공화국도 자국 보유 원폭을 시바행성 요격용으로 내놓았다. 일본은 시바행성의 얼음외피에 태양빛을 반사하는 물질을 살포해 지구 궤도 통과 시 수분 증발을 억제해 홍수의 규모를 획기적으로 줄일 수 있다고 자신했다. 인도 과학자들은 핵융합 발전을 연구하던 중 수소폭탄 소형화 기술을 획득했다며 시바행성 요격용에 한하여 핵분열 폭탄을 동일한 탄두 중량의 융합폭탄으로 바꾸어 폭발력을 백 배 이상 올려 주겠다고 나섰다.

시바행성을 파괴하겠다고 너도나도 나서 국가 간 경쟁과 분열로 세계가 시끄럽자, 유엔이 사상유례없는, 전 회원국의 총회를 소집하고, 각국에서 모인 천재들과 무박 삼일에 걸친 마라톤 회의 끝에 최종안을 내놓았다.

〈각국의 개별적인 시바행성 파괴 시도로 인류의 자원이 분산되어 실패할 가능성이 있다. 따라서 인류의 모든 인적 물적 자원을 유엔에서 통합 통제하여 결집된 힘으로 확실하게 시바행성을 파괴하고자 한다.〉
- 시바행성 파괴 전술 통합 사령부를 유엔 본부에 설치하고 지휘 통제를 일원화한다.
- 대륙간 탄도 미사일 보유국은 기술을 공유하여 모든 미사일에 보조 로켓이나. 연료 탱크를 부착하여 시바행성 공격용으로 개조한다.

- 인도는 모든 핵분열 탄두를 핵융합 탄두로 개조한다.
- 시바행성이 목성에 가장 접근했을 때 융합탄으로 얼음 외피를 파괴하고 시바행성의 바다에 핵융합 탄두를 탑재한 어뢰를 투하해 페타볼을 찾아 연쇄 폭발을 유도해 시바행성의 내핵까지 부수고 시바행성의 물을 목성의 인력이 빨아들이도록 하여 태양계에서 인류의 생존 위협을 영원히 제거한다.
- 이에 소요되는 모든 경비는 안전보장 이사회 회원국이 분담한다.

헛된 희망 고문일지라도 대중들은 탈출구를 보게 되면 심리적 안정을 찾게 된다. 일단 일 년 반 후의 미사일 발사와 그로부터, 일 년 후의 요격까지 시바행성으로 인한 이벤트는 당분간 없을 터, 시민들은 일상으로 돌아갔다.

이때부터 시바행성 파괴가 최종적으로 실패했을 경우에 대비한 논의가 시작되었다.

수 십 개국의 영토가 수몰되어 국가 성립의 기본 조건이 소실되어 사라질 것이었으나, 고산준령의 극악한 땅일지라도 자국의 영토를 수몰될 국가에 불하해줄 나라는 없었다.

나라 전체가 물에 잠기지 않는 국가들의 형편도 별반 좋지 않았다. 현대의 모든 대도시는 강 하구의 저습지에 건설되어 있기 때문이었다. 인구의 대부분, 산업 금융 시설의 90%이상, 식량 산출 가능 토지의 80%이상이 수몰 될 것이었다. 특히 고지대 소수의 수력 발전소를 제외하고는 모든 원자력, 화력 발전소가 물에 잠기게 되어 남겨진 고지대로 몰려든 인구를 생존시킬 에너지가 사라질 것이었다.

하지만, 그 어떤 비극과 불행의 연속 속에서도 인류는 판도라의 마지막 나비 한 마리를 보고 생존해 왔던 바, 긍정적인 생존을 향한 방안이 모색되었다.

제일 먼저 수몰될 나라를 중심으로 수상 인공 영토, 수상 도시의 건설이 현실적인 대안으로 떠올랐다. 오래 전부터 20만 이상 거주의 거대 수상 도시의 설계도가 나돌고 있었고 현재의 기술력과 자원으로 얼마든지 가능한 이야기였다.

해양 생태학자들과 농학자들은 바다에서 인류의 생존에 필요한 식량을 얼마든지 공급할 수 있다며, 녹말을 생성하는 녹조류로 탄수화물을 공급할 수 있고, 고래를 비롯한 수생 포유류의 양식으로 육상 동물과 같은 지방과 단백질을 공급할 수 있다고 자신했다.

현재도 상당수의 사람들이 수상가옥과 배에서 태어나 일생을 마쳐 왔지 않는가. 수상 생존에 대한 논의와 아이디어가 우후주순처럼 솟아 거대 담론이 되어 지구가 다시 시끄러웠다.

더욱이

미국과 중국, 러시아, 인도, 프랑스, 칠레. 페루 등 1,000m 이상 고지에 광활한 영토를 가진 나라들이 전 국민과 산업, 에너지 시설을 이전 하려는 구체적인 계획을 세우고 있다는 소문이 나돌아 그렇지 않은 나라의 국민들을 자극했다. 해당 국가에서는 어디까지나 만약을 위한 도상 계획에 불과하다고 변명했지만, 설득력이 약했다.

이 즈음.

미국이 다시금 전면에 나섰다.

나사가 개발한 닐라칸타의 주거 캡슐은 인체의 생존에 최적화 된 최상의 구조물로서 수상생활 뿐 아니라, 생활환경이 척박한 극지방, 고산지대, 사막 등에서도 쾌적한 삶을 보장할 수 있으며, 개인 거주 캡슐로 이루어진 허니콤을 적층하면 단시일 내에 수상 도시를 건설할 수 있으며, 푸드 프린터로 음식을 공급하고, 제7 세대 공냉식 소형 원자로로 에너지를 생산하면, 인류는 어디에서든 생존 번영할 수 있다는 것이었다.

나사는 캡슐의 제작, 푸드 프린터의 제작을 민간 업체에게 이관하여 대중 판매를 허용했다. 핵전쟁은 물론 대홍수와 같은 둠스 데이에도 생존이 가능한, 모든 것이 완비된 주거 시설을 통째로 인터넷에서 주문할 수 있으며, 마트의 물건처럼 달랑 배달이 가능하다는 것이었다.

캡슐은 편의 시설의 완벽함과 인체 공학적인 설계, 안전성, 아프터 서비스가 발생하지 않는 견고함에 비하여 파격적인 가격으로 출시되었다. 나사가 우주용이 아닌 지구용으로 사양을 낮추고 설비를 다운시킨 보급형을 내놓았던 것이다.

캡슐은 재난 대비 차원을 넘어서 세컨드 하우스나 트레일러에 올려 모빌 홈으로 쓰려는 호사가들과 무주택자들을 홀리기에 충분했다. 시바행성이 파괴되어 캡슐 구입 목적이 사라질지라도 캡슐의 가치는 그대로 존재해 더욱 쾌적한 지구 살이를 보장해 줄 것이라는 홍보가 먹혀 들어가 대부분의 국가가 국민들의 불안감 해소, 재난 대비, 무주택자 복지 차원에서 캡슐 구입 자금을 보조했다. 정부 차원에서 대량 구입해 고산지대에 피난 청사로 예비 해 두려는 나라도 많았다.

시바행성이 아닐지라도 수몰 위기에 놓인 나라들이 먼저 수상 도시 건설에 나섰다. .

수요가 폭발하자 나사로부터 라이선스를 받은 캡슐 제조회사는, 시바행성 존재 발표 이후 구매가 끊겨 가동을 멈춘 전세계의 자동차 공장과 조선소에 캡슐의 OEM생산을 발주해 동전 찍듯, 캡슐을 만들어 냈다.

캡슐이 무제한으로 공급되자 일만 명 거주 단위의 빌딩 열 개 묶음, 십만 명 단위의 도시가 레고를 조립하듯 한 달 정도의 공기로 완성되었는데, 이런 도시가 세계 각국에서 동시 다발적으로 건설되었다. 건물의 각층에는 코인 푸드 프린터가 설치되었고 최종적으로 소형 공냉식 핵 발전기가 설치되어 에너지를 공급했다

하나의 도시를 통째로 팔아먹는, 놀라운 고부가가치, 초고액 비즈니스의 배후에는 로버트 테일러가 있었다. 테일러와 미국정부는 불과 이년 반 사이에 알렉산더 프로젝트에 소요된 경비를 모조리 회수하고 테일러는 세계 제일의 갑부가 되었다.

테일러가 부자가 되는 사이에 시바행성 파괴 계획도 차질 없이 진행되어, 미국, 러시아, 중국, 인도, 영국, 프랑스, 일본이 연합하여 오 백 기의 미사일을 발사했다. 각기의 꼭지에는 10메가 톤 급의 수소폭탄이 탑재되었다. 이론상으로는 시바행성 백 개를 부수고도 남을 폭발력이었다.

18

 지구의 격동적인 시간과는 달리 닐라칸타는 평온했다.

 해린의 도움으로 라우라는 댄스 교실을 열었다. 세계 각국에 회원 교실이 생겨나 댄스 홀 한 켠에 초대형 TV를 걸어 놓고 수업을 진행했다. 라우라는 무수하게 업데이트 되는 제자들의 동영상을 보고 평가하는 재미에 푹 빠져 24시간이 부족했다.

 해린도 과학 교과서를 집필하고 수업을 시작했다. 해린의 교과 과정을 한국을 비롯한 많은 나라에서 정규 수업과정으로 검정해 교실 전면을 가리는 초대형 TV로 수업이 진행되었다.

 블랙은 어떻게든 지구로 생환할 수 있는 길을 나름대로 찾고자 노력했다. 닐라칸타에서 뜯어 낼 수 있는 건 모두 뜯어 모아 자신의 동면 드럼을 에워싸고 그 사이에 내열 타일을 겹겹이 채워 넣어 보강했다.

해린과 라우라는 저 혼자만 살아나려는 블랙의 몸부림에 실소를 금치 못 하면서도 블랙의 멘탈이 붕괴될까 무서워 긴장의 끈을 늦추지 않고 블랙이 하는 일을 방해하지 않고 박수를 쳐주었다.

자신의 구명 드럼에 만족한 블랙은 파에톤 국과 전용 채널을 열어 두고 신부감을 간택하거나 국정을 살폈고, 라우라도 춤과 쌍둥이 딸들과 매일 통신으로 마음을 다독였지만, 해린은 일부러 고영신과 양지우, 박서영과의 화상 통신을 자제하고 하루 종일 바이올린을 켜거나 시바행성이라는 변수가 생긴 '바다의 기원'에 대한 새로운 논문을 완성하고자 노력했다.

해린과 블랙, 라우라는 오백 개의 수소 폭탄 폭격에서 살아남을 수 없다는 사실을 알고 있었기에 모든 일을 그날에 맞추어 마무리 지었다.

시바행성은 쉼 없이 날아가 토성을 지나 목성에 접근했다. 지구에서 6억 2천 8백만 km! 전파 거리 35분! 바로 지구의 코 앞 까지 온 것이다.

지구에서의 긴장은 이루 말도 다할 수 없었다.

미사일이 시바행성을 타격하는 순간의 대 장관을 기록하고 보여주기 위해 통합 미디어 센터는 벌써 몇 개월 전에 통신위성를 시바행성에 보내 둘레를 돌도록 했고, 탄두 대신에 카메라를 탑재한 미사일도 핵 미사일과 함께 날아가고 있었다.

또 다시 전 인류가 TV 앞에 모여 앉았다.

통신 위성의 고성능 카메라가 10만 km 전방부터 미사일의 모습을 선명하게 잡았고, 미디어 미사일의 카메라도 시바행성을 화면 가득 잡아 보여 주었다.

통상 핵무기는 폭발 때까지 오폭을 막기 위해 5~8 단계에 이르는 안전장치를 풀어야 한다. 부품을 나누어 보관하여 발사 시에 조립하는 것은 기본이고, 대통령과 군 참모총장이 동시에 암호를 입력하고 키를 누르지 않으면 표적을 선택할 수도, 로켓을 점화 시킬 수도 없는 것이다. 그 외. 무기 체계에 따른 별도의 안전장치를 해제해 표적의 상공에 이르러서야 최후의 격발키의 입력이 가능하게 설계되어 있다. 그렇기 때문에 핵폭탄을 실은 전폭기가 격추되고 핵미사일을 탑재한 잠수함이 침몰해도 핵탄은 터지지 않는다.

시바행성의 목표지점에 십자선이 그어지고 핀 포인트 조준이 확인되자 드디어 최후의 안전키가 해제되었다. 그리하여 500기의 핵융합탄두 미사일이 우박처럼 시바행성에 내리 꽂혔다.

미사일은 오 십 개의 목표 지점에 정확하게 열기 씩 십 초 간격으로 한 구멍에 차례로 떨어졌다.

하지만, 오백 기 모두 폭발하지 않고 시바행성의 표피 위에 나동그라졌다.

19

경악이었다.

인류가 옥죄는 심장을 움켜쥐고 벌어진 입을 다물지 못하고 있을 때!

또 다시

전 세계의 모든 휴대폰과 모니터, TV, 옥외 광고판에 자스민이 나타났다.

"시바신의 사제 우마 자스민이 말한다. 미사일의 최후 안전키를 내가 해킹하여 모조리 봉쇄했다. 향후 지구에서 발사 되는 그 어떤 폭발물도 감히 시바 신에 이르지 못할 것이다. 그 누구도 시바 신의 강림을 막을 수 없다. 인간이라 스스로 이름지은 지구상의 동물들을 긍휼히 여겨 우마 자스민이 시바신의 뜻을 너희에게 전한다. 내가 미국의 힘을 빌어 페타볼을 만든 것은 시바신의 최후의 예언을 완성하기 위한 것이다. 시바행성은 지구 최근접점에서 폭발할 것이다. 인간들이여. 페타볼이 폭발하면 초고열에 의해 플라즈마 상태가 된 시바행성의 물이 핵융합반응을 일으켜 시바행성 자체가 작은 태양이 될 것이며. 그 순간 지구는 통째로 불에 타 사라질 것이다. 그에 더하여 태양이 폭발하여 태양계가 무너질 것이다. 시바신은 대멸종이 아니라 지구 자체를 멸하기 위해 강림한 것이다."

자스민은 쓰레기 산기슭에서 황금색 사리를 입고 맨발로서 있었다. 배경과 극명하게 대비되는 그녀의 모습은 비현실적이었다.

그녀는 에메랄드빛 푸른 눈동자에 불을 켜 인류를 둘러보며 말을 이었다.

"일찍이 나는 시바신의 빙의로 천체의 운동이 그래픽으로 보일 때 의문을 가졌었다. 왜 나를 이 시대에 인도의 불가촉천민으로 태어나게 했는가. 그 어떤 아름다움도, 그 어떤 천재적인 재능도 인정받을 수 없는 쓰레기통 속에 왜 나를 내던졌는가. 그 이유를 찾기 위한 끝없는 명상 끝에 나는 시바신의 진의를 깨달았다. 인류가 존재하는 한 영원히 사라지지 않을 인류의 원죄는 다름 아닌, 타인에 대한 능멸, 인격 모독의 죄라는 진리를 나로 하여금 뼈저리게 깨닫게 하려는 것이 시바 신의 진의였던 것이었다. 그리하여, 나는 깨달았다. 인류의 생존 자체가 타인의 인격 모독 위에서 이루어진다는 사실을… 그리하여 나는 깨달았던 것이다. 시바신이 나를 인도의 달리트로 지구에 내려놓은 이유가 바로 지구를 멸하여 인류를 우주에서 지워버리기 위해서라는 것을! 그리하여 나는 신의 뜻을 받들어 미국을 이용해 페타볼을 만들었던 것이다."

쟈스민이 입고 있던 황금색 사리가 찬란하게 빛나더니 투명하게 엷어져 그녀의 환상적인 알몸이 드러났다. 그녀의 발은 이미 땅을 딛지 않고 허공에 떠 있었다. 그녀는 140억 개의 눈동자를 두 눈으로 쏘아보며 말을 뿌렸다.

"인류여. 나는 너희들에게 멸망의 그날까지 광란의 축제를 허용하겠다. 백 삼십 일 후면 우주의 먼지가 되어 사라질 존재들이여. 감추고 있었던 본성을 유감없이 꺼내 즐기라, 인간들이여! 병졸은 상사를 쏘고, 빈민은 부자를 약탈하고 남자는 여자를 강간하라. 인간들이여! 일찍이 마더 쉽튼이 예언했던 것처럼 서로에게 으르렁거려라! 너희에게는 내생조차 없을지니, 지구에서의 남은 시간을 후회 없이, 유감없이 즐겨라. 세상의 달리트들이여! 크샤트리아의 탈을 쓴 자본과 독재와 권위와, 편견과, 계급과 관습과 차별과 폭력에 의해 겪어온 모든 모독에 복수하라!"

집단 최면이었다.

자스민의 명령대로 치안을 유지하던 군대과 경찰이 총구를 돌려 대어 삽시간에 수 십 개국이 무정부 상태가 되었다.

20

 해린과 블랙, 라우라는 실시간대로 미사일들의 불발을 침실 천정의 모니터를 통해 지켜보고 거실로 나왔다.

 또다시 죽음의 공포 끝까지 갔다가 되돌아온 육체적 정신적 피로감이 엄습해 세 사람 모두 탁자에 앉아 멍하니 얼음외피에 나뒹굴고 있는 미사일의 잔해를 보고만 있었다.

 세 번의 실패. 그리고 오 백기의 불발. 이것은 절대 우연일 수가 없었다.

그리고.

 삼십 오 분 후.

 인류는 물론 지구 자체를 없애 버리겠다는 자스민의 영상이 닐라칸타에 도착했다.

 모름지기 모든 분노의 시작은 인격 모독이 아니던가.

 타인의 존재 가치를 모독하기에 욕을 하고, 폭언을 하고 폭력을 휘두르고 나아가 살인을 하고 전쟁을 하는 것이 아닌가.

인간에게는 타인의 인격을 모독하는 것을 즐기는 본능이 내재되어, 모독할 수 있는 빌미를 결코 놓치지 않는다는 사실을 해린은 어려서부터 스스로 겪고 보아 왔다.

가깝게는,

시어머니라는 빌미로 며느리를 능멸하고, 군대 선임이라는 빌미로 졸병을 구타하고, 사장이라는, 빌미로 종업원을 노예로 부리고, 상급자란 빌미로 하급자에게 책임을 전가하는 갑질, 이 모든 것이 인격 모독에서 출발하는 것이다.

멀리는,

대량 살육, 홀로코스트를 부르는 강대국의 약소국에 대한 능멸, 타 종교에 대한 탄압, 인종 청소도 출발은 인격 모독인 것이다.

해린은 이해했다.

자스민이 자신의 존재에 대한 모독의 댓가로 전 인류의 인격을 모독한다는 사실을.

하지만

해린이 가장 싫어하고 증오하는 일은 악의 악순환이었다.

선진 대국은 간신히 수도권과 방송통신, 발전 시설을 방어했지만, 그마저도 얼마나 더 버틸지 알 수 없었고, 후진국은 참혹했다.

지구의 뉴스를 보는 해린의 심정은 참담했다. 인간들의 잔

인함은 참으로 눈뜨고는 못 볼 것이었다.

인간들이 나름 이천 여 년 동안 쌓아 왔던 도덕과 철학과 양심과 자아가 무너지기까지는 십 일도 걸리지 않았다.

이 주일 후.

태양족의 일곱 개 씨족이 서로를 살육하여 인육 파티를 하는 모습이 업데이트 되었다. 자신의 왕국이 허무하게 스러지는 것을 지켜보던 블랙의 하얀 눈동자가 핏빛으로 물드는 것을 보고 해린은 간담이 서늘해졌다.

안구의 혈관이 터져 붉은 눈물을 찍어 내던 블랙이 갑자기 자스민의 마지막 영상을 불러 올려 수 십 번을 되풀이해 보다가, 자신의 캡슐로 들어갔다.

해린은 블랙이 자살하기를 바랬다.

하지만, 잠시 후에 블랙은 전투 분장을 하고 거실로 나왔다. 해린은 그 모습을 보고 재빨리 거실의 카메라를 지구 생중계 모드로 바꾸었다.

벌거벗고 코뿔소 뿔에 페니스에 담고 나온 붉은 눈동자의 블랙은 지옥에서 갓 나온 악마의 모습에 다름 아니었다.

악마가 해린과 라우라에게 명령했다.

"둘 다 옷을 벗어라. 전쟁의 춤을 추자. 인류 멸망의 전쟁에 나서는 전사에게 예우를 갖추어 몸을 바쳐라. 현해린! 나는 너를 본 순간부터 이 순간을 기다렸다. 옷을 벗어라. 어차피 우리는 죽는다. 죽기 전에 파티를 즐기자. 현해린. 너에게 절정 속에 죽는 은총을 베풀겠다."

블랙을 처음 본 순간부터 각오한 바가 있는 해린은 무서워하지 않고 침착하게 말을 받았다.

"알았다. 나도 비명 속에 죽고 싶지는 않다. 하지만! 블랙! 황제라면, 먼저 예의를 갖추어라. 어찌 희생의 제물을 제사도 지내지도 않고 받으려고 하는가! 블랙! 이사벨의 죽었을 때 의료 캡슐에서 가져다 내 캡슐에 숨겨 놓은 의료용 에틸 알콜이 리터가 있다. 그것을 제주로 제사를 지내고 광란의 파티를 벌리자!"

블랙의 얼굴에 미소가 떠올랐다.

"좋다. 술을 가져오고 고기를 구워라. 파티를 하자."

라우라와 해린은 안주가 될 만한 음식을 출력하고 티라노벨의 고기를 구어 최후의 만찬을 차렸다.

해린은 알콜을 40도 희석해 오 리터로 증량하고 자신의 몫은 다시 20도로 희석했다. 오늘 저녁, 술은 부족하지 않을 것이었다.

세 사람은 서로의 잔에 술을 채워 주며 마구 마시고 떠들며 웃었다.

블랙도 물을 마시듯 큰 잔을 단숨에 비우기를 거듭했다.

마침내 술이 바닥을 보이고.

만취한 블랙이 일어나 페니스를 담고 있던 물소 뿔을 빼 던졌다.

라우라가 기다렸다는 듯이 먼저 옷을 홀랑 벗고 블랙의 품 안으로 팔짝 뛰어 들었다.

그리고

뒤통수에 모아 묶은 머리카락 속에 핀처럼 꼽아 숨겨 두었던 작은 메스를 뽑아 블랙의 목을 찔러 총경동맥을 잘랐다. 의료 훈련을 받은 라우라의 겨냥은 정확했다. 목에서 피가 분수처럼 치솟는 찰라, 블랙이 라우라의 목을 잡아 꺾어 바닥에 패대기쳤다.

블랙은 한 손으로는 피가 솟는 목을 움켜쥐고, 다른 손을 앞으로 내밀며 해린을 향해 다가왔다. 해린은 주춤 주춤 뒤로 물러서며 블랙의 뇌에서 피가 빠져 나오기를 기다렸다. 이윽고 블랙이 커다란 소리를 내며 쓰러졌다.

해린은 황급히 라우라에게 몸을 던졌다.

"이모, 이모! 정신차려! 이모. 블랙이 죽었어. 이모, 어떻게든 이모를 데리고 지구로 돌아갈게. 죽지만 마."

라우라가 힘겹게 눈을 뜨고 말했다.

"해린아, 내 쌍둥이들을 부탁한다. 나는 나보다는 네가 살아서 지구로 돌아가는 것이…"

라우라는 말을 맺지 못하고 숨을 거두었다.

해린도 더 이상 버티지 못하고 라우라와 블랙의 시체 사이에서 혼절했다.

뜨거웠다. 숯이 이글이글 타는 석쇠 위에 올려 진 것 같았다. 해린은 온몸을 뒤틀며 비명을 질렀다. 비 오듯 땀이 솟아나고 가슴이 터질 듯 숨이 차올라 헉헉거렸다.

온몸이 타오르는 고통에 무수히 비명을 지르며 해린은 또다시 혼절했다.

그리고

얼마나 시간이 지났는지 온몸이 움츠려드는 냉기에 다시 눈을 떴다. 알몸으로 눈 폭풍 속에 내 던져 진 것처럼 한기가 뼛속까지 스며들어 해린은 비명도 지르지 못하고 이를 악물고 몸을 공처럼 움츠렸다. 이 사이로 고통의 신음소리가 마구 흘러 나왔다. 해린의 내한 능력 따위는 아무런 소용이 없었다. 온몸의 살점을 떼어는 듯한 냉기를 견디지 못하고 해린은 다시 기절했다.

그리고

또 다시

열기와 냉기가 반복되었다.

이것이 지옥의 고통이런가.

해린은 달려 달라 애원하다가 차라리 죽여 달라 외치기를 수 백 번 반복하며 혼절에 혼절을 거듭했다.

지구의 끝날 까지 계속 될 것 같은 고통이 어느 순간 멈추고 해린은 잠에 들었다.

해린은 완벽한 어둠 속에서 눈을 떴다.

고통이 없고 쾌적했다. 그대로 눈을 감고 지구의 끝 날까지 잠을 자고 싶었다.

하지만

어둠의 저 끝에 바늘구멍 같은 빛의 점이 있었다.

해린은 그 빛을 향해 걸었다.

몇날 며칠인가 시간이 존재하지 않는 그 어둠 속에서 끝없이 걷고 걸었지만, 빛은 그 자리에서 작은 점 하나로 커질 줄을 몰랐다.

마침내

해린은 깨달았다.

그 점이 희망이 아닌 절망이라는 것을.

그리하여 그녀는 절망을 향한 걸음을 멈추었다.

그 순간.

"해린아! 해린아! 내 딸 해린아! 이제 그만 일어 나거라!"

하는 고영신의 목소리가 뚜렷하게 들렸다.

해린은 눈을 떴다.

여전히 닐라칸타의 거실이었고, 숨을 쉴 수 없을 정도로 지독한 악취가 해린의 코를 찔렀다. 해린은 몸을 일으켜 주위를 살펴 보았다.

블랙과 라우라의 시체가 부패하고 있었다.

해린은 당황하지 않고 손목시계를 보았다.

블랙이 죽던 그날로부터 이십 일이 지난 후였다.

해린은 청소 로봇을 불러 블랙과 라우라의 시체를 선외로 끌어내고 바닥을 깨끗이 닦도록 한 후 해린은 옷을 모두 벗어 로봇에게 주고 샤워실로 들어갔다.

샤워실의 거울을 보고 그녀는 자신에게 무슨 일이 일어났는지 알았지만, 놀라지 않았다. 마고에게 물에 살균제를 섞도록 명령하여 머리를 감고 온몸을 공들여 닦은다음 실내 정복을 입고 나온 그녀는 거실의 메인 모니터를 열고 지난 이십 일 사이의 거실 녹화 기록을 열어 고속 탐색했다.

꿈이 아니었다. 이 십 일 사이에 해린은 블랙과 라우라의 시체 사이에서 뒹굴며, 땀을 흘리며 비명을 지르다가, 반대로 몸을 움츠리며 추위에 벌벌 떨며 신음하기를 수 백 번 반복하고 있었다. 대장간의 쇠가 불에 달구어졌다가 식혀지기를 반복하는 담금질에 다름 아니었다.

그러다가 어느 순간 시체처럼 멈추어 며칠을 누워 있다가 깨어 난 것이었다.

지구와의 전파 시차가 30분 정도에 불과해 지구에서도 거의 실시간대로 해린의 고통을 지켜보았을 것이었다.

해린은 거실 녹화 영상을 끄고, 지우가 제주에서 송신한 메시지를 열었다.

해린이 혼절한 사흘 후가 첫 영상이었다. 고영신과 박서영이 먼저 나왔다.

"내 딸, 해린아. 혼자서 얼마나 힘들고, 무서우냐. 하지만, 너는 견뎌낼 것이다. 아니, 지금도 잘 견뎌내고 있다. 해린아. 나와 내가 그토록 두려워했던 일이 결국은 일어나고 말았구나. 해린아. 너는 뉘울었다. 뉘울어도 크게 뉘울어 어쩔 수 없이 초신질을 해 네가 심방이 되는 수밖에 없구나. 이것이 너의 운명이니 더는 피하지 말거라."

해린은 무덤덤했다. 백일밖에 남지 않는 태양계의 날에서 심방인들, 아닌들 어떠랴. 박서영이 말을 이었다.

"언니, 언니가 뉘우는 모습, 정말 눈뜨고는 볼 수가 없어. 언니, 언니를 고통 속에서 건져 내는 길은 내림 굿 밖에 없어. 지구가 멸망한다 해도 상관없어. 단 한 시간이라도 언니를 고통에서 해방 시킬 수 있다면 내림굿을 할거야. 언니, 언니는 자신의 몸신이 너무 강해서 용왕신도, 조상신도, 마고할미 신도, 시바신도 빙의 될 수 없어. 그래서 어머니와 내가 언니에게 언니 자신의 몸신이 내리도록 초신질을 할거야."

해린은 나직이 독백했다.

"이제야 신의 본질을 알았구나. 신은 없어. 신은 바로 우리 자신이야. 박서영. 너와 어머니가 믿는 용왕도 물고기에 불과했어. 예지력? 그거 내가 누누이 말했다시피 본디 인간이 가지고 있는 능력일 뿐이야."

양지우가 카메라 앞으로 들어왔다.

"해린아. 너의 고통! 내가 대신할 수만 있다면!… 너는 견려 낼 거야. 사랑한다. 영원히."

해린은 또다시 독백했다.

"양지우. 나도 사랑한다. 하지만, 너를 만나지 못하는 백일의 생명 연장이 무슨 의미가 있겠냐."

굿판이 벌어졌다.

제주 역사상이 아닌, 인류의 역사상 가장 걸 판 진 굿이었다.

제주도는 물론 전국의 모든 무당들이 용왕당으로 몰려오고 TV카메라가 숲을 이룬 가운데 세상에 다시없을 내림굿이 펼쳐졌다.

굿은 사흘간 계속되었다.

해린은 알고 있었다.

내림굿이 끝나는 날에 자신이 고통에서 해방되었다는 사실을,

현해린,

그녀가 화장실의 거울에서 발견한 것은 고영신의 눈, 박서영의 눈, 자스민의 눈! 바로 무당의 눈이었다.

지구는 아비규환 그 자체, 지옥도였다.

그 통에서 활로를 찾는 시도가 없지는 않았다.

인도 정부는 카스트에 의한 차별에 극형을 선고하겠다는 법을 긴급 제정하고 미국 대통령을 위시한 각국의 대통령이 SNS에 모여 자스민에게 빌었다.

"우마 자스민. 귀하의 뜻을 받들어 카스트 자체를 없애고 귀하가 원하는 모든 것을 들어 주겠소. 또한, 지상 최대의 신전을 지어 시바신과 귀하에 헌정하겠으니, 70억 인류는 물론, 지구상의 모든 생명을 긍휼히 여겨 페타볼의 격발 암호를 알려주시오. 우마 자스민, 시바신의 사제시여, 제발 이대로 인류를 저버리지 마시오."

하지만, 자스민은 응답하지 않았다.

인류는 한 인간의 증오가 인류를 멸살하고 태양계를 부술 수 있다는 사실에 절망했다.

해린은 심방이 된 후, 거의 잠도 자지 않고 먹지도 않았다.

며칠 동안 공허 속에 몸과 마음을 던져 놓고 있던 해린은 문득, 사무치는 외로움을 느꼈다.

그녀는 지구에서 6억 km 떨어진 우주에 혼자 남아 견뎌 내야 할 백일의 고독에 몸서리를 쳤다.

인류 역사상 다른 사람과 가장 멀리 떨어진 단 한 사람이 된 해린은 난생 처음 느끼는 절실한 외로움에 몸서리를 쳤다.

그리하여 그녀는 깨달았다.

고독이야말로 사랑의 끝이 아닌, 시작이라는 사실을

그녀는 어머니가 보고 싶었다.

그녀는 사랑을 나누고 싶었다.

그녀는 아이를 낳아 안고 싶었다.

마침내, 해린은 인간의 눈이 아닌 대심방, 신의 눈을 떴다.

그녀는 페타볼에 마음을 모았다. 페타볼은 여전히 살아서, 존재를 알리는 신호를 발신하고 있었다. 해린의 마음은 페타볼의 컨트롤 룸으로 들어가 컴퓨터를 해킹하려 했으나, 열리지 않았다.
페타볼에서 빠져 나온 해린은 얼음 외피를 통과해 미사일을 찾아 탄두에 붙어 있는 양자 칩에 마음을 모았으나 그 역시 보이지 않았다.

해린은 어찌하여 페타볼과 탄두의 격발 암호가 보이지 않는지 알고 있었다.

해린은 지구로 마음을 돌려 자스민을 찾았다. 어렵지 않았다. 그녀는 뭄바이의 쓰레기 산 속, 깡통 집에 있었다.
전 인류가 페타볼의 암호를 원했으나, 그녀가 응답을 하지 않자, 분노한 인도의 지배계층인 크샤트리아들이 몰려와 쓰레기 산에 지른 불 가운데 그녀가 있었다.
크샤트리아들은 화마를 피해 쓰레기 속에서 뛰쳐나오는 달리트를 다시 불 속으로 몰아넣었다. 자스민은 그 모습을 지켜보며 우뚝 서 있었다. 사방에서 달려드는 불길 속에도 그녀는 미동도 하지 않고 가족이 불에 타는 모습을 지켜보고 있었다.

해린은 그녀에게 암호를 가르쳐 달라 호소할 수 없었다. 이미 죽기를 각오한 그녀가 무슨 말을 하겠는가.

해린은 불길이 모든 것을 태워 버리기 전에, 자스민의 과거를 뒤져 이 모든 일의 시발점을 찾아볼 단서를 찾기 위해 방안을 황급히 살펴보았다.

벽에 인류역사상 가장 위대한 수학 천재, 스리니바사 라마누잔Srinivasa Ramanujan의 초상화가 걸려 있었다.

라마누잔의, 인간의 지능을 뛰어넘는 수학적 천재성은 불가사의했고, 그가 제시한 많은 정리들이 아직까지도 증명되지 못하고 있었다.

초상화 밑에는 자스민이 써놓은 라마누잔의 말이 적혀 있었다.

"나마기리 여신이 복잡한 수학 공식과 정리가 적힌 두루마리를 눈앞에 보여 준다"

그 글을 보는 순간, 해린의 눈앞에 어린 자스민이 쓰레기 더미에서 공책을 한 권 주워 펼쳐보는 모습이 떠올랐다. 손으로 쓴 수학 공식이 가득한 그 공책의 표지에는 '라마누잔의 비밀 노트'라 쓰여 있었다.

그리하여 해린은 자스민의 수학적 뿌리를 알게 되었다.

자스민은 라마누잔이 15세에 카G.S. Carr의 "순수수학의 기초결과 개요A Synopsis of Elementary Results in Pure Mathematics"에 제시된 정리를 스스로 증명해 피타고라스가 설파한 수학의 신을 영접했듯, 그녀에게는 라마누잔의 비밀 노트가 시바신에게 가는 길이었다.

라마누잔이 말하지 않았던가

"신의 생각을 나타내는 게 아니라 그저 나만을 위한 방정식이라면 아무 의미도 없다."

라고!

해린은 자스민의 자의식이 사라져 그녀의 생명의 파동이 멈추기 전에 라마누잔의 노트를 필사적으로 읽어 내렸다.

닐라칸타로 돌아 온 해린은 테일러를 호출해, 미사일과 페타볼의 본디 격발 암호를 물었다.

지구의 멸망 앞에서 비밀 등급 따위는 의미가 없었다. 테일러는 즉시 암호를 알아내 해린에게 보냈다.

해린은 닐라칸타의 메인 컴퓨터로 증명에 증명을 거듭한 결과 자스민이, 암호에 라마누잔의 타우 함수Ramanujan Tau Function를 변형해 덧씌웠음을 알아냈다.

오십 일 후.

시바행성이 화성에 이르렀을 때, 표면의 미사일이 일시에 폭발해 얼음외피가 부서져 시바행성의 물이 모조리 화성으로 쏟아지자 페타볼이 폭발해 내핵이 외계로 튕겨져 나갔다. 자스민이 장담했던 연쇄반응은 외피가 부서지고 물이 빠져 나가 일어나지 않았다.

14분 후, 지구의 밤.

인류는 밤하늘에 터지는 거대한 폭죽을 육안으로 보았다. 그와 동시에 페타볼 폭발로 발생한 EMP가 지구를 강타했다. 인공위성을 비롯한 통신 시설이 마비되고 철제 캐비닛으로 보호 되지 않은 컴퓨터와 전자기기들이 모조리 망가졌다. 전파 망원경이 가장 큰 타격을 입었다.

텐안의 기술진들이 제일 먼저 불타버린 전자부품들을 교체하고 예비 컴퓨터를 연결하여 기능을 정상화 시켰다. 텐안은 작동 되자마자 수신한 신호를 메인 모니터에 올렸다.

전 인류가 밖으로 쏟아져 나와 축배를 들고 있을 때, 중국발 속보가 TV에 올라왔다. 매번 충격적인 뉴스로 가슴이 철렁했던 시민들은 술잔을 든 채로 얼어붙어 TV 화면을 지켜보았다.

'중국항천국 속보' 라는 타이틀에 멈춰있던 화면이 열리면서 '패스트'을 배경으로 서있는 장청이 나왔다.

"속보입니다. 조금 전 복구를 마친 패스트가 닐라칸타의 동면드럼에서 발신하는 비이콘 신호를 잡아서 미국 측에 해독을 의뢰 했습니다. 나사 나오세요."

화면이 곧바로 나사로 넘어가 그 유명한 메인 컨트롤 룸에서 진행되고 있는 해독 과정이 모니터에 그려졌다. 미국 측 수석 과학자가 해설했다.

"미라클 블랙의 드럼 신호이지만, 바이탈 사인을 해독한 결과 현해린 박사가 동면해 생존해 있음을 확인했습니다."

화면 밖에서 장청의 목소리가 뛰어 들었다.

"위치는 확인했습니까?"

"금방 미국의 알마 시스템도 복구되어 동일한 신호를 수신했습니다. 패스트와 알마, 두 전파 망원경의 데이터를 3차원 처리하여 정확한 위치를 추적하겠습니다. 아! 지금 바로 위치가 나왔습니다."

정면의 모니터에 시바의 물이 유입되기 전의 화성 표면 지도가 그려지고 한 가운데 점이 점멸했다.

화면을 쳐다보며 잠시 말을 멈춘 수석 과학자가 말을 이었다.

"신호의 발신지는 화성 지면입니다. 그리고… 저기, 저기는… 올림포스 산의 분화구입니다."

저기!

태양계에서 가장 높은 산.

2만 4천m 높이의 신들의 산.

올림포스!

그 꼭대기에 해린이 살아 있었다.

거대한 분화구를 가득 채운 시바행성의 물 위에 현해린이 떠 있었다.

지구와 인류를 구원해 이미 신이 된 그녀가 올림포스 산정에서 잠을 자고 있었다.

동면 드럼의 생존 기한은 일 년!

그 사이에, 시바행성에 의해 일격에 테라포밍이 된 화성의 바다에서 피어오른 수증기가 구름이 되어 태양열을 가두고 시바행성의 물속에 들어 있던 생명의 씨앗들이 움을 틀 것이었다.

중국을 필두로 미국, 러시아, 유럽 연합, 인도, 심지어는 민간 회사까지 화성에 구조선을 보내겠다고 나섰다.

해린을 구조해 다시금 자국의 우월성을 입증하여, 타국을 모독하기 위한 경주가 시작되었다.

〈끝〉

지은이의 말

40여 년 전.
화물선을 얻어 타고 제주도에 갔다.
이십 여일 동안 거의 무전여행으로 제주도의 맨살을 밟으며
걷고, 걸었다.
그때부터 제주도와 해녀를 무한 사랑하게 되었다.

이 책은 해녀를 주인공으로 한 전혀 다른 세상의 이야기를
쓰고 싶어 오래도록 자료를 수집하고 취재를 한 결과물이다.
자료 취재에 협조해 주신 모든 분들과 제주어 번역에 힘을
보태주신, 제주어 보전회, 정후안 교수님, 서영호 아우. 고맙
습니다.

언제나처럼 사랑하는 아내와 가족에게 이 책을 바친다.

경자년 만춘 북한산 아래 수유에서
장량 上梓.